Alessandro Piperno

# Hier sind die Unzertrennlichen

*Im Feuer der Erinnerungen*

Roman

Aus dem Italienischen
von Andreas Löhrer

Mit Illustrationen
von Werther Dell' Edera

S. FISCHER

FSC
www.fsc.org
MIX
Papier aus verantwortungsvollen Quellen
FSC® C083411

Dieser Roman ist ein Produkt der Phantasie.
Die Zeitungsmeldungen und die tatsächlich existierenden Personen
sind durch die Sicht des Erzählers verzerrt. Ansonsten ist
jeder Bezug auf reale Personen und Ereignisse rein zufällig.

Erschienen bei S.FISCHER

Die italienische Originalausgabe erschien 2012
unter dem Titel ›Inseparabili. Il fuoco amico dei ricordi‹
bei Mondadori Editore, Milano


Satz: Pinkuin Satz und Datentechnik, Berlin
Druck und Bindung: CPI books GmbH, Leck
Printed in Germany
ISBN 978-3-10-061906-8

# HIER SIND DIE UNZERTRENNLICHEN

*Für meinen Bruder Filippo*

Das Leben ist ein Krankenhaus, in dem jeder Patient den Wunsch hat, sein Bett zu wechseln.

CHARLES BAUDELAIRE

Jetzt, da ich einen Grand Slam gewonnen habe, weiß ich etwas, was nur wenigen Menschen auf der Welt zu wissen vergönnt ist. Kein Sieg fühlt sich so gut an, wie eine Niederlage schmerzen kann.

ANDRÉ AGASSI

# ERSTER TEIL

# ES IST PASSIERT!

Wer unermüdlich mit sich selbst verkehrt, begreift: sind die anderen dir ähnlich, dann kannst du den anderen eben nicht über den Weg trauen.

Immer wieder hatte Filippo Pontecorvo sich das gesagt. Deshalb war er gar nicht so überrascht, als seine Frau Anna ihm aus Rache den drastischsten Sexstreik aufzwang, den ihre merkwürdige Ehe jemals erlebt hatte; nachdem sie erfuhr, dass der Animationsfilm ihres Mannes – mit wenig Geld und ohne große Erwartungen gedreht – für die Quinzaine des Réalisateurs beim Festival von Cannes nominiert worden war. Leider linderte diese Erkenntnis seinen Kummer nicht: sie verstärkte ihn eher noch heimtückisch.

Seit anderthalb Monaten heizte Anna kämpferische Streikposten vor der gutlaufenden Fabrik ihrer Intimität an. Und für einen Typen wie Filippo, mit einem Faible für den stiefmütterlich behandelten ehelichen Sex, war das zwar eine echte Strafe, doch noch nie hatte ihn eine solche Sabotage so wütend gemacht wie an diesem Tag im Mai. Er stand im nachmittäglichen Halbdunkel des Schlafzimmers und stopfte seine Klamotten in den Militärsack für die Fahrt nach Cannes am nächsten Tag. Wer weiß, warum, aber ihm war so übel, als würde er sich auf einen Einsatz in Afghanistan vorbereiten.

Draußen regnete es in Strömen. Drinnen hatte Filippo das Gefühl, er würde ertrinken. Seit einigen Minuten versuchte er sich mit einem von ihm selbst ausgedachten Manöver zu trösten, das ebenso oft erprobt wie ineffektiv war. Es bestand darin, eine wohlwollende Bilanz seines Lebens zu ziehen: eine Bilanz, die zumindest bei dem, der sie absichtsvoll erstellte, Hektoliter eines grundlosen Optimismus hätte versprühen müssen.

Also, schauen wir mal: er war fast neununddreißig Jahre alt, ein gefährliches, aber ganz und gar kein schlechtes Alter. Er stand kurz davor, an einem wichtigen Trubel teilzunehmen. Er verfügte über eine beneidenswerte Anzahl von Tarnhosen, in Erinnerung an die einzige glänzende Erfahrung seines Lebens: Leutnant bei den Infanteristen in der Kaserne von Cesano.

Obwohl Filippo nach den antiquierten Normen seiner Mutter in seinem Leben fast nichts erreicht hatte, war er mit sich selbst nicht unzufrieden. Im Gegenteil, er glaubte, dass er dieser ganzen Trägheit erfolgreich eine gewisse Klasse aufgedrückt hatte.

Die Tochter eines Millionärs zu heiraten war ein meisterhafter Coup gewesen. Anna kümmerte sich mit dem gleichen unbestreitbaren Eifer um seinen Unterhalt, wie ihn seine Mutter einst an den Tag gelegt hatte. Es demütigte ihn zwar nicht allzu sehr, die Rolle des Ausgehaltenen zu spielen, aber es machte ihm trotzdem etwas aus, dass die meisten ihrer Bekannten die Verbindung zwischen Anna und ihm als eine Geldheirat abtaten. In Wahrheit hatte Filippo begonnen, Anna Cavalieri zu lieben, lange bevor er ihr begegnete. Und das war das Romantischste, was beiden passiert war.

Die Frauen: ein weiteres Kapitel, aus dem man Trost ziehen konnte. Filippo war kein Typ wie sein Bruder Samuel, der ganz kühl und wählerisch war. Einer von denen, die, um es im Bett zu bringen, einen Fünf-Sterne-Bungalow mit Meeresblick brauchen. Damit wir uns verstehen: nicht dass sie gewisse Themen nicht miteinander diskutiert hätten, aber sein kleiner Bruder hatte sich wohl viel zu viele Filme mit Fred Astaire und Gene Kelly reingezogen, als dass er gut vögeln konnte. Er selbst aber hielt sich auf diesem Gebiet ausgezeichnet: auch in der trostlosesten Umgebung und mit den unattraktivsten Partnerinnen.

Filippo vermied es – auf der Liste der Dinge-auf-die-er-stolz-sein-konnte –, seinen Abschluss in Medizin mitzuzählen, den er mit unsäglicher Mühe geschafft hatte, angestachelt durch eine Art dynastische Berufung: sein Vater war Kinderonkologe von internationalem Ruf gewesen, seine Mutter war seit Jahren die angesagteste Geriaterin in den Boccia-Kreisen rund um die Gated Community der Olgiata.

Er hütete sich außerdem, seine Zeit bei Ärzte ohne Grenzen in Bangladesh mit einzubeziehen, ein in jeder Hinsicht schmerzliches Abenteuer, auch wenn es ihm den Großteil des Materials für seinen Animationsfilm geliefert hatte.

Dafür wertete er seine verblüffende Fähigkeit umso höher, mit glücklicher Hand die Zeichnungen der großen verehrten Meister des Comic nachzumachen. Schließlich war die erste wirkliche Anerkennung in seinem Leben gerade diesem hochfliegenden Talent geschuldet. Wenn er nun seinen Sack für Cannes packte, dann weil sein Animationsfilm Gilles Jacob, dem legendären Chef des legendärsten Festivals der Welt, ganz gut gefallen hatte.

Er trat aus dem Zimmer. Lief über den Flur, der – im Jargon von Raffaele, dem Stararchitekten, der den Umbau des Hauses geplant hatte – den Nachtbereich vom Tagbereich trennte. Sein gebieterischer Schritt, mit dem er in Richtung Küche marschierte, sagte viel über die Verwegenheit seiner Ernährungsabsichten aus: einer von seinen Imbissen, der seine Unruhe besänftigte und die Neuronen wieder in Schwung brachte.

Die Küche war der einzige Ort im Haus, in den Filippo sich eingemischt hatte. Was er mit seiner Frau teilte, war das Desinteresse an materiellen Dingen: nichts repräsentierte dieses Paar schräger Exzentriker weniger als das Haus, in dem sie wohnten. Es ist nämlich so: sein Erwerb sowie der aufwendige Umbau waren eines der unvorhergesehenen und nicht so willkommenen Geschenke von Dottor Cavalieri, Annas Vater. Während Filippo das Geschenk mit seinem üblichen Fatalismus hingenommen hatte, war Anna kurz davor gewesen, es abzulehnen: Das Viertel (das jedes Jahr etwas exklusiver und etwas weniger intellektuell wurde) war von Schauspielerinnen verseucht, auf die er einen mörderischen Hass verspürte, und sie im Supermarkt zu treffen, versetzte ihn in Angst und Schrecken.

Die kleine Villa erhob sich in einer der abgeschiedensten Straßen von Monteverde. Ein eierlikörfarbenes Liberty-Schlösschen, zwar leicht affektiert, aber im Einklang mit dem Magnolienwäldchen, in das es eingebettet war. Obwohl der gute Raffaele vom Desinteresse seiner Auftraggeber am Innendesign frustriert war, hatte er alles getan, um den dreihundert Quadratmetern die japanische Feinheit zu verleihen, die wahrscheinlich besser zu beruflich erfolgreichen und sexuell charismatischen Singles gepasst hätte. Keine Vorhänge, helle Wände, mit Tatami belegte Fußböden, spärliches Mobiliar an der Grenze zur mönchischen Askese, ein 70-Zoll-Sony-Bildschirm, in einer Wand eingelassen, die mit den DVDs der Ehefrau und den Comic-Heften des Ehemanns ausgestattet war.

Keine einzige dieser stilistischen Entscheidungen war von Filippo diktiert oder unterstützt worden. Der einzige Raum, der ihm am Herzen lag, war nämlich die Küche. Aus Raffaeles Vorschlägen wurde ersichtlich, dass dieser sehr viel mehr am beißenden Farbton des Smeg-Kühlschranks als an dessen Fassungsvermögen interessiert war. Und das konnte Filippo nicht dulden. Was für ihn eine Küche zur Küche machte, war ein großer – aber was heißt groß? –, mitten im Raum platzierter riesiger Arbeitstisch, bei dem man Lust bekam, für ein ganzes Regiment zu kochen.

Und er hatte ihn bekommen.

Und genau diesen geliebten Arbeitstisch mit den Ausmaßen eines Exerzierplatzes bat Filippo nun, ihm zu helfen, seine Unzufriedenheit zu verscheuchen. Er war damit beschäftigt, ein Dutzend Crostini zuzubereiten. Den Backofen anzuheizen. Eine Handvoll Milchbrötchen zu halbieren. Er hatte sie auf eine Auflaufform gelegt, sie mit Tomaten, Mozzarella, Sardellenpaste, Öl, Pfeffer und Basilikum belegt. Ab und zu hängte er sich an den Hals eines Heineken. Er ließ das Radio laufen, um eine dieser Sendungen zu hören, in denen den ganzen Nachmittag über Fußball gesprochen wird.

Während er mit einer geschickten Bewegung die Auflaufform in den eingebauten Backofen schob, begriff Filippo, Cannes war daran schuld, dass es ihm so schlecht ging. Und dabei hatte er keine Mühe gescheut, damit diese Gelegenheit sein Selbstbild, das zu seiner Herausbildung ein ganzes Leben gebraucht hatte, nicht veränderte. Warum hätte er es denn auch verändern sollen? *Herodes und seine Kinder* – der Titel seines Films – war als anständiges Erstlingswerk nur eine plump verkleidete unzusammenhängende Chronik seiner Erfahrungen als humanitärer Mitarbeiter und Arzt bei Ärzte ohne Grenzen, garniert mit einer Reihe großartiger Lügengeschichten zur Eigenwerbung. Der Protagonist war ein Typ mit ungepflegtem Bart und Tarnhosen, die der Fitnessstudio-Version des Autors außerordentlich ähnelte: anstatt ein Arzt war er wohl eher ein Superheld, der tapfer kämpfte und versuchte, Ordnung in eine düstere, wahnsinnige Dritte Welt zu bringen, in der Gut und Böse sich mit comicmäßigem Manichäismus herausforderten. Auf der einen Seite unterernährte, misshandelte Kinder, auf der anderen Erwachsene, die Hunger verursachten.

Die tausend Abenteuer dieses außergewöhnlichen Superhelden wurden von seinen apokalyptischen, meiner Meinung nach etwas zu belehrenden Träumen unterbrochen, in denen haufenweise berühmte Kindermorde vorkamen: vom Mordversuch an Isaak bis zu den Märtyrern von Beslan. Zudem hatte Filippo diesen Film benutzt, um ironisch und ketzerisch von sich selbst zu erzählen: sogar sein Bruder und seine Mutter tauchten in einem zärtlichen Cameo auf.

Dies alles, um anzudeuten, er sollte besser ein paar Jahrzehnte warten, bevor er wieder etwas Interessantes hätte, über das er dozieren konnte. Und da das Vergnügen bei der Entwicklung dieses Erstlingswerkes quasi mit diesem verbraucht war, hatte Filippo nicht die Absicht, ein zweites zu produzieren, und auch kein drittes und so weiter … Der Gedanke, eine Laufbahn einzuschlagen, auf der die ersten Schritte ihn, zumindest für seinen Geschmack, diese ganze Mühe gekostet hatten, lockte ihn überhaupt nicht.

War es denn sinnvoll, das durch lange Trägheit eroberte Wohlbefinden mit dem Keim des Ehrgeizes zu infizieren? War es sinnvoll, nachdem er einen Grad an Weisheit erreicht hatte, den im Laufe der Jahrtausende viel tüchtigere Menschen als er nur herbeisehnen konnten, so viel Weisheit zum Teufel zu jagen?

Nein, das war es nicht.

Also hält man sich besser an das unvergängliche Wahlprogramm: keinen Stolz, keinen Ehrgeiz und vor allem keine Würde, die man verteidigen müsste. Im Grunde wiederholte er sich nur, es handelte sich um einen Animationsfilm für eine zweitrangige Sektion des Festivals. Unbedeutender Kram. Der keinem auffallen würde. Er würde nur hinfahren, um Spaß zu haben. Er würde auf Kosten des Produzenten Languste futtern, ein Tartar voller Worcester-Soße, wie er es mochte. Umsonst Filme à gogo von den besten Meistern des Globus. Ein Autogramm von Jodie Foster oder wenigstens von einem der Dardenne-Brüder. Und wenn du deine Karten richtig ausspielst, mein Junge, springt auch noch ein schöner Fick dabei raus. Die Croisette ist voller verhaltensgestörter Frauen, die zu allem bereit sind! Kurz und gut, auch in dieser Situation war Filippo erfolgreich, wo die meisten Menschen scheitern: darin, sich nicht allzu wichtig zu nehmen.

Schade, dass das Bemühen, auf Augenhöhe zu bringen, was

ihm gerade passierte, im Verhalten von Anna einen erklärten Feind finden würde. Sie, die in den letzten Monaten, weit vor ihrem jüngsten Sexstreik, immer mehr Anlässe zum Streit gesucht und mit der nahenden Abreise ihres Mannes nach Cannes die tägliche Dosis an unmotivierter schlechter Laune und Boykottaktionen erhöht hatte.

Ihn schmerzte noch die Erinnerung an jenen Morgen, als Anna es gewagt hatte, ihn zu wecken. Bevor sie ins Fernsehstudio ging, um zum x-ten Mal in der schwachsinnigen TV-Serie zu spielen, war sie in sein Zimmer geplatzt (getrennte Schlafzimmer, schon immer), hatte ihm etwas nicht gerade Wohlriechendes unter die Nase gehalten und gebrüllt:

»Hier, so was habe ich ja noch nie gesehen!«

Aus dem Schlaf hochgeschreckt, fand Filippo wenige Zentimeter vor seiner Nase eine Kunstinstallation, wie man sie auf den Biennalen der halben Welt findet: ein Küchentablett, auf dessen Oberfläche nicht wirklich friedlich zusammenlebten: eine angeknabberte Parmesankruste, eine Bierflasche voller Zigarrenstummel und ein einsamer Adidas-Schuh, aus dem eine (übrigens leere) Packung Gentilini-Kekse hervorlugte. Was jeder für ein Werk der Pop-Art hätte halten können, das die neurotischen Störungen des Spätkapitalismus anprangerte, erkannte Filippo als die Reste einer langen Fernsehsession der vorigen Nacht wieder. In einer anderen Verfassung hätte er vielleicht dieses Meisterwerk ebenso locker für sich reklamiert wie Michelangelo die Urheberschaft an seinem David. Aber es ist nun mal so: am frühen Morgen, völlig überrumpelt, brutal aus dem Schlaf gerissen, war sein Sinn für Ästhetik noch zu betäubt, als dass er ihn dazu bewegen konnte, das Kunstwerk mit den prosaischen Augen seiner Ehefrau zu beurteilen. Jawohl, er musste es zugeben: aus der Sicht einer Frau ohne Phantasie und voller Groll waren diese Überreste wirklich ekelhaft. Aber nachdem er derartig geweckt worden war, wollte er ihr keinerlei Genugtuung gönnen. Er drehte den Kopf auf die andere Seite und schloss wieder die Augen. Ein Verhalten, das sie nur noch mehr in Rage brachte:

»Mein Vater hat nicht so viel Geld in dieses Haus gesteckt, damit du es mit diesen Schweinereien verschandelst.«

Es war das erste Mal seit ihrer Hochzeit, dass Anna es wagte, wenn auch indirekt, ihm ihr ökonomisches Ungleichgewicht vorzuwerfen. Es war das erste Mal, dass er sich ihretwegen wie ein Parasit fühlte. Zweifellos lag die Schuld ganz und gar bei Cannes. Der Witz war, dass Anna sich genau in dem Moment erlaubte, ihn zu erpressen, in dem die Welt ihm eine (wenn auch ferne) Möglichkeit geliefert hatte, sich von ihr zu emanzipieren.

Und dabei war sie es gewesen, verflucht nochmal, die ihn angetrieben hatte, aus seiner vagen Berufung zum Comiczeichner etwas zu machen. Sie war es, die ihm diese ganzen Vorträge hielt, dass ein menschliches Wesen nicht so leben konnte, wie er es tat: sich zu Hause verschanzen und nur essen, schlafen, Trash-Sendungen im Fernsehen gucken, und dazwischen seine gemächliche Hypochondrie kultivieren. Dass Menschen so nicht leben. Oder wenigstens alles versuchen, es zu vermeiden. Kurz gesagt, sie war es, die den richtigen Durchgang in der Mauer seiner sprichwörtlichen Nichtsnutzigkeit gefunden hatte.

»Ich verlange von dir ja nicht, dass du ein Matt Groening oder ein Alan Moore wirst«, hatte sie mal zu ihm gesagt. »Ich rate dir nur, Spaß zu haben. Wenn du sowieso nicht aufs Zeichnen verzichten kannst und seit deinem sechsten Lebensjahr nichts anderes machst, und Kenner schwören, dass du gut bist …«

Die Überzeugungsarbeit hatte sich nicht auf vage Ermutigungen beschränkt. Unter Einsatz ihres vom Vater geerbten Organisationstalentes und mit Hilfe ihres Seiltänzer-Agenten hatte Anna einen Produzenten aufgetrieben, der bereit war, in die Begabung ihres Mannes zu investieren.

Aber warum fiel ihr gerade jetzt – jetzt, da sie damit aufhören konnte, großzügig das Amt des Talent-Scouts und der Groupie-Ehefrau auszuüben, jetzt, da dank ihrer Begeisterung und Hingabe ein Hoffnungsschimmer zu sehen war, jetzt, da auch Cannes ihr recht gab – nichts Besseres ein, als in Sachen Sex die Rollläden herunterzulassen und jeden Vorwand aufzugreifen, um ihn zu beschimpfen?

Das mysteriöse Gegengewicht, das die eheliche Ausgeglichenheit regulieren soll! Drehe daran und du bist erledigt!

Im Grunde kann auch der großzügigste Mentor, wenn er sich vom Schüler ausgestochen fühlt, einen Wutanfall bekommen. Und, Leute, wir reden von Cannes! Einem Termin, den Filippo vielleicht von seinem bequemen Außenseitersessel aus gelassen behandeln kann. Der aber für eine kleine Schauspielerin wie seine Frau, die das Showbusiness seit ihrem fünfzehnten Lebensjahr beackert, für eine hochgradige Revanchistin, die jeden Abend vor dem Einschlafen von einem Comeback phantasiert, das es ihr erlauben würde, locker jeden Erfolg zu übertreffen, den ihr Vater jemals errungen hatte, und den goldenen Käfig der TV-Serien hinter sich zu lassen … nun, für eine solche Tussi ist Cannes das Gelobte Land (steht Cannes denn nicht für Kanaan?).

Und dass er es beim ersten Versuch dorthin schafft, zwischen einem Gähnen, einem Imbiss und einem Schulterzucken, zwischen einer Zigarre, einem Averna mit Eis und einem Fick, kann ihre Demütigung und Wut nur noch steigern.

Aber seht ihn euch doch mal an – muss sich Anna gesagt haben, seitdem sie so schwierig geworden war –, er hockt da im Schatten, die ganzen Jahre, wie ein Gorilla im Zoo, und dann auch noch auf meine Kosten. Und jetzt, da Euer Gnaden sich herablässt, sich der Welt hinzugeben, da steht die Welt stramm. Niemand Geringeres als Gilles Jacob. Könnt ihr euch das vorstellen? Kaum zu glauben.

Es war fast zwanzig nach sieben am Abend und Anna war, jedenfalls für einen ängstlichen Typen wie Filippo, längst überfällig. In solchen Momenten spürte er, dass er seine Frau am meisten liebte: wenn sie sich verspätete.

Gerade als er die Crostini aus dem Backofen holen wollte, begehrte er Anna plötzlich mit der verzweifelten Verkommenheit, mit der Jugendliche den Sex herbeisehnen, von einer Unschuld geschlagen, von der sie sich, wenn man sie hört, nie befreien werden.

Mit welcher Nostalgie dachte er an das erste Mal zurück, als er sie (zumindest live) gesehen hatte: an einem Gate auf dem Frankfurter Flughafen saß sie auf dem Boden, die Beine überkreuzt wie eine kleine Indianerin. Der mit Schnee vermischte Wind blies hinter der großen Glasfront mit dem Blick auf die Landebahnen so heftig wie im Film. Dem Bade-Outfit nach konnte man leicht zu dem Schluss kommen, dass sie auf dem Rückweg von einer exotischen Reise war. Noch bevor Filippo sie erkannte, war er überrascht vom Gefühl der Unzulänglichkeit, den jeder Quadratmillimeter ihres Körpers ausstrahlte. Lange seidige Haare wie eine Polynesierin, gebräunte pulsierende Schläfen, teilweise verdeckt von den Bügeln einer Sonnenbrille, lange, schlanke Affenarme, gelbe Flipflops wie eine gepflegte Hippiefrau, aus denen leicht eingezogene vergoldete Zehen hervorschauten. Filippo erinnert sich nach so langer Zeit immer noch gerührt an jedes Detail. So wie er sich auch an den Moment erinnert, an dem seine Bewunderung als Kenner von der Verwunderung verdrängt wurde, etwas Vertrautes und zugleich Exotisches vor sich zu haben.

Dieses Mädchen hatte er doch schon einmal gesehen. Er wusste nicht, wer sie war, wie sie hieß. Er konnte sich auch nicht vorstellen, der neurotischen Tochter eines Multimillionärs gegenüberzustehen, die sich seit kurzem in die märchenhafte Welt des Fernsehfilms aufgemacht hatte. Ihm war klar, dass es keinen schlimmeren Annäherungsversuch gab, als einer Frau zu sagen, man habe sie schon einmal gesehen, auch nicht, wenn er sicher war, dass er sie tatsächlich schon einmal gesehen hatte.

Dann brachte ihn etwas auf die richtige Fährte. Filippo erkannte in der kleinen Frau Sitting Bull die Gesichtszüge einer ungelenken Tänzerin. Mensch, wo hatte er sie nur gesehen? Bis endlich die Offenbarung kam. Sie hatte als Sängerin und Tänzerin bei »Das ist nicht die RAI« teilgenommen, einer Sendung mit jungen Mädchen und alten Säcken, die Anfang der neunziger Jahre sehr populär gewesen war. Für Filippo Pontecorvo handelte es sich um eine der gelungensten Kultursendungen in der Geschichte des italienischen Fernsehens. Eine Vorahnung, die wie alle genialen Einfälle den Charme des Wesentlichen ausstrahlte.

Die Idee bestand darin, in einem riesigen Fernsehstudio eine herrlich übertriebene Anzahl von jungen Mädchen zwischen dreizehn und achtzehn Jahren zu versammeln. Und zwar nachdem man sich versichert hatte, dass die Genannten über keinerlei Talent und keinerlei Begabung verfügten: nicht zum Singen und noch weniger zum Tanzen und zum Schauspielern. Das Einzige, was von ihnen verlangt wurde, war süß und aufreizend vor der Fernsehkamera zu agieren. Und darin waren sie wirklich konkurrenzlos.

Filippo erinnerte sich an ihre Namen: Miriana, Teresa, Pamela, das sagenhafte Paar Antonella-Ilaria … Er erinnerte sich an ihre fehlerhafte Aussprache, ihren unsicheren, tapsigen Gang (oh, die erhabene Sinnlichkeit des Unvollkommenen!). Er erinnerte sich an ihr hysterisches Geflenne. Ihre Sätze ohne jede Logik. Ihr falsches komplizenhaftes Lächeln vor der Kamera, das eine viel menschlichere Konkurrenzhaltung erahnen ließ, ungeduldig, sich in Gesten von unvorstellbarer Gemeinheit und Boshaftigkeit zu äußern, hinter der geschmückten Scharade der Fernsehheuchelei.

Was für ein Traum! Was für Zeiten!

Und da – im Kontext des sinnlichen orientalischen Paradieses, das man den Zuschauern jeden Tag gleich nach dem Mittagessen servierte – hatte Filippo seine zukünftige Ehefrau, damals kaum fünfzehn Jahre alt, im Badeanzug zum ersten Mal gesehen.

Eine Sekunde, nachdem er sie erkannt hatte, blickte Filippo sich mit der Vorsicht eines Raubtiers um, ob in der Umgebung, in der Menge der Transitreisenden, womöglich der Schatten eines Begleiters drohte. Das schien nicht der Fall zu sein.

Das Schauspiel, das die Natur hinter den Glasscheiben darbot, flößte einem einen biblischen Schrecken ein. Es war Viertel vor drei nachmittags, dabei schien es finsterste Nacht zu sein. Man konnte nichts sehen außer der Schnauze der MD80, in die sie eine knappe Stunde später steigen sollten, und die immer mehr das Aussehen eines verblüfften Delfins hatte, der einen aus einem Aquarium heraus anblickt. Es war mehr als wahrscheinlich, dass man sie nicht starten ließ. Dass an diesem Tag kein einziges Flugzeug vom Frankfurter Flughafen abheben würde.

Vielleicht war das der Grund, warum die kleine Polynesierin immer unruhiger wurde. Sie stand auf, setzte sich wieder hin, wechselte ständig ihre Position. Ließ ihre Flipflops von den Füßen gleiten. Traktierte einen silbernen Ring am Zeigefinger. Und vor allem hantierte sie hartnäckig mit ihrem Handy. Schaltete es aus und wieder an. Öffnete es, holte die SIM-Karte heraus, rieb sie an ihrem T-Shirt, steckte sie wieder rein. Nichts zu machen: es funktionierte nicht. Und darauf hatte er gewartet:

»Probieren Sie es mal mit meinem.«

Das war Filippos Auftritt, er hielt ihr ein klappriges Nokia hin.

Sie packte ihre dunkle Brille an den Bügeln und ließ sie ein paar Millimeter nach vorne auf die Nase rutschen, um ihn mit den schwärzesten und misstrauischsten Augen zu taxieren, die sich jemals auf ihn gerichtet hatten.

Man kennt die Wirkung, die man auf Männer ausübt, nur zu gut: war es das, was diese Augen so vorsichtig machte? An einem öffentlichen Ort angesprochen zu werden, war für sie schließlich an der Tagesordnung. Aber dieser Typ musste wirklich verzweifelt sein. Es war Silvester. Alle waren aufgeregt beim Gedanken, in der Neujahrsnacht in einer überfüllten Halle campieren zu müssen. Und er stellte sich hin und machte auf Kavalier?

»Keine Sorge. Das macht er immer, aber dann lässt er mich doch nie im Stich. Vielen Dank«, sagte sie in Anspielung auf ihr eigenes Handy mit Worten, die auf einen Freund gepasst hätten.

Und Filippo hatte begriffen. Das einzig Richtige, was er tun konnte, war zugleich das am wenigstens Kühne: einen Gang zurück. Er ging wieder an seinen Platz, wobei er sich kategorisch verbot, das Einzige auf der Welt zu betrachten, was ihn in diesem Moment interessierte. Gerade als es ihm gelungen war, dem Mädchen keine kurzen Blicke zuzuwerfen, hörte er, wie ihn eine zerknirschte Stimme von hinten überfiel:

»Ich will nichts gesagt haben. Dieses Mal hat er mich im Stich gelassen. Wenn dein Angebot noch gilt … Ich sollte abgeholt werden, aber ich kann nicht telefonieren.«

Filippo hatte freudig bemerkt, wie sie inzwischen vom »Sie« zum »Du« übergegangen war. Ohne sich bitten zu lassen, holte er das nur wenige Minuten zuvor abgelehnte Handy aus seiner Hosentasche. Mit der gierigen Bewegung einer Drogensüchtigen, die auf dem Trockenen sitzt, riss sie es ihm aus den Händen. Sie ging ein paar Schritte beiseite. Mit beeindruckender Schnelligkeit wählte sie die Nummer. Und ein weiteres Mal bot sie den Passagieren des Flugs AZ1459 Frankfurt-Rom eine anschauliche Demonstration ihres labilen Gemütszustands. Sie fing an, in der Nähe eines mit einem kümmerlichen Weihnachtsbäumchen geschmückten American Express-Stands auf und ab zu gehen. Wie ein Jude beim

Gebet ließ sie ihren Kopf hin- und herschaukeln. Sie wurde extrem laut und ebenso schwindelerregend wieder leise. Es war offensichtlich, dass der Jemand, der sie abholen sollte, sie anbrüllte. Sie jammerte, sie rechtfertigte sich nämlich wie ein achtjähriges Kind. Aber gleichzeitig ließ sie ihren Charakter aufscheinen, tapfer wie ein Profiboxer griff sie an und steckte ein. Das alles, dem Anschein nach, mit einem hohen Aufwand an physischer und emotionaler Kraft. Ab und zu warf die kleine Polynesierin, weil sie sich offenbar schuldig fühlte, ihrem Wohltäter einen Blick zu und hob den Zeigefinger, als wollte sie sagen: »Entschuldige, gib mir noch eine Sekunde …«

An Sekunden waren schon etliche verstrichen, bevor sie wiederauftauchte und ihm mit schuldbewusster Miene sein Handy zurückgab.

»Ich fürchte, ich habe die Batterie aufgebraucht.«

»Ich habe ein Ladegerät in der Tasche.«

»Fliegst du auch nach Rom?«

»Wenn es so weitergeht, fliege ich nirgendwohin.«

»Ich wohl auch nicht.«

»Warst du deswegen am Telefon so aufgeregt?«

»Mein Vater. Er ist immer so. Manchmal glaube ich, ihn interessiert einzig und allein, mich blöd dastehen zu lassen.«

»Was hast du denn Schlimmes getan?«

»Was weiß ich. Einen Moment lang habe ich befürchtet, er wollte mir sogar die Schuld an diesem grässlichen Unwetter geben.«

»Wenigstens weiß ich jetzt, auf wen ich böse sein muss.«

»Weißt du, er ist der vorbildliche Typ, der nie Fehler macht. Er ist nur unterwegs, wenn die Sonne scheint.«

»Ist er oft unterwegs?«

»Sehr oft.«

»Was macht denn dein Vater?«

»Geld.«

»Eine schöne Arbeit!«

»Viel Geld zu machen ist das, was er am besten kann, außer mir Vorwürfe zu machen und sich um die Wettervorhersage zu kümmern.«

»Das klingt doch nach drei ausgezeichneten Beschäftigungen.«

»Eher nicht. Das Problem ist, dass das Selbstvertrauen, das ihm die Kohle gibt, für die in seiner Umgebung richtig nervig sein kann.«

»Eine interessante Theorie. Die übrigens erklärt, warum ich prozacabhängig bin«, sagte er, um der Unterhaltung einen Kick zu geben.

»Wieso?«

»Weil ich keinen Cent habe.«

»Wirklich?«

Jetzt, da sie ihre Brille abgenommen und in den Ausschnitt gehängt hatte – sozusagen ihre Augen entblößte –, fragte sich Filippo, ob die Gläser nicht ausdrücklich dazu da waren, die störende Aufrichtigkeit ihres Blicks zu schützen. Augen, die mit der Präzision eines Seismographen wohl nur dazu dienten, damit man in Echtzeit jeden unmerklichen psychischen Erdrutsch registrieren konnte. Jetzt zum Beispiel äußerten sie etwas auf der Kippe zwischen Freude, Empathie und Anteilnahme.

»Was wirklich?«

»Bist du wirklich prozacabhängig?«

»Sehe ich aus wie einer, der über so was Witze macht?«

»Was weiß ich, was für ein Typ du bist? Ich habe dich doch gerade erst kennengelernt ... Also, du ziehst dir Prozac rein, richtig?«

»Nicht nur Prozac. Siehst du diese Tasche? Das ist eine Apotheke. Antidepressiva, Stimmungsaufheller ... Ein geregeltes Leben nach den harmonischen aktiven Prinzipien der Pharmakologie. Die Glückspillen. Ich weiß nicht, wie die Leute ohne so was leben können?«

»Weißt du, dass du komisch redest?«

»Nervt dich das?«

»Nein, im Gegenteil, es amüsiert mich. Aber es wirkt komisch, aufgeregt.«

»Sei mir nicht böse. Das ist wegen dem Prozac.«

»Mensch, du verarschst mich. Du siehst nicht wie ein Prozac-Süchtiger aus.«

»Und du siehst nicht aus wie eine, die weiß, wie Prozac-Süchtige aussehen.«

»Du weißt gar nicht, wie falsch du liegst … Jedenfalls scheinen Militärhosen nicht zu deiner Rolle zu passen. Wenn ich dir das so sagen darf.«

»Jetzt liegst du aber falsch. Prozac ist universell, demokratisch. Es schafft überall Anhänger, sogar bei viel erfolgreicheren Leuten als mir. Sylvester Stallone soll nicht darauf verzichten können.«

»Warum begreif ich nie, ob du es ernst meinst?«

»Ich schwör's dir, ich habe gerade im Flugzeug ein Interview mit ihm gelesen, in der Zeitschrift der Lufthansa. Eine seriöse deutsche Zeitschrift. Die lügen nie. Stallone steigt wohl in kein Flugzeug ohne seine Pastillen. So nennt er sie: ›meine Pastillen‹. Findest du das nicht süß für einen Mann wie ihn? Du glaubst, er ist bis oben hin voll mit Steroiden und Anabolika, dabei ist er prozacabhängig. Weißt du, das ist eine wirkliche Hilfe für Leute wie mich, zu wissen, auch in den höheren Kreisen …«

Natürlich gab es kein Interview, in dem Sylvester Stallone irgendeine Abhängigkeit gestanden hätte. Aber mit Sicherheit machte Filippo gerade eine schwere Zeit durch.

Die besondere Virulenz des x-ten Anfalls von Hypochondrie hatte ihn ein paar Wochen zuvor dazu getrieben, in ein Flugzeug zu steigen, nach Tel Aviv zu fliegen und sich bei Josuah Pacifici zu Hause einzunisten, einem Cousin mütterlicherseits, den er kaum kannte. Was für ein Typ, dieser Josuah! Er verfügte über unbegrenzte Energiereserven. Tagsüber arbeitete er als Reiseführer für vermögende amerikanische Juden und abends als DJ in einem Strandlokal. Für Filippo war es eine Freude, sich von Josuahs hyperkinetischer Lebendigkeit mitreißen zu lassen. So wie es auch aufbauend war, eine israelische Erfahrung von innen heraus zu erleben. Er hatte vor Ort festgestellt, wie die Tatsache, jeden Morgen in einem Land aufzuwachen, das von einem auf den anderen Moment von einer Atombombe vernichtet werden könnte, sofort die eigene Sichtweise verändert: angesichts der atomaren Gefahr verblasst sogar eine selbstdiagnostizierte tödliche Krankheit. Leider brauchte er nur in Frankfurt anzukommen, damit der im Lande der Propheten erworbene wohltuende Fatalismus zum Teufel ging.

In diesem Augenblick wurde eine weitere beträchtliche Verspätung angekündigt, was alle wartenden Passagiere aufregte und das Mädchen deprimierte.

»Es ist immer dasselbe. Das ist mein typisches Pech. Denk dir: ich habe mich mit meinem Freund gestritten, ich habe ihn in Argentinien sitzenlassen, obwohl er mir hinterherrief, wenn ich jetzt gehen würde, wolle er mich nie mehr sehen ... und das nur, um Silvester mit meinem Vater zu feiern. Ich habe noch nie Silvester ohne ihn gefeiert. Etwas sagt mir, wenn ich Silvester nicht mit ihm feiere, könnte etwas Furchtbares passieren! Ich habe den siebten Sinn. Manche Dinge spüre ich in mir fließen ...«

Filippo sagte nichts. Er ließ sie weiterfaseln und erwog die unzweifelhaft romantischen Anregungen, die sich einem boten, wenn man in der Silvesternacht mit einem ebenso attraktiven wie nervösen Mädchen auf einem Flughafen festsaß.

»Kann ich dich zum letzten Mal um dein Handy bitten?«, fragte sie ihn immer besorgter.

Da hatte Filippo ein weiteres Mal die Gelegenheit, eine Szene zu erleben, in der sie aus der Fassung geriet. Sie sprach in einem übertrieben aufgeregten Ton, als wäre es das letzte Telefonat ihres Lebens. Zum Glück hatte sich dieses Mal, nachdem sie aufgelegt hatte, ihre Laune entscheidend gebessert. Ihr Vater hatte sie beruhigt. Er hatte ihr geraten, sich einen Schlafplatz zu suchen. Sicherlich verfügte der Frankfurter Flughafen über einen Hotelservice. Filippo und sie klapperten die Hotels in der Nähe ab und natürlich waren sie alle ausgebucht. Gegen sieben Uhr abends machten sie sich wieder auf den Weg zum Gate. Der Flughafen sah aus wie ein Biwak. Die Leute, die sich inzwischen damit abgefunden hatten, die Silvesternacht hier zu verbringen, feierten mit ein paar behelfsmäßigen Flaschen aus dem Duty-free-Shop.

Seitdem sich Anna (ja, so sagte sie, sei ihr Name) damit abgefunden hatte, nicht zu fliegen, und sich deswegen nicht mehr aufregte, fing sie sogar an, ununterbrochen von ihrem Vater zu erzählen, vom krankhaften Verhältnis, das sie mit diesem charismatischen und erstaunlich wohlhabenden Mann verband. Wer weiß, ob vom Konkurrenzwillen angetrieben oder dem Trost, einen Anhänger desselben Clans vor sich zu haben, redete Anna über alle Mittel, die sie im Laufe ihres jungen Lebens schon hatte schlucken müssen, und wie sie, im Gegensatz zu ihrem Schicksalsgefährten, diese Medikamente hasste. Sie sprach sogar über ihre Aufenthalte in der Psychiatrie. Sie schien es zu genießen, diesem zufälligen Gesprächspartner gegenüber keine Einzelheit auszulassen. Filippo fragte sich, ob sie sich so verhielt, weil sie sicher war, dass sie ihn nie wiedersehen würde. Ob er die Rolle des klassischen Unbekannten spielte, dem man im Zugabteil begegnet und das größte Geheimnis seines Lebens offenbart.

Ab und zu richtete Anna, mitten im Schwall intimer Geständnisse, ein paar Fragen an ihn. Filippo antwortete kurz. Anna war besonders froh, als sie hörte, dass er noch bei seiner Mutter wohnte. Sie war von Männern umgeben, die nach Unabhängigkeit und Emanzipation von ihrer Herkunftsfamilie strebten: Hier war nun einer, der sich nicht schämte, seine Mutter ebenso liebzuhaben, wie sie, Anna, ihren Vater liebhatte. Filippo musste feststellen: es gab nichts, das er von sich erzählte, was sie sich nicht sofort aneignete, um gleich dazu eine Anekdote zu erzählen, die sie betraf. Es handelte sich um eine wirklich nervtötende dialektische Vorgehensweise, doch war das wichtig? Sie war doch so schön.

Um Mitternacht stießen sie, in einer kleinen Ecke neben dem American-Express-Stand auf dem Boden sitzend, mit zwei Flaschen Bier an. Draußen zeigte das Unwetter keine Anzeichen, sich zu beruhigen. Drinnen war die Luft warm und köstlich verbraucht. Schließlich schlummerte Anna ein. Also begnügte sich Filippo, da er nicht tun konnte, was er zu tun versucht hätte, wenn sie in einem Hotelzimmer gewesen wären, damit, aus seiner Tasche Blätter und Stifte herauszuholen. Und er fing an, sie im Profil, von vorne, in Dreiviertel- und in Ganzkörperansicht zu zeichnen. Dabei lächelte er mit traurigem Blick und düsterer Miene. Die ganze Nacht über tat er nichts anderes, und dann war es an ihm, einzuschlafen.

Als Filippo im Morgengrauen plötzlich aufwachte, erwarteten ihn zwei unerwartete Dinge. Eine schöne Sonne, die ihre warmen winterlichen Strahlen auf die ganz mit Schnee bedeckten Pisten richtete. Und Anna, die seine Zeichnungen durchblätterte. Einen Moment lang fürchtete Filippo, sie sei wütend. Sie würde von ihm eine Erklärung verlangen für das, was man als Vorspiel zum Stalking bezeichnen könnte. Doch er merkte gleich, dass Anna ebenso strahlte wie das Licht dort draußen. Sofort begann sie sich bei ihm zu bedanken. Sie sagte ihm immer wieder, es sei das liebevollste Geschenk, das sie jemals bekommen habe.

Sieben Jahre waren seit ihrem ersten gemeinsamen Aufwachen und diesem ganzen gegenseitigen Getue vergangen. Seitdem war einiges geschehen. Jetzt wusste Filippo mehr von Anna, als er wissen wollte. Und doch dachte er gern an diese Zeichnungen zurück. Durch sie hatte Anna ihn geliebt, wie sie ihn nie wieder lieben konnte. Und nun wusste Filippo auch warum: Nichts hatte bis zu jenem Moment Annas Narzissmus so besänftigt wie die Begegnung mit ihrem ergebenen persönlichen Porträtzeichner. Schließlich war es dann auch nicht so seltsam, dass sie diesen Porträtzeichner heiratete.

Wo steckte sie bloß? Es war schon halb acht.

Der Regen ergoss sich so heftig, dass er die knarrenden Zweige der Magnolie nach unten bog. Die Sirene eines fernen, vom Gewitter ausgelösten Alarms dröhnte immer schriller. Durch das halbgeöffnete Fenster zogen feuchte Schwaden mit einem Duft nach verletztem Frühling herein.

Zunehmend besorgt versuchte Filippo Anna auf ihrem Handy anzurufen. Nichts. Ausgeschaltet.

Genau in diesem Moment klingelte das Haustelefon. Filippo war sich sicher, dass sie es wäre. Es war Rachel, seine Mutter. Die wohl ein gewisses Talent hatte, ihre Söhne genau dann anzurufen, wenn diese ungeduldig einen Anruf von jemand anderem erwarteten. Gewöhnlich verwandelte sich die Enttäuschung über diese pünktliche mütterliche Ungelegenheit beim jeweiligen Sohn in den legitimen Wunsch, sie umzubringen oder wenigstens schlecht zu behandeln.

»Schatz?«

»Mama, was gibt's?«

»Ich wollte nur wissen, ob ich dich morgen früh zum Flughafen bringen soll.«

»Nein, danke. Mein Flugzeug geht um acht. Ich muss eine Stunde vorher da sein. Um mich hinzubringen, müsstest du heute Nacht hier draußen kampieren.«

»Das macht mir aber nichts aus. Um diese Uhrzeit ist doch keiner unterwegs.«

»Aber mir macht es was aus. Ich will nicht, dass du wegen mir am frühen Morgen aufstehen musst.«

»Ich stehe gern am frühen Morgen auf.«

»Mama, ich bitte dich …«

»Bringt Anna dich hin?«

»Du weißt doch, dass Anna nicht gern allein vom Flughafen zurückfährt.«

»Warum denn nicht?«

»Warum haben Rotkehlchen eine rote Kehle? Anna ist halt so …«

»In Ordnung, aber deswegen brauchst du dich nicht aufzuregen. Also, wie kommst du hin?«

»Was weiß ich, ich nehme ein Taxi.«

»Hast du Geld verdient?«

Filippo wusste schon, bevor er das Wort »Taxi« aussprach, dass dies bei Rachel eine empörte Reaktion auslösen würde. Aber ihm war eben auf die Schnelle nichts anderes eingefallen. Das Taxi stand auf der schwarzen Liste überflüssiger und verbotener Genussmittel, auf der auch andere Artikel standen wie Getränke und Erdnüsse aus der Minibar eines Hotels oder Popcorn und Eiskonfekt, die in der Pause im Kino verkauft werden.

Wenn Filippo dem Impuls nachgab, seine Mutter wie ein Pennäler anzulügen, dann wegen der Gehirnwäsche in seiner Kindheit:

»Das Taxi zahle nicht ich, sondern die Produktionsfirma.«

»Und die haben Geld, um es aus dem Fenster zu werfen?«

»Mensch, Mama, denk doch auch mal an die Taxifahrer. Wir sprechen doch nicht vom Aga Khan. Die müssen sich doch auch über Wasser halten?

»Und der Koffer?«

»Was ist mit dem Koffer?«

»Hast du den schon gepackt?«

»Ich war gerade dabei.«

»Vergiss die Packung Buscopan nicht. Es fehlt nur noch, dass …«

»Hör mal, Mama, ich muss jetzt los.«

»Was ziehst du für den Gala-Abend an?«

»Was für einen Gala-Abend?«

»Ich habe gelesen, es gibt einen Gala-Abend.«

»Für wen hältst du mich? Für Sean Penn? Niemand hat mich zu irgendeinem Gala-Abend eingeladen. Ich geh da hin, quatsch meinen Scheiß und fahre wieder zurück.«

»Fühlst du dich eigentlich erwachsener, wenn du Schimpfwörter benutzt?«

»Ich fühle mich immer dann erwachsener, wenn wir mindestens zwei Tage am Stück nichts voneinander hören …«

»Nimm wenigstens eine Krawatte und die Mokassins mit … Man weiß ja nie.«

»Ich weiß, am liebsten hättest du mich so herausgeputzt wie die kleine Schwuchtel.«

»Weißt du, ich mag es nicht, wenn du ihn so nennst. Apropos, hast du mit ihm telefoniert?«

»Mit wem? Der kleinen Schwuchtel?«

»Ich habe dir gesagt, du sollst ihn nicht so nennen … Das Einzige, was ich nicht ertragen könnte, wenn ich tot bin, ist dass ihr beide euch nicht versteht. Wenn ich nicht mehr da bin, und ihr fangt an zu streiten wie die Kinder des Notars, dann komme ich nachts und ziehe euch an den Füßen …«

»Na, da gab es ja schon eine schöne Beute aufzuteilen. Bei dir geraten wir wahrscheinlich eher an die Falsche. Es hat ja keinen Sinn, sich wegen Kleingeld in die Haare zu kriegen.«

Auf diesen Kommentar folgte eine kurze Stille. War Rachel beleidigt?

»Ich glaube, deinem Bruder geht es gerade nicht besonders.«

»In welchem Sinn?«

»Ach, ich weiß nicht. Er ist dauernd nervös. Willst du nicht versuchen, mit ihm zu reden? Wenn du ihn anrufst, freut er sich. Er sagt, du rufst ihn nie an …«

Während Rachel versuchte, ihm subtil die tägliche Dosis an Schuldgefühl zu injizieren (es war nämlich sehr unwahrscheinlich, dass Semi sich über eine, übrigens ganz und gar unzutreffende telefonische Vernachlässigung vonseiten seines großen Bruders beschwert hätte), wurde Filippos Aufmerksamkeit vom unverwechselbaren Schlüsselklappern an der Haustür abgelenkt.

»Mama, entschuldige, Anna ist da. Wir telefonieren morgen.«

»Ja, denk dran, mir eine Nachricht zu schicken, wenn du gelandet bist.«

»Mama, bis morgen.«

Er sah wieder auf die Uhr. Anderthalb Stunden Verspätung. Filippo ging ihr entgegen, in der einen Hand das Bier und in der anderen das letzte angeknabberte Crostino, das seinen Fressanfall überlebt hatte. Er wusste, er hätte dem Impuls widerstehen sollen, ihr Vorwürfe zu machen und auch, sie nach dem Grund für eine so gedankenlose Verspätung zu fragen. Als sie schließlich vor ihm stand, war er wie vom Schlag getroffen.

Vor dem Eingang stand eine tragische Heldin. Ich bitte euch, denkt nicht an Medea oder Klytämnestra, sondern an eine zeitgenössischere Figur, halb traurige Zigeunerin, die an der Ampel um Almosen bettelt, halb maghrebinische Jugendliche, die ganz knapp einen Schiffbruch überlebt hat.

Nicht einmal im Film, als reumütige Tochter des Camorra-Chefs, hatte Anna eine ähnliche dramatische Intensität erreicht. Ihre langen schwarzen Haare tropften wie eine Regenrinne, aber sie schien sich nicht darum zu kümmern. Sie stand da, katatonisch, als wäre sie Zeugin eines Mordes gewesen. Was war mit ihr passiert? Filippo schluckte mühsam zusammen mit dem letzten Stück Crostino einen seiner kleinen Kommentare hinunter. Wie anstrengend war es doch, mit dem leidenden Komödiantentum seiner Frau konfrontiert zu sein. Ab und zu den Flugdrachen ihrer neurotischen Übertreibungen zu besteigen, konnte zwar eine anregende Erfahrung sein, manchmal sogar fröhlich waghalsig, das aber den lieben langen Tag zu erleben, war auf Dauer einfach nicht auszuhalten.

»Darf man erfahren, wo du warst?«, war das Freundlichste, was er sie fragen konnte.

»Ich habe mich mit Piero zerstritten.«

Anna überließ es dem Gewitter, ihre Worte mit einem fernen Donnergrollen zu kommentieren. Und gleich darauf sagte sie noch: »Dieses Mal endgültig.«

Es war das dritte Mal in den letzten Wochen, dass sich Anna »endgültig« mit Piero Benvenuti zerstritten hatte. Ihrem Agenten. Und nicht nur ihrem, sondern auch dem von einem Haufen anderer Entertainer, die von ihm pompös als »Künstler« bezeichnet wurden, obwohl kein Einziger von ihnen jemals einen Pinsel in die Hand genommen hatte.

Piero war eine verwirrende und vor allem amüsante Mischung aus Zynismus und Sentimentalität. Ein talentierter Vertreter von Schauspielern ohne Talent. Einer, der sich hartnäckig für seine Klienten verausgabte, damit sie die günstigsten Verträge und die populärsten Rollen bekamen, der aber durch ein unheilbares Defizit an Empathie kaum begriff, welche besondere Richtung die Geltungssucht bei jedem von ihnen jeweils einschlug.

Früher oder später kommt nämlich immer der Moment, an dem der überbezahlte Quizmaster in sich die Leidenschaft für das Schauspielern entdeckt. Oder an dem das kleine, für seine majestätische Ungelenkigkeit bekannte Starlet sich vom Dämon des Tanzes versuchen lässt … Warum beschließen bloß alle in dieser blöden Welt – in der Piero sich für eine Art Flaschengeist hält – etwas sein zu wollen, was sie nicht sind? Die chronische Unzufriedenheit seiner Künstler ist nicht weniger mysteriös und ärgerlich als die Undankbarkeit, die früher oder später alle gegenüber dem Schicksal, und vor allem gegenüber diesem fleißigen, schöpferischen und dennoch nicht allmächtigen Flaschengeist zeigen. Und obwohl Piero sich mit dem tröstlichen Gedanken abgefunden hat, dass die ständige Unzufriedenheit das besondere Laster der Künstler ist (eine Art romantische Deformation, ohne die sie keine wären), leidet er trotzdem jedes Mal, wenn einer seiner Klienten wieder seine Frustration als verkanntes Genie an ihm auslässt.

An jenem Nachmittag musste Piero ziemlich gelitten haben, wenn man den Tenor der Vorwürfe bedenkt, mit denen ihn Anna sicherlich überhäuft hatte. Seit Wochen erlebte Filippo das Schauspiel, wie die Wut seiner Frau auf ihren Agenten ständig zunahm. Je mehr Anna offenbar bewusst wurde, was Piero für Filippo alles hatte erreichen können und für sie nicht, desto wütender wurde sie.

Und dabei war zwischen ihr und Piero sofort eine Liebesromanze entstanden. Ihre geschäftliche Zusammenarbeit war ungefähr ein Jahr alt, als Filippo und Anna in den Hafen der Ehe einliefen. Hätte Filippo nicht schon damals einen guten Einblick in die psychischen Prozesse und die daraus folgenden Verhaltensweisen seiner zukünftigen Ehefrau besessen, hätte er sogar um ihre bevorstehende Ehe fürchten müssen. Nichts Außergewöhnliches. So funktionierte Anna eben. Auf einmal verliebte sie sich in irgendwen. Und die dramatische Intensität, mit der sie es jedes Mal wieder tun konnte, war verblüffend. Damals war ihr neuer Agent Piero an der Reihe gewesen. Dass es auf der Welt einen Mann gab, dessen Interessen so magisch mit ihren eigenen übereinstimmten, reichte aus, um ihr vorzugaukeln, in diesem Tränental könnte sich die vollkommene Verbindung, von der Platon spricht, vollziehen.

Mindestens drei Stunden lang telefonierte sie täglich mit ihm. Es gab nichts, was sie ihm verheimlichte, und von Piero verlangte sie eine ebenso schamlose Transparenz. Und Piero, der die Skrupel seines Berufsethos und auch die vom gesunden Menschenverstand gebotene Vorsicht vernachlässigte, hatte ihr schließlich seine ehelichen Mängel anvertraut. Seine Frau Carla erregte ihn nicht mehr. Sie war wie eine Schwester geworden. Eine furchtbar eifersüchtige Schwester übrigens …

Der arme Piero, wie hätte er sich auch vorstellen können, dass seine streng privaten Geständnisse von Anna bei den absurdesten geselligen Gelegenheiten weiterverbreitet wurden? Und doch: seine Bettkatastrophen mit seiner Frau waren zu Annas Lieblingsthema geworden und zudem noch ein Vorwand, der es ihr erlaubte, bei den langen Mahlzeiten mit ihren Freunden nicht nur das Essen nicht anzurühren, sondern nicht einmal die Gabel in die Hand zu nehmen.

Man saß kaum am Tisch, da begann sie mit ihrer Leier: »Denkt einmal, Piero, mein Agent …« Nachdem sie das Problem ausgebreitet hatte, erwartete sie von jedem einen Kommentar, der ebenso deftig war wie der Schinken, den sie nicht anrühren konnte.

Also, sollte Piero dieses Weib ziehen lassen oder behalten? Anna war, wie es der Zufall will, für die Trennung. Und sie war tendenziell unangenehm berührt, wenn jemand, der Piero übrigens noch nie gesehen hatte, zu ihr sagte, es sei besser, die Nase nicht in gewisse Privatangelegenheiten zu stecken, und jedenfalls heilsam, für die Integrität alter bewährter Paare zu optieren.

Die Gründe, warum Filippo dies alles duldete, waren nicht so komplex. Zunächst erleichterten Annas Eskapaden ihm das Leben, weil sie dazu neigte, ihren neuen Favoriten zu ihrem bevorzugten Vertrauten zu machen. Filippo war sich sicher, hätte es den wirksamen sanitären Vorhang in Form des jeweiligen Intimfreunds nicht gegeben, seine Haltung als zerstreuter und hedonistischer Ehemann wäre ernsthaft in Gefahr geraten. Dann war da noch die übliche Frage von Würde und Anstand. Filippo betrachtete sich gern als jemand, den gewisse Dinge nicht interessieren. Den jeweiligen Tischgästen kam der Gedanke, Anna habe ein Verhältnis mit dem geheimnisvollen Mann, von dem sie unaufhörlich sprach? Er, der still und beiseite aß, spielte die Rolle des fröhlichen Gehörnten? Ihre Sache! Filippo wäre auf große Schwierigkeiten gestoßen, hätte er versucht, der Horde von Philistern, mit denen seine Frau ihn zwang zu Abend zu essen, zu erklären, wie aufregend er es fand, sich mit dem lebhaften Bild eines hageren, nervösen Mannes wie Piero zu unterhalten, der Anna vögelte.

Das Techtelmechtel zwischen Anna und ihrem Agenten fiel mit einem Todesfall zusammen: dem plötzlichen Tod von Signora Benvenuti, Pieros heißgeliebter Mama. Obwohl Anna die betreffende Frau nur einmal gesehen und auch nicht sonderlich sympathisch gefunden hatte, war sie untröstlich gewesen. Bei der Beerdigung, zwischen den Bänken einer malerischen kleinen Kirche an einer Piazza der Isola di Ponza, an einem dieser Februartage, die von einem Himmel verdüstert wurden, der möglicherweise noch stürmischer als das Meer war, hatten viele Trauergäste geglaubt, Piero sei nicht das einzige Kind und das attraktive Mädchen, das in der zweiten Reihe in Ohnmacht fiel, eine vom Schmerz gezeichnete, geheime Schwester. Es wäre schwierig gewesen, den unschuldigen Insulanern zu erklären, dass Anna Cavalieri den Tod jedes beliebigen Elternteils mit einer solchen Intensität erlebte, als Generalprobe der drohenden Katastrophe, die ihr früher oder später auch ihren Vater nehmen würde. Filippo wusste genau, dass man, um das Verhalten seiner Frau zu begreifen, den Faktor Exhibitionismus – der im Leben jedes professionellen Schauspielers so relevant ist, und also auch in ihrem – richtig einschätzen musste. Die Botschaft, die Anna in die Welt schicken wollte, war: welches Drama auch gespielt würde, sie war am meisten dazu berufen, sich darin als schmerzvolle Protagonistin zu fühlen.

Es war kein Zufall, dass ihr Hass auf Pieros Frau gerade in den Tagen nach der Beerdigung seinen Gipfel erreicht hatte. Anna fand die Art, wie Carla die Abschnitte aus dem Evangelium vorgelesen hatte und dabei so tat, als könne sie vor Verzweiflung nicht weitersprechen, wirklich unerhört. Dabei hatte Piero ihr einmal erzählt, Carla habe ihre Schwiegermutter nie ausstehen können. Und jedes Mal, wenn er seine

Mutter besuchte, regte sich seine Frau auf. Also, und warum erlaubte sie sich dann, die Schmerzensreiche zu spielen?

Filippo konnte seine Frau nur entsetzt anschauen: wie war es möglich, dass Anna Carla beschuldigte, eine gekünstelte Haltung zu zeigen, wo sie doch genau das Gleiche tat? Ganz zu schweigen davon, dass Carla ein größeres Recht darauf hatte! Aber auch bei dieser Gelegenheit hatte Filippo es vorgezogen zu schweigen.

Bis Piero schließlich, wie alle seine Vorgänger, bei seiner äußerst anspruchsvollen Gefährtin einen Einbruch an Größe erlitt. Als Anna den Grad an Untreue ermessen konnte, den sich nur ein berühmter Agent so schamlos hätte erlauben können, und als sie andererseits begriffen hatte, dass Piero seine Ehefrau nie verlassen würde, begann sie (es erübrigt sich zu sagen öffentlich) schlecht über ihn zu reden. Nach so viel liebevoller Schmeichelei, nach so vielen Lobreden brach nun die Enttäuschung über sie herein.

Und wenn man bedenkt, dass sie ihn gewarnt hatte: würde er bei einer solchen Frau bleiben, dann würde er gefühllos werden. Und sieh ihn dir jetzt nur einmal an: wie oberflächlich, wie vulgär! Nur ihre Zuneigung zu Piero hinderte sie daran, den Agenten zu wechseln. Obwohl die letzte Brut an Starlets, die er leichtsinnigerweise übernommen hatte, sie wirklich in die Krise gestürzt hatte. Der Gedanke, zum gleichen Stall amateurhafter Tussis zu gehören, also, das war für sie eine solche Demütigung. Und doch hatte sie sich erfolgreich daran gewöhnt. Die Dinge hätten sich nie überstürzt, wenn Piero sich die Lage seines absurdesten aller neuen Klienten nicht so sehr zu Herzen genommen hätte …

Denn wie soll man Pieros Arbeit in Sachen Filippo bezeichnen, wenn nicht als unbezahlbar? Er war der Erste gewesen, dem Anna eine Kostprobe des riesigen, zusammenhanglosen und manischen künstlerischen Materials unterbreitet hatte, das ihr Mann im Laufe seines Lebens angehäuft hatte. Sie hatte es ihm eines Abends nach dem Essen in die Hand gedrückt. Piero war Gast bei einem ihrer Sommerfeste auf der Terrasse gewesen, bei denen Anna sich gern mit ihren exzentrischen Freunden und renommierten Feinden umgab. Feste, die nur dann ein Erfolg waren, wenn Filippo, von einem plötzlichen Entgegenkommen getrieben, sich dazu bequemte, unvergessliche Festessen zuzubereiten. Also, am betreffenden Abend hatte sich der Chef wieder einmal selbst übertroffen.

Während die Gäste nach dem Abendessen langsam verschwinden, steckt Anna Piero die Mappe in die Hände.

»Die sind von Filippo. Wirf doch bitte mal einen Blick darauf. Das Zeug ist gut.«

Piero muss lachen. Nicht nur, weil er besoffen, satt und breit ist, sondern weil seine exklusiven Prinzipien ihn nicht daran zweifeln lassen, dass der Koch, Förderer wunderbarer Festmahle, von Gottvater mit noch einem weiteren Talent als dem kulinarischen begabt sein kann. Das haben wir's: jemand, der solche Spaghetti mit roten Krebsen und Fischrogen kochen kann, sollte nach nichts anderem streben. Und das ist auch der Grund, warum Piero, als er von Anna die Mappe mit den Entwürfen entgegennimmt, es sich nicht verkneifen kann, seine würdevolle Überheblichkeit zu zeigen, die man üblicherweise der Bande von Dilettanten vorbehält, die sehr oft mit einem seiner Künstler verwandt sind und sich irgendwann an ihn wenden, um ein Rampenlicht zu bekommen, das sie letztendlich nicht verdienen.

Was Piero nicht wissen kann, ist, dass Filippo in dieser Angelegenheit genauso denkt wie er. Und auch nicht, dass Filippo, obwohl er schon sein ganzes Leben lang zeichnet, obwohl er aufs Zeichnen nicht verzichten kann, nicht einen einzigen Moment geglaubt hat, seine Comics könnten irgendeinem anderen Herrn von Nutzen sein als ihrem Schöpfer. Aber was Piero vor allem nicht wissen kann, ist, dass die Initiative, ihm diese Zeichnungen zukommen zu lassen, nicht von ihrem Urheber ausging. Der schon seit drei Stunden in seinem einsamen kleinen Zimmer schläft und es bereut, für diese ganzen Arschlöcher gekocht zu haben. (Mein Gott, wie ihn die Freunde seiner Frau doch anöden!) Es ist Annas Initiative. Eine riskante Initiative. Eine regelrechte Vergewaltigung. Vielleicht die einzige Tat, die den gelassensten Ehemann der Welt dazu bringen könnte, wirklich aus der Fassung zu geraten.

Die achtundvierzig Stunden, die Piero brauchte, um sich von dem zu entgiften, was er im Körper hatte, reichten aus, um seine Meinung über Filippo und seine Werke zu revidieren, und zwar mit einer der spektakulärsten Kehrtwendungen.

»Meine Liebe, dein Mann ist ein Genie!«, sagte er zu Anna, nachdem er die letzten Stunden damit verbracht hatte, Filippos »Meisterwerke« durchzusehen. Damit wir uns verstehen, er hatte davon keine Ahnung. Um Himmels willen, er hatte seit seinem vierzehnten Lebensjahr keine Comics mehr gelesen. Er hatte auf diesem Gebiet keine Erfahrung. Was er wusste, war, dass er nicht aufhören konnte, sie anzusehen. Sie brachten ihn zum Lachen und sie brachten ihn zum Weinen, sie empörten ihn und sie faszinierten ihn. Und wer hätte gedacht, dass der Muskelprotz im weißen T-Shirt und den Militärhosen so witzig sein konnte? Dass der griesgrämige Mensch, über den man nur seines Talents wegen spricht, mit dem es ihm gelungen war, eine der prächtigsten Partien weit und breit an Land zu ziehen, und wegen seines Hackbratens mit Bohnen, dass der so viele Abenteuer erlebt haben konnte?

»War dein Mann wirklich an diesen ganzen Orten? Wie hat er es geschafft, so viel zu sehen? In Afrika, in Australien … Und dann diese ganzen Kinder … wie er diese Kinder gezeichnet hat? Mein Schatz, diese Kinder zerreißen einem das Herz wie Bambi, mehr noch als Bambi! Ist dir das klar? Hier ist schon alles drin, eine stimmige Geschichte, ein Roman!«

Ja, Piero wusste noch nicht genau, wie er es anstellen sollte,

Filippos Zeichnungen zu fördern, aber in einem war er sich sicher: etwas würde er schon tun.

Und natürlich hatte er auch etwas getan.

Er hatte sich Hals über Kopf hineingestürzt und seitdem unaufhörlich neue Ideen entwickelt, um Filippo und seinen Werken wenigstens teilweise ein immer breiteres Publikum zu verschaffen. Nur um es klarzustellen, es war Piero, der die Intuition hatte, einen Film daraus zu machen. (»Mein Lieber, die Graphic Novel stinkt auf einen Kilometer nach Misserfolg!«) Warum sollte man sich mit einer Graphic Novel für picklige Wichser zufriedengeben, wenn dieser Kram das Zeug zu einem Film hatte?

Mit seiner Erfahrung war es Piero nicht schwergefallen, die Einwände seines neuen Klienten abzuwehren, der sich zunächst mühsam von der Wut auf seine Frau erholt hatte, die schuld war, ihm die Zeichnungen entwendet und einem Unbekannten ausgehändigt zu haben. Und der dann keine Gelegenheit ausließ, dem Agenten seine Furcht zu bekennen, einem solchen Unternehmen nicht gewachsen zu sein. Piero war der richtige Mensch, um Stück für Stück die Unsicherheiten seines störrischen Schützlings abzubauen. Seine Bescheidenheit ehre ihn, sagte er ihm bei den langen Telefongesprächen immer wieder. Sie sei ein Anzeichen von Ernsthaftigkeit, der Fähigkeit, die Kontrolle nicht zu verlieren, nicht größenwahnsinnig zu werden, aber auch ein Zeichen seiner künstlerischen Reife … Und so weiter.

Pieros Rhetorik, seine Redegewandtheit, seine so ansteckend optimistische, gerissene Begeisterung, die jede noch so rosige Prognose übertraf, hatte schließlich auch den zynischen Filippo für sich eingenommen. Der mit der Zeit gelernt hatte, sich selbst die Leichtgläubigkeit und Eitelkeit zu verzeihen, die er anderen nie verziehen hätte, und schließlich Vertrauen fasste.

Alles Weitere war nur die Geschichte der letzten Monate, die am nächsten Tag ihren Gipfel erreichen würde (worauf wahrscheinlich der Niedergang folgte) in der Präsentation von *Herodes und seine Kinder*, dem ersten Animationsfilm dieses völlig unbekannten Filippo Pontecorvo bei der Quinzaine des Réalisateurs.

Schade nur, dass in dieser ganzen Zeit die große Unterstützerin des verrückten Projekts, die erste schöpferische Promoterin ihres Ehemanns, es hinbekommen hatte, nervös zu werden. Die beiden einzigen Dinge, an die Anna noch denken konnte, waren die phantastische Aufopferung, mit der sich Piero für ihren Ehemann eingesetzt hatte, und die übliche Behandlung, die er ihr vorbehielt.

»Warum hast du denn kein Taxi genommen?«, fragte Filippo, um den Moment, in dem sie ihm den Anlass für ihren Streit mit Piero verraten würde, so weit wie möglich hinauszuzögern.

»Ich habe ja eins genommen. Aber dann war ich hier unten und habe mit Piero diskutiert und nicht gemerkt, dass es regnet.«

»Wie kannst du nicht gemerkt haben, dass es regnet? Sieh dich doch an, du bist …«

»Ich habe mir für nächstes Jahr auch so einen vorgenommen …«

Sicherlich meinte Anna einen Film, aber sie war so durcheinander, dass sie es nicht einmal aussprechen konnte.

»Seit Jahren sage ich ihm schon, ich will mit diesem Mist Schluss machen. Ich verdiene eine ernsthafte Rolle in einem ernsthaften Film mit einem ernsthaften Produzenten.«

»Entschuldige, wenn du es dieses Mal nicht machen willst, dann mach es einfach nicht.«

»Du hast ja leicht reden. Unser Künstler weiß, wie er seine Integrität bewahrt. Erklärst du mir bitte, wie wir uns über Wasser halten sollen, wenn auch ich aufhöre zu arbeiten und dafür künstlerische Gründe vorbringe?«

Wenn Filippo nicht gegen Grundsatzfragen allergisch

wäre, hätte er sogar beleidigt sein können. Aber das Einzige, was er tun konnte, war zu ihr hinzugehen, ihr das nasse, schon fast nicht mehr funktionierende Mobiltelefon aus der Hand zu nehmen und festzustellen, dass Anna kochend heiße Hände hatte.

»Mein Gott, du glühst ja vor Hitze.«

»Ich glaube, ich habe Fieber.«

Das Melodram sah immer mehr nach neunzehntem Jahrhundert aus. Da stand sie, die bleiche, abgemagerte, verstörte, jetzt auch noch fiebernde Heldin. Und nun sagt es schon, Götter im Himmel, wenn ihr nichts anderes wollt, als dass der arme abstinente Mann das tut, woran er in seinem Leben noch nie gedacht hatte: seine Frau mit Gewalt zu nehmen. Im Ernst? Hatte er noch nie daran gedacht? Ehrlich gesagt hatte er natürlich schon daran gedacht. In der Form reiner Phantasterei beim Onanieren, aber nicht nur: manchmal auch, wenn sie miteinander vögelten. Was konnte er auch machen, wenn Annas extrem schlanke Handgelenke, ihre unheimlich schmalen Füße, jeder Quadratmillimeter ihres Körpers, der jedenfalls für den, der Ohren hat zu hören, ständig einen Alarmschrei ausstieß, um gegen die eigene Zartheit zu protestieren, auf ihn viel stärker wirkten als jedes Viagra oder Cialis! Und was konnte er dafür, vor allem an diesem Abend, wenn wirklich alles an der tropfnassen Pocahontas vor der Eingangstür, die vor Kälte und Groll zitterte, für Filippo eine unerträgliche sexuelle Provokation und eine Aufforderung an seine Brutalität darstellte, sich gehenzulassen?

»Los, komm her. Zieh dich aus, trockne dich ab, geh ins Bett, und ich mache dir inzwischen etwas Heißes.«

»Nein, lass mich in Ruhe«, platzte sie vor Widerwillen zuckend heraus. »Ich will einen Moment hier allein sein.«

Ohne sich um die Wasserspur auf dem Boden zu kümmern, schleppte sie sich lautlos zu einem der sündhaft teuren Sofas von der Farbe piemontesischer Nüsse, bei denen sich der Architekt, bevor er sie auswählte, davon überzeugt hatte, dass sie im richtigen Maße unbequem waren. Und ließ sich fallen. Die Spannung im Wohnzimmer war absolut gegenläufig zum Gewitter draußen, das plötzlich nachgelassen hatte. Ja, es war, als habe seine Frau das Gewitter mit ins Haus gebracht.

Nachdem sich Anna aufs Sofa geworfen hatte, zog sie unaufhörlich ihre klitschnasse Ferse aus den Flipflops und steckte sie dann blitzschnell wieder hinein. Sie packte ein langes Haarbüschel und wrang es aus, als würde sie für Degas Modell stehen. Filippo wusste, dass dieses Schweigen nicht ihre Art war. Sie war nicht gerne still. Oder genauer gesagt, sie konnte es nicht. Noch einen Moment und sie würde sich in ihrem Zimmer verschanzen, wo sie einer Reihe von Telefongesprächen mit der Handvoll Vertrauten freien Lauf ließ, die sie gewöhnlich belästigte und mit allem vollschwallte, was in ihrem Leben nicht funktionierte.

Doch an diesem Abend nicht, er würde es nicht erlauben, dass sie jetzt wegging. Er war sich dessen so sicher, dass er sogar bereit war, ihr zuzuhören.

»Dann erklär mir mal: Was passt dir nicht an diesem neuen Vorschlag?«

»Das interessiert dich ja sowieso nicht.«

»Natürlich interessiert es mich.«

»Nein, du bist sofort gelangweilt. Du fängst zu gähnen an, und das kann ich nicht ertragen.«

»Ich verspreche dir, dieses Mal gähne ich nicht.«

Filippo merkte ziemlich schnell, wie schwer es war, bestimmte Versprechen zu halten. Seit ein paar Minuten redete Anna und reihte mit einer gewissen Erregung eine Sache an die andere, und er konnte schon nicht mehr. Dieses Mal war es nicht einfach langweilig, sondern auch deprimierend. Es gab nichts in Annas weinerlicher Abhandlung über die Vertragsbrüchigkeit ihres Agenten, was in seinen Ohren nicht dermaßen böse klang: »Ich kann es nicht glauben, dass du nach Cannes fährst. Nein, ich kann einfach den Gedanken nicht akzeptieren, dass du das machst, wonach ich mich seit langem sehne. Nein, ich kann nicht glauben, dass das durch meinen Agenten passiert.«

Was für eine Katastrophe.

Da kämpfst du dein ganzes Leben, um zu vermeiden, dass dir bestimmte Dinge passieren. Du überlässt dich jahrelang der Vergeblichkeit, nur damit du dich nicht eines Tages in der schäbigen Grausamkeit der menschlichen Konkurrenz wiederfindest. Dann, kaum hängst du dich ein wenig rein, rebelliert auch noch deine Frau gegen dich. Das Komische daran ist, dass sie dich nicht hasst für das, was du erreicht hast. Sondern für das, was du erreichen könntest. Wegen der Gelegenheit, die du dir geschaffen hast. Und gut, du hast nicht viele Verdienste. Du bist so ehrlich, es zuzugeben. Diese Zeichnungen sind nicht schlecht, aber nicht übertreiben … Jedenfalls verdienst du das alles nicht weniger als andere Menschen, die sich sehr viel mehr aufspielen als du!

So kam es, dass Filippo nach einigen Minuten, in denen er wie ein Psychoanalytiker genickt hatte, der es mit seinem unbeherrschtesten Patienten zu tun hatte, das tat, was er in fünf Jahren Ehe und einem Jahr Verlobungszeit nie für möglich gehalten hätte: er stürzte sich auf sie. Und das tat er mit der Energie eines erregten Mannes, der böse Absichten gegenüber einer kaum mehr als wehrlosen Frau hegt.

Er tat es nicht nur, weil er es für das Beste hielt, was er tun konnte, sondern weil er das Gefühl hatte, nicht anders zu können. Er tat es, um ihr das Maul zu stopfen, damit sie das Thema wechselte. Er hatte genug von ihrer Kleinlichkeit, und er fand es wirklich gemein, dass sie ihn wegen eines Erfolges hasste, den er noch gar nicht erreicht hatte. Er tat es, weil er es schon seit Monaten zu tun wünschte. Er tat es, weil sie noch nie so begehrenswert gewesen war. Er tat es, weil sie Fieber hatte und er sich vorstellte, wie dieses zarte Äffchen in den nächsten Tagen vor Erschöpfung in Ohnmacht fallen würde: glühend heißer Hals, Geruch nach Medikamenten und Aniskeksen, zerwühlte Laken, abgestandener Schweiß … Er tat es, weil er einen Moment lang spürte, was dem bestialischsten Vergewaltiger durch den Kopf geht.

Doch vor allem tat er es auf eigenes Risiko und Gefahr, und natürlich ohne irgendeine Illusion zu hegen, dass sein Unterfangen von Erfolg gekrönt wäre. Tatsächlich war es ein völliges Fiasko, so wie auch die Sanktion auf dem Fuße folgte, klar und empört:

»Lass mich los! Ich habe gesagt, lass mich los. Du kotzt mich an. Du bist pervers.«

»Entschuldige, Schatz«, sagte er und ließ sofort locker: die Vorstellung des Fauns fiel würdelos in sich zusammen.

Aber es war schon zu spät. Sie war aufgestanden und rief ihm schreckliche Dinge zu. Und er stand da und achtete darauf, sie nicht anzufassen und ihr nicht näher zu kommen; er stand da und versuchte sie zu beruhigen und rechtfertigte sich dabei unablässig. Doch das Einzige, woran er denken konnte, war, wie viel ihn das Ganze in Sachen sexueller Abstinenz wieder kosten würde.

Wenige Minuten später waren die beiden Eheleute auf Sicherheitsabstand. Anna hatte sich zwar beruhigt, aber nicht die Absicht, die Sache auf sich beruhen zu lassen:

»Siehst du nicht, wie es mir geht? Gehen dir nicht einmal meine Tränen nahe?«

»Ich begreife einfach nicht, warum du weinst.«

»Was heißt hier warum? Mein Mann hat gerade versucht, mich zu vergewaltigen.«

»Ach nein, sag so was nicht.«

»Und was soll ich dann sagen? … Und dann noch alles andere. Meine Karriere ist ein totales Fiasko. Und dann fühle ich mich auch noch bedrängt, hässlich, fett …«

»Mein Schatz, du bist nicht fett. Du bist schlank wie eine Gazelle.«

»Ich habe nicht gesagt, dass ich fett *bin*, sondern dass ich mich so fühle. Wenn das so weitergeht, erwartet mich gleich die nächste Einweisung. Aber dir ist das ja so was von egal. Du willst mich nur belästigen.«

»Ich belästige dich nicht. Ich lasse dich zu Geltung kommen.«

»Von einem professionellen Vergewaltiger würde ich auch nichts Besseres bekommen.«

»Ich mach das für dein Selbstwertgefühl.«

»Lass mein Selbstwertgefühl in Ruhe!«, brüllte sie und wischte sich melodramatisch die Tränen aus den Augen. »Mein Selbstwertgefühl und ich verkehren seit einer ganzen Weile nicht mehr miteinander … Und ich kenn dich ja. Du bist nicht gerade wählerisch.«

»Du sagst das so, als wäre das ein Fehler. Du solltest mir dankbar sein. Bei den ganzen Eunuchen, die dich umschwärmen …«

»Siehst du? Ich hatte doch recht. Du kannst mir wirklich nicht zuhören. Dich interessiert weder, was ich bin, noch, was ich mache …«

»Wie kannst du so was sagen? Natürlich interessiert mich, was du tust und was du sagst …«

»Aber kaum fange ich an, dir von meinen Problemen zu erzählen, da wirst du schon ungeduldig. Oder du geilst dich auf. Das ist so beschämend.«

»Findest du es beschämend, dass dein Mann dich begehrt?«

»Ich finde es beleidigend, dass deine Anfälle sich immer in den ungelegensten Momenten äußern können.«

»Ungelegensten Momenten? Ungelegensten Momenten, zum Teufel nochmal? Wo wir doch seit zwei Monaten nicht mehr …«

»Nein, fang bloß nicht an zu schreien. Weißt du, wenn du das machst, krieg ich Angst. Ich weiß, dass ihr das in eurer Familie so macht. Ihr sagt euch fürchterliche Dinge. Ihr brüllt euch an. Ihr springt euch an den Hals. Ihr legt keinen Wert auf eure Worte …«

Auf einmal war Filippo von seiner eigenen Nachgiebigkeit genervt. Was zum Teufel hatte ihn getrieben? Warum packte er nicht, anstatt den Schwanz einzuziehen, die Sache auf den Tisch, wie er es übrigens immer tat? Wo war denn sein Sarkasmus geblieben? Warum fand er keinen eleganten Weg, ihr zu sagen, dass er von ihrer Paranoia die Schnauze voll hatte? Wenn es etwas gab, das ihn immer stolz gemacht hatte, dann seine Haltung, mit der er den Launen seiner Frau entgegengetreten war. Jawohl, denn in vollendeter Gegenläufigkeit zu den Männern seiner Generation behandelte Filippo Pontecorvo seine Frau im alten Stil.

Was war denn an diesem Abend mit dem alten Stil? War es möglich, dass Anna ihm durch ihre Verweigerung den Charakter verdreht hatte? Oder wollte Filippo, dass sie ihm das verzieh, was sie hochtrabend als »versuchte Vergewaltigung« bezeichnet hatte?

»Mensch, hier bin ich, vergiss alles andere, ich hör dir zu … Und ich schwöre, ich behalte die Hände bei mir.«

Und tatsächlich war es ihm für eine Weile gelungen, ihr zuzuhören und auch die Hände bei sich zu behalten. Wenn er erregt war, dann war es kein großes Ding, ihr zuzuhören. Im Gegenteil, auf gewisse Weise hing Filippo nun an ihren Lippen. Damit wir uns richtig verstehen: nicht dass er im wörtlichen Sinn jedes einzelne Wort aufnahm, aber er wandte die Augen nicht von ihr ab.

Jetzt redete sie wieder von diesem Film.

Okay, erklärte sie ihrem Ehemann, sie hatten große Einschaltquoten. Zahlten gut. Garantierten einen für die meisten ernsthaften Schauspieler unvorstellbaren Bekanntheitsgrad. Die Frau, die ihr jeden Morgen in der Milchbar den Ginseng servierte, bevor sie ins Studio fuhr, behandelte sie, als wäre sie Julia Roberts. Aber dem Standard der Barfrau zu entsprechen, war ebenso entwürdigend wie die Rollen, die ihr Regisseure und Produzenten zuschoben.

Alles die Schuld ihres Vaters. Daran hatte sie keinerlei

Zweifel. Das große Handicap, von dem sie sich verfolgt fühlte. Sie nahmen sie nicht ernst, weil sie hübsch war, weil sie seit frühester Jugend im Fernsehen gearbeitet hatte und weil ihr Vater ein so hohes Tier war, dass er ihr wie ein Hindernis vorkam. Gott allein weiß, wie sehr dieser Vater ihrer Karriere geschadet hat. Andererseits hatte er, obwohl er so viele Leute kannte, nie einen Finger gerührt, um ihr zu helfen. Es war gegen seine Prinzipien. Wenn er es nur versucht hätte, wenn er nur versucht hätte, seiner Tochter zu helfen, dann wäre ihre Karriere als Schauspielerin nicht so trostlos verlaufen.

»Schon wieder dieses ›trostlos‹. Warum sagst du ›trostlos‹?«, fragte sie ihr hartgesottenster Fan seit den fernen Tagen von »Das ist nicht die RAI«, der inzwischen hochgradig erregt war.

»Hast du eine Ahnung vom Intelligenzquotient der Leute, die sich diesen Kram angucken?«

»Ich mache dich darauf aufmerksam, dass du mich gerade beleidigst.«

»Hier, da siehst du's, mit dir kann man nie ernsthaft reden …«

Was konnte er denn tun, wenn er von dieser Sendung so begeistert war? Wenn er nicht eine einzige Folge verpasste? Und auch nicht die Wiederholung am Nachmittag? Ja, vielleicht hatte Anna in einer Sache recht. Sie gaben ihr immer die gleichen Rollen.

Die Jahre vergehen, aber sie bieten ihr weiterhin unerschütterlich die Rolle als junges Mädchen an: die äußerst intuitive Tochter des heroischen und argwöhnischen Kommissars, die Novizin, die für die Detektiv-Nonnen das Maskottchen spielt, die kleine Freundin des Partisanen, die in der vierten Folge von unbehaarten, hysterischen Nazis niedergemetzelt wird und in der sechsten Folge Gott sei Dank (in den polierten Flashbacks ihrer verzweifelten Mutter) in den knappen Kleidern einer naiven Achtklässlerin wiederaufersteht.

Wie herrlich!

Anna entging aber, dass Filippo seine Leidenschaft für ihre Serien und für die von ihr verkörperten Rollen mit einem Haufen anderer geiler Säcke teilte. Es gab keine Newsgroup über Anna Cavalieri im Internet, bei der Filippo nicht begeistert Mitglied war, auch wenn er, typisch, falsche Personalien angegeben hatte. Es gab einen Fanclub für jedes anatomische Detail seiner Frau: einen für den jungenhaften kleinen Hintern einer Renaissance-Putte, einen anderen für ihren Busen einer Zwölfjährigen, Marke Ich-möchte-gern-aber-kann-nicht, es gab die Händefetischisten, die Partei der Füße, eine Bruderschaft, die seitdem Anna ihre schöne Mähne einem burschikosen Schnitt geopfert hatte, der zu ihrer Rolle als Novizin passte, beschlossen hatte, keine Fernsehgebühren mehr zu zahlen … Eine Bande von Verdorbenen, die ihr Leben (vielleicht ebenso trist und nutzlos wie das von Filippo) damit verbrachten, Details von Fotos aus Zeitschriften oder Ausschnitten aus Fernsehfilmen im Internet zu posten, auf denen sich unsere Heldin von ihrer schönsten Seite zeigte. Diese Bilder waren immer so öde grobkörnig, und doch, so schwierig es auch ist, das jemandem zu erklären, der nicht vom Fach ist, war es gerade ihre schlechte Qualität, die sie gleichzeitig so schräg, so intim und so rührend machten.

Sicher ist, dass Filippos Position gegenüber seinen Picknickgenossen kompliziert, wenn auch eindeutig privilegiert war: er kannte das, was diese anonymen Cybernauten heißersehnten, ganz genau. Aber leider war er nicht in der Lage, es ihnen zu verraten. Der Gedanke, dass so viele Männer verrückt nach seiner kleinen Frau waren, zerriss ihm zwar vor Rührung das Herz, doch ein solches Vergnügen wurde durch die Tatsache verstümmelt, dass er es für sich behalten musste. Manchmal war er sogar versucht gewesen, mit seinen Kollegen die kleinen Privatfilme zu teilen, die er, nachdem seine Frau ihren Sexstreik eröffnet hatte, heimlich mit seinem Handy gedreht hatte. Sie wären durchgedreht angesichts des nicht autorisierten 37-Sekunden-Kurzfilms, auf dem Anna Cavalieri auf dem Sofa döste, nur bekleidet mit einem knappen lila-weiß gestreiften Unterhemd und einem Paar Minislips, nach denen man sich die Finger lecken konnte. Hätte er dieses Video mit seinen Freunden geteilt, sie hätten ihm wahrscheinlich eine Art Ehrenpräsidentschaft angeboten. Es war aber ebenso vorhersehbar, dass er Anna dann verloren hätte. Und ich kann euch versichern, dass er nur dieser tragischen Perspektive wegen, zumindest bis jetzt, davon Abstand genommen hatte, der Menschheit dieses unvergleichliche Geschenk zu machen.

»Süße, vielleicht musst du das nur von einem anderen Standpunkt aus betrachten. Du bist doch Profi. Eine, die ihre Arbeit so gut wie möglich macht. Dir gefällt das nicht, was du machst, aber du machst es gut. Es stimmt, du könntest viel mehr tun, wenn du nur die Gelegenheit dazu hättest. Derzeit ist aber niemand bereit, sie dir zu bieten. Aber denk doch an die vielen Leute, die dich lieben, denk an die vielen Leute, die so gern an deiner Stelle wären. Vielleicht hast du dadurch, dass du schon seit so vielen Jahren arbeitest, die perspektivische Illusion, du wärst schon am Gipfel deiner Karriere angekommen. Aber das stimmt nicht. Du bist noch sehr jung. Wer weiß wie viele Gelegenheiten …«

So dozierte der weise Alte. Und hatte dabei vielleicht die schlimmste Lektion, die man lernt, wenn man eine Weile verheiratet ist, vergessen: es gibt Momente, so sehr man sich auch bemüht, die wohlmeinendsten, zärtlichsten und überzeugendsten Worte an den Ehepartner zu richten, in denen sich diese immer als die unpassendsten herausstellen.

»Warum begreifst du denn nie etwas?«

Das waren Annas letzte Worte, bevor sie in ihr Zimmer lief und sich einschloss.

Als das Telefon eine Dreiviertelstunde später erneut klingelte, hoffte Filippo von ganzem Herzen, es wäre seine Mutter. Er hatte ein solches Bedürfnis, jemanden schlecht zu behandeln.

Es war Annas Vater.

»Guten Abend, Filippo.«

Da konnte man nichts sagen. Sein Schwiegervater war wirklich höflich. Und das Schöne an so viel Höflichkeit war, dass sie, obwohl sie nichts Affektiertes hatte, stets eine gewisse Feierlichkeit aufwies.

»Guten Abend.«

»Hören Sie, Filippo, es tut mir leid, wenn ich Sie um diese Zeit stören muss … Es ist nur … Ich habe vor ein paar Minuten mit Anna telefoniert und dann den Hörer aufgelegt, sie schien durcheinander zu sein.«

Einen Moment lang fürchtete Filippo, der Schwiegervater – der sich bisher durch die Fähigkeit ausgezeichnet hatte, über das Leben seiner Tochter zu wachen, ohne sich jemals in das seines Schwiegersohns einzumischen – habe ihn angerufen, um ihm Vorwürfe zu machen.

»Sie hat mir gesagt, ihr hättet euch gestritten, aber das ist natürlich nicht meine Angelegenheit … Filippo, ich gestehe Ihnen, dass ich besorgt bin und möchte Sie fragen … Haben Sie vielleicht in der letzten Zeit an Anna etwas Merkwürdiges festgestellt?«

Das war, als würde man einen Astronauten im Weltall fragen, ob er von seiner Position aus nicht zufällig einen Himmelskörper sehen würde.

Filippo war versucht, diesem erfahrenen und großmütigen Herrn seine Schmerzen als zurückgewiesener Ehemann anzuvertrauen. Gleichzeitig suchte er nach einem Satz, der seine Sorge als fürsorglicher Ehemann bezeugen konnte.

»Sagen wir, dass sie heute etwas durchnässter als üblich nach Hause gekommen ist.« Das war das Beste, was er sich hatte ausdenken können: einer dieser Sätze, die zwar wörtlich verstanden werden sollen, aber scheinbar glänzend ausgedacht waren, um auf verborgene metaphorische Bedeutungen anzuspielen.

»Ich verstehe, was Sie meinen«, sagte Annas Vater.

Aber die Wahrheit war, dass Dottor Cavalieri, um seine Rolle als Vater möglichst gut zu erfüllen, schon vor langer Zeit auf den legitimen Anspruch hatte verzichten müssen, etwas zu begreifen, und sich die reißenden Ströme des Irrationalen entlangtreiben ließ.

Im Laufe einer turbulenten Kindheit hatte Anna alles daran gesetzt, ihm das Leben schwerzumachen. Und dabei war er sich damals sicher, jede Herausforderung meistern zu können. Er war gezwungen, seine Meinung zu ändern: es war nicht möglich, eine Tochter, die emotional so instabil war, laienhaft zu behandeln. Von Anfang an hatte Anna es nichts fehlen lassen, weder bei sich selbst noch bei ihrem gewappneten Erzeuger. Eine wirkliche Katastrophe für ein Individuum, dessen Prinzipien unumstößlich waren: schlecht konnte es einem nur gehen, wenn es direkt primäre Probleme betraf: Essen, Wohnung, Arbeit und Sex, aber Letzteres sollte man besser in Klammern setzen. Es schien fast, als habe Anna ausdrücklich dafür gesorgt, zu der Art von Tochter sich gegenläufig zu verhalten, die ein Vater wie er, bei der ganzen Mühe, die er sich gegeben hatte, verdient zu haben glaubte. Und doch hatten die für ihn so unerklärlichen Schwierigkeiten seiner Kleinen ihn auf verzweifelte Weise an sie gebunden.

Vor vielen Jahren wäre er fast diesem aufgeblasenen Psychiater an die Kehle gesprungen, der ihm mir nichts, dir nichts gesagt hatte, sein elfjähriges Mädchen müsse in eine Klinik eingewiesen werden. Dottor Cavalieri musste sich beherrschen. Zumindest weil gerade er es gewesen war, der sich an jenem Morgen zwischen seine Tochter und das Fenster gestellt hatte, aus dem sie sich stürzen wollte. Und denkt nur, was für ein Trauma es war, von einer blöden Koryphäe zu erfahren – nachdem dieser seine kleine Anna eine Woche lang sediert und unter Beobachtung gehalten hatte –, dass sie womöglich langsam verrücktspielte, nachdem sie gehört hatte, wie ihr Vater seine Sekretärin am Telefon »Schatz« genannt hatte.

»Wer hat Ihnen gesagt, dass dies das Problem ist?«

»Anna natürlich.«

Aber Professor, ich versichere Ihnen, da war nichts Zweideutiges«, beeilte sich Dottor Cavalieri voller Scham zu erklären. »Ich kenne Ines seit dreißig Jahren. Und ab und zu nenne ich sie halt so. Aber ich versichere Ihnen, dass …«

»Sie müssen sich doch bei mir nicht wegen Ihrer intimen Gewohnheiten rechtfertigen.«

»Von welchen intimen Gewohnheiten sprechen Sie denn? Ich habe Ihnen gesagt, dass …«

»Und ich sage Ihnen noch einmal, das ist nicht der Punkt.«

»Und welches, Herr Professor, ist der Punkt? Sagen Sie es mir, ich bitte Sie …«

»Der Punkt ist, dass Sie sich darüber klarwerden müssen, dass Ihre Tochter nicht fähig ist, den Gedanken zu ertragen, Ihre Zuneigung mit irgendeiner anderen Frau teilen zu müssen.«

»Und meine Ehefrau?«

»Lassen Sie Ihre Ehefrau in Ruhe.«

»Und warum soll ich meine Ehefrau in Ruhe lassen?«

»Sie müssen begreifen, Dottor Cavalieri«, und hier ließ die Stimme der Koryphäe etwas Spott durchschimmern, »ihre Ehefrau hat in dieser Geschichte keinerlei Bedeutung.«

Wie oft hatte Anna Filippo den Satz wiederholt, den der erste Arzt, der sie eingewiesen hatte, mit so viel Akribie ausgesprochen hatte:

*Ihre Ehefrau hat in dieser Geschichte keinerlei Bedeutung.*

Gott allein weiß, wie sehr sie diesen Satz liebte. Wie sehr er all dem entsprach, was sie sich schon immer sagen hören wollte: ihre Mutter war nur eine Nebendarstellerin im endlosen ödipalen Melodrama, dessen unbestrittene Protagonistin Anna war.

»Darf ich Sie fragen, ob Anna heute Abend etwas gegessen hat? Und wenn ja, was?«, fragte Signor Cavalieri.

Schon wieder, dachte Filippo missmutig. Das unverdauliche Thema Anorexie zeichnete sich am Horizont ab.

Er war versucht, das berüchtigte Kind aus der Dritten Welt provokativ anzuführen, das immer erwähnt wird, wenn man einem Kind ohne Appetit ein schlechtes Gewissen einreden will. Aber da war noch etwas anderes: Filippo hatte vor etwa zehn Jahren an einem Projekt zur Bekämpfung der Unterernährung bei bengalischen Kindern teilgenommen. Das – so hätte er Dottor Cavalieri gerne erklärt – ist die einzige Essstörung, um die ich mich kümmern kann.

Dann hatte er den Drang, das Gespräch sarkastisch auf das köstliche Rezept der Fleischbällchen mit Sellerie und Steinpilzen umzulenken, das er gerade an diesem Abend ausprobiert hatte, um sich vom Gefühl der Unterdrückung zu befreien, das ihm der wiederholte Streit mit Anna verschafft hatte.

Auch das schob er lieber auf. Und er benutzte die Fleischbällchen für eine nicht glaubhafte Lüge.

»Wirklich? Sie hat sogar Fleischbällchen mit Sellerie gegessen?«, fragte Dottor Cavalieri ungläubig. »Aber sie ist doch Vegetarierin.«

»Sie kennen doch Ihre Tochter. Sie wissen, wie flatterhaft sie ist.«

»Aber sie hat immer gesagt, sie kann tierische Proteine nicht verdauen …«

Filippo war sich sicher, dass Anna tierische Proteine viel besser verdaute als er die Verhöre seines Schwiegervaters über die Diät seiner Frau.

»Filippo, Sie nehmen mich nicht auf den Arm, oder? Über diese Sache würden Sie doch keine Witze machen?«

Er merkte sofort, wie selbstverständlich die Stimme dieses Mannes einschüchternd werden konnte. Natürlich, keiner macht so viel Geld, ohne seine ganze Rücksichtslosigkeit einzusetzen. Nüchternheit ist nur der gute Anzug der Grausamkeit.

Und wenn man ihn am Telefon so bescheiden sprechen hörte, konnte man sich kaum vorstellen, dass Dottor Cavalieri auf der Liste der »Italiener, auf die wir stolz sind« gelandet war, die eine bekannte Mailänder Tageszeitung erstellt hatte, garniert mit einem Artikel, der in groben Zügen das Abenteuer dieses ausgezeichneten Selfmademan nachzeichnete. Seine originäre Intuition bestand darin, die von ihm selbst patentierte Einlage in den affektierten italienischen Schuh einzufügen, was die Angelsachsen aller Breiten verrückt machte. Jawohl, so hatte alles angefangen. Und nun gab es kein Downtown, keinen Flughafen, kein Outlet auf dem Planeten ohne das Markenzeichen Cavalieri.

»Ich bitte Sie, Filippo, beruhigen Sie mich. Sagen Sie mir, dass Sie genauso über Anna wachen, wie ich das viele Jahre lang getan habe«, sagte Dottor Cavalieri voller Sorge. »Ich möchte beruhigt werden. Beweisen Sie mir, dass Annas Unwohlsein Sie genauso beunruhigt wie mich.«

Mitten in der Nacht und wenige Stunden vor seinem Abflug nach Cannes konnte Filippo immer noch nicht einschlafen. Er saß in seinem Zimmer vor dem Computer und chattete mit anderen verzweifelten, schlaflosen Bewunderern Anna Cavalieris.

Genau in diesem Moment, als er gerade einen begeisterten Kommentar zu den Fotos eintippte, die ein jüngstes Interview begleiteten, das Anna der Zeitschrift *Glamour* gewährt hatte, materialisierte sich das Objekt dieser ehrwürdigen Klicks und kollektiven nächtlichen Träumereien direkt hinter ihm. Heimtückisch. Und begann, ihn zu beschimpfen.

»Nein, nein, nein … das macht mir Angst.«

Filippo hatte mit einem entschiedenen Griff den Bildschirm des Laptops heruntergeklappt. Das einzige Kleidungsstück, das Anna in diesem Moment trug, war eines der alten blauen Hemden, die er nicht mehr anzog. Es ging ihr bis zu den Knien. Als Filippo seine Frau in diesem Hemd verschwinden sah, hatte er eine heftige Zärtlichkeit empfunden. Dennoch spürte er, dass er das ganze Phlegma an den Tag legen konnte, das er beim Streit vor einigen Stunden nicht hatte zeigen können. Diesen Ausdruck schamloser Genügsamkeit, der sie so auf die Palme brachte.

»Was macht dir denn Angst, mein Schatz?«

»Ich bitte dich, Filippo, sag mir, dass es nicht wahr ist. Sag mir, dass das nicht mein Mann ist, der sich meine Fotos im Internet ansieht. Sag mir, dass das nicht mir passiert.«

»Okay, wenn es das ist, was du hören willst: *es passiert nicht dir*!«

Sie sah ihn hasserfüllt an. Denn nichts regte sie mehr auf als seine mangelnde Einstimmung in ihre melodramatische Tonlage.

»Und dann sagst du, dass die Dinge zwischen uns nicht funktionieren. Dass ich dir ausweiche und mich dir verweigere. Was glaubst du denn, wie ich mich nach dieser Sache fühlen soll? Denkst du, es wäre einfach für eine Frau, die ein so schwieriges Verhältnis zu ihrem Körper hat? Für eine Frau, die an dieser Art von perversem Narzissmus leidet? Für eine Frau, die es nicht erträgt, ihre Fotos zu sehen, nicht einmal die eingerahmten auf dem Schreibtisch ihres Vaters? Für eine Frau, die …«

Das ist dein Problem, meine Kleine. Gerade jetzt, wo du das Recht hättest, wirklich sauer zu sein, gerade jetzt, wo du dir eine herrliche Szene erlauben könntest, fällt dir nichts Besseres ein als dich selbst zu betrachten und zu analysieren: und das Verhältnis zu deinem Körper, und deine Fotos, und der Narzissmus, und dein Vater … und verdammt nochmal!

»Warum sagst du denn nichts? Was glaubst du, wie ich mich fühle? Versuch mal, dich in mich hineinzuversetzen!«

»Also, schauen wir mal. Versetzen wir uns in dich hinein. Ich komme in dein Zimmer, ich sehe dich halbnackt, wie du ganz aufgeregt meine letzten Fotos betrachtest und sie mit anderen hundert aufgegeilten Mädchen kommentierst. Nun, meine Süße, das ist für mich das Paradies. Siehst du, du bist ein Glückskind …«

les inRocKuptibles
Le Nouveau Rossellini
se nomme Filippo Pontecorvo
Entretien exclusif avec l'auteur révélation de Cannes

»Ich glaube nicht, Filippo, dass ich das hier so leicht verwinden kann.«

Am Steuer seines klapprigen schmutzigroten Ka warf Filippo ständig ängstliche Blicke auf die französische Zeitschrift, die auf dem Titelblatt seinen Erfolg feierte.

Er hatte frühzeitig gelernt, dem Glück zu misstrauen. Das Exemplar von *Les inrockuptibles*, das er an diesem Morgen am Flughafen Charles De Gaulle erworben hatte, hätte ihn eigentlich zum glücklichsten Menschen der Welt machen müssen. Doch schon als er es aus dem Zeitungsständer zog, hatte er ein Gefühl von Unverhältnismäßigkeit und Gefahr verspürt.

Da war es schließlich nicht so absurd, dass ihm gerade jetzt, da alle ihn für sich beanspruchten, nichts Besseres einfiel, als sich seelenruhig zum Haus seiner Mutter aufzumachen. Als hätte Filippo – nachdem er einen so spektakulären Erfolg verbucht hatte, dass ihm die Ohren davon dröhnten, und er auf einen Schlag ein Leben führte, das gleichmäßig aufgeteilt war zwischen Laxheit, Hypochondrie und Ernüchterung – keine andere Alternative, als dorthin zurückzukehren, wo alles begonnen hatte.

Obwohl gerade erst aus Paris zurück – der Stadt, in der *Herodes und seine Kinder* unverständlicherweise Furore machte –, hatte Filippo es schon geschafft, sich mit Anna zu streiten, die seit der letzten Auseinandersetzung in der Nacht vor der Abreise ihres Mannes nach Cannes von der Wut zu einer immer schmerzlicheren Wortkargheit am Telefon übergegangen war.

An jenem Tag, nachdem er mit dem Taxi direkt vom Flughafen gekommen war, hatte er sich gewundert, sie zu Hause anzutreffen, so als würde sie auf ihn warten. Warum war sie nicht ins Studio gegangen?

Außerdem schien sie gute Laune zu haben, ja sogar glücklich zu sein, ihn zu sehen. Vielleicht war sie ihm dankbar, dass er es in letzter Zeit sorgsam vermieden hatte, sie über das in Kenntnis zu setzen, was ihm passierte. So war er ein paar Wochen zuvor froh gewesen, ihr mitzuteilen, dass er die Caméra d'Or von Cannes schließlich *nicht* gewonnen hatte, obwohl die Buchmacher ihn am Vortag schon zum Sieger erklärt hatten, und auch im Laufe des triumphalen Gastspiels in Paris hatte er sich davor gehütet, ihr das Ausmaß seines Erfolges unter die Nase zu reiben.

Als Anna ihn sah, warf sie ihm die Arme um den Hals, und zwar so theatralisch wie ein Mädchen, das seinen Papa nach einer langen Reise begrüßt. Dann fragte sie ihn immer aufgekratzter, ob er nicht ein schönes Bad nehmen wolle. Falls ja, würde sie ihm das Wasser einlaufen lassen.

»Deine Mutter hat mir eine wunderbare Packung mit Salz aus dem Toten Meer geschenkt«, fügte sie immer fröhlicher hinzu.

»Danke. Das ist genau das, was ich brauche.«

Kurz darauf, während aus dem Bad das erfrischende Wasserrauschen kam, kuschelte Anna sich auf dem Bett bei Filippo an, der schon eingenickt war.

»Ach komm, nicht schlafen, erzähle!«

Filippo erzählte ihr das Allernötigste. Und doch genug, um ihr eine Idee von der großen Veränderung zu vermitteln, die sein Leben umkrempeln würde: ihr Leben!

»Apropos«, sagte sie, »hast du mit Piero gesprochen?«

»Er hat mich sowohl gestern Abend als auch heute Morgen angerufen. Ich hatte aber keine Lust, ranzugehen.«

»Warum?«

»Findest du nicht, dass er manchmal wirklich aufdringlich ist?«

»Er freut sich nur wahnsinnig. Er sagt zu allen, dass du ein Genie bist. Und dass er es sofort begriffen hat.«

»Weißt du, was er wollte?«

»Ich glaube, ja.«

Offenbar wollte Piero ihm sagen, dass sie bei Bernardo Bertolucci zum Abendessen eingeladen waren. Der Meister hatte Filippos Film in einer Privatvorführung gesehen und war so davon berührt gewesen, dass er den Autor treffen wollte. Sein Agent hatte Piero kontaktiert, der seinerseits (vergeblich) versucht hatte, die Einladung an Filippo weiterzugeben.«

»Ist dir das klar? Bernardo Bertolucci will uns kennenlernen!«

Filippo hatte ein unverbindliches Lächeln aufgesetzt. Mehr als Bertolucci kennenzulernen, freute er sich, dass Anna neben ihm auf dem Bett saß. Seit langem war das nicht mehr passiert. Sie trug ein wollenes Cardigan über einem ihrer hautengen T-Shirts und bronzefarbenen Leggins. Seine Liebste war immer so verfroren! Das verstärkte bei Filippo das Verlangen, sie vor Unwettern zu beschützen.

»Wann wäre das?«

»Heute Abend.«

»Das kannst du vergessen.«

»Wieso?«

»Heute Abend nicht, Schatz, verzeih mir. Das schaffe ich wirklich nicht. Weißt du nicht, was für Tage ich hinter mir habe? Ich habe nur davon geträumt, ein bisschen mit dir zu Hause zu sein. Was hältst du davon? Wir bleiben hier, ein schönes Bad, ein Abendessen und wenn Gott will …«

»Ich bitte dich, lass uns hingehen.«

»Entschuldige, warum legst du so großen Wert darauf?«

»Das ist etwas Schönes, Wichtiges. Es ist eine Ehre.«

»Ehren habe ich mehr als genug gehabt. Mir ist ganz schlecht vor lauter Ehren.«

»Ich kann dir versichern, dass Erfolglosigkeit einen noch viel mehr ankotzen kann. Und dann, ich gebe es zu, auch für mich … könnte das vielleicht eine Chance sein.«

Mehr oder weniger nach diesen Worten, die sie übrigens ganz verhalten ausgesprochen hatte, tat Filippo so, als wäre er empört. Und er packte die Gelegenheit am Schopf, stand auf, schlüpfte in seine Schuhe und ging zur Wohnungstür.

»Darf man erfahren, was du hast?«, fragte Anna und folgte ihm bis zum Wohnzimmer.

»Ich habe alles verstanden.«

»Was hast du verstanden?«

»Die Schmeicheleien, das Bad, das Salz aus dem Toten Meer.«

Und er schlug die Tür hinter sich zu.

Jetzt im Auto konnte er zugeben, dass sein genialer Einfall, gelinde gesagt, nur ein Vorwand war. Schließlich hatte Anna ihm nichts gesagt. Es war klar, dass sie darauf brannte, zu Bertolucci zum Abendessen zu gehen. Es war klar, dass sie, falls er sich weigern würde, seine Trägheit, seine mangelnde Großzügigkeit, seinen verdammten Menschenhass beklagen würde. Dabei hatte Anna wenigstens bis jetzt keinerlei Druck ausgeübt und kam ihm auch nicht mit einer ihrer ehelichen Erpressungen von der Art »Du machst nie etwas für mich …«

Wäre Filippo nicht gegangen, wäre es wahrscheinlich so weit gekommen, doch man muss zugeben, dass sich Anna bis zu diesem Moment korrekt verhalten hatte.

Warum hatte er so reagiert? Und warum flüchtete er nun mit Sack und Pack ins Hauptquartier seiner Mutter, die nach vierzig Jahren immer noch dort wohnte, am üblichen Ort, einladend und uneinnehmbar, der Nummer 8 des Bereichs 3 der Olgiata?

Filippo war von einem Drang zum Rückzug ergriffen, der vage an den erinnerte, der seinen Vater Leo Pontecorvo vor vielen Jahren – einem weitaus schändlicheren Schicksal als dem seines Sohnes ausgesetzt – dazu gebracht hatte, sich im Souterrain seines Hauses zu verstecken und sich für den Rest seines Lebens der Welt zu entziehen.

Offenbar haben die männlichen Pontecorvos ein Faible dafür, sich theatralisch zurückzuziehen! Doch warum so lange? Wovor musste man denn abhauen? Welchen Sinn hatte es, das, was vor mehr als zwanzig Jahren die Ehrbarkeit von Professor Pontecorvo zerstört hatte (die Beschuldigung, eine Zwölfjährige belästigt zu haben), auf die gleiche Ebene zu stellen mit dem, was ihm gerade passierte: ein unerwarteter Erfolg, der Geld, Glück, Selbstachtung (genau in dieser Reihenfolge) bringen würde?

Das ergab überhaupt keinen Sinn.

Filippo war der Erste, der es wusste. So wie er auch wusste, dass diese Komödie in erster Linie für sein melodramatisches Selbstbewusstsein und erst in zweiter Linie für sein Publikum bestimmt war. Da er nun eines hatte, war er glücklich, ihm das Drama des selbstlosen Künstlers schenken zu können, für den Erfolg eine Belästigung ist.

Dennoch muss präzisiert werden, dass ein solcher Erfolg – noch ganz frisch und unbenutzt – einen Narzissmus prämierte, der sich entgegen allem Anschein noch nie mit der harten Realität eines neununddreißigjährigen Scheiterns gemessen hatte. Wer weiß, warum er nun glaubte, er habe noch an keinem einzigen Tag seines Lebens, nicht ein paar Minuten lang seine anmaßende Größe betrachtet. Selbst jetzt, da die Franzosen sie bemerkt hatten, fragte sich Filippo, obwohl er sich gern erstaunt und zurückhaltend zeigte, warum er die ganze Zeit gebraucht hatte, bis ihm das klarwurde.

Am Ende des inneren Interviews, das er sich gab, seitdem er in sein Auto gestiegen war, musste er noch eines hinzufügen: so wie er sich, als er ein Niemand war, ständig sagte, wie toll es sei, ein Niemand zu sein, fand er jetzt, da er Jemand wurde, Gefallen daran, sich als Schwindler aufzuspielen.

Wenige Kilometer vor der Olgiata phantasierte Filippo von den Tagen, die ihn bei seiner Mutter erwarteten. Relaxen, Essen, Zigarren, Whisky und viel, aber richtig viel Fernsehen. Er genoss schon den Moment, an dem er aus einem alten Versteck die Videokassetten mit den Folgen von »Das ist nicht die RAI« hervorholte, um sie auf die einzige Art und Weise zu benutzen, zu der er noch fähig war: nostalgisch.

Und das alles, während seine Mutter verzweifelt um ihn herumschwirren, Anna irgendwo anders die Beleidigte spielen und die Franzosen ihn unaufhörlich lobpreisen würden. Das Schöne daran, dass man ein erfolgreiches Werk geschaffen hatte, war das Bewusstsein – so unverschämt du auch am Faulenzen bist –, dass deine Mutter an deiner Stelle den lieben langen Tag wie ein treuer Butler schuften muss.

Die Relevanz eines solchen Erfolges konnte Filippo gerade an seinem letzten Tag in Paris ermessen, als er von einer gefährlichen Neugier getrieben seinen Namen bei Google, dem maßgeblichsten Richter weltweiter Reputation, eingab. Und er saß verblüfft vor den 543 000 Ergebnissen. Es war phantastisch zu wissen, dass es jetzt da draußen einen Haufen Leute gab, die seinen Namen eintippten, obwohl sie ihn nicht persönlich kannten.

Dann hatte er seit ein paar Tagen auch noch die Gewohnheit angenommen, sein Handy aus- und ein paar Stunden später wieder einzuschalten, um zu sehen, wie viele Anrufe und SMS er inzwischen bekommen hatte. Es war offenkundig, dass sein Telefonverkehr exponentiell zugenommen hatte. Die meisten Menschen, die ihn anriefen, waren angebliche Mentoren, die wollten, dass er ihnen für ihre Weitsicht dankte, mit der sie auf ihn gesetzt hatten. Das brachte ihn jedes Mal dazu, sein Telefon verächtlich wieder auszuschalten, nachdem er die Liste der entgangenen Anrufe und Nachrichten überflogen hatte. Filippo kapierte langsam: wenn der Misserfolg ein Waisenkind ist, hat der Erfolg tausend Väter.

Am Osteingang der Olgiata, vor der rotweiß gestreiften Schranke, die ihn vom Bereich trennte, in dem er geboren war, wollte Filippo in der Maske des Untröstlichen dem Wachmann die Generalprobe für die Komödie aufführen, die er für seine Mutter parat hatte. Doch der Mann, der offenbar unempfänglich für seinen Charme war, fragte nur:

»Wohin?«

»Zu meiner Mutter. Ich bin Filippo Pontecorvo.«

Als er seinen Namen hörte, verdrehte dieser Typ merkwürdigerweise nicht die Augen. Offenbar las er nicht *Le Monde*. Offenbar war er keiner der 543 000 Cybernauten, die ihm zu Füßen lagen!

Da war Filippo fast geneigt zu sagen: »Wissen Sie, ich habe hier mal gewohnt«. Als würde er nicht mit einem behaarten Männlein sprechen, unter dessen Uniform man ein Kruzifix und ein Muskelshirt sehen konnte, sondern allenfalls mit einem der blutjungen Groupies aus Lyon oder Grenoble, die er nun sicherlich hatte.

Mit zwanzig Stundenkilometern auf den kurvenreichen Straßen, die er kannte, wollte Filippo mit olympischer Verträumtheit die Grünflächen, die Brombeersträucher, die Blumen, die Lattenzäune genießen … Doch die Nostalgie gewann schließlich die Oberhand.

Was für ein enormes Privileg, an einem solchen Ort aufzuwachsen. Hektarweise irdisches Paradies für Dutzende wilder kleiner Jungen. Ein Klima permanenter Stammeskämpfe, die ohne die nüchterne Obhut der Erwachsenen leicht zu einer grausamen Kinderoligarchie degeneriert wäre.

Ende der Siebziger war Italien plötzlich wieder zu einem gefährlichen Ort geworden. Seit den fernen Zeiten des Zweiten Weltkriegs hatte das Land nicht mehr einen so blutigen Bürgerkrieg erlebt. Und doch funktionierten da drinnen – in den Grenzen dieser Oase – die Dinge völlig anders: das Leben lief langsam dahin. Der einzig erkennbare, übrigens völlig loyale Antagonismus war der, den die Jungs bei Fußballspielen an den Tag legten, die ich ohne weiteres als legendär bezeichnen würde.

Die sogenannte Generation der Babyboomer hatte eine Überbevölkerung an Jugendlichen erzeugt. Kein Paar hatte weniger als zwei Kinder. Jungen und Mädchen, Brüder und Schwestern, Cousins und Cousinen. Das Schöne ist, dass Semi und er sich diese ganze Freiheit nicht hatten entgehen lassen. Sie hatten sie vielmehr ausgiebig genossen. Bis die blöde Geschichte mit ihrem Vater, die völlig unerwartet und abenteuerlich über sie kam und das Gleichgewicht gesprengt hatte, das ihr unreifes Leben seit jeher regulierte, hatten Filippo und Semi die Kindheit gehabt, von der alle träumen. Dann …

Dann war alles ganz anders geworden.

Als Rachel sah, wie sich ihr ältester Sohn heimlich wie ein Dieb durch die Verandatür ins Wohnzimmer schlich und eine Leichenbittermiene zur Schau trug, bekam sie fast einen Schlag.

»Liebling?«

Der Gaukler war glücklich, dass die alte Nummer des Flüchtlingssohns beim üblichen, beeinflussbaren Publikum noch so gut funktionierte. Filippo hatte noch nicht geantwortet, als Rachels Gesichtsausdruck entgleiste: vom Schrecken zum Verständnis, um dann in resigniertem Kummer zu verharren, der die kommenden Stunden begleiten sollte: der Militärsack, den ihr großer Junge bei sich hatte, zeigte an, dass dies die wiederholte Flucht vor seinen ehelichen Pflichten war. Für eine altmodische Frau wie Rachel Pontecorvo die aufrührerische Tat schlechthin, die in der Generation ihrer Kinder leider allzu oft verbreitet war.

Liebe Jungs, aber stets dabei, den Schwierigkeiten des Erwachsenenlebens aus dem Weg zu gehen und leichtfertigere Abkürzungen zu nehmen. Würde es von Rachel Pontecorvos Willen abhängen, wäre schon seit langem eine Art Kriegsgericht aufgestellt worden, das über Verbrechen von Männern und Frauen ihrer Zeit gegen das Verantwortungsgefühl urteilte. Ehebrüche, Trennungen, umstrittene Kinder, Scheidungen, Rache über Anwälte, Alimente, Wohnungen, die unvorsichtigerweise mit Darlehen zu variablen Zinsen erworben wurden und die der Treubrüchige stets dem betrogenen Ehepartner überließ, nur um seine verlorene Unreife zurückzugewinnen, und der dabei lediglich ein elendes

Leben erhielt, das er als abgebrannter Single in einer Einzimmerwohnung verbringen musste.

War das nicht das große Drama ihrer Zeit?

Rachel war so weit auf der Höhe der Zeit zu wissen, dass in neunundneunzig Prozent der Fälle Sex eine Rolle spielte. Und obwohl sie sich ungern als bigott betrachtete, hatte sie doch gegenüber dem Eros die Distanz gezeigt, die es ihr unmöglich machte, die dramatische Bedeutung des Begriffs »Trieb« zu verstehen, umso mehr, wenn dieser vom (für sie so verachtenswerten) Adjektiv »unkontrolliert« begleitet wurde.

Es war doch nicht ihre Schuld, wenn sie selbst stets die beharrliche Ausübung der Pflichten gegenüber den von den Leuten reklamierten Rechten vorgezogen hat. (Recht auf Arbeit, Recht auf Vergnügen, Recht auf Kinder, auch wenn die Natur beschlossen hat, dass du keine bekommen kannst, und obwohl das Beste, was dir in deinem ehrwürdigen Alter passieren kann, die Oma deines Wildfangs zu sein.) Nichts konnte sie mehr aufregen, als wenn jemand nicht bereit war, sich im Namen einer zu erfüllenden Verpflichtung aufzuopfern. Und welche bessere Schule gab es denn als die Ehe, um seine Neigung zur Aufopferung zu trainieren? Sich von den ersten (oder gar von den elften) Schwierigkeiten entmutigen zu lassen, war nur der Beweis eines derartigen Mangels an Charakter, dass sie, als sie diesen in einem ihrer Söhne verkörpert sah, eine quälende Enttäuschung verspürte, die sie lieber für sich behielt. Ob sie diese nun im Dunkeln auf sich beruhen oder lediglich durch kleine Boykottaktionen durchschimmern ließ, wie ihre Söhne drei Tage lang zur Strafe nicht anzurufen: skandalöse Taten, die sie allerdings als Einzige mitbekam, und unter denen sie auch als Einzige litt.

In Wahrheit fühlte sie sich nicht intelligent genug, um mit ihren Söhnen mitzuhalten. Diese beiden waren viel zu clever für sie. Sie offen herauszufordern hieß, in eine dialektische Sackgasse zu geraten, in der sie prätentiöse Worte erwarteten (Moralismus, Spießertum, Heuchelei), die, wenn man sie mit etwas mehr Distanz betrachtete, sich als ausdrückliche Beleidigung ihrer Intelligenz und ihrer guten Erziehung erwiesen.

Doch an jenem Tag war die Auseinandersetzung unvermeidlich. Seitdem ihr Sohn vor fünf Jahren diese *Shoté*, diese Übergeschnappte, geheiratet hatte, war dies mindestens das vierte Mal, dass er und sein verfluchter Militärsack um sechs Uhr nachmittags in ihre Wohnung platzten. Aber Rachel hatte sich offenbar noch nicht daran gewöhnen können.

»Es ist alles aus!«, seufzte Filippo und ließ sich auf dem Designersessel Marke *Poltrona Frau* mit den abgeschabten Armlehnen gehen.

Anscheinend waren dieser alte Sessel und die Art, wie er sich in ausweglosen Situationen dort hineinfallen ließ, nicht das Einzige, was Filippo von seinen Vater geerbt hatte, sondern auch das Laster, alles zu dramatisieren.

»Ach, Schatz, bei dir weiß ich nie, ob du es ernst meinst …«

»Nein, Mütterlein, es ist nichts passiert. Ich hab es nur satt, mit einer Psychopathin verheiratet zu sein … Ich warte, bis es vorbei ist.«

»Warum redet ihr nicht miteinander? Anstatt jedes Mal wie ein Verrückter abzuhauen, könntest du doch versuchen …«

»Damit eines klar ist: ich bin nicht abgehauen. Sie hat mich hinausgeworfen«, log er, um die Kontroverse sofort zu beenden.

»Das glaube ich nicht.«

»Du glaubst es nicht. Aber du weißt doch, das Haus gehört ihr. Alles gehört ihr. Sie kann mit mir nach Belieben verfahren. Sie und ihr Vater. Sie haben mich ersteigert.«

»Sag so was nicht.«

Und in Rachels Stimme vibrierte etwas. Die Tatsache, dass die Familie ihrer Schwiegertochter so erschreckend viel solventer war als sie, demütigte sie zutiefst. Doch im Namen eines höheren Gutes nahm sie sich zusammen und begann erneut zu argumentieren.

»Ich kenne Annas Fehler, aber …«

»Mama, du hasst sie doch.«

»Red keinen Blödsinn. Ich hasse niemanden. Stell dir vor, wenn …«

»Du verachtest sie … Und wenn man ihre Auftritte in den letzten Wochen bedenkt, fürchte ich, dass du recht hast …«

»Wo denkst du hin, ich könnte doch nie die Frau meines Sohnes verachten.«

»Und wenn ich einen der Söhne von Saddam Hussein geheiratet hätte? Die erste schwule Ehe im befreiten Irak?«

»Hörst du bitte auf, den Trottel zu spielen? Es stimmt, es gibt jede Menge Dinge an Anna, die ich nicht verstehe, aber nur, weil sie so kompliziert ist … Doch ich weiß, dass sie kein so unsensibles Mädchen ist. Sie würde ihren Mann nicht hinauswerfen, nur weil das Haus auf ihren Namen läuft.«

»Ich schwör's dir. Sie hat die ganze Zeit mit dem Kaufvertrag vor meiner Nase herumgewedelt.«

»Ich hab dir gesagt, hör auf mit dem Blödsinn!«

»Denk doch, was du willst.«

»Weißt du, Schatz, manchmal sagt man mehr als man glaubt.«

»Siehst du, warum ich hierher komme? Weil wenigstens auf dich Verlass ist: immer sprichst du die unpassendste Banalität im richtigen Moment aus …«

Rachel steckte die Beleidigung mit schmerzlicher Verwunderung ein, als hätte ihr Sohn sie kaltblütig geohrfeigt. Wenn es andererseits bei ihr eine Schwäche gab, die sie ohne weiteres zugeben konnte, war dies eine gewisse Empfindlichkeit. Eine Charakterdeformation, die sie jedes Jahr Anfang September (ihrem Lieblingsmonat) versuchte geradezurücken, die sie aber jeden Oktober schweren Herzens wieder als die zentrale Achse ihrer Gefühlsstruktur anerkennen musste.

Dieses Mal brachte sie der Notfall so weit, das Schmollen auf bessere Zeiten zu verschieben. Doch Filippo, der Rachel sicherlich besser kannte, als sie sich selbst, begriff schon eine Sekunde, bevor er den Satz beendet hatte, dass sein Sarkasmus das erträgliche Menge für seine Mutter um ein paar Spannen überschritten hatte. So schob er, ein wenig aus Schuldgefühl, ein wenig aus opportunistischem Kalkül, in sanfterem Tonfall mit leicht weinerlichem Einschlag noch schnell hinterher:

»Wenn die nur wüsste, diese Verrückte …«

Doch Rachel wollte von dieser verrückten Schwiegertochter genauso wenig etwas wissen wie von irgendeiner anderen Verrückten. Rachel war das Gegenteil von neugierig. Sie war eine erklärte Feindin von Klatsch und Tratsch: die Welt war viel zu kompliziert und pervers, um sie wirklich neugierig zu machen. Was auch erklärt, warum sie ihr kleines Verhör nicht fortführte. Um all das zu äußern, was sie körperlich verspürte, genügte es ihr, an den alten Sessel heranzutreten und den Nacken ihres Sohnes zu streicheln.

In diesem Moment verrieten Rachels Augen, dass sie es trotz aller Versuche nicht schaffte, Filippo als das zu betrachten, was aus ihm geworden war, sondern allenfalls als das, was er gewesen war: ein schwieriger kleiner Junge, der Aufmerksamkeit brauchte. Sie mochte ihn nicht in einem solchen Zustand sehen, so wie sie es auch nicht ertragen konnte, dass er so gekleidet war. Also wirklich! Diesen ausgeleierten Pullover mit V-Ausschnitt, unter dem ein zerrissenes T-Shirt hervorguckte, Tarnhosen, schmutzige Adidas … Er sah aus wie ein Söldner auf Ausgang. Er hatte noch so ein hübsches Gesicht, ihr fast vierzigjähriger Junge: rosige Wangen, blaue Augen, Gesichtszüge wie eine Putte. Warum rasierte er sich bloß nicht?

Filippo wiederum, dem die mütterliche Körpersprache vertraut war, packte einen ihrer pummeligen Unterarme mit dem erfahrenen Griff eines Metzgers, der für den Kunden ein schönes Lendenstück abwiegt. Leider hatte er es anstelle eines gehaltvollen Stücks Fleisch mit einer schlaffen Masse zu tun, deren Haut eher an die eines gerupften Huhns erinnerte.

Seit wie vielen Jahren suchte Filippo in diesen Unterarmen irgendeine Wahrheit, die sich meistens als verworren erwies! Jetzt endlich, da er am Verzweifeln war, hatten die Arme seiner Mutter zu ihm gesprochen. Und, mein Gott, ihre Botschaft klang für Filippo klar und deutlich. Sie sprachen von einem unaufhaltsamen organischen Verfall. Von nichts anderem. Von der einzigen Sache, die er ihr in diesen ruhmreichen Tagen nicht verzeihen konnte. Eine Möglichkeit, die er schon bemerkt hatte, die sich aber wie alle natürlichen Angelegenheiten in ihrem unvermeidlichen Auftreten als heimtückisch peinlich erwies.

In seinem Verstand musste es eine Art Filter geben, durch den er seine Mutter in seiner Vorstellung an die unüberschreitbare Schwelle von vierzig Jahren kettete. Ein herrliches Alter für Mütter, ein herrliches Alter für Frauen: die letzten Feuer der matrimonialen Weiblichkeit auf dem Höhepunkt ihrer Kraft und Leistungsfähigkeit. Aber Tatsache ist, dass Rachel, obwohl sie alles unternahm, es nicht zu zeigen, schon seit einer Weile keine vierzig mehr war. Und ihr schien im Laufe des Vierteljahrhunderts, das seitdem vergangen war, nichts Besseres eingefallen zu sein, als sich spitzfindig den Damen mit den zartblauen Haaren anzupassen, die die heutige euphemistische Heuchelei in die Schublade »reife Frauen« einordnet.

Jetzt, da er selbst hart auf die vierzig zuging, war es für ihn nur normal, zu vergleichen. Wie er sich in diesem gesegneten Alter, angesichts einer unwichtigen Sache wie einem unvorhergesehenen Erfolg, im sumpfigen Teich der Unentschlossenheit abstrampelte. Während es seiner Mutter gelungen war, sich im mittleren Alter aus dem stürmischen Meer zu ziehen, in das die Umstände sie geschleudert hatten.

Ich spreche von den Monaten, in denen die Ehrbarkeit von Leo Pontecorvo durch eine unappetitliche Justizgeschichte in den Schmutz gezogen wurde, angesichts der Leo Pontecorvo vollständig kapituliert hatte. Und obwohl Rachel – während der langen Krise – sich nicht groß bewährte, indem sie zuließ, dass ihr Mann wie ein Stück Gorgonzola im Souterrain verschimmelte, war sie an jenem Tag Ende August, als ein Trupp Berserker in Gummihandschuhen seine Leiche abtransportierte, wie aus einem Zauberbann erwacht.

Nun hatte sie ihren Kindern allerdings gezeigt, was es hieß, Mumm zu haben. Eine wirklich wertvolle Demonstration von Männlichkeit, wenn man das Vorbild bedenkt, das ihr Vater in den letzten Monaten gegeben hatte. Man muss dazu sagen, dass sowohl Filippo als auch Semi zu klein und zu traumatisiert waren, um klar zu begreifen, wie wahnsinnig es war, dass ihre Mutter mit der Professionalität eines Serienmörders in so kurzer Zeit jede Spur beseitigt hatte, die hätte bezeugen können, dass Leo Pontecorvo jemals existiert hatte.

Als Erstes hatte sie ihre Kinder bei Freunden ausgesetzt. Dann hatte sie unter Ausnutzung ihrer Abwesenheit das große Werk erdacht und begonnen: einen ganzen familiären Organismus wieder in Ordnung zu bringen und dabei sogar die Erinnerung an den Tumor zu vertreiben, der sie krank gemacht hatte.

Zunächst musste der Jaguar ihres Mannes daran glauben. Die elegante, französischblaue Limousine wurde Herrera Del Monte überschrieben, dem pittoresken Anwalt, und der, obwohl es ihm nicht gelungen war, Leo aus dem Schlamassel zu ziehen, ihm und damit seinen Erben gegenüber, noch eine ansehnliche Forderung erhob.

Dann war der Moment drakonischer Einsparungen gekommen: Telma, das Hausmädchen, entlassen, die Jungen, wenigstens teilweise, beim Tennis und beim Schwimmen abmelden, jede persönliche Laune abschaffen: Friseurbesuche, Massagen, Antifaltencreme, Schuhe, Theater, Kino.

Um die gewaltigen Schulden anzupacken, hatte Rachel mit einer Bank vereinbart, eine der beiden Wohnungen, die ihr Vater ihr vermacht hatte, mit einer Hypothek zu belasten.

Bis zu ihrem Tod würde sie darum kämpfen, nicht verkaufen zu müssen, denn wie lautete eine herrliche Tautologie ihres anspruchsvollen Erzeugers: »Wenn du etwas verkaufst, gehört es dir nicht mehr.«

Nachdem die Schulden zu einem Gutteil getilgt waren, hatte sich ihr das Problem gestellt, die fälligen Raten pünktlich zu bezahlen und zugleich ihren Kindern (wenn schon nicht sich selbst) einen Lebensstil zu garantieren, der dem ähnelte, an den sie gewöhnt waren.

Mehr oder weniger zu diesem Zeitpunkt hatte ihr Unternehmungsgeist, zumindest in den Augen ihrer Kinder, eine legendäre Aura angenommen. Zunächst hatte sie ganz unten aus einer Schublade das Dokument herausgeholt, das ihr bescheinigte, dass sie damals mit Bestnote ihren Abschluss in Medizin gemacht hatte. Dann hatte sie Max angerufen, einen alten Freund ihres Mannes und Chefarzt einer Kardiologie-Abteilung, um herauszufinden, ob sie ihren Beruf noch ausüben konnte. Als tüchtige Streberin, die sie schon immer gewesen war, hatte sie die schwierige Aufnahmeprüfung für die Spezialisierung in Geriatrie bestanden. In den vier Jahren der Spezialisierung hatte sich Rachel durchgeschlagen und das nach Abzahlung der Schulden übrig gebliebene Kleingeld gut verwaltet und mit Gelegenheitsjobs aufgebessert.

Nach Erhalt des Diploms war sie schließlich in einem Altenpflegeheim eingestellt worden und hatte kurz darauf, ausgerechnet im Souterrain, in dem ihr Mann gestorben war, ihre Geriatriepraxis eröffnet, in dem nun seit zwanzig Jahren die Alten aus der Umgebung betreut wurden. Diese für die Pontecorvos so schwierige Zeit fiel mit Samuels Jahren am Gymnasium zusammen.

Als beide Jungen an der Universität gelandet waren, hatte sich der Lebensstil der Familie – wenn auch weit entfernt vom schillernden Wohlstand, den Leo einst gesichert hatte – auf die Standards eines komfortablen bürgerlichen Haushalts eingependelt.

Mit diesem Nachweis an Überfluss begann das zweite Leben von Rachel Pontecorvo und ihrer Kinder. Was für eine Art *Wonder Woman* war seine Mutter doch gewesen, als ihre parfümierten Unterarme noch hielten, was sie versprachen!

Und obwohl Filippo von Berufs wegen eine gewisse Erfahrung mit Superhelden hatte, konnte er, wenn er an seine Mutter dachte, in den Jahren unmittelbar nach dem Tag, als sie zur Witwe wurde, sie nur in ihrer üblichen Kleidung sehen: Moleskinhosen und ein Twinset in einem warmen herbstlichen Farbton.

War das nicht die Uniform der Superhelden?

Es war, als hätte Rachel alles darangesetzt, ihrem Heldentum die geringstmögliche Überheblichkeit zu verleihen und es von der Rhetorik zu säubern, die die Uniform von Spiderman oder Captain America so unbequem und geschmacklos machte. Und doch war ihre Superkraft, auf die sie zählen konnte, nicht weniger vielseitig und außergewöhnlich als die der beiden Comicstars. Und es gab keinerlei Zweifel, dass sie in der Gabe einer hilfsbereiten Allgegenwart bestand. Obwohl Rachels Tage in jener Zeit im wörtlichen Sinne mit Verpflichtungen zugestopft waren, erinnerte sich Filippo kein einziges Mal daran, dass sie auf einen der häufigen Hilferufe ihrer Kinder nicht mit »Hier« geantwortet hätte. Denn die Firma Rachel Pontecorvo hatte wie der Roomservice mancher großer Hotelketten nie geschlossen: sie lief vierundzwanzig Stunden am Tag. Okay, sie war nicht immer optimal (kennt ihr denn jemanden, der das ist?), und doch konntest du *immer* darauf zählen.

Filippo erinnert sich noch an die Nacht, als sein Auto mit vier angeheiterten Freunden auf dem Rückweg von einem Fest in einem Landhaus in der Toskana liegenbleibt. Kein einziger dieser vier halbbesoffenen Großmäuler ergreift die Initiative. Natürlich kommt erst da heraus, dass keiner den Mut gehabt hatte, Mama und Papa zu erzählen, dass das Abendprogramm aus einem Fest in zweihundert Kilometern Entfernung von Rom bestand. Wirklich leichtsinnig von dieser Gesellschaft von Führerscheinneulingen.

»Wenn ich meinen Vater anrufe, reißt der mir den Arsch auf«, sagt einer. »Das kannst du laut sagen. Besser, du findest einen Platz für mich, wo ich mich für den Rest meines Lebens verstecken kann«, meint ein anderer. Sogar der Kerl, der eines der ersten rudimentären Motorola-Handys dabei hat, das ihm sein Vater immer in die Hand drückt, wenn er ausgeht, hat nicht den Mut, dieses Gerät für das zu benutzen, wofür er es bekommen hat.

Also ist Filippo an der Reihe. Er muss Rachel anrufen, sie wecken, zu Tode erschrecken. Und sie verliert sich ganz und gar nicht in Vorwürfen. Keine Spur. Nach einem Zeitraum, der Filippo in seiner Erinnerung nicht länger als ein Augenblick vorkommt, taucht sie plötzlich mit ihrem legendären alten Land Rover aus dem Nebel auf.

Sie gibt sofort (für seinen Geschmack viel zu förmliche) Anweisungen an die Jungen, das Auto ihres Sohnes auf eine kleine Lichtung zu schieben. Sie wird sich darum kümmern, es mit einem ihrer verlässlichen Männlein wieder abzuholen. Dann verfrachtet sie alle in ihren Wagen – diese Hosenscheißer! – und fährt sie nacheinander nach Hause. Mensch, Mama, in dieser Nacht war ich so stolz auf dich. All diese Großmäuler hatten Eltern, die beide noch am Leben waren, und doch sahen sie dich an, als wärst du etwas Besonderes, etwas Einmaliges. Und dabei waren ihre Väter alle hohe Tiere, und ihre Mütter hatten ein wahres Talent, das Geld ihrer Gatten auszugeben.

Nachdem sie seine Freunde nach Hause gebracht hatte, war sie noch in die übliche Bar am Nebeneingang der Olgiata gegangen. Der Schimmer eines ungewissen winterlichen Sonnenaufgangs zeichnete sich mit Mühe im Nebel ab, der allerdings immer weniger dicht war. Während sie das warme Cornetto verschlang und den kochendheißen Cappuccino trank, wurde Filippo von einer angenehmen Wärme überwältigt, die einem die Müdigkeit nur dann gewährt, wenn sie mit Glück gemischt ist. Er würde gleich zu Bett gehen. Und seine Mutter würde die folgenden fünfzehn Stunden mit Beschäftigungen füllen, ohne einen Moment der Pause, auch wenn sie die dreißig Kilometer, die Rom von der Olgiata trennten, schon am Vormittag sechs oder sieben Mal zurücklegen musste.

Was war der Preis für diese ganze Verfügbarkeit gewesen? Das fragte sich Filippo plötzlich, während er die Unterarme seiner Mutter massierte: ob sich dieser ganze Einsatz schlicht und einfach ihren Unterarmen eingeprägt hatte, wie in dem berühmten Roman, in dem die vom Protagonisten begangenen verächtlichen Taten brutal von einem alten Porträt aufgezeichnet wurden, das auf einem Dachboden versteckt war?

Für einen Moment streifte Filippo der Gedanke, dass der Preis, den Rachel bezahlt hatte, wie eine auffällige Tätowierung in ihrem Fleisch eingraviert, der höchste überhaupt war. Dass sie sich nach Leos Tod nicht nur vom angenehmen Leben einer reichen Dame verabschiedet hatte, sondern auch von den diskreten erotischen Gelegenheiten, die sich einer attraktiven vierzigjährigen Witwe hätten bieten können.

So füllte also die Sexualität seiner Mutter – der klassische Gedanke, in dessen Mäander sich kein Sohn hineintraut – Filippos Gefühlshorizont. Merkwürdig, scheinbar dachte er zum ersten Mal in seinem Leben daran. Es war, als ob es Filippo angesichts ihrer Unterarme, die nun nichts Appetitliches mehr an sich hatten und ihm doch noch nie so wertvoll erschienen waren, bewusst geworden wäre, dass seine Mutter das Verlangen aus ihrem Leben verbannt hatte, lange bevor es von selbst erloschen war. Und das Merkwürdige daran war, dass Filippo nicht wusste, ob eine solche Verbannung etwas Lobenswertes oder von allen Entscheidungen Rachels einfach die perverseste war.

Sicher ist, dass Rachels Leben auch darin dem eines Superhelden ähnelte. Bedingungslose Hingabe an die Sache,

Enthaltsamkeit, Keuschheit, Einsamkeit, die andere Hälfte des Bettes eisig kalt und leer wie ein Grab.

Ist das nicht das mindeste, was wir von *Wonder Woman* erwarten?

Filippo, der nicht verstehen konnte, ob das hartnäckige Mitleid, das unbemerkt in ihm hochgekommen war, sich auf ihn selbst richtete oder auf die strapazierten mütterlichen Unterarme, machte es kurz:

»Also, gibst du mir nun Asyl oder soll ich wieder verschwinden?«

Erst jetzt bemerkte er auf dem Mahagonitisch, mitten zwischen dem von Rachel gesammeltem Krimskrams, die ausgeschnittenen Zeitungsartikel, die in den vergangenen Tagen den absurden Erfolg gefeiert hatten, den ihr großer Junge in Frankreich eingeheimst hatte.

DER RÖMISCHE COMICAUTOR, DER PARIS BEZAUBERT.
*La Stampa*
NACHDEM ER IN CANNES NUR KNAPP DIE CAMÉRA D'OR VERPASSTE, SPRENGT FILIPPO PONTECORVO DIE KARTENSCHALTER JENSEITS DER ALPEN.
*Il Corriere della Sera*
SCHLANGEN IM REGEN VOR DEM BALZAC UND DEM ARLEQUIN FÜR DIE MESSE VON FILIPPO PONTECORVO.
*La Repubblica*
DER ITALIENISCHE FILMEMACHER, DER CARLA BRUNI RÜHRTE.
*Vanity Fair*

Hatten seine Taten also auch jene fernen Regionen erreicht? Aber sicher hatten sie sie erreicht. Und nach diesen Stimmen zu urteilen, mussten sie eine nicht gerade schlechte Verwirrung ins Ökosystem dieser äußerst diskreten Cornelia gebracht haben. Es war merkwürdig, dass Filippo erst jetzt klarwurde, dass in den letzten Tagen alle von ihm detaillierte Berichte verlangt hatten über das, was in Frankreich passiert war, außer seiner Mutter; die scheue Rachel hatte es nicht über sich gebracht, etwas zu fragen.

Sogar Semi hatte ihn von einem seiner absurden Orte aus angerufen.

Der Anruf war vor ein paar Stunden gekommen. Filippo war gerade ins Taxi gestiegen, das ihn vom Flughafen nach Hause bringen sollte, als sein Handy hysterisch zu vibrieren begann und im Display SEMI MOBIL aufleuchtete:

»Wer ist denn dran, unsere kleine Schwuchtel?«, brüllte Filippo, woraufhin der Taxifahrer empört vor sich hin brummelte. Er wäre vielleicht weniger nachsichtig gewesen, hätte er gewusst, dass das obszöne Gerede für Filippo und Samuel Pontecorvo einfach notwendig war, wenn sie miteinander sprachen. Sich Beleidigungen und Vulgäres an den Kopf zu werfen: das war die männliche Art und Weise, wie sich die beiden Brüder seit undenklichen Zeiten lieb hatten!

»Stell dir vor, ich war gerade in aller Ruhe beim Scheißen und habe dabei eine Zeitung auf kyrillisch durchgeblättert, von der ich nur Bahnhof verstand, als ich dein schönes Arschgesicht sah, das mich von der Kulturseite angrinste …«

»Und?«

»Ich will, dass du mir haarklein alles erzählst, was dir in der letzten Woche passiert ist. Damit wir uns verstehen: von dem Moment an, als du in Charles De Gaulle gelandet bist, bis zu dem Moment, als dir Carla Bruni akademisch einen geblasen hat.«

Sowohl Samuel, der sie ausgesprochen, als auch Filippo, der sie sich angeeignet hatte, wussten, dass das Copyright dieser Redensart – »Ich will, dass du mir alles haarklein erzählst« – ihrem verstorbenen Vater gehörte. Du hattest in der Schule eine gute Note bekommen oder im ersten Spiel der Schulmeisterschaft ein Kopfballtor geschossen, schon verlangte Leo von dir einen ausgeschmückten und detaillierten Bericht des Geschehens mit genau dieser Einleitung: »Ich will, dass du mir alles haarklein erzählst«.

Filippo und Samuel sprachen nie über ihren Vater. Das war ein ungeschriebenes Gesetz, an das sich diese beiden alten Halbwaisen seit fünfundzwanzig Jahren peinlich genau hielten. Der einzige Ort, an dem Leo weiterexistierte, waren gewisse Redewendungen, eigenartige Wörter, phantasievolle Satzkonstruktionen, die er im Übermaß gebrauchte und die seine Söhne verinnerlicht und für ihre verschlüsselte Kommunikation umgemodelt hatten. Im Grunde war das reichhaltige Register an Zitaten – aus Büchern Filmen Comics –, das das neuralgische Zentrum der Intimität von Filippo und Samuel Pontecorvo bildete, groß genug, um auch noch Leos sprachliche Ticks aufzunehmen.

Gibt es vielleicht eine wirksamere Methode, seinen Vater am Leben zu erhalten, ohne ihn zu erwähnen?

Tatsache ist, dass Filippo dort im Taxi, das ihn nach Hause brachte, im lärmenden römischen Verkehr gefangen, am Telefon mit seinem Bruder und in telepathischer Kommunikation mit einem Vater, der seit Ewigkeiten nicht mehr existierte, von der abnormen Welle der retrospektiven Anspannung überschwemmt wurde. Es war, als wäre ihm plötzlich in einem einzigen Moment bewusst geworden, wie ungeheuerlich das alles war, was ihm, nach Tagen voller Chaos und Unfähigkeit, gerade passierte. Als hätte er bis dahin das Höllenspektakel, das sein Animationsfilm in Frankreich ausgelöst hatte, mit schlafwandlerischer Distanz aufgenommen.

Filippo hatte gerade erfahren, dass er nicht die Caméra d'or gewonnen hatte, als das Pressebüro des Verleihs ihn nach Paris beorderte: die Zeitschrift *Les inrockuptibles* wollte ihm nach seinem Erfolg in Cannes eine Titelgeschichte widmen. Eine unverzichtbare Gelegenheit. Unser Schlafwandler war nach Paris geeilt, obwohl ihm beim Verdauen dieser ganzen Neuigkeiten leicht übel geworden war.

Aber bei allem guten Willen gab es während seines triumphalen Aufenthalts in Paris keinen Moment, an dem sich Filippo von dem irritierenden Gefühl befreien konnte, Profit aus einer Verwechslung zu ziehen, deren Opfer ein Mensch war, der es mehr verdient hätte als er.

Ist er wirklich der Galan, der in der Junior Suite im Hôtel de Sers residiert, aus deren Rokoko-Badewanne man den Blick auf ein fades Stück von Paris genießt? Er, das hohe Tier, das in einem Audi A5 die sonnigen Boulevards entlangkutschiert wird? Er, der scheue Filmemacher, der vor der Leinwand auf der Bühne eines großen Innenstadtkinos nicht weiß, wo er angesichts der Ovationen von mindestens fünfhundert Parisern seine Hände lassen soll? Er, der Herzensbrecher, der am Abend vor seiner Rückfahrt in seinem Zimmer von Charlotte besucht wird, der bebrillten Dolmetscherin, die ihn in diesen Tagen begleitet hat und ihm, ohne lange zu fackeln, die Hosen aufknöpft, um ihm mit der Sicht auf den Eiffelturm kitschig einen zu blasen?

Doch, natürlich. Das musste er sein. Aber warum waren dann die lebhaftesten Gefühle, die diese Tour de Force überlebt hatten, der rauchige Geschmack des Club Sandwich, das er tief in der Nacht bestellt hatte, um die Beklemmung und das Gefühl überstandener Gefahr zu mildern, die ihn ergriffen hatten, als er das Flugzeug bestieg?

Erst musste Semi anrufen, damit die Erinnerungen der letzten Tage auf wundersame Weise Feuer fingen und ihn nebenbei zu Gedanken von leichtfertiger Sentimentalität verleiteten. Wer weiß, was Papa von diesem ganzen Durcheinander gehalten hätte? Gott allein weiß, wie sehr es ihn gefreut hätte und wie stolz er darauf gewesen wäre. Paris krönt seinen Sohn. Ja, gerade Paris: die Stadt, in der Leo Pontecorvo gelebt hatte, die Stadt, die Leo so sehr geliebt hatte ... Gibt es einen tugendhafteren Grund, Erfolg zu haben, als seinen Vater vor Stolz zum Weinen zu bringen? Gibt es ein berechtigteres Motiv, gerührt zu sein, als das Bewusstsein, dass dein Vater, dem es so sehr gefallen hätte, deinen Erfolg zu genießen, seit einem Vierteljahrhundert nicht mehr in der Lage ist, überhaupt noch etwas zu genießen?

Nun gut, ähnliche tränenreiche Fragen bestürmten ihn in Rachels Wohnzimmer, als er die gesammelten Pressenotizen sah, die sie ihm zu Ehren ausgeschnitten hatte und die vielleicht die dicke Mappe bereichern würden, in der Signora Pontecorvo alles Wichtige aufbewahrte, was der Menschheit geschehen war, seitdem sie auf der Welt war. Plötzlich wurde Filippo von zärtlichem Mitleid für Rachel ergriffen.

»Also, Schatz, es wird Zeit, Anna anzurufen! Los, ich wähl schon mal die Nummer für dich.«

Rachel war die Frau, mit der Filippo am längsten zusammengelebt hatte. Er war achtundzwanzig, als er das Nest verlassen hatte. Deshalb wusste er genau, dass die Tage mit ihr von dieser Art Gejammer und von Forderungen bestimmt wären. Es ging immer nur »Los-ruf-Anna-an-ich-wähl-dir-schon-mal-die-Nummer« und »Los-ich-bitte-dich-tu-nicht-so-als-wärst-du-noch-ein-Kind« … Doch momentan störte ihn das überhaupt nicht.

Rachels pathetische Geste, die Zeitungsausschnitte aufzubewahren, zusammen mit der Diskretion, mit der sie vermieden hatte, das anzusprechen, was diese Zeitungsnotizen bedeuteten, hatte ihn davon überzeugt, an den richtigen Ort gekommen zu sein: es gab nämlich auf der Welt kein anderes Wesen als seine Mutter, das ihn, der noch überhaupt nichts erreicht hatte – diesen übertriebenen Franzosen mit ihrem *formidable, génial, drôle, prophétique* zum Trotz –, beruhigen konnte.

Bis Anna ihn sich eines Samstags am Sommeranfang frühmorgens wieder zurückholt. Wie im Drehbuch zeigt sich Rachel mit ihrer Schwiegertochter gelinde gesagt kooperativ. Sie bringt ihrem Sohn den Kaffee ins Zimmer. Macht die

Nachttischlampe an. Einen Moment lang fragt sich Filippo, ob es nicht Zeit ist, in die Schule zu gehen.

Inzwischen füllt seine Mutter die Tasche mit gebügelten Hemden und Unterhosen. Nachdem sie ihn vom Lager des historischen Etagenbettes gezerrt hat, das er einst mit seinem kleinen Bruder teilte, und nachdem sie dafür gesorgt hat, dass er sich anzieht, eskortiert sie ihn wie einen zum Tode Verurteilten zum jenseits des Zauns geparkten Auto seiner Frau, wobei sie ihm in der Zwischenzeit die abgedroschene Thronrede über Pflichten und Verantwortung hält.

Als ob Rachel statt mit ihrem Sohn in der Ehekrise mit einem des Hochverrats beschuldigten Regierungschef sprechen würde.

Anna lungert in der Gasse herum. Sie trägt grauenhafte, längsgestreifte Leggins, die ihre Magerkeit betonen, und eine riesige schwarze Brille, die sich nicht sehr von derjenigen unterscheidet, die sie sich in einem zugeschneiten Flughafen an einem denkwürdigen Sylvestertag aufgesetzt hatte. Filippo spürt, dass Anna, im Gegensatz zu ihm, stürmische Nächte durchgemacht hat. Wenn er beschließt zu schweigen, dann weil er fürchtet, dass alles, was er jetzt als Halbverschlafener sagt, gegen ihn verwendet werden kann, sobald er wieder wach ist. Der einzige Satz, den er sagen kann, ist: »Was machen wir mit meinem Auto?« Rachel gibt die Antwort: »Mach dir keine Sorgen, Schatz, ich sorge dafür, dass du es so bald wie möglich wiederbekommst.«

Filippo kann sich nicht entscheiden, ob ihm das Parfüm lieber ist, das im Innenraum von Annas Auto hängt, oder die Landschaft, die man vom Auto aus genießen kann. Den Kopf an die Scheibe gelehnt, gibt er sich dem epischen Bild des ländlichen Roms in seiner Höchstform hin. Es muss ein solcher Morgen gewesen sein, als Turnus und Äneas sich gehörig verprügelten. Ein lockeres Federbett aus blauem Dunst, aus dem auf magische Weise hundertjährige Eichen und steinerne Hütten auftauchen.

Als Filippo aufwacht, ist er nicht zu Hause. Sondern auf dem Parkplatz eines Motels. Motel Ranch, um genau zu sein.

»Was machen wir hier?«

Seine lakonische Ehefrau antwortet nicht.

Es ist klar, dass der hagere Portier mit dem slawischen Akzent Anna erkannt hat. Unter normalen Umständen wäre das für sie äußerst schmeichelhaft. Aber heute morgen hat sie anderes im Kopf. Sie hat die Absicht, Filippo das zu schenken, was sie schon viel zu lange für sich behält. Auch wenn er sich in einem schäbigen Motel befindet, genügt es, dass ihr Mann sieht, wie sie sich mit einer schnellen Bewegung ihre Leggins auszieht, damit er sich wieder zu Hause fühlt. Von diesem Moment an ist alles ein bewegendes Sichwiedererkennen.

Zunächst der Egoismus. In diesen Momenten erreicht Annas infantiler Egoismus paradoxe Höhen. Sie ist ganz auf sich selbst konzentriert. Erinnert ihr euch an die etwas aus der Mode gekommenen bereitwilligen Mädchen, die alle Mühe auf sich nehmen, um dir Lust zu verschaffen, und zwar auf eine (sagen wir) etwas rührende Art? Anna ist unfähig zu einem solchen Altruismus. Sie verhält sich wie ein lasterhaftes kleines Wesen auf der Suche nach der kongenialen Position. Man muss nicht erklären, wie begeisternd einige ihrer improvisierten Widerspenstigkeiten sein können. Die Kleine will nicht abgelenkt werden und ihre Suche nach Perfektion wird durch ihre sprichwörtliche Ruhelosigkeit nur noch titanenhafter. Sie wechselt ständig die Position. Und zwingt dich zum Salto mortale. Und doch, als wohlerzogenes Mädchen, als Tochter eines gestandenen Vaters liebt sie die traditionellen Positionen. Wenn du auf ihr bist (in der berühmten Missionarstellung), zieht sie sich zusammen wie ein fröstelndes Baby: das ist das Zeichen ihrer völligen Hingabe.

Ganz zu schweigen vom Moment des Orgasmus. Und dann ist »Moment« nicht das richtige Wort. Wir sprechen von ganz schön vielen Sekunden. Eine leichte Vibration, die scheinbar aus einem unerreichbaren neuralgischen Zentrum kommt, das ganz langsam jeden Zentimeter ihres Körpers ansteckt. Das schwere, ferne Grollen, das das Seebeben ankündigt. Jetzt erkennst du wirklich, wie zerbrechlich und sensibel sie ist, die arme Kleine. Dabei muss gesagt werden, dass sie am entscheidenden Punkt keinen speziellen Laut ausstößt. In dieser Lage (und nur in dieser) schämt sie sich. Wer weiß, warum sie so befangen ist, wenn es darum geht, den Grad ihrer Lust verbal zu äußern. Es wäre schön, wenn ihr Gesicht in diesen großartigen Momenten denselben ekstatischen Ausdruck annehmen würde wie damals, als die Novizin in der Serie mit den Detektivnonnen in ihrer Zelle die Gegenwart der Madonna wahrnimmt. Doch in Wirklichkeit ähnelt sie immer mehr der Tochter des Kommissars, die glaubt, ihr von der Mafia entführter Vater sei abgemurkst worden. Ja, in ihrer Art, sich gehenzulassen, liegt etwas Herzzerreißendes. Ein heiliger Sebastian, der mit wahrem Fatalismus aus allen Richtungen die Pfeile empfängt.

Also, wenn du das außergewöhnliche Schauspiel ihres Orgasmus unversehrt überstehst, wenn du es schaffst, angesichts dieser rührenden Aufführung von Diskretion und Zerbrechlichkeit nicht selbst zu kommen, gut, dann kommt für dich das Schöne. Denn sosehr Anna, bevor sie kam, ihren eigenen Kram gemacht hat, zeigt sie sich eine Sekunde später dir gegenüber zuvorkommend.

Nach dem Egoismus kommt auch für sie der Moment des Altruismus. Einen Augenblick, nach dem sie sich die ihr zustehende Portion an Lust angeeignet hat, ist sie bereit, sich für dich aufzuopfern. Was sie sich wirklich nicht vorstellen kann, ist, dass du in ihrem Mund kommst. Ich weiß, dass es sich nicht um etwas sehr Originelles handelt. Ich weiß, dass es kein Video im Netz gibt, das heutzutage diese Praktik, nach der die Japaner ganz verrückt sind, nicht verherrlicht. Aber das beweist nur, wie sehr Anna auf der Höhe der Zeit ist.

Und alles wäre wirklich perfekt, wenn nicht ihr üblicher Konkurrenzgeist ins Spiel käme. Das Blöde ist, dass sie dafür sorgen muss, dass du kommst. Ihr Mund und ihre Hände, meine ich. Wehe, wenn du versuchst, dir zu helfen, indem du sie anfasst. Das betrachtet sie als Angriff auf ihre Weiblichkeit und als Beleidigung ihres Stolzes! Ihr muss es gelingen. Es ist ihre Sache, diesen Berg ganz allein zu erklimmen. Und nun – in jenen entscheidenden Momenten – liefert sie einen würdigen Beweis ihrer verblüffenden Nervosität: sie reibt und sie lutscht ihn dir mit der ganzen Wucht, die sie im Leib hat. Auf die Gefahr hin, dich zu misshandeln, auf die Gefahr hin, dir weh zu tun. Und ihr Schwung ist so unkontrolliert, dass er sich weit über deinen Orgasmus hinaus fortsetzt … Bis du sie mit einer sanften Bewegung stoppst.

Der Epilog ist am unvorhersehbarsten. Im Unterschied zu neunundneunzig Prozent der Mädchen will Anna nicht liebkost und auch nicht beruhigt werden. Sie verlangt von dir nicht den irritierenden Beweis einer Zärtlichkeit, die du in diesem Moment gar nicht empfindest. Am Ende ist Anna ebenso satt und niedergeschlagen wie du. Es bleibt ihr nichts anderes, als zu verschwinden und wegzutraben wie ein Cowboy, der, nachdem er die Stadt gerettet hat – vom grellen Licht des Sonnenuntergangs gesegnet –, in ein neues einsames Abenteuer flieht.

Aber nicht im schäbigen Zimmer des Motel Ranch. An diesem Tag blieb Anna neben Filippo liegen. Mit angenehmem Übereifer entfernte sie sich nur einen Moment, um aus ihrer Tasche eine schöne Cohiba-Zigarre zu holen, eine von denen, die ihr Vater seinem Schwiegersohn nach dem Essen anbietet.

»Zimmerservice«, sagte Filippo amüsiert.

»Du bist ein so elementares Wesen«, antwortete Anna ganz zufrieden mit sich selbst. Und das war der erste Satz, den sie zu ihm sagte seit ihrem Wiedersehen.

»Sag mal: warum enttäuschst du mich immer, in allem, außer in dieser wichtigsten Sache?«

»Meine Kraft«, antwortete Anna höflich, als würde sie

sich bereitmachen, über das Thema zu sprechen, das sie am besten kennt, »liegt darin, dass ich im Gegensatz zu vielen anderen Frauen, die weniger neurotisch sind als ich, keine Tabus kenne. Und zwar aus einem ganz einfachen Grund: weil ich meinem Körper überhaupt keine Bedeutung gebe. Weil mein Körper für mich einfach nicht existiert.

Mit fünfzehn Jahren hatte ich eine Beziehung mit dem besten Freund meines Vaters. Ich war gerade zum zweiten Mal aus der Klinik entlassen worden und es hätte eine ganze Weile gebraucht, bis ich meinen Körper wieder voll in Besitz genommen hätte. Du kennst die Geschichte, nicht wahr? Ich hatte begriffen, dass der Zeitpunkt meiner Einweisung gekommen war, als ich mich eines Morgens vor der Schule im Spiegel betrachtete und kein Spiegelbild sah. Du kannst dir nicht vorstellen, wie erschrocken ich war! Ich fing an zu schreien. Wie auch immer, die Klinik, die Behandlungen, die Medikamente halfen mir. Aber nicht so weit, dass sie mir meinen Körper wieder vollständig zurückgeben konnten, der mir durch eine Art Zauber genommen worden war.

Da musste ich geahnt haben, dass es manchmal von Vorteil sein konnte, keinen Körper zu haben. Zum Beispiel hindert es dich daran, diese ganze Sorge um seine Erhaltung zu haben. Und vielleicht war das der Grund, warum ich mich einem Mann hingab, der so alt wie mein Vater war. Wenn du nicht spürst, dass dein Körper existiert, kannst du große Gefügigkeit und Perversion zeigen. Genau das passierte mir mit dem Freund meines Vaters. Er konnte mit mir machen, was er wollte. Es kam mir ja unhöflich vor, ihm etwas zu verweigern.

Weißt du, wie viele erfahrene Männer war er von meinem Hintern besessen. Für ihn war mein Hinterteil wirklich alles. Eine Religion. Der Arsch einer Fünfzehnjährigen. Das war alles, was er wollte. Nun, mir blieb nichts anderes übrig, als ihm den Rücken zuzukehren und ihn willkommen zu heißen, ohne große Geschichten zu machen. Und weißt du, was ich dir sage? Ich fand es immer rührend, wie ihr bestimmte

Körperteile von uns Frauen begehrt. Ihr seid wie Kinder. Euch das zu verweigern, was ihr begehrt, ist wie einem Kind sein Lieblingsspielzeug zu verweigern. Ein grausamer Akt, zu dem ich nicht fähig bin!«

Diese Worte wurden zur Wegzehrung im Leben Filippo Pontecorvos, in einer Zeit, die so glücksverheißend begann. In der letzten Juniwoche dieses seltsamen Jahres 2010 hatte die französische Epidemie sozusagen den Mont Blanc-Tunnel durchquert und die Kulturredaktionen einflussreicher italienischer Zeitungen angesteckt, und Filippo hatte nur noch Trauben von SMS empfangen, die ihm ganz allgemein gratulierten, aber keiner wusste genau wofür, da der Film in Italien erst im Herbst herauskommen sollte und niemand ihn bisher hatte sehen und beurteilen können.

Doch es waren gewiss nicht jene absurden Zeichen der Bewunderung, die Filippos Aufenthalt bei sich zu Hause so verwirrend angenehm machten. Sondern die Erkenntnis, dass der Mensch, dessen Hormone vom Tohuwabohu um ihn herum am stärksten aus der Fassung gebracht wurden, eben Anna war. Die, nachdem sie ihren Sexstreik in einem schäbigen Motelzimmer beendet hatte, keine Zicken mehr machte.

Obwohl Filippo keinen Moment gezögert hätte, die unvorhergesehene erotische Verfügbarkeit seiner Frau auszunutzen, wollte er sich doch lieber nicht auf der opportunistischen Natur dieses Kurswechsels ausruhen. So wie er in den vergangenen Wochen (wenn auch unter lautem Protest) Annas immer unduldsamere Verweigerungen heruntergeschluckt hatte, genoss er jetzt das Schlaraffenland ihrer Großzügigkeit, wobei er am Gedanken verzweifelte, dieser neue Kurs könnte nur bis zum Ende des Sommers anhalten.

Und vielleicht gerade deshalb, weil der Sex der einzige Ort war, den die beiden mit den Abfällen ihrer jeweiligen Neurosen nie beschmutzten, kam es Filippo so vor, als hätten die Dinge zwischen ihnen noch nie so gut funktioniert. Also hatte er sich eingebildet, dies könnte der Sommer der Ruhe sein.

Zunächst hatte es auch danach ausgesehen: der Sommer des Abwartens, dass aus einem angekündigten Erfolg auch ein sicherer Erfolg wird. Der Sommer, in dem Filippo für die Freunde seiner Ehefrau wirklich schmackhafte neue Rezepte ausprobiert und die Freunde seiner Ehefrau ihn nicht mehr behandeln, als wäre er der Chef des Hauses, sondern ein großer Künstler mit der Angewohnheit, zu kochen. Der Sommer, in dem Filippo entdeckt, wie elektrisierend der Gedanke ist, etwas zustande gebracht zu haben.

Dann kam an einem Dienstag Anfang Juli jener Anruf.

Anna nahm ab. Filippo sah sich im Wohnzimmer zum zehnten Mal die Folge der »Simpsons« an, in der Krusty der Clown es bereut, seine Bar Mitzwa nicht gemacht zu haben, und sich mit Hilfe von Bart und Lisa mit dem unnachgiebigen Rabbiner versöhnt. Als Filippo den Hörer packte, hatte er im Gesicht noch ein vergnügtes Lächeln der Bewunderung für das Genie Matt Groening und für seine eigene Fähigkeit, ihn als solches zu erkennen, als er die Stimme seines Produzenten hörte, der zu ihm sagte:

»Hör mal, mein Lieber, hast du zwei Minuten? Ich muss mit dir etwas Ernstes besprechen.«

Da zog sich Filippo in das enge Zimmer zurück, das er, seitdem er ein hohes Tier war, nur noch »mein Arbeitszimmer« nannte.

»Was ist los?«

»Was ich dir jetzt sage, ist äußerst heikel, Filippo. Aber versprich mir, dass du dir keine Sorgen machst, vielleicht ist das auch nur Schwachsinn. Also komm nicht sofort auf falsche Schlussfolgerungen …«

»Mensch, komm zur Sache und sag mir, was los ist.«

»Aus Frankreich kommen merkwürdige Gerüchte.«

»Was für Gerüchte?«

»Offenbar sind in den letzten Tagen auf einigen islamistischen Internetseiten harsche Urteile über *Herodes* erschienen.«

»Redest du von Verrissen? Hast du deshalb so eine Grabesstimme, weil nach so vielen Zustimmungen jetzt die ersten Verrisse auftauchen?«

»Nein, Filippo, ich spreche nicht von Verrissen. Ich spreche von bedrohlichen Inhalten. Oder, um es offen zu sagen, von Drohungen.«

»Drohungen? Wer wird denn bedroht?«

»Bedroht wirst du, natürlich. Und in zweiter Linie wir, die wir dir ermöglicht haben, ein so breites Publikum zu erreichen.«

»Soll das ein Scherz sein?«

»Leider nein. Gestern Abend habe ich kein Auge zugetan.

»Und du rufst mich erst jetzt an?«

»Ich wollte ganz sicher sein. Ich wollte dich nicht grundlos beunruhigen.«

»Das heißt, jetzt hast du einen Grund, mich zu beunruhigen.«

»Eigentlich glaube ich nicht, dass es etwas wirklich Beunruhigendes ist. Es ist nur nervig. Ich bin eigentlich davon überzeugt, dass dir keinerlei Gefahr droht.«

»Deiner Stimme nach scheinst du aber von nichts überzeugt zu sein.«

»Ich habe es dir gesagt, ich habe kein Auge zugetan. Heute morgen habe ich den Fall komplett überprüft. Ich habe mit dem Verleih gesprochen, mit den französischen Behörden, ich habe sogar einen Übersetzer kontaktiert, um den Tenor der Drohung zu verstehen.«

»Und …?«

»Sie sind wütend, Fili. Sie sind wirklich wütend. Die gute Nachricht ist, dass es sich anscheinend um marginale Internetseiten handelt, die den Behörden unbekannt sind. Die Sache könnte also ohne Folgen bleiben. Sie kann einfach so enden.«

»Oder ich könnte es sein, der so endet.«

»Nein, Mann, übertreib nicht. Das ist es nicht, was ich sagen will. Im Gegenteil, ich wollte dich beruhigen, die Situation ist unter Kontrolle. Wir arbeiten dran, damit die Sache nicht in die Zeitungen kommt. Du weißt ja, wie das läuft: das Schlimmste in einer solchen Situation ist die Öffentlichkeit.«

»Aber kann mir mal jemand sagen, warum sie es auf mich abgesehen haben?«

Was diese erregten Gemüter so gestört hatte, waren dreißig Sekunden aus dem Film, einige Fotogramme. Natürlich erinnern sich die Millionen Fans von *Herodes und seine Kinder* noch genau an die Szenen, die Gegenstand hitziger Diskussionen in den Zeitungen und den Fernsehsendungen waren. Harmlose Szenen, die dennoch den Zorn der Fundamentalisten erregen konnten … was der Erzähler dieser Geschichte, dem der Mut von Filippo Pontecorvo fehlt, deshalb lieber übergehen würde. Unter bestimmten Umständen ist Schweigen die beste Lebensversicherung.

»Ich habe sie mir mindestens zehnmal angesehen, diese dreißig Sekunden Film. Aber ich kann es wirklich nicht begreifen.«

»Das kommt mir wie absoluter Wahnsinn vor. Ein verdammter Wahnsinn!«, brüllte Filippo.

Schon seit einer ganzen Weile hörte er dem Produzenten nicht mehr zu. Er war furchtbar wütend. Er wusste nicht, was er mehr hassen sollte: den obskuren mörderischen Wahnsinn, der, wer weiß warum, seinen Tagen ein Ende setzen wollte, oder die honigsüße Art, wie der Produzent seine Unfähigkeit zeigte, indem er ein aufklärerisches Geschwätz zum Besten gab, reich an gesundem Menschenverstand. Eine Sekunde lang schoss Filippo der Gedanke durch den Kopf, dass der für seinen Geiz bekannte Produzent sogar froh sein konnte. Was für eine großartige Gelegenheit, für den Film zu werben. Jawohl, gar nicht schlecht: ein brandneuer Salman Rushdie keimt spontan in deinem Garten auf, genau dort, wo du gar nichts gesät hast.

Dann dachte Filippo wieder an die inkriminierten Fotogramme. Weswegen ihm jetzt jemand an den Leib wollte. Und wenn man bedenkt, dass er sie beinahe herausgeschnitten hätte. Nach der letzten Vorführung, kurz bevor der Film definitiv freigegeben wurde, hatte er sich gefragt, ob jene dreißig Sekunden nicht prätentiös wären. Dort wird ein Traum des Protagonisten erzählt. Eine Zurschaustellung esoterischer Bildung … Aber dann hatte er mit der Eitelkeit des Anfängers beschlossen, sie zu behalten. Eines muss man der Eitelkeit allerdings lassen: sie findet immer kreative Wege, die dich bereuen lassen, dass du ihr nachgegeben hast.

»Vielleicht haben wir noch Zeit, sie loszuwerden«, sagte Filippo plötzlich.

»Was?«

»Diese dreißig Sekunden.«

»Weißt du, ich habe mich nicht getraut, dich darum zu bitten. Aber … ja, das wäre eine gute Idee. Eine Demonstration des guten Willens.«

Ein weiteres Mal spürte Filippo die irritierende Unstimmigkeit zwischen den inneren Überzeugungen des Produzenten und dem konzilianten Tenor seiner Worte. Er könnte sogar seine unerschöpflichen Vaselinreserven aufbrauchen, an der Realität würde sich nichts verändern: das Spiel war aus. Diese dreißig Sekunden waren schon gesehen und kommentiert worden. Sie herauszunehmen, war zwecklos. Die größte Gabe, die Gott den Fundamentalisten gemacht hat, ist die Beschränktheit: genau darin liegt die Lust, sich streng an bestimmte unerschütterliche Prinzipien zu halten. Koste es, was es wolle. Dieser Ungläubige hat groß aufgetrumpft? Er hat die Regeln verletzt? Bald wird er sehen, wozu wir fähig sind.

Als Filippo auflegte, zeigte sich ihm das Haus, mit dem er in der letzten Zeit Frieden geschlossen hatte, wieder in seiner unheilvollsten Gestalt. In diesem Moment hätte er alles dafür gegeben, eine normale Ehefrau zu haben. Eine ausgeglichene, anständige Frau, der er sich anvertrauen und von der er sich trösten lassen konnte. Ein weicher Bauch, auf den er seine stacheligen Wangen legen konnte. Aber da war Anna. Und Filippo konnte gerade alles gebrauchen, nur nicht die Manöver, mit denen sie sich dieses Mal diese Geschichte aneignen würde. Ihm reichte die Verrücktheit der Fundamentalisten. Wahnsinn an Wahnsinn zu reihen schien ihm keine gute Idee zu sein. Nein, er würde ihr nichts sagen.

Er kehrte ins Wohnzimmer zurück. Er griff nach der Fernbedienung des DVD-Players. Gab die Pausetaste frei. Jetzt war die verpasste Bar Mitzwa von Krusty dem Clown nicht mehr lustig. Im Gegenteil, zu hören, wie kleine gelbe Männlein von jüdischen Festen und unnachgiebigen Vätern sprachen, entmutigte ihn zutiefst.

Er schaltete den Fernseher aus.

Er musste sich etwas einfallen lassen, um diesen Angstzustand zu überwinden. Er schaltete den Laptop auf dem Tisch ein. Ging auf Google. Und in den folgenden Minuten unternahm er alles, um auf die islamistischen Internetseiten zu kommen, die es auf ihn abgesehen hatten. Er grub sogar eine Seite aus, die die Eigennamen aus unserem Alphabet ins Arabische transkribierten. Er tippte seinen Namen ein. Er erhielt eine rätselhafte Schrift, kopierte sie in die Suchmaske von Google. Klickte. Es tauchten eine Reihe von Seiten (achthundertdrei) auf, die in diesem seltsamen Alphabet geschrieben waren. Er besuchte die ersten fünfzehn. Wie frustrierend, seinen Namen in einem unbekannten Alphabet zu sehen, dazu noch umzingelt von weiteren furchtbar bedrohlichen Zeichen. Innerhalb eines Augenblicks erschien ihm das Netz – die magische Welt mit undefinierbaren Grenzen –, das ihm bis vor einigen Stunden als ein so vorteilhafter Ort vorgekommen war, wie ein klebriger und undurchdringlicher Dschungel; eine Million mal so ausgedehnt wie der Regenwald des Amazonas, wo die Gesetze des Zusammenlebens, die sich die Menschen gegeben hatten, durch den simultanen Klick von Milliarden Fingerspitzen abgeschafft worden waren.

Jawohl, dieser Ort, die Macht dieses Ortes, war wirklich zum Fürchten.

War es also das, was der Sommer, der seinen Triumph hätte feiern sollen, ihm schließlich schenkte: die übliche teure Zeche, die er bezahlen musste? Großer Gott, es war dumm von ihm gewesen, das nicht vorherzusehen. Warum wunderte er sich denn überhaupt? Es gibt kein Geschenk, für das dir am Ende nicht die Rechnung präsentiert wird. Wie hatte er das nur vergessen können, gerade er, der Sohn dieser Jansenistin Rachel Pontecorvo?

So kam es, dass Filippo endlich jemanden fand, mit dem er sich anlegen konnte. Er konnte nicht auf die Killer böse sein, die ihm bald auf den Fersen sein würden, nicht auf den Produzenten, nicht auf Anna. Aber auf Rachel schon, auf sie konnte er allerdings böse sein. Auf einmal begriff Filippo die Motive derer, die ihn bedrohten. Wenn du frustriert bist, ist es äußerst wichtig, jemanden zu finden, den man auf den Tod nicht ausstehen kann. Sie regten sich über ihn auf. Er war auf seine Mutter böse. Was nichts Neues war: wozu diente Rachel denn sonst, als den Zorn ihrer Söhne auf sich zu ziehen?

»Mama ist an allem schuld«, dachte Filippo. Und sofort fühlte er sich besser.

# ZWEITER TEIL

# DER HIMMELSPENDLER

Das Mindeste, was du dir von einem Hotel mit den Sternen am Eingang erwartest, ist, dass in der Berechnung des garantierten Komforts (Beauty-Produkte von Hermès, Satinlaken, Zen-Panorama) auch Platz für einen richtig schönen Schlaf ist.

Einen, wie du ihn als Kind hattest.

Doch etwas musste schiefgelaufen sein, wenn Samuel Pontecorvo um fünf Uhr morgens – nachdem er drei Stunden in etwas gesteckt hatte, das nur vage dem Wachsein und fast überhaupt nicht der erfrischenden Bewusstlosigkeit ähnelte – im Badezimmer von einer nie dagewesenen Angst gepackt wurde.

War es sinnvoll, die Hosen anzuziehen, in die Lobby hinunterzugehen und wegen der schlechten Qualität des Schlafs zu protestieren? Obwohl die Concierges in den letzten Tagen unter Beweis gestellt hatten, wie höflich ihre britische Heuchelei sein konnte, bestand die Gefahr, dass sie ihn dieses Mal für verrückt hielten.

Ein paar Sekunden lang wühlte er in seinem Kulturbeutel herum, aus dem er ein verheerend leeres Döschen herauszog. Das Ende der Begleitung durch Pasaden bot nur neuen Brennstoff für die laufende Angstkrise. Semi hatte einen solchen Respekt vor dieser legalisierten Droge, dass er mit den Jahren gelernt hatte, dass ein Teil des Genusses darin bestand, die Versorgung zu kontrollieren und mit der Abhängigkeit umzugehen. Zu wissen, dass sie da war, mundgerecht, war fast besser, als sie zu schlucken. Sie war ihm (vor einer Ewigkeit) von einem Arzt verschrieben worden, um die Nachwirkungen einer Liebesenttäuschung zu mildern: »Es ist eine japanische Substanz, vielleicht schon etwas angegammelt, aber immer noch wirkungsvoll.« Von wegen angegammelt! Von wegen wirkungsvoll! Semi hatte es auch weiter konsumiert, als die Hörner des untreuen Mädchens ihn schon eine ganze Weile nicht mehr quälten.

Das Blöde war, dass er in den letzten Wochen mehr als einen Grund hatte, es im Übermaß zu konsumieren. Und jetzt, da jede Zelle seines Körpers danach verlangte, getröstet zu werden, fehlte ihm sein gewohntes Allheilmittel. Mit der Verkommenheit eines Fixers begann er gierig die kleinen Vertiefungen der Verpackung auszulecken. Aber der einzige Effekt dieses zügellosen Aktes war, dass er sich noch lächerlicher und durchgeknallter fühlte.

Ruhig, nur ruhig bleiben. Die Gedanken neu sortieren.

Es ist ja normal, dass zu dieser Uhrzeit und in voller Abstinenz von Pasaden die grauen Zellen in deprimierenden Klischees steckenbleiben! Das Letzte, was Semi nämlich brauchte, war Nüchternheit. Tausendmal besser, alles zu vergessen, was vor ein paar Tagen passiert war, als es sorgfältig zu analysieren. Soviel Ironie er auch anwandte, es gab keinen Weg, dem Ereignis den Segen des Erträglichen zu verleihen. Verdammt nochmal! Wenn das keine Sackgasse ist, dass dir ein Typ mit bestialischem Mundgeruch eine Pistole an die Eier hält, also, dann sagt ihr mir, was eine Sackgasse ist. Es ist auch wahr, dass man nicht wissen kann, wie viel Angst es bereitet, eine Pistole auf den Eiern zu haben, bevor sie dir jemand dorthin hält. Und jetzt, da Semi es wusste, brauchte er nur daran zu denken, und seine Hoden zitterten in einem schmerzhaften Krampf.

Die beschwörende Vorsichtsmaßnahme, sich auf die Toilettenschüssel zu setzen, gab ihm das illusorische Gefühl, sich wieder beruhigt zu haben. Es war schön warm hier drinnen (kein Wunder, siebenhundert Pfund die Nacht). Das Rauschen der Dusche, das die Stille der Nacht verletzt, klingt immer wie ein Sakrileg. Oder zumindest wie ein Akt unverzeihlicher Taktlosigkeit. Wenigstens urteilte Semi so, als er daran dachte, dass hinter der Wand des Badezimmers, im selben Bett, in dem sich bis vor wenigen Augenblicken der Kampf zwischen ihm und seinen dunkelsten Vorahnungen abgespielt hatte, Silvia schlief. Meine arme Liebste, lassen wir sie schlafen. Gestern war sie erschöpft.

Semi fragte sich, ob das Mitgefühl, mit dem er an das Mädchen dachte, das übers Wochenende zu ihm nach London gekommen war und mit dem er seit fast fünfzehn Jahren zusammen war, nicht die gefällige, heuchlerische Gestalt verriet, die sein Selbstmitleid angenommen hatte. Oder ob er in einem Ausbruch von Pharisäertum es ganz einfach nicht schaffte, Silvia zu bemitleiden, für das, was er ihr angetan hatte und wahrscheinlich auch weiter antun würde: Lügen, Betrug, der wiedergutmachende Vorschlag zu heiraten, nur um mal anzufangen. Dann alles andere.

Als er aus dem Badezimmer kam, stieß er mit seinem Fuß an den Servierwagen, auf dem die Reste des schnellen Abendessens von gestern standen, die einen unverwechselbaren Geruch nach Himbeerkonfitüre und angetrocknetem Ketchup verbreiteten.

Schon seit langem stellten diese gedeckten Servierwagen für Silvia und ihn den köstlichen Höhepunkt eines planlosen und pseudo-ehelichen Lebens dar. Befremdlich: Semi hatte immer gedacht, dass für ein ordentliches Paar der Moment schlechthin der sein müsste, in dem er genau dann in ihr kommt, wenn auch sie gerade kommt. War dies nicht die eheliche Romantik, nach der er pflichtgemäß strebte? War es denn möglich, dass die ganze Freude, zusammen zu sein, sich für sie im Eindringen der quietschenden Servierwagen erschöpfte, die das gute, aseptische und abscheuliche Essen der Multi-Sterne-Hotels transportierten? Und dass dieses

Quietschen der Räder den gemeinsamen Orgasmus ersetzte?

Semi wusste, dass dies alles seinetwegen passierte. Silvias einzige Schuld war es, dass sie sich in ihrer Fügsamkeit den Rhythmen und Abwesenheiten eines zukünftigen Ehemanns angepasst hatte, der jeden Tag mehr einem verdammten Eunuchen ähnelte.

Aber leck sie ihr doch! Das würde in diesem Moment der Geschichte ein echter Mann tun. Du kannst sie nicht vögeln? Nun, dann beweise ihr wenigstens, dass die Tatsache, dass sie eine Frau ist, für dich von Interesse ist. Los, kleine Schwuchtel, steh nicht so stocksteif da: zieh die Decken weg, schieb mit dem Finger behutsam den Streifen Slip beiseite, der dich vom Schatz trennt, und weck sie auf, so wie sie es verdient! Tu, was getan werden muss, was du schon zu lange nicht tust. Ja, vielleicht wird sie zunächst erschrecken, wird ein paar Sekunden lang empört sein, wenn du nicht aufpasst, kann sie sogar um sich treten; aber dann, nachdem die Hemmung überwunden ist, wird sie dich zum Ziel kommen lassen. Aus irgendeinem absurden Grund liebt sie dich. Du musst sie doch dafür belohnen, oder?

Ich weiß, das ist nicht einfach: ihr macht es seit langem nicht mehr. Wenn man es genau bedenkt, habt ihr es sogar so selten gemacht, dass es dir vorkommt, als würdest du dich an jedes einzelne Mal erinnern. In Wahrheit ist das, woran du dich am meisten erinnerst, das Gefühl erfreulicher Erleichterung bei den Gelegenheiten, in denen du bis ans Ende gekommen bist. Das Dumme, mein Junge, ist, dass der Grund, aus dem die Leute vögeln, der ist, nicht bis ans Ende zu kommen. Der Grund, warum die Leute es machen, ist, so lange wie möglich die Zeit zu genießen, die den Moment, in dem man sich auszieht, von dem trennt, in dem man sich wieder anzieht. Normale Menschen betrachten einen vollzogenen Koitus nicht als eine überstandene Gefahr.

Semi bewegte sich vorsichtig im Dunkeln und erreichte das große, von einem pompösen Vorhang geschützte Fenster. Er öffnete einen Spalt – ein Schlitz schwachen Lichts im düsteren Meer aus Samt – und warf einen Blick hinaus. Zu dieser Stunde sah Canary Wharf, das Hightech-Viertel im East End an der Themse, wie in Science-Fiction aus. Der Himmel hatte die Farbe reifer Blaubeeren. Ein riesiges Floß mit flachem Boden glitt über den Fluss, mit Tonnen von Industrieabfällen beladen und mit dem Puderzucker des Schneeregens bestäubt.

Wäre er allein gewesen, er hätte bereits Licht und Fernseher angeschaltet. Er hätte seine bösen Gedanken mit ein bisschen Lärm verscheucht. Er hätte sich zwanzig Minuten lang unter die Dusche gestellt. Und wer weiß, vielleicht hätte er dann sogar den Mut gefunden, sich aus dem Fenster zu stürzen.

Und wenn man bedenkt, dass er es war, der einen Monat zuvor darauf bestanden hatte, dass Silvia zu ihm nach London kam. Weil damals (ja, er sagte »damals«, als wäre eine Ewigkeit vergangen) die wunderbare Investition in die Partie usbekischer Baumwolle sich zwar ein wenig verkompliziert hatte, aber noch vielversprechend war.

Deshalb hatte er darauf bestanden. Sie wollten sich auf neutralem Boden treffen. Sein Flugzeug aus Taschkent landete in London. Dort wollte er auf sie warten. Er hatte ganz schön viel zu feiern: fünfzehn Jahre zusammen, die Hochzeit vor der Nase und ein Geschäft, das bei einem guten Abschluss alle Kosten decken würde, die auf sie zukamen. Sie hatte ihm zuliebe den Geburtstag des Chefs geschwänzt, im Anwaltsbüro, in dem sie arbeitete. Und das musste für eine pflichtbewusste und ehrgeizige Frau wie Silvia ein ganz schönes Opfer gewesen sein. Und wofür? Für das x-te romantische Wochenende. Wie prätentiös und abgegriffen!

Seitdem Samuel Pontecorvo vor mehr oder weniger drei

Jahren, von einer immer riskanteren und aufreibenderen Arbeit genervt, seinen Posten als Senior Advisary Manager bei der Citibank in New York aufgegeben und, nur um nach Italien zurückzukommen, das Angebot eines Baumwoll-Traders akzeptiert hatte, ihm als Minderheitsgesellschafter in einem florierenden Unternehmen zu assistieren, hatte sich die Zahl seiner Reisen ans Ende der Welt exponentiell erhöht. Auch wenn er, verglichen mit den Jahren, die er in New York gelebt hatte, viel mehr Zeit mit Silvia, mit Rachel, mit Filippo verbringen konnte, gab es keinen Weg, alle diese Reisen entlang der sogenannten »Baumwollstraße« als eine Art zweiter Marco Polo zu umgehen.

Übrigens war Jacob Noterman, sein Sozius und Mentor, in dieser Frage von Anfang an deutlich gewesen: »Es hat keinen Sinn, auf die Art und Weise in Baumwolle zu handeln, wie es der Großteil meiner Kollegen macht: vor einem Bildschirm sitzen und das Auf und Ab des Marktes verfolgen. Diese Arbeit macht man vor Ort. Nach der alten Methode! Man muss dahin gehen, wo das Produkt wächst. Sich mit den Techniken der Verarbeitung vertraut machen. Persönlich mit diesen Halsabschneidern verhandeln. Ihnen in die Augen schauen, ihren stinkenden Atem riechen und bla bla bla …«

Solche Reden waren auf fruchtbaren Boden gefallen, im Herzen eines jungen Mannes, der die letzten zehn Jahre seines Lebens damit verbracht hatte, am Computer Daten zu interpretieren, virtuelle Szenarien zusammenzustellen und wertlose Papiere zu kaufen und zu verkaufen. Sicher, die Zeche, die er für dieses neue, abenteuerliche Leben bezahlen musste, waren die toten Zeiten, die er auf Flughäfen, Bahnhöfen, in Hotels, im Taxi verbrachte. Ganz zu schweigen von den vielen Verspätungen, den Unwägbarkeiten des Wetters, den Streiks, den Sicherheitskontrollen, dem Alarm wegen Anschlägen, dem verlorenen Gepäck …

Mit der Zeit hatte Semi gelernt, diese unvermeidliche Prozedur etwas weniger anstrengend zu gestalten. Er hatte begonnen, die Gelegenheitsreisenden zu verachten und genau das Gegenteil von dem zu tun, was sie tun würden. Inzwischen war er in der Lage, ein funktionales Bordgepäck zu packen, das nicht einmal das pedantischste Bodenpersonal beanstanden konnte. Er hatte eine ebenso genaue Vorstellung davon, welche Fluglinien und Hotelketten er wählen und welchen er aus dem Weg gehen sollte. Er erkannte auf den ersten Blick die Art von Flughafenbar, in der es nicht ratsam war, einen Manhattan zu bestellen.

In guten Momenten fühlte sich Semi wie ein Globetrotter des einundzwanzigsten Jahrhunderts: das dynamische und strahlende Individuum, von dem er schon immer geträumt hatte. Doch in müden Momenten fürchtete er, die zeitgenössische Version eines Handelsreisenden zu sein, nur etwas weniger pathetisch als sein Vorläufer.

Um solche Situationen zu vermeiden, hatte Semi seit einiger Zeit begonnen, Silvia zu bitten, sich auf halbem Weg mit ihm zu treffen. Um ihre gemeinsamen Reisen noch unvergesslicher zu machen, hatte Semi die Gewohnheit angenommen, Hotels vom Niveau des Four Seasons, in dem sie gerade die Nacht verbrachten, zu reservieren und die Differenz aus eigener Tasche zu bezahlen.

Wirklich entmutigend war, dass alles, was Semi von diesen wahnsinnig teuren Reisen blieb, eine furchtbare Verwirrung war – zumindest schien ihm das jetzt so, kurz vor sechs Uhr morgens im x-ten ergonometrischen Sessel im x-ten plüschigen Four Seasons. Er hatte nicht nur den Eindruck, dass sich alle Hotels unheimlich ähnelten, sondern noch mehr die Städte, in denen diese Hotels standen. Wenn Semi darüber nachdachte, fiel es ihm schwer, den Geruch der Garküchen in Schanghai von dem in Singapur, Hongkong oder Tokio zu unterscheiden; ebenso wenig war er in der Lage, sich zu erinnern, was die Waterfront von Vancouver und Stockholm von der in London unterschied, auf die er nun angsterfüllt blickte …

Etwas sagte ihm, dass wenn er seiner zukünftigen Ehefrau das gegeben hätte, was er ihr schuldete und was sie verdiente – nach einem ihrer langen Tage in einer neuen Stadt und einem Abendessen in einem vornehmen Restaurant, auf dem von einem tüchtigen Housekeeper hergerichteten großen Bett aneinandergekuschelt –, na ja, dann hätte schon diese Tat allein den ganzen Aufenthalt in dieser Lokalität sehr viel denkwürdiger gemacht. Genau: hätte er größeren Respekt vor der Natur gehabt, dann wäre er jetzt nicht so durcheinander.

Was ihn zu der melancholischen Schlussfolgerung brachte, wenn vor zwei Tagen die Pistole, die auf seine Hoden gerichtet war, losgegangen wäre, dann hätte sie keinen großen Schaden angerichtet.

Im Gegenteil, sie hätte ein großes Problem gelöst.

Der Klingelton einer SMS kam ihm schrecklicher vor als der Knall des ausgebliebenen Schusses. Wer konnte das um diese Zeit sein? Vielleicht handelte es sich, bei all den Telefongesellschaften, denen Semi sich in den letzten Wochen hatte anvertrauen müssen, um eine verzögerte Nachricht, die nun endlich angekommen war? Er betrachtete die frenetische Aktivität seines Handys als Beweis, dass er das Leben liebte, und dass diese Liebe erwidert wurde. Die Tatsache, dass er schon bei der Vorstellung zitterte, die Identität des Absenders herauszufinden, sagte viel über die Wendung, die sein Leben in letzter Zeit genommen hatte. Die enttäuschendste Möglichkeit blieb die, dass die englische Telefongesellschaft ihm eine verspätete Begrüßungsmail schickte. Alle anderen Möglichkeiten schwankten im gefährlichen Raum, der das Beunruhigende vom Schrecklichen trennte.

Nein, Ludovica konnte es nicht sein. Das hätte sie sich nie herausgenommen. Und dann so bald. Sie wusste, dass dieses Wochenende Silvia gehörte. In diesen Dingen hielt sie sich an die Regeln. Es war merkwürdig, aber im Gegensatz zu vielen anderen Mädchen in derselben Situation hatte Ludovica einen fast religiösen Respekt vor ihrer Rivalin. Ein Respekt, der sich nicht groß von der Vorsicht unterschied, die Semi gegenüber Marco, Ludovicas Freund, empfand. Deshalb passierte es so oft, dass die geplanten heimlichen Treffen zwischen einem fast verheirateten Siebenunddreißigjährigen und einer ebenfalls gefühlsmäßig gebundenen Zwanzigjährigen zu einem surrealen Spiel der Paare zwischen zwei gehetzten Geliebten und zwei lauernden Gespenstern wurden.

Sowohl Semi als auch Ludovica war es bewusst: wenn sie nicht schnellstmöglich die lauernden Schatten von Silvia und Marco aus ihrer strenggeheimen und neurotischen Beziehung verbannten, würde ihr Vergnügen nie den ersehnten Höhepunkt erreichen. Aber sie wussten auch, dass die Präsenz von Silvia und Marco Teil des Vergnügens war und sozusagen die dramatische Langlebigkeit eines Verhältnisses garantierte, das, obwohl es nur wenige Monate alt war, schon immer zu existieren schien.

Als er ihr bei ihrem letzten Treffen am üblichen Ort, in ministeriellem Tonfall und nicht ohne sadistische Genugtuung, das Datum seiner Hochzeit mit Silvia mitgeteilt hatte, war Ludovica, anstatt ihm den koffeinfreien Latte macchiato ins Gesicht zu schütten, gelassen sitzen geblieben. Dann sagte sie: »Das freut mich für dich … ich meine, für euch«. Und Semi hörte in diesen Worten nicht die geringste Spur von Sarkasmus. Einen Moment lang hatte er befürchtet, sie würde ihm gratulieren. Er hatte eine Weile gebraucht, um zu begreifen, dass der bescheidene, würdevolle Ton, in dem Ludovica den Satz ausgesprochen hatte: »Das freut mich für dich«, viel eher zu dem passen würde, was sie vielleicht im Kopf hatte, also »Das habe ich erwartet«. Ja, das musste sie wohl gedacht haben, mit dem ganzen Elan, zu dem sie fähig war. Das sagten ihre Augen, die sich jegliche Mühe gegeben hatten, die Lider nicht zu senken, und ihre Hand, die, obwohl sie den Griff der Kaffeetasse bereits festhielt, diesen packte, ohne aber die Tasse hochheben zu können.

War ein angeborener Fatalismus daran schuld, dass Ludovica einen solchen Schlag mit so viel Grazie eingesteckt hatte? War sie deshalb nicht wütend geworden? Weil sie die Erste war, die wusste, dass alles vorherbestimmt war?

Es war vorherbestimmt, dass Semi Silvia nach so vielen Jahren nicht verlassen würde, um ihr nicht das Herz zu brechen; und dass Ludovica aus denselben Gründen Marco nicht verlassen würde. Und es war nicht nur vorherbestimmt, es war auch das Richtige. Es war das Verhalten, das die betrogenen Gespenster von Silvia und Marco von ihren ehebrecherischen und reumütigen Partnern auch verlangten. Ludovica war genau deshalb nicht überrascht, dass Semi Silvia in dem Moment darum gebeten hatte, ihn zu heiraten, als er entdeckte, unauflöslich mit einer anderen verbunden zu sein, weil dieses Verhalten so unvernünftig und selbstverletzend war, wie es ihr, Ludovica, als Erste zugestanden hätte.

Also, Ludovica musste sofort geahnt haben: Semi hatte, indem er Silvia gerade jetzt bat, ihn zu heiraten, nachdem er so lange ausgewichen war, nur feierlich bestätigt, dass seine Liebe zu Ludovica für immer eine unmögliche Liebe bleiben würde. Das Merkwürdige ist, dass Ludovica das alles schon früher als Samuel begriffen hatte. Und vielleicht wollte sie ihm mit ihrem nachgiebigen Verhalten begreiflich machen, dass das, was er gerade getan hatte, dem ähnelte, was sie ihm hätte antun können.

Zu den vielen Gründen, warum es diesem jungen Mädchen gelungen war, ihn so unerbittlich zu fesseln, indem sie geheime Saiten zum Schwingen brachte, an die andere vor ihr nicht einmal im Traum gedacht hatten, zählte auch die Fähigkeit – indem sie den Abgrund des Lächerlichen streifte, ohne hineinzustürzen –, eine ebenso reizende wie anachronistische Sentimentalität zum Ausdruck zu bringen.

Wo hatte er bloß so eine Tussi aufgegabelt?

Als sie ihm ins Schussfeld geraten war, hatte er keinerlei Schwierigkeiten gehabt, sie zu erkennen. Sie stand etwas abseits in der kleinen Eingangshalle des Comicmuseums von Lucca und lehnte unbeholfen an einer Statue von Supergoof, mit dem sie die Haltung teilte, sich am falschesten Ort im ganzen Universum zu befinden. Alles an diesem Mädchen hatte ihn beeindruckt: die kreolische Form ihrer Augen, die seidige Mähne ihrer zusammengebundenen schwarzen Haare, die so aussah, als würde sie jeden Moment aufgehen. Sie war gekleidet, wie Samuel es sich erträumte, das heißt so, wie Frauen schon ganz schön lange nicht mehr gekleidet sind. Es lag etwas Koloniales in ihren Leinenhosen, die ebenso hanffarben wie ihre Schuhe waren, sowie in der weißen, leicht taillierten Bluse mit Robespierre-Kragen, auf die nachlässig eine Weste fiel in einem weniger kräftigen Türkis – wenn auch im selben Farbton – als der um den Hals geknotete Pashmina-Schal.

Es war, als ob eine Heldin aus einem der Musicals, für die Samuel ein Faible hatte, sich am unerwartetsten Ort materialisiert hätte. Eine dieser jungen Frauen in Technicolor, die in Pappmaché-Mansarden wohnen, und wenn sie Begeisterung oder Widerwillen äußern sollen, in Begleitung eines unsichtbaren Orchesters zu singen und zu tanzen anfangen.

Versucht euch Semis Überraschung vorzustellen, als er das Mädchen seiner Träume sieht, wie es sich von Supergoof löst, mit dem sie nicht unbedingt ein schlechtes Paar abgibt, und mit einer gelinde gesagt verlegenen Miene auf ihn zukommt. Schade, dass nicht er bei ihr so viel Ehrerbietung hervorruft. Sondern der Mensch, der Semi begleitet. Filippo.

Die beiden Brüder sind in Lucca. Semi hatte es nicht über sich gebracht, Filippo allein zu einer Veranstaltung gehen zu lassen, die alle Voraussetzungen erfüllte, um sich als nutzlose Nerverei zu erweisen. Ein Kulturassessor (vielleicht die lächerlichste Sorte Mensch, die es gibt), der die Berichte über Filippo Pontecorvos Erfolge in Frankreich gelesen hatte, hielt es für eine gute Idee, an einem Samstag Ende Juni eine öffentliche Begegnung im Comicmuseum von Lucca zu organisieren. Filippo hatte die Einladung angenommen, weil er noch keine Zeit gehabt hatte, Nein sagen zu lernen.

Es war keine Menschenseele gekommen. Außer der sonderbaren jungen Frau, die, als sie ihnen entgegenkam, die gleiche erleuchtete Verlegenheit zeigte, als wäre sie gerade Walt Disney persönlich in Begleitung seiner Entourage begegnet.

Gleich hinter ihr taucht auch schon der Assessor auf: außer Atem und bestürzt. Er tischt lächerliche Entschuldigungen auf: unglaubwürdige Streiks bei der Eisenbahn, gleichzeitig stattfindende Bluesfestivals, Fehler des Pressebüros … Doch man sieht, dass er im Grunde seines Herzens auf seine Mitbürger böse ist. Zum wiederholten Mal haben sie einen Tag am Strand einer der Initiativen vorgezogen, die er ausdrücklich zu ihrer geistigen Bereicherung organisiert.

»Die junge Frau ist begeistert. Schon seit einer Weile sprechen wir über *Herodes und seine Kinder*. Denken Sie nur, sie hat ihn schon zweimal gesehen. Die junge Frau arbeitet für … Entschuldigung, für welche Zeitung arbeiten Sie?«

»Eigentlich arbeite ich für eine Website …«

»Eine Website?«

»Ja, eine Website. Sie heißt ›Artecomunque.it‹«, präzisierte sie, wie auf glühenden Kohlen sitzend, und verzweifelte offenbar daran, dass die Website, für die sie arbeitete, einen so fragwürdigen Namen hatte: ›Jedenfalls Kunst‹. Das war wohl der schwierigste Moment. Und nicht nur für sie. Das Wort »Pech« segnete mit seiner ganzen Unanfechtbarkeit das Zusammentreffen dieser vier Individuen in einem von einer fürchterlichen Hitze bedrängten Provinzmuseum.

»Mein Name ist Ludovica Giacometti. Jawohl, Giacometti wie der Bildhauer. Wissen Sie, ich habe Ihren Film in Paris gesehen. Ich fand, er ist eines der unglaublichsten Dinge, auf die ich jemals gestoßen bin. Ich habe die Redaktion von

›Artecomunque‹ gebeten, Sie interviewen zu dürfen. Sie sind davon begeistert … Und, äh, hier bin ich … Keine Sorge, Sie werden sehen, wenn der Film herauskommt, werden Sie von noch viel nobleren und einflussreicheren Menschen als mir belästigt werden.«

Nachdem sie all diese Informationen über sich und ihre Arbeit geliefert hatte, war sie errötet. Und Semi hatte sich gefragt, was dieses Erröten denn sollte? Hatte sie es bereut, ein so doppeldeutiges Verb wie »belästigen« benutzt zu haben? Oder war ihr aufgefallen, implizit bestätigt zu haben, dass das, was gerade zu Ende ging, bevor es überhaupt angefangen hatte, eine gelinde gesagt katastrophale Begegnung war?

Dann war da ihre Stimme, die mit sich selbst zu kämpfen schien, bis sie sich auf mittlere Modulationen, nicht zu hoch und nicht zu tief, einpendelte. Aber es war nicht nur eine Frage des Tons, sondern auch der Lautstärke. Der Anfang eines Satzes konnte klangvoll gesprochen sein und sich dann doch nach und nach in einem Flüstern verlieren. Üblicherweise waren es immer die letzten Silben, die dran glauben mussten. Je mehr sie sprach, desto mehr verlor sie ihr Selbstvertrauen. Das war Schüchternheit. Ein Stück aus dem Antiquariat. Und dabei sprach da nicht eine blasse Realschullehrerin mit Brille und hohlen Wangen, sondern eine schöne, elegante junge Frau, die ihrer zarten Haut nach gerade mal zwanzig Jahre alt sein konnte.

Da fühlte sich Semi verpflichtet, ihr zu Hilfe zu eilen:

»Warum gehen wir nicht einen Happen essen?«

»Was für eine wunderbare Idee«, lobte der Assessor.

»Meine Eltern warten mit dem Mittagessen auf mich, sie haben hier in der Nähe ein Haus«, sagte das Mädchen, aber man merkte, dass sie darauf brannte, mit von der Partie zu sein.

»Aber entschuldigen Sie, Ihr Interview?«, fragte der Assessor, der beim Gedanken, dass von der Veranstaltung, die er organisiert hatte, keine Spur übrig blieb, zitterte und nicht bereit war, sich den Bericht der jungen Frau Soundso für die Website Soundso entgehen zu lassen.

Ein paar Minuten später saßen sie auf der Terrasse eines Restaurants, geschützt von einem kleinen Heer weißer Sonnenschirme, an einem Tisch mit einer dieser nervtötend karierten Tischdecken.

Seitdem waren ganz schön viele Monate vergangen. Und Semi erinnerte sich an keine einzige der gelehrten und treffenden Fragen, die Ludovica Giacometti Filippo gestellt hatte. Das Einzige, woran sich Semi haargenau erinnerte, war das offiziöse Interview, dem der Bruder des Interviewten die Interviewerin während des ganzen Mittagessens und auch noch danach unterzogen hatte.

Bei dem zerstückelten Verhör, das Samuel ihr aufgezwungen hatte, war herausgekommen, dass Ludovica Giacometti die (übrigens einzige) Tochter von jemand ganz Wichtigem sein musste, was zu verraten ein in ihrem Charakter angelegtes und durch ihre Erziehung verfeinertes Understatement verhindert hatte. Sie wohnte bei ihren Eltern in Mailand. Und es war klar, dass das Landhaus bei Lucca, das Haus in Mailand und das in Paris in der Nähe der Rue du Bac (das zu erwähnen sie sich genötigt fühlte), nicht die einzigen waren, die die Familie Giacometti auf der Welt besaßen.

Warum Ludovica sich in diesem Sommer nicht vom toskanischen Zufluchtsort wegbewegt hatte (in dem sie jeden August eine Kindheit verbracht hatte, die sie für viel entfernter hielt, als sie es wirklich war), lag daran, dass sie dringend ihre Diplomarbeit über das schwierige Verhältnis zwischen Vasari und Pontormo beenden musste. Semi hatte bemerkt, dass sie bei dem Namen Pontormo ihre Augen zum Himmel erhoben und leicht ihr Gesicht verzogen hatte. Vielleicht zum Zeichen des Respekts oder vielleicht, um sich von einem Künstler des sogenannten toskanischen Manierismus zu distanzieren, für den sie jene Art von Verehrung hegte, die man anstandshalber nicht offen zur Schau trägt.

Semi stellte fest, dass sie diesem pittoresken Tick auch nachgab, wenn sie von Filippos Film sprach und von den Modellen, von denen er sich ihrer Meinung nach hatte inspirieren lassen. Obwohl sie alles versuchte, um es zu verbergen, war es doch offensichtlich, dass sie ein Comic-Fan war; und noch eklektischer und bewusster als Filippo. So wie es ihr auch offensichtlich erschien (noch bevor es dem Autor klargeworden war), dass *Herodes und seine Kinder* ein Werk von außergewöhnlicher Originalität war.

Diese ganze Sachkenntnis hatte Semi vermuten lassen, dass Ludovica ein furchtbar einsames Leben führen musste. Verrückt, so ein schönes Mädchen, so jung, so reich … das ihren Kopf in Büchern vergräbt. Ein Mädchen, das obwohl es im Zeitplan seines Studiums ganz offensichtlich weit vorne lag, nicht einmal im Sommer lockerlassen konnte. Es verstärkt sogar noch seine Anstrengungen für ein ebenso mühsames wie ehrgeiziges Ende dieser Zeiten: so schnell wie möglich seinen Abschluss zu machen. Ein Mädchen, das im Juni 2010 der Meinung ist, dass es im Leben nichts Dringenderes geben kann, als eine Abschlussarbeit in Kunstgeschichte zu Ende zu schreiben. So darauf fixiert, dass sie sich nicht einmal die Ablenkungen gönnte, zu der sie ihr Alter, ihre soziale Stellung und ihr akademisches Profil berechtigen würden. Denn das Wichtigste, was sie in diesem äußerst schwülen Sommer herausfinden will, ist der Grund, warum sich Vasari in der zweiten Auflage seiner berühmten *Vite* so sehr über einen so zurückgezogenen und introvertierten Typen wie Pontormo aufregt. Ja, worauf Ludovica brennt, ist herauszufinden, was Pontormo Vasari angetan hatte, um ihn so wütend zu machen.

Und natürlich ist sie für Pontormo, und zwar nicht nur, weil dieser objektiv ein viel besserer Maler war als Vasari (und vielleicht der beste seiner Generation), sondern auch, weil die neurotische Introvertiertheit des armen zurückgezogenen Künstlers so berührend ist. Und sie will um jeden Preis das Geheimnis dieser Neurose aufdecken. Sie ist nämlich davon überzeugt, dass es ein Geheimnis gibt. Mindestens genauso wie Semi davon überzeugt ist, dass in Ludovicas ständigem Nachgrübeln über Pontormo etwas fürchterlich Gestörtes liegt.

Semi denkt an alle Mädchen wie sie, die sich genau in diesem Augenblick auf einem Dreimaster im Meer vor Formentera vergnügen. Denn auf dem Deck von Segelbooten kommen solche Mädchen im Juni zusammen. Dort sind sie und dort verdienen sie auch zu sein.

Gott allein weiß, wie viele Mädchen er Mitte der Neunziger in London getroffen hatte, in jenen drei Jahren, als er gleich nach der Uni sein MBA gemacht hatte. Da hatte er sie allerdings in Aktion gesehen. Alle gaben sie ihr Bestes. Frische Mädchen aus besseren Kreisen, die bis dahin in ihrer Familie gelebt hatten und sich austobten, als ob plötzlich das lange erwartete Vergnügen gekommen wäre. Während Semi hartnäckig seinen Masterkurs besuchte, um einen Beruf zu erlernen, der ihm, jedenfalls in seiner Vorstellung, Wohlstand garantieren würde, hatte er gesehen, wie diese Mädchen einen ebenso lobenswerten Eifer an den Tag legten, sich keine einzige Gelegenheit zur Ausschweifung entgehen zu lassen.

Tatsache ist, dass 1996 in London das Adjektiv »ausschweifend« seine nonkonformistische Aura verloren hatte. Allein deshalb, weil dort, wo die Libertinage zur Norm erhoben wird, die Abweichung vom sogenannten öffentlichen Anstand nicht mehr als Verstoß betrachtet werden kann. Deshalb erschien Semi dieses sich Hinreißenlassen zu waghalsigen Ausschweifungen nicht als Geste der Rebellion gegen die viktorianische Moral, sondern als der x-te Beweis von Konformismus. Sex. Alkohol. Betäubungsmittel. Homoerotische Beziehungen. In Diskotheken gedrängt. Partnertausch. All das war die Praxis. Wenn man nicht für bigott und altmodisch gehalten werden wollte, war es ratsam, sich daran zu halten. Jawohl, Semi hatte solche Mädchen nach London kommen sehen – alle hübsch und adrett, voller tugendhafter Vorsätze, entschlossen, den höchstmöglichen beruflichen Nutzen aus dem Praktikum bei einer Bank oder in einem Anwaltsbüro zu ziehen –, die mit ein paar Freundinnen eine Wohnung in Chelsea, in South Kensington, in Belgravia bezogen, und in null Komma nichts völlig die Kontrolle verloren. In seiner Eigenschaft als Veteran der Stadt hatte er einer von ihnen sogar dabei geholfen, eine Unterkunft zu finden. Was ihm mehr als eine Peinlichkeit beschert hatte.

Als ihn ein guter Freund gefragt hatte, ob er nicht zufällig seiner Freundin helfen könnte, eine Wohnung in der Nähe von Notting Hill zu finden, hatte sich Semi in der Rolle des Immobilienmaklers als ziemlich effizient erwiesen, nur nicht als Anstandswauwau. Er hatte es nicht übers Herz gebracht, seinem Freund zu verraten, dass dessen zukünftige Ehefrau, seitdem sie in London gelandet war, nicht nur jede Hemmung, sondern auch jede Vorsicht beim Verbergen ihrer unerhörten Dreistigkeit verloren hatte.

Das Mädchen hieß Gaia Cittadini. Und war eine dieser Blondinen mit honigfarbener Haut, von denen es in den Fluren von Semis Gymnasium nur so wimmelte. Dieser hatte mit einer gewissen sorgenvollen Gereiztheit die zunehmende Degeneration von Gaias Gewohnheiten erlebt, die in der Herausforderung ihrer australischen Zimmergenossin gipfelte, wer von ihnen der größten Anzahl von Männern einen blasen könnte. So also hatte London in wenigen Monaten ein romantisches junges Mädchen wie Gaia Cittadini verändert!

Und dann? Was war später aus ihr geworden? Wie heruntergekommen war sie zehn Jahre später? Ging sie auf den Strich? War sie vielleicht eine Edelnutte geworden? Eine Drogensüchtige im Endstadium? Aber ganz und gar nicht. Es war, als hätte die Boheme keinerlei Spuren hinterlassen. Offenbar brachte das 1996 in London praktizierte Laster, anders als vor hundert Jahren, kein Risiko mit sich und hinterließ keine sichtbaren Spuren an Leib und Seele. Die ganzen Blowjobs, die Gaia großzügigerweise gewährt hatte, hatten ihrem Mund keine einzige verlotterte Falte beschert. Jetzt war Gaia Cittadini Mutter. Diese Königin des Oralsex lebte nun mit ihrem stattlichen Ehemann und ihren blonden Kindern in der bürgerlichsten Loft im bürgerlichsten Stadtteil von Rom und führte ein ähnliches Leben, wie es die Frauen aus ihrer Familie schon immer geführt hatten.

Einige Jahre später in New York, als er nach seinem Master von einer Geschäftsbank eingestellt wurde, konnte Semi feststellen, dass ganz Downtown von einem Heer von Gaia-Cittadini-Klons besiedelt war, die nicht weniger nach einem Kick gierten als ihr Londoner Original. Der einzige Unterschied war der, dass ihre Epigonen nicht europäisch, sondern zumeist amerikanisch waren. Mit der ganzen Heuchelei, die das Amerikannischsein mit sich bringt.

Wenn er darüber nachdachte, war Semi stolz darauf, in seinen Londoner Jahren und danach in New York dem verkommenen Reiz dieser Mädchen widerstanden zu haben, die stinkreich, hochneurotisch und vor allem so unglaublich bereitwillig waren. Das muss man einfach sagen, es lag etwas Heroisches in seiner Nüchternheit. Kein anderer Mann hätte an seiner Stelle durchgehalten. Und tatsächlich, alle in seiner Umgebung fielen. Während die meisten seiner Freunde, die noch in Rom wohnten, ihr Leben damit verbrachten, in der Mittagspause ihre Freundinnen zu betrügen, war es ihm, dem Unerschrockenen, stets gelungen, Silvia treu zu bleiben, sogar als sie durch einen ganzen Ozean und sechs Stunden Zeitverschiebung getrennt waren.

Samuel erklärte gern, dass dieser Beweis von Charakter von der Einsicht abhing, dass in zwei so promisken Metropolen und einer ebensolchen Zeit nichts skandalöser sei als Treue. So wie er auch gern erzählte, dass der heilige Respekt vor der »Jagd nach dem Gold«, die er unternahm, seit er studierte, ihn dazu getrieben hatte, konzentriert zu bleiben, auch und vor allem in einem Umfeld, in dem die Zerstreuung für alle eine unabdingbare Notwendigkeit zu sein schien.

Der Haken an der Sache ist, dass Semi, wenn er sein Durchhaltevermögen als treuer Ehemann feierte, sich selbst belog. Die schnöde Wahrheit (es gibt immer eine im Hintergrund!) ist, dass seine Probleme mit dem Sex dabei eine Rolle spielten. Diese hatten begonnen, was er sich gewöhnlich nicht eingestand, bevor Silvia in sein Leben trat und also bevor er zum Studium nach London und zum Arbeiten nach New York ging. Die glückliche Zeit seiner Sexualität, über die er gerne Märchen erzählte, war eben ein Märchen. Es hatte nie eine Zeit gegeben, in der die launischen Unstetigkeiten seines Reproduktionsapparats für Samuel Pontecorvo und seine jeweilige Partnerin nicht ein Anlass zur Demütigung gewesen waren. Samuel kannte die Demütigung des erotischen Fiaskos aus direkter Erfahrung, so wie manche anorektisch Veranlagten den Ekel kennen, den die appetitlichsten Mahlzeiten hervorrufen. Und er wusste nur allzu gut, was es bedeutete, ein Mädchen unter sich zu haben, das dich wahnsinnig begehrt und das du nicht befriedigen kannst.

Impotenz. Welcher launische Gott der griechischen Mythologie hat sich eine solche Tortur ausgedacht? Es geht um etwas, das alles in Frage stellt, nicht nur eine triviale Sache wie die eigene Männlichkeit, sondern auch die Fundamente, auf denen die Eigenliebe und die sogenannte Selbstachtung beruhen.

Also geben wir es zu: warum Semi zu dem damals in London und New York grassierenden sexuellen Rausch auf Sicherheitsabstand ging, und zwar in den Jahren, als seine sexuelle Potenz, jedenfalls statistisch gesehen, den Gipfel hätte erreichen müssen, nach dem nur noch der Niedergang kommt, der Grund dafür war, dass er keine lächerlichen Ausreden stammeln wollte (und dazu noch in einer fremden Sprache).

Und so wird sein Abstand zu den Mädchen, seine Zwangstreue zu Silvia bald zu etwas anderem. Unbemerkt werden sie zu Feindseligkeit. Er erträgt diese Mädchen nicht mehr.

Vielleicht, weil sie ihn daran erinnern, wie unfähig er ist, sie zu benutzen. Sie haben die Macht, ihn wütend zu machen. Und womöglich passiert das, weil Semi sie trotz allem auch weiterhin begehrt. Ist das nicht die eigentliche Strafe für Impotente? Dass die Begierde immer noch da ist, regungslos und intakt. Sie lässt nicht locker. Im Gegenteil, ständig nährt sie sich selbst, Fiasko für Fiasko, Abstinenz für Abstinenz. Sie geht einher mit dem Gefühl ständiger Verarschung. Und aus letzterem zieht sie Kraft und Inspiration. Und dann wird sie chronisch.

Jawohl, denn Impotente, was immer auch gesagt wird, sind nicht weniger geil als Menschen mit einem völlig befriedigenden Sexualleben. Impotente sind wie Diabetiker: die Natur hat ihnen zwar die Möglichkeit genommen, sich von bestimmten köstlichen Lebensmitteln zu ernähren, aber verdammt, sie hat ihnen nicht die Lust genommen, sie zu begehren. Ganz im Gegenteil, sie hat sie sakralisiert, diese verfluchte Lust! Genaugenommen funktioniert ja alles im hydraulischen Apparat des Impotenten. Impotente sind zu atemberaubenden Erektionen und tosender sexueller Begeisterung fähig. Ich spreche zumindest von den Impotenten, die ich kenne. Deren Hauptproblem ist nämlich folgendes: wenn schließlich der Moment kommt, die atemberaubenden Erektionen und die tosende Begeisterung in den Dienst der Natur zu stellen, blockiert etwas ganz fatal. Etwas, von dem ich nicht weiß, wie ich es anatomisch im Schwanz verorten soll. Im Herzen? Im Gehirn? Nein, ich weiß nicht, wo. Das Einzige, was ich weiß, ist: wenn der Impotente sich vor den Herkulessäulen der weiblichen Intimität befindet, funktioniert etwas nicht so, wie es funktionieren soll. Der Impotente setzt aus, wie ein feiger Pokerspieler, der selbst mit einem Royal Flush unzufrieden ist und sich und seinen Partner zu unerträglicher Peinlichkeit verurteilt. Deshalb würde ich fast sagen, dass Impotenz zuallererst ein Problem der Synchronie ist. Der Impotente ist nicht etwa einer, der überhaupt nicht kann. Sondern einer, der zur rechten Zeit nicht kann.

Und das ist genau die Art von Peinlichkeit, die Semi in den Londoner und den New Yorker Jahren weder empfinden noch jemandem zumuten will. Der einzige Mensch, dem er sie weiterhin zumutet, und zwar mit einer fast selbstvergessenen Entschlossenheit, ist Silvia (vielleicht, weil mit ihr die Sache schon gelaufen ist oder vielleicht, weil auch das misstrauischste Wesen manchmal das Bedürfnis hat, sich etwas vorzumachen). So fehlt es nicht an Gelegenheiten, wenn Semi für ein paar Tage nach Rom kommt oder Silvia zu ihm nach London oder New York, bei denen das junge Paar nicht wieder dasselbe erbärmliche Theaterstück aufführt.

»Weißt du, was mich am meisten nervt?«, hatte ihn Silvia mit sanfter Stimme beim letzten Mal gefragt, als Semi versucht hatte, seine Pflicht zu erfüllen, bevor beide in stillschweigendem Einverständnis unter die Angelegenheit Sex einen endgültigen Schlussstrich zogen.

Damals wohnte er noch in New York. Es war Ende Mai, als Silvia ihn in den USA besuchte, nachdem sie ihren ersten wichtigen Prozess gewonnen hatte. Semi hatte seinen Lexus aus der Garage geholt. Mit ihm waren die beiden Täubchen zu einem im Wald versteckten Bed & Breakfast gefahren, wenige hundert Meter vom Strand von East Hampton entfernt. Und zumindest, bis sie sich unter die Bettdecke gelegt hatten, war alles wunderbar gewesen. Sie waren gleich nach dem Mittagessen angekommen, zur richtigen Zeit, um einen glänzenden Nachmittag zu genießen. Sie hatten in einem gut geheizten Swimmingpool gebadet. Nach dem Duschen und einem kleinen Schläfchen, womit Silvia dic Auswirkungen des Jetlag abmildern wollte, waren sie bei Uncle Sam, einem kleinen lokalen Gasthaus, essen gegangen. Sie hatten eine cremige Clam Chowder und einen Teller Krabben gefuttert und eine Flasche Sauvignon getrunken.

Im Bett begannen, wie nach Drehbuch, die Probleme.

Und dabei war Semi vorbereitet zu dieser Verabredung mit dem Schicksal gekommen. Er hatte alle nötigen Vorsichtsmaßnahmen getroffen. Seit ungefähr einer Woche hatte er nicht mehr masturbiert. Und apropos Masturbation, dieses Mal hatte er sich getraut, die Praktik allein im Badezimmer anzuwenden, so dass er sich vor Silvia mit dem schon funktionstüchtigen Ding präsentieren konnte. Außerdem hatte Semi angesichts vergangener Erfahrungen dafür gesorgt, dass das Zimmer völlig dunkel war und er Silvias Augen voller ironisch-liebevollem Misstrauen nicht sehen konnte. Natürlich brannten Semis Mund und Hals, da er einige Stunden vorher die Suppe mit Peperoncino-Soße beträufelt hatte (»ist gut für die Erektion« hatte ein Freund zu ihm gesagt).

Natürlich hatte keiner dieser naiven Exorzismen für das erhoffte Ergebnis gesorgt. Erhofft? Nein, das ist nicht das richtige Wort. Der Impotente hofft nicht. Der Impotente ist von Natur aus verzweifelt. Und manche sagen, dass dieser Mangel an Vertrauen seine eigentliche Plage ist. Also, wie vorhergesehen, nichts war nach den Vorhersagen gelaufen. Und jetzt zwang das Drehbuch das Paar, die Nachttischlampe einzuschalten und zum zweihundertsten Mal darüber zu reden.

»Weißt du, was mich am meisten nervt?«, begann Silvia und achtete darauf, dass ihre Stimme auch keinerlei Feindseligkeit verriet. »Was mich am meisten nervt, Semi, ist, dass du an mich denkst. Und dabei müsstest du an dich denken. Glaub nicht an den Blödsinn, der in den Zeitschriften steht. Um Spaß zu haben, muss man egoistisch sein. Du aber denkst nur daran, wie nervig es für mich sein muss. Dabei ist es für mich gar nicht nervig, Samuel. Ich kann darauf verzichten. Wir Frauen können darauf verzichten. Ich möchte nur, dass du mir auf eine andere Art Vergnügen bereitest. Dass du nicht sofort aufgibst. Aber du, entweder bumsen oder gar nichts. Los, vergnügen wir uns auf andere Weise. Lass mich machen.«

»Warum erzählst du mir jedes Mal denselben Scheiß? Wäre

es nicht anständiger, den Mund zu halten?«, sagte er zu ihr, nachdem er seinen Kopf unter dem Kissen hervorgezogen hatte. Es passierte schon wieder: dass Semi ihr die Last einer Schuld aufladen wollte, die die Ärmste nicht hatte.

»Das ist kein Scheiß. Es ist die Wahrheit.«

»Ich frage mich nur, warum du noch Zeit mit mir verschwendest.«

»Es ist keine verschwendete Zeit. Ich liebe dich, und weißt du auch, dass wir jetzt schon mehr als zehn Jahre zusammen sind?«

»Es sind zehn Jahre? Zehn Jahre davon? Du bist eine Heldin, verdammt nochmal. Die heilige Maria Goretti.«

»Ach Mensch, wir hatten doch auch unsere Momente.«

»Oh, die hatten wir natürlich. Ich habe dafür gesorgt, dass du die besten Jahre deines erwachsenen Lebens mit einem Mann verbracht hast, der seine Abende damit verbringt, vor Scham den Kopf unter dem Kissen zu verstecken.«

»Du hast dafür gesorgt, dass ich zehn wunderbare Jahre verbracht habe. Und weißt du, du wirst es nicht glauben, aber es gibt Paare, die das umgekehrte Problem haben. Der Anrufbeantworter meiner Kollegin im Büro hat mir neulich verraten, dass sie abends so tun muss, als würde sie schlafen. Ihr Freund lässt ihr keine Ruhe.«

»Ach, danke, das tröstet mich aber.«

»Ich bin nicht hier, um dich zu trösten. Ich bin nicht deine Trösterin. Eines hoffe ich jedenfalls: dass ich mir eine aufregendere Rolle in deinem Leben geschaffen habe.«

»Besser noch, Silvia, weißt du, was ich dir sage? Betrüge mich. Vögle mit wem du willst. Du hast das Recht dazu. Selbst der Vatikan würde dir die Erlaubnis dazu erteilen. Ich muss dir sicher nicht erklären, dass es sogar eine juristische Formel gibt, um jemanden wie mich zu definieren. Wir erfüllen unsere »ehelichen Pflichten« nicht. Hast du verstanden? Es sind Pflichten. Es sind keine Rechte. Es sind keine Möglichkeiten. Es sind keine Freuden. Es sind Pflichten. »Euer Ehren, es ist nicht meine Schuld, dass ich ihn betrogen habe. Seine Nichterfüllung hat mich wütend gemacht.« Du bist eine große Anwältin, ich bin sicher, dass du dich in einer solchen Situation gut aus der Affäre ziehen würdest …«

»Ich bitte dich, Kleiner, fang jetzt nicht mit deinen Predigten an. Versuchen wir die Sache ernst und vernünftig anzugehen. Wenigstens einmal!«

»Was willst du damit sagen? Dass ich sie unernst und unvernünftig angehe? Der Unterschied zwischen dir und mir ist, dass du einen anderen finden kannst, während meine Behinderung, soweit ich weiß, permanent ist.«

»Deine Behinderung? Was für große Worte heute! Los, hör auf zu philosophieren. Vielleicht ist es nur Zeit, zu handeln. Ich meine, ich bin es so gewöhnt. Wenn ich ein Problem habe, packe ich es an … Denken-Handeln!«

»Oh, also begreifst du, dass es ein Problem ist. Du begreifst, dass es auch für dich ein Problem ist!«

»Aber natürlich ist es ein Problem. Das ist doch offensichtlich, dass es ein Problem ist. Wenn es keines wäre, dann ginge es dir nicht so schlecht und ich würde mir nicht solche Gedanken um dich machen.«

»Also gut, und was wäre für dich die vernünftige Art und Weise, die Posse mit einem Schwanz anzugehen, der immer steif wird, außer dann, wenn er es sollte.«

»Nun, sich zuallererst über einige Dinge Gedanken zu machen. Zum Beispiel, wer sagt denn, dass er steif werden muss, wenn, wie du sagst »er es sollte«? Wer sagt denn, dass er es *soll*. Vielleicht ist dies das Problem, dass er nicht gerne tut, was er soll. Dass er ein Anarchist ist. Ein Libertärer. Ein Antikonformist … Einer wie du.«

»Ich weise dich darauf hin, dass nur ich das Recht habe, mein Ding menschenähnlich zu machen. Ihm menschliche Gefühle und bewusste Entscheidungen zuzuschreiben. Du solltest dich damit begnügen, ihn ab und zu in dich aufzunehmen.«

»Weißt du, er und ich haben so viel zusammen durchgemacht, dass ich ihn schon fast als einen Bruder betrachte.«

»Einen Schicksalsgenossen.«

»Genau, so was Ähnliches. Für mich gehört er zur Familie. Sowohl er als auch ich sind zur Überzeugung gekommen, dass du das Problem bist. Du bist der Spielverderber. Es ist dieser Kopf, der nichts anderes tut als denken, der sich nie hingibt. Warum lässt du uns denn nie allein?«

»Ich freue mich, dass ihr beide euch so gut versteht. Wenn es nach mir ginge, würde ich ihn mir abschneiden, ich würde ihn dir schenken. Und dann könntest du endlich in die Flitterwochen fahren.«

»Lass ihn, wo er ist. Es ist sehr wichtig für mich, dass er bei dir bleibt. Darin liegt das ganze Vergnügen. Die Symbiose.«

»Wenn es einen Teil meines Körpers gibt, der sich nicht symbiotisch anfühlt, dann ist es der. Er hat immer das genaue Gegenteil von dem gemacht, was ich gewünscht habe. Er hat mir nichts erspart. Scheinbar findest du Gefallen daran, mich in Verlegenheit zu bringen.«

»Weißt du, was Kennedy gesagt hat: frage nicht, was dein Schwanz für dich tun kann. Frage, was du für deinen Schwanz tun kannst.«

»Das war nicht genau das, was er gesagt hat.«

»Ich glaube schon. Und mit Schwänzen kannte er sich ja aus.«

Üblicherweise endeten die langen Glossen über seine Nichterfüllung mit solchen Sprüchen. Silvia und er sprachen über seinen Penis, als wäre er ein launisches Kind, dem man die Ohren langziehen muss, ein nachlässiger und undisziplinierter Sohn, der seine Hausaufgaben nicht macht und sich morgens weigert, seine Ovomaltine zu trinken. Und das Ganze wurde mit einer langen frustrierenden Umarmung besiegelt, in der beide schließlich einschliefen.

Doch an jenem Abend in den Hamptons nicht. An jenem Abend ahnten sie, dass sie noch etwas mehr tun mussten. Einen Schritt nach vorn machen. So dramatisch das auch erscheinen konnte.

»Also, hören wir mal. Was müsste ich denn für ihn tun?«, fragte Semi seine Frau.

»Lass ihm Luft. Mach ihm keinen Stress. Behandle ihn wie eine verständnisvolle Mutter. Lass ihn die Welt kennenlernen. Er soll seine Abenteuer haben.«

»Ist das eine Aufforderung zum Ehebruch?«

(So weit waren wir schon?)

»Daran habe ich schon oft gedacht … wenn es dir helfen könnte, warum nicht? Vielleicht hätte er nach all den Jahren etwas Ausgang verdient.«

Schließlich endete das Gespräch, das damit begonnen hatte, sie zu überzeugen, ein (vom Gesetz garantiertes) Recht zu haben, ihn zu betrügen, damit, dass sie ihm versicherte, im Grunde habe er ein (vom gesunden Menschenverstand garantiertes) Recht, ein paar andere Frauen auszuprobieren. Semi war traurig und enttäuscht. Was sich ihm scheinbar in der schlichten Verkleidung einer liebevollen Geste präsentiert hatte, kam ihm wie eine Art Bestätigung einer unwiderruflichen Gleichgültigkeit vor. Eben: wenn Silvia ihn aufforderte, mit anderen zu gehen, bedeutete das, dass er in ihren Augen schon jeden erotischen Wert verloren hatte. Was, damit wir uns richtig verstehen, angesichts der Vorgeschichte völlig verständlich und dennoch unerträglich war. Silvia war ihm gegenüber immer sehr besitzergreifend gewesen: einer der Gründe, warum sie unter der langen Trennung litt, war nämlich ihre Eifersucht. Dadurch hatte er sich als begehrenswerter Mann gefühlt, den sie für sich haben wollte. Aber nun war dieser Mann gestorben. Oder sie hatte vielleicht einfach begriffen, dass es ihn nie gegeben hatte. Und das war für Semi der Gnadenstoß. Alles konnte er ertragen, aber nicht Silvias Nachgiebigkeit in dieser Sache. Übrigens, wenn sie sich dem Mann gegenüber so nachgiebig zeigte, mit dem sie schon so lange zusammen war, dann war es mehr als wahrscheinlich, dass sie sich diese Nachgiebigkeit auch selbst schon gewährt hatte. Es war mehr als wahrscheinlich, dass sie ihn schon seit einer ganzen Weile betrog. Sicherlich hätte das jede andere Frau in der Blüte ihres Lebens getan, die das Pech hatte, sich mit einem halben Mann wie Samuel Pontecorvo zusammenzutun. Wieso hatte er nie die Möglichkeit in Betracht gezogen, dass Silvia auch nur daran gedacht haben konnte, ihn zu betrügen? Natürlich war das möglich. So sind eben die Männer. Sie halten den Gedanken, betrogen worden zu sein, immer für wenig plausibel, wenn nicht geradezu für absurd.

Diese Aufforderung, sie zu betrügen, die sie vielleicht als Ablenkung benutzt hatte, hinterließ eine viel tiefere Spur, als Silvia sich vorstellen konnte. Zum ersten Mal, seitdem sie sich kannten, spürte Semi ihr gegenüber einen Anfall von Hass. Es war kein Zufall, dass er seit jenem Abend in den Hamptons – vor vier Jahren – nicht einmal mehr versucht hatte, sie anzufassen.

Und wenn er nicht wissen konnte, was Silvia inzwischen aus der heuchlerischen Aufforderung ihres impotenten Freundes, sie zu betrügen, gemacht hatte, wusste er genau, war er selbst aus Silvias Aufforderung gemacht hatte.

Lange nach ihrem Gespräch im Zimmer des B&B in East Hampton – als er schon eine ganze Weile nicht mehr in New York lebte und mit seiner Arbeit auch die Stadt gewechselt hatte und in eine praktische Wohnanlage in Mailand in der Gegend des Corso Buenos Aires umgezogen war – hatte sich Semi plötzlich an Silvias Worte erinnert und an ihre ausdrückliche Aufforderung, sie zu betrügen, was de facto die Diskussion beendet hatte. Und kraft dieser Aufforderung, die so lange Zeit auf den Dachboden verbannt war, nahm er sich seinen Ausgang.

Nun, da sich der Ausgang auf ein halbes Jahr quälender Heimlichtuerei und gemeinen Betrugs ausgedehnt hatte, wünschte sich Semi nichts anderes, als dass sich dieser Ausgang auf unbestimmte Zeit verlängerte. Und das Merkwürdige ist, dass er das schon seit seiner ersten Verabredung mit Ludovica gehofft hatte.

Sie hatte ihm vorgeschlagen, sich in einer Bar in Brera zu treffen: einer von denen, die sich nach fünf Uhr mit lärmenden Dreißigjährigen füllen, die ungestraft tennisballgroße Krawattenknoten zur Schau tragen. Um drei Uhr nachmittags war sie praktisch leer.

Als er ankam, übrigens genau pünktlich, saß Ludovica schon da mit einem Buch in der Hand, aber er konnte sie nicht sofort sehen. Sie hatte einen Tisch im Hintergrund ausgewählt. Als er sie sah, ging er auf sie zu. Sie stand so schnell auf wie eine Schülerin, wenn die Lehrerin das Klassenzimmer betritt. Wieder war Semi tief beeindruckt, wie sie angezogen war: braune Moleskinhosen und eine karamellfarbene Breitcordjacke, unter der Ludovica einen durchscheinenden hellblauen Rollkragenpullover aus Merinowolle trug. Das Überraschendste waren ihre Schuhe; denen so ähnlich, die auch er an diesem Tag, gerade aus dem Büro gekommen, trug: Marke Church's, aber im Gegensatz zu seinen aus dunkelbraunem Wildleder.

Hätte jemand ihr Gespräch gehört, ohne sie zu sehen, so hätte er es für den Small Talk eines alten Professors mit seiner jungen Assistentin nach dem Seminar halten können. Semis Stimme hatte einen ironisch-paternalistischen Einschlag, während die von Ludovica unentschlossen war. Jede Behauptung schien eine Frage zu sein. Und die Fragen wurden mit einer so ängstlichen Unsicherheit ausgesprochen, dass sie fast nicht zu hören waren. Außerdem bestand sie darauf, ihn zu siezen. Eine Verhaltensauffälligkeit, die ihn teils amüsierte, teils erregte, teils aber auch beleidigte. Warum tat sie das? Aus Schüchternheit oder um sofort klarzustellen, dass in ihrer Verabredung nichts Zweideutiges lag? Aber wenn dem nicht so war, warum hatte sie dann einen abgelegenen Tisch in der Nähe der Toiletten ausgesucht?

Dazu muss noch gesagt werden, dass es Semi gelungen war, die Verabredung mit einem Argument zu bekommen, das auf einen Kilometer nach einem Vorwand roch. Da sie beim Mittagessen in Lucca mit Filippo über die erste Nummer der *Phantastischen Vier* aus dem Marvel-Verlag sprachen, die sie sich unter großem Aufwand besorgt hatte, packte Semi, der sich nichts aus Comics machte, die Gelegenheit beim Schopfe und schickte ihr bereits auf dem Rückweg von Lucca eine SMS, in der er sie fragte, ob sie ihm diese nicht zeigen könnte. Noch bevor er eine Antwort erhielt, schrieb er ihr ein weiteres Mal, dass auch er in Mailand wohnte: sobald sie für ein paar Tage in die Stadt zurückkehren würde, könnten sie sich treffen. Ludovica brauchte eine Woche, um ihm auf diese ersten SMS zu antworten; und erst Ende August hatte sie in ein Treffen eingewilligt. Aber dann musste Semi noch weitere drei Wochen warten, bis das Treffen zustande kam.

Jetzt war sie da, phantastisch gekleidet, und rutschte unaufhörlich auf dem Stuhl hin und her, von einer Verlegenheit ergriffen, die an Paranoia grenzte. Dann holte sie die in Zellophan eingeschlagene Nummer aus ihrer Tasche und legte sie auf den Tisch. Samuel fragte sie:

»Darf ich?«

»Aber klar, machen Sie nur!«

»Wenn du mich weiter siezt, muss ich noch anfangen, dich auch zu siezen.«

»Ja, ich weiß. Du hast recht«, antwortete sie und senkte den Kopf zum Zeichen der Kapitulation, als hätte Semis spöttischer Tonfall sie tief beschämt.

»Wissen Sie, als diese Nummer herauskam …«, sagte Ludovica weiter, packte den Comic und nahm eine unglaubwürdige professorale Haltung ein.

»Nichts. Du kriegst es einfach nicht hin. Nun, das heißt, ich muss dich ›Signorina‹ nennen.«

»Ich bitte Sie, tun Sie das nicht.«

»Ich fürchte, ich muss das tun. Wenn du nicht aufhörst …«

»Ich mach das doch nicht absichtlich. Mir fällt es sehr schwer, andere Leute zu duzen.«

»Siezt du auch deine Freunde?«

»Nein, die nicht, was hat das damit zu tun?«

»Und sind deine Freunde so anders als ich?«

»Nicht, dass ich wüsste.«

»Na also, dann tun wir so, als wäre ich ein Freund von dir. Sonst …«

Semi stellte fest, das sich in seine Stimme eine leicht abweisende Note eingeschlichen hatte. Als ob dieses so vornehme und förmliche Mädchen bei ihm Gefühle von ungesunder Aggressivität erweckte. Und es missfiel ihm nicht, es amüsierte ihn sogar.

In diesem Augenblick wurden sie von einem Kellner mit dem rüstigen und zerfurchten Aussehen eines Alkoholikers im Endstadium unterbrochen: große weiße Koteletten und ganz dichte Augenbrauen.

»Kann ich Ihnen etwas bringen?«, sagte er zu Ludovica mit der liebevollen Ehrerbietung, die alte Diener den Prinzessinnen vorbehalten.

Semi erschien es vollkommen klar, dass der Kellner sie schon sehr lange kannte. Dass er sie hatte aufwachsen sehen oder so ähnlich.

»Geht es der Signora gut?«, fragte der Kellner und meinte damit offenbar Ludovicas Mutter.

»Sie ist im Ausland.«

»Grüßen Sie sie von mir, wenn sie wieder zurück ist.«

»Natürlich, Roberto, ich grüße sie von Ihnen.«

»Was kann ich Ihnen bringen?«

»Kaffee«, sagte Samuel.

»Für mich einen verlängerten Koffeinfreien mit etwas kalter Milch.«

Ludovica fügte hinzu, als wollte sie die Pedanterie der Bestellung rechtfertigen: »Ich liebe Kaffee. Ich könnte allein von Kaffee leben, aber ich leide an chronischer Speiseröhrenentzündung und man hat mir ernsthaft davon abgeraten … Das Dumme ist nur: alles, was mir schadet, mag ich furchtbar gern.«

Diese Bemerkung setzte sich im hellhörigsten Bereich von Semis Bewusstsein fest. Diesen Satz nahm er mit nach Hause und dachte immer wieder darüber nach. Er hatte ihn sogar mehrere Nächte hintereinander mit in den Schlaf genommen. »Alles, was mir schadet, mag ich furchtbar gern.« Wirklich ein herrlicher Satz. Ein verräterischer Satz.

Bei den folgenden Treffen – selber Ort, aber diesmal zum Mittagessen – musste Semi unweigerlich an diesen Satz denken, wenn Ludovica ihn aus Versehen siezte und sich dann sofort korrigierte, oder jedes Mal, wenn sie etwas ungewöhnlich Zubereitetes bestellte, um für sie schädliche Lebensmittel zu vermeiden: Knoblauch, Spargel, Käse, Wurstaufschnitt. Ludovica gehörte zur ersten Generation von Mädchen, die von Lebensmittelunverträglichkeit besessen waren. Dennoch war es merkwürdig, dass ein so schamhaftes Mädchen keine Zurückhaltung kannte, wenn es darum ging, ihre körperlichen Defekte auf den Tisch zu packen, so wie es auch ungewöhnlich war, dass sie sich ständig Gedanken über ihren Körper machte und dabei dessen Bedürfnisse und Idiosynkrasien förderte.

Schon bei ihrem ersten Treffen hatten sie sofort aufgehört, über Comics zu sprechen. Ludovica begriff nach ein paar Bemerkungen sofort, dass Semi davon keine Ahnung hatte. Und das enttäuschte sie nicht etwa, sondern machte ihr eine riesige Freude: als ob die Tatsache, dass sie ein für alle Mal den Vorwand ihres ersten Treffens demaskiert hatte, ihren Narzissmus kitzeln würde.

Bei der fünften Verabredung war Semi mit einiger Verspätung gekommen. Und da er sein Handy in der Wohnanlage vergessen hatte, hatte er sie auch nicht anrufen können. Als er im Laufschritt das Lokal betrat, sah er Ludovica am üblichen Platz sitzen; sie hatte noch den rostfarbenen Dufflecoat an, als wäre sie gerade erst gekommen oder als wollte sie gerade gehen. Sie sah aus wie ein bestraftes Kind. Dieses Mal machte sie, anders als sonst, keine Anstalten aufzustehen. Die Augenringe, die gewöhnlich ihre Augen schmückten, sahen noch blasser aus, als hätte sie geweint.

»Ich dachte, du kommst nicht mehr«, flüsterte sie.

Der Hosenrock, der ihr bis an die Knie reichte, verstärkte noch den Eindruck einer bestraften Schülerin.

»Warum hätte ich nicht kommen sollen?«

»Wegen deinem Bruder.«

»Meinem Bruder? Was hat mein Bruder damit zu tun?«

»Ich dachte, jetzt, wo alle von ihm sprechen, bin ich dir nicht …«

Offenbar wurde Ludovica klar, wie exzentrisch das war, was sie gerade sagen wollte, und sie brach ab. Doch Semi wusste, worauf sie hinauswollte. Jetzt, da *Herodes*, der seit einigen Wochen auch in Italien herausgekommen war, als Blockbuster beträchtliche Einnahmen verbuchen konnte, sei dem Bruder dieses neuen Superstars jedes abweisende und unhöfliche Benehmen erlaubt. Sogar nicht zu einer Verabredung zu kommen, ohne abzusagen. Das dachte Ludovica, aber sie hatte nicht den Mut dazu, es auch zu äußern. Eine wirklich seltsame Auffassung von zwischenmenschlichen Beziehungen. Aber nun, da Semi sie langsam kennenlernte, ganz und gar typisch für Ludovica.

Sie schien aus einer Welt zu kommen, in der Verdienst und Konkurrenz eine so übertriebene Bedeutung hatten, dass Erfolg eine fast repressive Bedeutsamkeit bekam. Semi fragte sich, ob ihr dieses bestialische Konkurrenzdenken von Eltern eingetrichtert wurde, die sie allzu sehr angespornt hatten, mit dem mitzuhalten, was sie ihr gegeben hatten, oder im Gegenteil von Eltern, die, nachdem sie ihr alles gegeben hatten, was man einem Kind geben kann, nichts mehr von ihr erwarteten.

Beides hätte erklären können, warum sie, einerseits studierte, um eines Tages eine sehr schlecht bezahlte Tätigkeit wie die Kunstkritik auszuüben, und andererseits alles daransetzte, so bald wie möglich ihren Abschluss mit einer so anspruchsvollen Arbeit zu machen, die ihrer Meinung nach dramatisch ihre Kräfte überstieg. Das erklärte außerdem, warum sie ihre Eltern, ihre Lehrer und alle, die eine Autorität darstellten, vergötterte. Also jeden, der sie loben oder bestrafen konnte. Semi fragte sich, ob das nicht der Grund dafür war, dass sie sich, wenn er sie abweisend behandelte, noch krankhafter an ihn klammerte. Und ob am Ende nicht dies der wahre Grund dafür war, dass Ludovica so große Lust hatte, ihn zu siezen. Vielleicht brauchte sie keinen Gesprächspartner, sondern eine Art Gottheit. Ja, vielleicht war das ihr Geheimnis.

Zum Beispiel begann Ludovica schon nach ihrem ersten Treffen, ihm ab und zu eine SMS zu schicken. Semi stellte fest, dass sie, wenn er etwas Zeit vergehen ließ, bevor er antwortete, ihm schrieb: »Was bin ich erleichtert. Ich dachte schon, du willst mich nicht mehr sehen.« Warum reagierte sie so auf eine Verzögerung von zwanzig oder dreißig Minuten? Wie war es möglich, dass eine junge Frau wie Ludovica von einer solchen Furcht gequält wird, verlassen zu werden? Wer hatte sie in einen solchen Zustand versetzt? Und warum war für Semi so ein Verhalten womöglich noch verführerischer als ihre besondere Art sich zu kleiden, zu sprechen, Essen zu bestellen? Und sogar noch mehr als ihre Schönheit?

Manchmal stellte sich Semi Ludovica an ihrem Schreibtisch vor, beim Überarbeiten ihrer Abschlussarbeit, die Brille auf der Nase und den Bleistift im Mund, wie sie alle zehn Sekunden ihr Handy überprüft, ob er ihr geantwortet hat. Wer weiß, warum ihn dieses Bild elektrisierte.

»Bist du stolz auf ihn?«, fragte sie.

»Auf wen?«

»Auf deinen Bruder.«

»Natürlich bin ich stolz.«

»Ist deine Mutter froh?«

»Ich glaube schon.«

Semi gefiel nicht, welche Wendung ihre Unterhaltung genommen hatte. All diese Fragen über seinen Bruder. Einen Moment lang kam ihm der Gedanke, dass Ludovica ihn nur als maßgeblichen Menschen wahrnahm, weil er der kleine Bruder von Filippo Pontecorvo war (und nie war ihm das Wort »kleiner« demütigender vorgekommen als in diesem Moment). Und da er es nicht ertragen konnte, böse Gedanken gegenüber seinem großen Bruder zu entwickeln, lenkte er seine ganze Aggressivität auf den wehrlosen Menschen, der den Fehler begangen hatte, ihn mit seiner eigenen Erbärmlichkeit zu konfrontieren:

»Hör mal«, sagte Semi, »in ein paar Stunden geht mein Flugzeug nach Tel Aviv.«

»Ich weiß, das hast du mir gesagt. Aber es bleibt doch noch etwas Zeit.«

»So viel auch wieder nicht. Du weißt ja, wie die sind, du musst mindestens drei Stunden vorher da sein.«

»Auch bei dir, der du doch …«

»Ich, der was ist?«

»Nun, du weißt doch, was du bist.«

»Ich weiß es nicht. Sag du es mir.«

»… Jude.«

»Siehst du? Das war doch nicht so schwer. Jedenfalls ist ihnen das völlig egal, ob du Jude bist. Wehe, wenn man Juden traut. Da kann doch immer Selbsthass mitspielen.«

Samuel wusste, dass es Ludovica gefiel, dass er Jude war. Und dass ein Haufen Frauen auf der Welt bereit ist, dich zu lieben, nur weil du Jude bist. Und folglich ein Haufen Männer, die plötzlich einen jüdischen Stammbaum entdeckten. Einmal erzählte Filippo ihm, dass er anfangs zu Anna gesagt hatte, er habe Dienst in einer israelischen Spezialeinheit geleistet. Und das Unglaubliche war, dass sie es geschluckt hatte und er aus dieser Leichtgläubigkeit einen beträchtlichen sexuellen Nutzen ziehen konnte.

»Entschuldige mal: zuerst kommst du zu spät und jetzt sagst du, dass du gleich weg musst.«

»Ich muss doch noch in die Wohnung und meinen Koffer holen. Ich muss ein Taxi rufen.«

»Ich bringe dich hin.«

»Du?«

»Meine Garage ist hier in der Nähe. Ich fahre dich mit meinem alten Auto. Ich bin zwar keine gute Fahrerin, aber auch nicht ganz schlecht. Ich fahre etwas langsam, aber ist das denn wichtig? Und wenn du mir nicht traust, kannst du ja fahren.«

»Nein, Ludovica, besser nicht. Der Flughafen Malpensa ist sehr weit weg. Ich will nicht, dass du in der Dunkelheit zurückfahren musst.« Und da hörte Semi sich noch sagen, ohne dass er darüber nachgedacht hatte:

»Und dann, hör mal, ich weiß wirklich nicht, ob es gut ist, mit diesen Treffen weiterzumachen …«

Ludovica wurde blass.

»Warum sagst du so was? Was habe ich dir getan? Ist etwas passiert? Das von eben war doch kein Vorwurf. Ich schwör's dir. Ich wollte dir nur klarmachen … Ach, vergiss, was ich gesagt habe. Vergiss meinen Vorschlag. Wenn du nicht willst, fahre ich dich nicht hin. Ich wollte nur nett zu dir sein, aber wenn du nicht willst …«

Während Ludovica ihren englischgrünen Polo in Richtung Flughafen fuhr, so unbeholfen wie jemand, der schon lange nicht mehr gefahren ist, war Semi immer noch verblüfft über sich und über seine Freundin. Warum hatte er zu ihr gesagt, er wolle sie nicht mehr sehen, dass dies das letzte Mal sei, obwohl er das doch gar nicht wollte? Und warum hatte sie, anstatt ihn zum Teufel zu jagen, so eine verständnisvolle Reaktion gezeigt? Es war, als hätte sich das Ungleichgewicht zwischen ihnen weiter verschärft. War es also so einfach? Genügte es, ihr zu drohen, um sie in der Tasche zu haben? Semi spürte eine fürchterliche Macht in seinen Händen.

»Was würde Marco denn dazu sagen, dass du mich zum Flughafen bringst?«

»Marco weiß nicht, dass es dich gibt.«

»Warum hast du es ihm nicht gesagt?«

»Hast du es Silvia gesagt?«

»Nein, es gab noch keine Gelegenheit.«

»Eben, genau. Auch für mich gab es keine.«

»Also weiß Marco nicht, dass es mich gibt. Interessant, wirklich interessant.«

»Warum interessant?«

»Das gibt mir einen schönen strategischen Vorteil ihm gegenüber.«

»Ihr steht doch nicht in Konkurrenz …«

»Das glaubst du.«

Ludovica setzte ein Lächeln auf, das zeigte, wie sehr es ihr gefiel, umworben zu werden.

»Also verheimlichst du Marco etwas.«

»Nicht absichtlich, aber es passiert.«

»Verrate mir ein weiteres Geheimnis. Etwas anderes, was Marco nicht weiß, du mir aber sagen kannst.«

»Es fällt mir nichts ein.«

»Los, etwas Geheimes, was du ihm nie beichten würdest. Ich bin sicher, dass es das gibt. Etwas viel Anstößigeres, als dass du mich zum Flughafen bringst.«

»Leider ist mein Leben überhaupt nicht anstößig.«

»Das glaube ich nicht. Jeder hat ein anstößiges Geheimnis.«

»Wenn du mir deines verrätst, verrat ich dir meines.«

»Willst du das wirklich wissen?«

»Natürlich will ich das wissen. Und pass auf, ich halte mich an Vereinbarungen. Wenn du mir deines sagst, sag ich dir meines.«

»Okay. Hier ist es also: Ich bin kein großartiger Liebhaber.«

»Und was heißt das? Was für ein komisches Geheimnis ist das denn?«

»Meinst du etwa, das wäre allgemein bekannt?«

Ludovica lachte:

»Nein, ich meine nicht, dass es allgemein bekannt ist, sondern dass es eine relative Sache ist. Dass es nicht dir zusteht, dir selbst Noten zu erteilen. Dass ich von mir das genaue Gegenteil behaupten könnte und es nichts bedeuten würde.«

»Das sagst du nur, weil du keine Lust hast, mir dein anstößiges Geheimnis zu verraten. Du hast mich reingelegt.«

»Ich habe kein Problem damit, ganz und gar nicht. Wenn du es unbedingt wissen willst. Okay, also da hast du's: ich bin sexbesessen.«

»Gut für Marco.« Er war verblüfft und auch ein wenig beleidigt wegen dem, was sie gesagt hatte. Wie alle Menschen, die Probleme mit Sex hatten, war Semi nicht so nachsichtig mit denen, für die Sex eine gesunde Obsession ist.

»Marco weiß das nicht. Ich glaube, er ahnt es. Aber er weiß es nicht.«

»Die Unterhaltung wird langsam interessant. Wie ist das möglich, dass er es nicht weiß? Heißt das, du betrügst ihn?«

»Ich habe ihn noch nie betrogen.«

»Du sagst das wie eine Romanheldin. Als hättest du vierzig Jahre Ehe hinter dir.«

»Ich sage das auf gar keine Weise. Ich sage es ganz gelassen: ich bin seit Jahren mit ihm zusammen und habe ihn nie betrogen.«

»Und worin äußert sich dann deine Besessenheit?«

»Worin?« Und nun hatte Ludovica ein paar Sekunden gezögert, bevor sie antwortete. »Allein.«

»In welchem Sinne allein.«

»Warum zwingst du mich, dir etwas so Peinliches zu erklären?«

Nun versucht euch, Semis wunderbare Überraschung vorzustellen, als er erfährt, dass es auf der Welt ein einundzwanzigjähriges Mädchen gibt, atemberaubend schön, elegant und ätherisch wie die Heldin eines Musicals, dessen Anhänglichkeit schon an Hingabe grenzt, und das mit ihm eine ebenso wahnsinnige und ebenso krankhafte Liebe zur Masturbation teilt. Ein Mädchen, das wenn es nach ihr ginge, nur in Gedanken vögeln würde. Und zwar dermaßen, dass sie sich lieber selbst Lust verschafft, als das von ihrem stattlichen fünfundzwanzigjährigen Freund zu verlangen.

Ja, versucht euch mal in die Lage von einem Typen wie Semi zu versetzen, der einer wie Ludovica begegnet, und das in einem Moment in seinem Leben, an dem er nicht mehr gehofft hat, dass eine solche Begegnung noch möglich wäre. Ein Mädchen, mit dem er seine krankhafte Veranlagung teilen kann.

Ein Wunder. Eine Offenbarung. Eine Seelenverwandte in Reichweite. Semi ist verwirrt. Semi ist im siebten Himmel. Semi kann es kaum glauben.

Sein Flugzeug nach Tel Aviv hatte er natürlich verpasst. Aber er hatte eine viel gefährlichere, hundertmal aufregendere Reise unternommen. Ludovica und er waren im Zimmer eines Sheraton-Hotels am Flughafen gelandet. Und das Unglaubliche war, dass sie dort keinen Sex hatten. Ganz und gar nicht. Nicht so, wie Erwachsene das beim ersten Treffen tun. Sagen wir nur, dass sie in einem so intimen Ambiente Myriaden von Launen befriedigten und ihre gegenseitige Befragung fortführten. Ludovica erklärte ihm, dass sie es bei Marco am liebsten hatte, ihn in den Mund zu nehmen. Und dass nichts auf der Welt sie mehr erregte, als ihn in ihrem Mund zu spüren. Da versuchte Semi sie zu bitten, es auch bei ihm zu tun. Sie weigerte sich, und er bestand nicht weiter darauf.

Dafür gibt sie tausend andere Details aus der Geschichte ihres Intimlebens preis. Mit vier Jahren fängt sie zu masturbieren an. Und von da an hört sie nicht mehr auf. Die Vorwürfe ihres Kindermädchens, weil sie zu sehr gewissen solitären Praktiken frönte, hat sie noch als ungeheure Demütigung in Erinnerung. Und sie weiß auch noch, wie sie, um zu überleben, eine diskrete Methode erfinden musste, es zu tun, ohne dass diese alte Betschwester es mitbekam. Und wie es ihr noch heute passiert, dass sie es tut (mit der hart erarbeiteten Diskretion), während Marco schläft.

Doch das ist noch nicht alles an Enthüllungen. Sie sagt ihm auch, dass es mit Marco schwierig ist, weil er in Sachen Sex viel spartanischere Vorstellungen hat, denen sie sich ab und zu unterwerfen muss, aber ohne besondere Leidenschaft … Und das Schöne ist, dass alle von Ludovica aufgetischten Erklärungen bei den folgenden Treffen von einigen Verhaltensweisen begleitet oder sozusagen mit ihnen verstrickt wurden, die zugleich widersprüchlich und konsequent waren.

An dieser Stelle würde ich gerne Semis Auto in den Zeugenstand rufen, jedenfalls das, welches er damals besaß (einen BMW Z4). Denn nur dieses Auto könnte die wiederholten anstrengenden erotischen Menuette schildern, dessen Zeuge es war. Eine Art Tanz, manchen raffinierten Kampfkünsten nicht unähnlich, dessen Geheimnis ganz darin liegt, dass man sich erregt, aber nicht anfasst. Eine Kampfkunst, die sie verrückt macht, die sie bis an die Grenze dessen bringt, was Lust von Enttäuschung trennt. Ein Schmerz also, ein Schmerz, der beiden gefällt. Denn er hat die Frau gefunden, die nichts von ihm verlangt. Und sie hat den Mann gefunden, der nichts von ihr verlangt.

Da sind sie, dieser sterile Adam und diese sterile Eva, die in der Lust keuchen, die sie sich gegenseitig nicht verschaffen können, in einem BWM, der in einer Seitenstraße, wenige Häuserblocks von der Wohnanlage geparkt ist, wo Semi seit ungefähr drei Jahren lebt. Die Tatsache, dass sie in diesem Auto sind, mit dem Risiko, bei ihren individualistischen Schweinereien von jemandem entdeckt zu werden, und dass sie sich nicht viel vernünftiger in Semis Wohnanlage oder wie beim ersten Mal in ein Hotel zurückgezogen haben, sagt viel über ihre Heuchelei und ihre perverse Lust aus, den Moment, an dem sie zum Punkt kommen, unendlich hinauszuzögern.

Andererseits, was machst du mit dem »Punkt«, wenn du von Vorspielen besessen bist. Ich frage mich, ob das heutzutage nicht der äußerste Horizont der Verwahrlosung ist. Vielleicht ist es das Verbot und nicht sein Gegenteil, was uns zu wirklich ausschweifenden Wesen macht. Wahr ist auch, dass es keine wirksamere Methode gibt, die Lust zu ehren, als sie abzutöten, indem man sie ständig erregt. Es ist schwer für jemanden, diesen Gedankengang zu begreifen, der nicht in diesem Auto sitzt. So wie es auch schwer zu verstehen ist, wie erregend Falschheit und Heuchelei für diese beiden Perversen sein können.

Wenn es stimmt, dass es ihr so sehr gefällt, den von Marco in den Mund zu nehmen, warum weigert sie sich dann, dem Mann die gleiche Behandlung zukommen zu lassen, auf den sie nach ihren eigenen Worten nicht mehr verzichten kann? Dem Mann, dem sie mindestens hundert SMS am Tag schreibt? Dem Mann, dem sie morgens als Erstes Guten Tag sagt und dem sie als Letztes Gute Nacht wünscht, bevor sie wie ein Kind einschläft? Dem Mann, der vor ihr masturbiert und vor dem sie unbedingt dasselbe tun muss?

Ist Ludovica wirklich der Meinung, dass Marco wohlwollend akzeptieren würde, was in diesem Auto passiert, nur weil sie ihrem Geliebten die kleine orale Gefälligkeit verweigert, die dieser ständig erbittet? Ist sie wirklich so verrückt, so ein Märchen zu glauben? Oder ist das vielleicht nicht der Punkt? Vielleicht ist das bei Ludovica nur die übliche prinzipielle Frage. Und also wie jede prinzipielle Frage borniert und unvernünftig. Und doch weiß Semi, dass Ludovicas Borniertheit und Unvernunft Teil des himmlischen Vergnügens sind, mit Ludovica zusammen zu sein. Dass Ludovica ohne ihre gewaltige Borniertheit und ihre verwirrende Unvernunft nicht existiert. Ihre Regeln. Ihre Neurosen. Ihre Unmöglichkeiten. Ihre Verbote. Alles, was sie nicht tun darf, und alles, was sie tun muss. Alles davon findet Semi wunderbar. Das ist der Grund, warum er sich weder von ihr trennen noch ihrer überdrüssig werden kann. Oder es ist zumindest einer der Gründe.

Die durch Praxis gereifte Erfahrung hat Semi gelehrt, dass Liebe auf ihn wirkt wie manche Lieder aus der Hitparade, die dir, wenn du sie zum ersten Mal hörst, die Illusion einer Offenbarung verschaffen. Du bist dir so sicher über den unschuldigen Zauber dieser Schlager, dass du keine Skrupel hast, sie, wenn nötig, auch zehnmal hintereinander zu hören. Was soll's, sie scheinen ja dafür gemacht, dass du ihrer nie überdrüssig wirst. Jedes Mal, wenn du sie wieder auflegst, überraschen sie dich. Bis etwas langsam einen Riss bekommt. Bis die Begeisterung zu schwanken beginnt. Bis ein bedauerliches Wunder geschieht: was immer so unverbraucht war, erscheint dir auf einmal glanzlos, abscheulich fade. Wie konnte das passieren? Du weißt es nicht. Aber du weißt, dass es passiert ist. Und du hältst das für den reinen Hohn. Ein notwendiger Hohn vielleicht – schon allein, weil er anderen ebenso schönen und ebenso vergänglichen Liedern eine Chance bietet –, aber doch ein Hohn, der dich zynisch werden lässt.

In seinen siebenunddreißig Lebensjahren war es ihm ein paarmal passiert, dass er sich verliebt hat. Und das Drehbuch hatte sich nicht um ein Komma verändert. Als ob der große Tanz der Liebe und Trennung sich jedes Mal in den üblichen obligaten Schritten erschöpfen müsste.

Da ist es normal, wenn Semi sich fragt, ob das anhaltende Gefühl, das ihn mit Ludovica verbindet und Ludovica mit ihm, nicht vom abweisenden Charakter ihrer sexuellen Begegnungen abhängt. Vielleicht denkt er nur deshalb permanent an sie, weil sie ihn nicht in den Mund nimmt, und vielleicht denkt sie deshalb ständig an ihn, weil er gerade um die Hand einer anderen angehalten hat. Und vielleicht hat er gerade deshalb um die Hand einer anderen Frau angehalten, damit sie seiner nicht überdrüssig wird, oder aus Rache, weil sie ihn nicht in den Mund nimmt. Und vielleicht wird sie sich, von der Tatsache verwirrt, dass er um die Hand einer anderen angehalten hat, entschließen, ihn in den Mund zu nehmen. Und so endlos weiter …

Doch trotz all dieser charakterlichen Komplikationen hat Ludovica bisher nie gegen ihre tadellose Zuverlässigkeit und ihren Anstand verstoßen. Semi schätzt es, wie sorgfältig (schon wieder ihre liebevolle Borniertheit!) sie den Pakt zwischen ihnen respektiert. Wenn Semi mit Silvia zusammen ist oder Ludovica mit Marco, muss die Kommunikation zwischen den beiden Geliebten augenblicklich unterbrochen werden. Ja, die Ruhe der offiziellen Paare muss durch eine streng martialische »Funkstille« garantiert werden. Es wäre so schwerwiegend, sie zu unterbrechen, dass keiner der beiden es sich bisher erlaubt hat.

Deshalb war sich Semi, als er nach längerem Zögern endlich sein Telefon in die Hand nahm, noch sicherer, dass Ludovica die unverletzliche Regel bestimmt nicht gebrochen haben konnte. Obwohl sie beim letzten Mal, als sie vor ein paar Tagen am Gate vor dem Flug nach Usbekistan miteinander gesprochen hatten, so offensichtlich verwirrt gewesen war.

Der Himmel von London war nicht weniger fahl als der Fluss. Semi hielt das Telefon in der Hand. Er sah die Nachricht, die Silvia beinahe aufgeweckt hätte. Sie lautete: »Ich suche dich seit vier Tagen du antwortest nicht ruf an wir müssen reden!«

Der Stil war so unverwechselbar, dass es gar nicht nötig war, die Identität des Absenders zu überprüfen. Die entschiedene Ausdrucksweise, die sparsame Zeichensetzung, der unbeirrbar einschüchternde Tenor, die verrückte, rücksichtslose Uhrzeit, in der sie verfasst wurde … alles deutete darauf hin, dass die wütenden Finger, die sie geschrieben hatten, zur Hand von Jacob Noterman gehörten, dem Baumwoll-Trader, für den Semi schon seit fast drei Jahren arbeitete.

Der Tenor der Nachricht sagte unmissverständlich, dass Jacob es wusste. Er wusste vom Chaos, das sein Schützling in Usbekistan angerichtet hatte. Er wusste, dass es Tag für Tag unwahrscheinlicher wurde, da wieder ungeschoren herauszukommen. Er wusste, was für eine enorme Menge an Kohle ihn dieses schiefgelaufene Geschäft wieder kosten würde. Und wenn er es wusste, mussten es auch viele andere in der Branche wissen. Und da es sich um eine relativ kleine Branche handelte (der weltweite Baumwollhandel ist in den Händen von etwa hundert Menschen, die sich alle kennen und miteinander Geschäfte machen), musste Jacob sofort begriffen haben, dass an diesem Punkt die Glaubwürdigkeit von Semi, dem vertrauenswürdigen jungen Minderheitsgesellschafter der Noterman & Fils, das Pferd, auf das er unvorsichtigerweise gesetzt hatte, gerade in sich zusammenbrach.

Und das musste ihn wütend gemacht haben.

Jacob war der Vater von Eric, dem jungen Mann, mit dem sich Semi in den Achtzigern eine Wohnung in Down Town, New York, geteilt hatte, als er bei der Citibank arbeitete.

Obwohl es Gerüchte gab, Jacob Noterman habe rund um den Erdball eine ebenso zahlreiche wie vielfältige Nachkommenschaft verteilt, entsprach sein einziger legitimer Sohn, den die Umstände ihm geschenkt hatten, nämlich seine zweite Ehe mit einer beschäftigungslosen Dame aus Mailand, ganz und gar nicht dem, was Jacob sich unter einem idealen Sohn gern vorgestellt hätte. Es handelte sich um den sanften, rückgratlosen Eric. Ein blonder Knirps, dessen Organismus verseucht war von hochtrabenden künstlerischen Ambitionen und einem höllischen Cocktail aus Alkohol und Special K (das er als alter Feinschmecker gerne mit Kokain mischte).

Semi hatte ihn in London kennengelernt, genau in dem Jahr, als Eric nach New York ziehen wollte. Als Semi bei der Citibank anfing und selbst eine Unterkunft in Manhattan finden musste, hatte Eric ihn als Mitbewohner aufgenommen. Und das war für beide ein schöner Coup. Es gab nichts, um das der tugendhafte Semi den liederlichen Eric beneiden konnte. Und umgekehrt. Und das war ein großer Vorteil. Er versperrte jeder möglichen Konkurrenz von vornherein den Weg und beseitigte zugleich jedes eventuelle Unverständnis (dadurch, dass er es zur Normalität machte). Für nichts auf der Welt hätte Eric dem Lebensstandard seines römischen Mitbewohners nachgeeifert. Jeden Morgen um sechs Uhr aufstehen? Einen grauen Anzug, Krawatte, schwarze Schuhe anziehen? In eine stinkende U-Bahn steigen, um vor jedem anderen in die Büros der Citibank in Midtown zu gelangen? Und wenn nötig, dort bis tief in die Nacht bleiben? Soll das ein Witz sein? Nein, eine Einsatzbereitschaft, die nichts für Eric war.

Andererseits gab es für Semi nichts, was seiner Vorstellung von Wohlstand und Verwirklichung mehr widersprach als der Zustand verwirrter Benommenheit, in den Eric durch das Schlucken von so viel Ketamin stürzte. Das hinderte den einen aber nicht, die Motive des anderen zu verstehen. Eric sah genau, dass sein Freund völlig in die Jagd nach dem Gold verstrickt war, und zwar seit seiner Schulzeit, als er begann, immer tadellosere Zeugnisse zu sammeln. Eric wusste, dass die Wallstreet für Semi dasselbe darstellte, was der Klondike River für Dagobert Duck dargestellt hatte: den Ausgangspunkt eines unaufhaltsamen Aufstiegs.

Genauso wusste Semi, dass Eric eine Rechnung mit dem Kapitalismus offenhatte. Nicht etwa, weil er Marx oder einen seiner umtriebigen Epigonen gelesen hatte. Sondern nur, weil den Kapitalismus zu hassen eine ausgezeichnete Methode war, sich indirekt mit seinem Vater anzulegen. Es war kein Zufall, dass der häufigste Vorwand, der Eric dazu trieb, sich zu betäuben, von Jacob geboten wurde.

Lange bevor sie sich von Angesicht zu Angesicht begegneten, hatte Semi den schädlichen Einfluss beurteilen können, den dieser starke, großspurige Mann auf seinen schwachen Erben ausübte. Nach Jacobs Telefonaten mit Eric hing ein Hauch von Demütigung und Erniedrigung in der Luft. Jedes Mal, wenn Semi abends in ihre kleine Wohnung in der Sullivan Street zurückkam und sah, dass Eric in einer Ecke neben dem Kühlschrank saß, den Kopf an die Wand gelehnt, begriff er, dass sein Freund gerade einen wortreichen Telefonanruf erhalten hatte, in dem sein Vater brutal seine ganze Geringschätzung und seine ganze Verachtung geäußert haben musste.

Wenn Jacob (mehr oder weniger alle drei Monate) in New York vorbeikam, bestellte er seinen Sohn zu Ruth's Chris, ein Steakhouse in Midtown, nach dem er verrückt war. Drei oder vier Tage vor dem Treffen begann Eric ein – meistens unwirksames – persönliches Entgiftungsprogramm. So hörte er vom einen auf den anderen Tag auf zu trinken und zu drücken (oder zumindest versuchte er es).

»Mein Vater hat eine Art eingebaute Anti-Doping-Kontrolle«, sagte er zu Semi. »Es genügt, dass er mir ins Gesicht sieht, dann weiß er, wie viel Scheiße ich im Körper habe.«

»Ich kann dir versichern, dass man diese Superfähigkeit gar nicht braucht«, merkte Samuel sarkastisch an.

Wie gesagt, diese improvisierten Reinigungen hatten nicht immer die erhofften Folgen. Wenn Eric es schaffte, sich gut zu benehmen, ließ ihn die erlangte Nüchternheit bestenfalls in einen Zustand der Niedergeschlagenheit abstürzen, absolut ungeeignet, um ein Essen mit seinem Vater anzugehen. Schlimmstenfalls aber setzte sich der verzweifelte Eric, kurz bevor er aus dem Haus ging, einen Schuss, und wenn er am Treffpunkt angekommen war, warf Jacob ihm unvermeidlich Sätze exemplarischer Härte wie diesen an den Kopf:

»Geh mir aus den Augen. Hier drinnen kennt und respektiert man mich. Du willst doch nicht etwa, dass sie denken, ich würde es mit Drogensüchtigen treiben.«

Angesichts des düsteren Bildes, das Eric von seinem Vater gezeichnet hatte, empfand Semi eine Art ästhetische Enttäuschung, als er eines Tages schließlich vor ihm stand. An ihm war nichts Sensationelles und Monströses. Er war ein Mann. Einer von vielen, die es gab. Vor allem in dieser Stadt. Nichts unterschied ihn von vielen anderen robusten Exemplaren seiner Generation, die ihr Leben damit verbracht hatten, Erfolge zu ernten und eine Menge an Flitter einzusammeln, wie wertvolle Weine oder Oldtimer.

Er sprach ein fließendes, fehlerhaftes Englisch mit einem schweren elsässischen Akzent, das er als Erwachsener im Geschäft gelernt hatte. Semi hatte Jacob gefallen. Er hütetet sich wohl, es Eric zu sagen. Vielleicht weil er ein Faible für Arrogante und Überhebliche hatte. Umso mehr, wenn die betreffenden Machtmenschen scheinbar allein zu dem Zweck lebten (mit einer einzigen Geste), unbändige Gelüste zu nähren und zu befriedigen. Die Sympathie, die er für diesen Mann empfand, hatte auch mit seiner körperlichen Gestalt zu tun. In Jacob Notermans Haltung lag etwas von einem wilden Affen, etwas, das den hartgesottensten Darwinisten recht zu geben schien. Semi war sich sicher, dass die kräftigen Schulterblätter dieses Herrn dicht behaart waren. Außerdem war es unglaublich, dass so schmale Fesseln das Gewicht eines Oberkörpers, so voluminös und groß wie ein Kleiderschrank, aushalten konnten. Und apropos Unverhältnismäßigkeit, es war wirklich schwierig, dass ein einziges Gesicht so ironische Augen, so sinnliche Lippen und eine Haut, hart wie ein Pferdesattel, haben konnte.

Der anthrazitfarbene Anzug war ganz sicher eine Maßanfertigung, da die Ärmel seine gibbonartigen Arme, die so lang waren, dass sie seine Knie streiften, ganz bedeckten. Semi fragte sich, ob es diese anormalen schlenkernden Gliedmaßen waren, die Jacobs Schritten die rhythmische Kadenz eines Basketballspielers verliehen. Oder ob sein Rabaukengang nur ein akrobatischer Ausdruck seiner Arroganz war.

Wieder einmal hatte Semi festgestellt, wie gemein die Natur manchen Vätern und manchen Söhnen gegenüber sein kann. Eric war so völlig verschieden von seinem Vater, dass dies in einem merkwürdigen Paradox seine enge Blutsverwandtschaft mit diesem zufriedenen Menschenaffen zu bestätigen schien. Nur einem wirklich starrköpfigen Sohn konnte das Wunder gelungen sein, sich mit solcher Radikalität von seinem Vater zu unterscheiden. Im Laufe der Jahre hatte Semi etliche Freunde gehabt, die sich mit aufdringlichen Erzeugern wie Jacob Noterman herumschlagen mussten, so dass er manchmal glaubte, es gäbe gar keine anderen. Doch er hatte gelernt, dass sie, auch wenn sie in den Augen ihrer Söhne als geheimnisvolle, uneinnehmbare Berge erschienen, eigentlich nichts anderes waren als Väter, das heißt Menschen, die die Natur der empathischen Fähigkeit und hilfsbereiten Vorsorge beraubt hatte.

Jawohl, Jacob Noterman gehörte ebenso zu dieser Kategorie von Vätern wie Eric zu einer weitverbreiteten Kategorie von schwachen Söhnen. Das war ihre Faszination, ihr Problem, ihre Verdammnis. Und das hatte Semi schon beim ersten Mal geahnt, als er den einen neben dem anderen gesehen hatte.

Die erste Begegnung zwischen Semi und seinem zukünftigen Boss war durch einen für Eric typischen Spleen begünstigt worden.

»Komm mit mir«, bat Eric ihn eines Abends, nachdem er in sein Zimmer gekommen war. Semi lag auf dem Bett und trug nur seine karierten Boxershorts. Er rieb sich gerade die Haare mit einem Handtuch ab. Er war nach einem seiner langen Arbeitstage gerade erst aus dem Büro nach Hause gekommen. Es regnete in Strömen und auf dem Heimweg hatte er so viel Wasser abbekommen, wie er sicherlich nie wieder trinken würde. Und nun konnte er kaum glauben, dass sein liederlicher Room-Mate ihn bat, ihn heute zu seiner dreimonatlichen Verabredung mit seinem Vater bei Chris zu begleiten.

»Ich denke gar nicht daran.«

»Ich bitte dich. Komm mit. Er sagt immer, er will dich kennenlernen.«

»Du machst Witze, oder?«

»Nein, Semi, ich mache keine Witze. Heute kann ich das ganz und gar nicht. Jedes Mal, wenn ich mich an seine Anwesenheit gewöhne, ist es ein Trauma, ihn wiederzusehen. Und er macht mir das Leben weiß Gott nicht einfach. Weißt du, warum er mich immer in dieses Steakhouse schleppt?«

»Warum?«

»Weil ich Vegetarier bin. Das kann er nämlich nicht ertragen. Also provoziert er mich. Er überschüttet mich mit Vorwürfen, er demütigt mich und dabei verschlingt er diese ekelhaften fettigen Fleischstücke, er kaut mir etwas vor wie ein Tier.«

»Natürlich ist es dir nicht in den Sinn gekommen, dass er vielleicht ganz einfach Steaks mag. Muss denn alles, was dieser Mann tut, sogar ein Fleischgericht essen, für dich unbedingt eine Provokation sein?«

»Da, siehst du? Ich bin paranoid. Deshalb sollst du mich ja begleiten. Um meine Paranoia im Zaum zu halten. Ich bitte dich, ich beschwöre dich. Allein schaff ich das nicht. Nicht heute, verdammt. Schon seit vier Tagen habe ich nicht einmal mehr ein Bier getrunken. Ich bin kurz vor dem Zusammenbruch …«

»Ich kann nicht glauben, dass du das von mir verlangst. Hast du denn eine Ahnung, was für ein Wetter draußen ist?«

»Mensch, was kostet dich das schon? Ich versichere dir, wenn du nicht sein Sohn bist, kann er für dich interessant und sympathisch, oder zumindest pittoresk sein. Du wirst sehen, er macht nichts weiter, als dich damit zu unterhalten, wie toll die Chinesen und wie altmodisch wir sind …«

Erics Vorhersage hatte sich als wahr erwiesen. Jacob konnte gegenüber dem unerwarteten Gast seines Sohnes wirklich interessant und sympathisch sein. Da ist es unwichtig, dass er auf jene Art und Weise interessant und sympathisch war, wie es Männer wie Jacob Noterman sein können, das heißt, indem sie übertrieben tun und übermäßig reden. Was zählt ist, dass sich der Abend für alle angenehm gestaltete. Für

Semi, der einen anregenden Menschen kennenlernte. Für Jacob, der sich vor einem brandneuen Publikum produzieren konnte. Und für Eric, der sich die übliche üppige Ladung von Beschimpfungen und Vorwürfen ersparte, da sein Vater durch einen willkommenen Gast abgelenkt war.

Semi begriff, dass der Grund, warum Jacob immer zu Chris essen ging, der klassischste für einen wie ihn war: dort behandelte ihn jeder als einen Herrn, mehr noch als einen Ehrengast. Es war ein typisches New Yorker Steakhouse, dessen Einrichtung dem Innern einer alten Galeone der britischen Marine nachempfunden war. Dieser Eindruck wurde unterstützt durch das warme, gedämpfte Licht, das anscheinend von hundert Kerzen verströmt wurde. Semi wunderte sich darüber, dass die Kellner, deren Höflichkeit von einer männlichen Lässigkeit irischer Prägung gezügelt wurde, Jacob mit »Mister Noterman« anstatt mit dem den Umständen nach viel passenderen »Admiral Nelson« oder »Kommodore« anredeten. Um euch eine Vorstellung von der Grandeur zu geben, will ich euch sagen, dass selbst die Speisekarte die Dimensionen eines alten Gesetzbuchs aus der Renaissance hatte.

Beim Auswählen der Speisen zeigten Vater und Sohn ein weiteres Mal, wie verschieden sie waren. Jacob hütete sich davor, die Speisekarte zu konsultieren, und bestellte einen Scampi-Cocktail und sein riesiges Steak Porterhouse in einem entschiedenen Tonfall, als könnte er gar nichts anderes bestellen. Und Eric hatte sich, nachdem er fast fünf Minuten mit der sperrigen Speisekarte hantierte und dabei das ungeduldige Trommeln der väterlichen Finger ertragen musste, für einen popeligen Avocado-Salat entschieden.

Dann begann die Show.

Das Erste, was Jacob tat, um den Freund seines Sohnes zu beeindrucken, war, dass er verkündete, er würde am nächsten Tag mit Ralph Lauren essen gehen, als sei es das Normalste auf der Welt. Und dann genoss er die sensationelle Wirkung dieses Namens auf dem Gesicht seines jungen Gastes. Dieser hütete sich wohlweislich, seine Erwartungen zu enttäuschen.

»Sind Sie wirklich ein Freund von Ralph Lauren?«

»Ich kenne Ralph seit fast fünfzig Jahren. Das wenige, was er von Baumwolle versteht, hat er mir zu verdanken. Damals waren wir noch kleine Jungs. Er war schön, höflich, schüchtern und sehr ehrgeizig. Er hatte etwas komische Ansichten vom Business, aber jede Menge Lust, etwas zu lernen. Man kann alles über ihn sagen, aber nicht, dass er es nicht zu etwas gebracht hat. Weißt du, wie viel er allein mit Unterwäsche einnimmt?«

Das war eine typische Frage von Jacob Noterman. Es war schon die dritte, seitdem sie sich an den Tisch gesetzt hatten. Seine Spezialität war es, dir Fragen zu stellen, die du nicht beantworten konntest. Semi fragte sich, ob diese Vorgehensweise ihm dazu diente, den Informationen, die er dir geben wollte, eine größere dramatische Bedeutung zu verleihen, oder ob es sich vielmehr um eine (übrigens grobe) Technik handelte, dich bei einer Sache zu ertappen, die du letztendlich nicht zu wissen brauchtest. Semi antwortete einfach: »Ich habe nicht die geringste Ahnung, Dottor Noterman.«

»Nenn mich nicht ›Dottore‹. Ich bin kein Doktor. Ich hasse Doktoren. Nenn mich Jacob … Jedenfalls, wenn du es unbedingt wissen willst, dieser Scheißkerl nimmt eine halbe Milliarde Dollar pro Jahr ein. Und trotz des Imperiums, das er geschaffen hat, hört er weiterhin auf gute Ratschläge. Zumal, wenn sie kostenlos von einem alten Freund mit einer Leidenschaft für Geschäfte kommen. Deshalb verspürt er ab und zu das Bedürfnis, mich zu sehen. Und, das muss man sagen, ich drücke mich nie.«

Das Verwirrende an Männern wie Jacob Noterman ist, dass die Siegessicherheit, mit der sie von ihrem eigenen geschäftlichen Talent sprechen, scheinbar jeden anderen Gedanken eines jeden beliebigen Themas kontaminiert hat. Sie sind der Meinung, dass die Tatsache, dass sie einen so glänzenden

Erfolg in der Arbeit erreicht haben, sie dazu berechtigt, sich über das gesamte menschliche Wissen auszulassen. Er hat dies selbst zugegeben: wenn es darum ging, eine Meinung zu äußern, dann drückte er sich nie. Vielleicht war deshalb sein Lieblingsspruch: »Nein, ich bin nicht deiner Meinung«. Und wenn er das im Laufe eines Essens mindestens fünf- oder sechsmal sagte, dann wollte er dich damit ganz bestimmt nicht beleidigen oder schlechtmachen. Er wollte dir nur erklären, wie die Dinge lagen. Er wollte dir klarmachen, dass es nichts gab, was du über irgendein Thema denken konntest, bei dem er nicht besser Bescheid wusste als du. Selbst über den Aktienmarkt, eine nicht weniger unkontrollierbare und geheimnisvolle Materie als Studien über Erdplatten und tellurische Bewegungen, äußerte sich Jacob Noterman verheerend apodiktisch.

Nichts fand er rührender als einen wie Samuel Pontecorvo: ein junger Mann, der, nur weil er ein gutes Studium hinter sich hatte, nur weil er seit ein paar Jahren in einer Geschäftsbank arbeitete, nur weil er jeden Morgen einen grauen Anzug und schwarze Schuhe anzog und seinen Tag mit anderen jungen Männern in grauem Anzug und schwarzen Schuhen verbrachte, sich für so clever hielt, dir, der du schon dein ganzes Leben auf Trab bist, zu erklären, wie der Markt von hier bis ans Ende der Welt funktionierte.

Semi brauchte nicht lange, um zu begreifen. Obwohl Jacob Noterman nicht der Satan war, als den Eric ihn wiederholt beschrieben hatte, musste es wirklich schwierig sein, von Kindesbeinen an mit einem Mann zu tun zu haben, der so sehr an seiner eigenen Meinung und so wenig an der der anderen interessiert war. Ein Vater, der nur nein zu dir sagen konnte. Ein Vater, für den du nie etwas richtig machst. Ein Vater, der jedes Mal ungeduldig wird, wenn du versuchst, eine Meinung zu äußern, die mit seiner nicht übereinstimmt.

Dieser Virilismus in den Überzeugungen war wirklich anachronistisch. Niemand sonst auf der Welt prahlte noch so mit seinen Heldentaten und hatte eine so hohe Meinung von der eigenen Person. Es war fast ungezogen, heutzutage so sehr von sich selbst zu schwärmen. Und doch war seine Energie eben von der paroxystischen Art, von der Semi geträumt hatte, sie in jedem Winkel von New York anzutreffen, der er aber nur selten begegnet war.

Als einer der flinken Kellner Jacob sein Lieblingsgericht vor die Nase stellte, glaubte Semi eine geheimnisvolle Übereinstimmung zu erkennen zwischen diesem riesigen Rechteck aus Rindfleisch, das noch in Butter schmorte, und dem rüstigen Gesicht des alten Baumwollhändlers, der ebenso viel gesehen wie erlebt hatte.

Es gab keinen Zweifel, dass die Show, die Jacob an diesem Abend abzog, ganz und gar Semi gewidmet war. Offensichtlich hatte Semi ihm gefallen. Oh, endlich ein Freund seines Sohnes, der ihm gefiel. Nicht die üblichen halbschwulen, pseudokünstlerischen Goyim, mit denen Eric sich umgab. Sondern ein tüchtiger jüdischer Junge mit Pflichtbewusstsein. Ein Normaler, der Fleisch aß wie normale Menschen, der anständig gekleidet war (höchstens mit ein bisschen zu viel Getue), mit ordentlichen Haaren und sauberen Fingernägeln. Ein freundlicher junger Mann, der höflich war, Autorität achtete und vor allem (eine Eigenschaft, die man nicht unterbewerten sollte) ein ausgezeichneter Zuhörer war.

Anscheinend schätzte Jacob all diese Eigenschaften noch mehr, weil sie ihm wie vollkommene Alternativen zu Erics Fehlern, zu seinem verschwenderischen, inkonsequenten Lebensstil vorkamen. Wenn er nur an das viele Geld für diesen nutzlosen Abschluss an der Columbia-Universität dachte, das sein Sohn ihn gekostet hat. Regie und Montagetechnik. Was für ein blödes Fach war denn Regie und Montagetechnik? Wer zum Teufel konnte denn so blöd sein, seinen Vater so viel Geld ausgeben zu lassen, um alles über Regie und Montagetechnik zu lernen? Aber sicher, nur diese Nervensäge von seinem Sohn. Dieser Schwindler von seinem Sohn.

Der aber dieses Mal ins Schwarze getroffen hatte: er hatte einen anständigen Freund an seinen Tisch gebracht. Einen, mit dem man über alles reden konnte, und besonders über globale Ökonomie. Einer, der mit echtem Interesse seinen Betrachtungen über Ralph Lauren und die Chinesen zuhörte.

Seit jenem ersten Abendessen bestand Jacob jedes Mal, wenn er nach New York kam, darauf, dass sein Sohn mit Semi zum Abendessen bei Chris kam. Jacob hatte nämlich, außer den vielen Eigenschaften, die er sich zuschrieb, auch die, Menschen bei der ersten Begegnung zu verstehen. Sollte ihn der Baumwollmarkt eines Tages nicht mehr zufriedenstellen, könnte er sich als Head Hunter recyceln. Ja, er würde seine erstaunliche Fähigkeit, Menschen zu verstehen, an die Chinesen verkaufen. Er fühlte sich unfehlbar. Die Meinung, die Jacob von sich und seiner Intuition hatte, war so hoch, dass er, sobald er seinen wohlwollenden Blick auf jemanden warf, nicht einmal die Möglichkeit in Betracht zog, von ihm enttäuscht zu werden. Als ob das aus der Mode gekommene Vertrauen in sich selbst die Oberhand über sein angeborenes, tiefverwurzeltes Misstrauen gegenüber dem Nächsten gewonnen hätte.

Als er die Idee hatte, eine Filiale seines Unternehmens in Mailand zu eröffnen, und von seinem Sohn verlangen wollte, seine Erfolgsträume aufzugeben und nach Mailand zu gehen und für ihn zu arbeiten, erinnerte er sich an Semi. Er bestellte ihn ins übliche Restaurant. Er sorgte dafür, dass Eric nicht dabei war, und machte Samuel ein Angebot.

Offiziell würde Jacob einen Teil seines Unternehmens in die Hände seines Sohnes legen. Doch im Grunde genommen müsste Eric seine Macht mit Semi teilen. Außerdem verpflichtete er sich, an dem Tag, an dem er sich zurückziehen würde, Samuel den nötigen Anteil von Noterman & Fils zu überlassen, damit er gleichwertiger Teilhaber wäre. Es gefiel ihm ganz gut, dass eines Tages, wenn er nicht mehr wäre, ein guter und verlässlicher Freund wie Samuel Pontecorvo sich in einem Zug um seinen unvernünftigen Sohn und sein blühendes Unternehmen kümmern würde. Jacob wusste es: für den Anfang konnte er Semi nicht das bieten, was ihm eine große Geschäftsbank garantierte.

Doch auf lange Sicht lieferte er ihm die Möglichkeit, Kohle zu machen, in dem er echte, schwere, duftende Ware kaufte und verkaufte. Er könnte sich etwas Eigenes aufbauen. Er könnte Gelder verwalten, die ihm gehörten, deren Herkunft er kannte. Kein wertloses Papier mehr, Junge, das ist Business im alten Stil. Und Semi sollte nicht glauben, es handele sich um ein sterbendes Business. Es stimmt, die Textilindustrie ist in der Krise. Aber nur für jemanden, der kein Gespür für Strategie hatte. Nur für den, der nicht bereit war, seinen Arsch zu bewegen und die Geschäfte dort zu ernten, wo sie blühten.

Noterman & Fils hatte nichts zu befürchten. Die Leute würden nie aufhören, Baumwollhemden zu tragen oder in Baumwollbettwäsche zu schlafen. Der Baumwollmarkt war ewig. Man musste sich nur an die neuen Märkte anpassen. Die Chinesen, Junge. Du wirst dich daran gewöhnen müssen, mit den Chinesen zu verhandeln. Und Jacob war sich sicher, dass niemand das besser könnte als ein ehrgeiziger junger Mann wie Samuel, einer, der obwohl er noch jung war, eine große Erfahrung angehäuft hatte … Und so weiter.

Das war nicht das Jobangebot, das Semi seit langem erwartete. Es war vielmehr das Angebot, das er kurze Zeit vorher noch mit einem milden Lächeln abgelehnt hätte. Doch inzwischen hatte sich etwas verändert. Und Semi hätte nicht sagen können, ob der epochale Wandel an der Börse größer war oder das, was er in ihm selbst ausgelöst hatte.

Infolge der beispiellosen Wirtschaftskrise von 2008, einer Umwälzung, die an einem einzigen Tag einen Koloss wie Lehman Brothers hinweggefegt hatte, herrschte dicke Luft. Dass die Rezession auf Millionen wehrloser, freundlicher

Menschen lastete, hatte Semi zum Beispiel an der Tatsache bemerkt, dass fast von einem Tag auf den anderen angesagte Restaurants (Indochine, Cipriani …), bei denen man eigentlich zwei Wochen vorher einen Tisch reservieren musste, jetzt immer freie Plätze hatten.

Semi, seit kurzem Senior Advisory Manager, hatte den Eindruck, dass dies keine Beförderung, sondern ein Schwindel war. Seine Paranoia sagte ihm, dass eine so verantwortliche Aufgabe ihm übertragen wurde, weil andere, die qualifizierter und schlauer als er waren, sie abgelehnt hatten. Oder vielleicht war das, was ihn zur Idealbesetzung für einen so strategischen Posten gemacht hatte, genau das, was ihm bisher beruflich zum Nachteil gereicht hatte: das heißt, sein guter Charakter, das, was manch einer verächtlich seine Nachgiebigkeit hätte nennen können. Eine Eigenschaft, die in seinem Milieu nicht gern gesehen war, die sich aber in Zeiten, in denen etwas gesunde Diplomatie nötig war, schon als nützlich erweisen konnte.

Manchmal hatte Semi, bevor er ins Bett ging, den etwas theatralischen Eindruck, mitten im Sturm des Jahrhunderts ein einsamer Schiffbrüchiger auf einem Floß zu sein. Er arbeitete in der Abteilung North American Private Banking der Citibank (etwas Ähnliches, wie der Willkür des obengenannten Sturms ausgeliefert zu sein), und kümmerte sich um das Wealth Management. Das bedeutete, dass er es mit großen, wichtigen, sehr anspruchsvollen und gnadenlosen Kunden zu tun hatte. Es wurde offensichtlich, dass die Last des Drucks, den er aushalten musste, seine Kräfte überstieg. In den letzten zwei Jahren war der Index bei Standard & Poor's um mehr als 40 Prozent gesunken. Eine Katastrophe. Und Semi hatte das Gefühl, dass jeder Prozentpunkt, den dieser Index verlor, ihn dünnhäutiger machte und ein Jahr seines Lebens kostete.

Mit seiner Intuition hatte Jacob richtig gesehen und den Finger in die Wunde gelegt. Semi hatte die Schnauze voll von

Titeln, Obligationen, Derivaten und vor allem von diesen verfluchten CDO, ABS, Subprime, die jeden Tag mehr dem Klopapier ähnelten. Er hielt es nicht mehr aus, aufgeregte Millionäre zu beruhigen. Mit so allgemeinen, vorgeschobenen Argumenten, die nicht einmal einen naiven Jugendlichen überzeugt hätten, geschweige denn diese Haifische, die nach Menschenfleisch gierten. Er war es leid, täglich seinem Country Manager, einem unglaublich gnadenlosen Holländer, Rede und Antwort stehen zu müssen. Er hatte es satt, die ihm unterstehenden Personal Advisor hart antreiben, ja sogar bedrohen zu müssen, damit sie zu retten versuchten, was zu retten war. Mehr als einmal hatte Semi, wenn er morgens nach Nächten voller numerischer Albträume angsterfüllt aufwachte, das eitle Gefühl gehabt, das Schicksal des globalen Markts liege ganz und gar in seiner Hand.

Nein, das war kein Leben. Oder zumindest nicht das, was er sich so oft vorgestellt hatte, bevor er nach New York kam.

Es war, als ob die Euphorie, die Semi seit dem Tag atmete, als er in New York gelandet war, einer ständigen Panik gewichen wäre. Das Gefühl von Macht und Chance, das ihm der morgendliche Anblick des Citigroup Center – der schneeweiße Wolkenkratzer, der leuchtend und imposant in Midtown in die Höhe ragt und dessen Spitze aussah, als wäre sie von einem riesigen Buttermesser abgesplittert – in der ersten Zeit vermittelte, war durch ein vage bedrohliches Schwindelgefühl ersetzt worden, das Semi den ganzen Tag über nicht abschütteln konnte. Immer häufiger passierte es ihm, dass er um drei Uhr nachts aufwachte und auf dem vorsichtshalber noch angeschalteten Laptop einen Blick auf die Eröffnungen der europäischen Börsen warf. Und dass er von Verzweiflung gepackt wurde.

Nein, das war kein Leben. Zumal er keinerlei Garantie hatte, das Erdbeben heil zu überstehen. Sein alter Chef, ein junger Mann aus New York, der Mensch, den Semi ersetzt hatte, war von einem auf den anderen Tag rausgeworfen worden. Weil er einen Fehler gemacht hatte, den seine Vorgesetzten für inakzeptabel hielten. Haben diese Chefs denn eine Ahnung, wie viele Entscheidungen man den Tag über treffen musste? War es möglich, dass sie nicht begriffen haben, dass in einer solchen Konjunktur ein Fehler normal und strukturell angelegt war? Natürlich haben sie das begriffen. Leider kümmerte sie das überhaupt nicht. Und zwar, weil es das Wichtigste war, sich den Rücken freizuhalten und die Verantwortung auf den direkten Untergebenen abzuwälzen. An diesem Punkt der Geschichte konnte von Opferbereitschaft keine Rede mehr sein. Es war alles eine Frage von Skrupellosigkeit und Glück. Ein Kampfterrain, auf dem sich Semi, der Kämpfer, nicht wohl fühlte.

Der einzige Trost war, dass er sich als Teil einer kollektiven Ernüchterung fühlte. So viele junge Italiener, die mit dem Mythos von Gordon Gekko, dem legendären Protagonisten in Oliver Stones Film (seine berühmten Hosenträger muss man einfach mögen) aufwuchsen, waren am Ende des Jahrtausends in die Einzimmerwohnungen von Downtown geströmt. Hartnäckig davon überzeugt, dass sie dank des neuen Finanzkapitalismus eines Tages in einer Luxus-Loft am Central Park ihren amerikanischen Enkeln die Geschichte erzählen könnten, wie sie so stinkreich geworden waren.

Und die Italiener waren nicht die einzigen Beteiligten. Da waren Engländer, Franzosen, Deutsche, Inder, Koreaner ... Ja, sie kamen aus der ganzen Welt: Luxusemigranten, die dieselben Erfolgsträume im Kopf hatten, die vom selben globalen Zauber geweckt wurden. Sie waren so alt wie Semi. Sie waren in den Siebzigern geboren. Was bedeutete, dass sie dieselben Filme gesehen, dieselben Bücher gelesen, dieselbe Anzahl an Big Macs gegessen hatten.

Soweit Semi sehen konnte, waren sie die erste Generation in der Geschichte der Menschheit, die mit derselben unbekümmerten Regelmäßigkeit Flugzeuge benutzte wie die Pendler der vorhergehenden Generation Busse und Züge.

»Himmelspendler«, so nannte er sie. Junge Leute, für die kein Ort auf der Welt wirklich unerreichbar war. Junge Leute, für die das Frühstück in Paris, der Aperitif in Mailand und das Abendessen in New York, alles am selben Tag, einfach die Regel waren. Junge Leute, denen klar war, dass es gegen den Jetlag nichts Besseres gab als Schlaflosigkeit und Kokain. Als wäre Manhattan für diese jungen Leute nichts anderes als das treibende Zentrum, von dem alles ausging. Wenn du woanders hingehen wolltest, musstest du jedenfalls dort starten.

Semi lebte seit 2000 in Manhattan, und natürlich hatte er auch seine Momente gehabt, doch jetzt war er fertig. Schon seit einer ganzen Weile hielt er es nicht mehr aus, vierundzwanzig Stunden am Tag an dasselbe zu denken: wie er seinen Arsch retten konnte. Und seit einer ganzen Weile machte es ihm auch keinen Spaß mehr, von Leuten umgeben zu sein, die von ihm etwas verlangten, was er ihnen nicht mehr geben konnte. Und das Adrenalin, das die panische Angst erzeugte, rausgeworfen zu werden oder in seiner Bank einen verheerenden Schaden anzurichten, brachte ihn nicht mehr auf Touren, sondern es quälte ihn nur noch. Er fühlte sich nicht mehr als jemand Besonderes, wenn er freitagabends im letzten Moment Silvia anrief und ihr sagte: »Hör mal, meine Liebe, leider fliegt das Flugzeug heute Abend ohne mich … ja, ich weiß, mein Schatz, ich hatte dir versprochen, dass … aber es ist nicht meine Schuld … ja, ich muss nach Connecticut fahren und einen schwierigen Kunden besuchen … eine richtige Nervensäge. Ach komm, ich habe den Flug schon auf das nächste Wochenende umgebucht …«

Und dann kam auch das Heimweh. Jenes träge, anachronistische Gefühl, das ein Himmelspendler nie verspüren dürfte, hatte ihn hinterrücks überfallen. Nein, es stimmte nicht, was ihm gesagt wurde, dass New York die Macht habe, einem das Heimweh nach welchem Herkunftsort auch immer zu nehmen. Semi passierte das Gegenteil. Diese verfluchte Stadt verschaffte ihm nur neue Vorwände, Rom, Italien oder den

Dingen nachzuweinen, die er zurückgelassen hatte. Er hätte es nie für möglich gehalten, dass er sich so allein und verloren fühlte. Die Gewalt der Metropole, in der zu leben er beschlossen hatte, war dabei, ihn zu verschlingen. Diese ganzen Leute, die immer nur hinauf- und hinunterfuhren, hinauf und hinunter. Dieser ganze stinkende Rauch. Der eisige Wind im Winter, die glühende Hitze im Sommer. Semi brauchte Wärme. Nur ein wenig Wärme. Er wollte Silvia, er wollte Filippo. Er wollte seine Mama. Er wollte ein normales Essen, er hatte wirklich genug von diesem widerlichen chinesischen Imbissfraß. Das Sushi kam ihm schon zu den Ohren heraus.

Jawohl. Semi war erst fünfunddreißig Jahre alt und schon fertig.

Dann war da die Frage des Geldes. Seit seiner Beförderung verdiente Semi mehr oder weniger zehntausend Dollar im Monat und sein Vertrag beinhaltete einen beachtlichen Bonus nach Zielen. Ziele, die ihn jeden Tag mehr daran zweifeln ließen, dass es sinnvoll wäre, darauf zu hoffen, sie zu erreichen. Dann waren da noch die Vergünstigungen: der Lexus, die Krankenversicherung, die Firmen-Kreditkarte. Nein, er konnte sich nicht beklagen. Und doch blieb ihm am Ende des Monats fast nichts übrig. Diese blöde Stadt schien ausdrücklich dafür geschaffen zu sein, um Jungs mit Geld in der Tasche auszunehmen. Die Miete seines New Yorker Apartments, der Samstagmorgen, den er im Apple Store am Central Park verbrachte, die Leasingrate für das Auto, das er Silvia zu ihrem letzten Geburtstag geschenkt hatte. Und dann die Restaurants, seine heißgeliebten und ebenso verfluchten Musicals am Broadway, die Wochenenden in den Hamptons oder in Florida, die Flugtickets nach Italien (und jemand wie er, mit seinem Lebenslauf, flog Business Class. Der Gedanke, dass ihn einer seiner Freunde in der Economy Class erwischte, ließ ihn vor Scham erschaudern).

Und schließlich war da der Drang zum Geldausgeben, der ihn gepackt hatte, als er anfing, welches zu verdienen. Ein regelrechter Konsumrausch. Ständig belastete er seine Kreditkarte mit absurden und unnötigen Ausgaben. Kleidung, die er nie trug, Schuhe, Krawatten, Markenuhren, technologische Gadgets, seit neuestem auch eine Harley Davidson mit allen Schikanen, die er alles in allem vielleicht fünfmal aus der Garage geholt hatte … Soll man sich da wundern? Alle seine Kollegen lebten die Spannungen, denen sie bei der Arbeit ausgesetzt waren, mit irgendeiner Zwangsvorstellung aus. Manche waren von Sex besessen, andere von Koks oder Pillen, wieder andere von Massage, von Essen, von Sport, von Fitness, andere von einer absurden Form der Sammelwut. Wenn man es genau bedenkt, so gab es keinen, der nicht von irgendeiner Manie angesteckt war.

In diesem psychologischen Ambiente steckte Semi fest, als ihn Jacobs Vorschlag erreichte.

»Du kannst ein paar Monate darüber nachdenken«, wurde ihm gesagt. Und in dieser ganzen Zeit war für Semi alles nur noch schlechter geworden. Eines Morgens fürchtete er sogar, sein Chef habe ihn zu sich gerufen, um ihn im Namen des ganzen Ladens, für den er seit ganz schön vielen Jahren Blut gespuckt hatte, abzuservieren.

Und vor allem hatte Semi in diesen Monaten die Möglichkeit, über die Vorteile des neuen Arbeitsangebots nachzudenken. Er könnte nach Italien zurückkehren. Er hätte wieder Freizeit. Er könnte mit Silvia etwas Ernsthaftes aufziehen. Eine Wohnung, eine Familie, einen Alltag, der der Normalität ähnelte.

Er müsste nicht ständig in Angst leben. Er hätte es nur noch mit einem Chef zu tun und nicht mit einer Million Chefs. Und nach und nach, wenn er seine Sache gut machte, wäre er der Boss.

Ein eigenes, gutlaufendes Unternehmen, das sich seit einem halben Jahrhundert mit einer allgemein nützlichen Ware beschäftigte. Gut, in Ordnung, der Himmelspendler müsste sich etwas einschränken. Die Jagd nach dem Gold würde ins

Stocken geraten. Aber war er denn so sicher, dass die Dinge besser laufen würden, wenn er in New York bliebe? Wer gab ihm die Garantie, dass er früher oder später nicht wie sein letzter Chef enden würde, der von einem auf den anderen Tag hinausgeworfen wurde?

Wenn er manchmal am frühen Morgen in sein Büro kam, hatte er das schreckliche Gefühl, ein Bürokrat zu sein, der dafür bezahlt wurde – gemeinsam mit anderen Parasiten seines Schlages –, unbeholfen den Zusammenbruch eines gigantischen Imperiums zu betreiben. Und das war ein wirklich melancholisches Gefühl. Ein Gefühl, das im Gegensatz stand zum Drive unbekümmerter Allmacht, die dasselbe Büro zu Beginn seines Abenteuers in ihm ausgelöst hatte.

Schließlich hatte Samuel, von Zweifeln zerrissen, die Option gewählt, die ihm bequemer vorkam. Er hatte Jacobs Angebot angenommen.

Seitdem waren fast drei Jahre vergangen. Drei Jahre voller Zufriedenheit und interessanter Erfahrungen, in denen er sich in einer kleinen umkämpften Branche Ansehen erworben hatte. Drei Jahre, in denen der Himmelspendler in Begleitung seines neuen Pygmalions die Möglichkeit hatte, sonderbare Leute und ferne Länder kennenzulernen. Drei Jahre, die ihn nicht bereuen ließen, was er hinter sich gelassen hatte. Drei Jahre, in denen er Jacob nicht nur davon überzeugt hatte, ihm einen Großteil seiner Aufgaben zu überlassen, sondern auch, dass er sein Nachfolger werden sollte. Drei Jahre, die der Auftakt zu einem Glück hätten sein können, wenn Semi sich nicht, von einer plötzlichen Ungeduld und übermäßigen Gier getäuscht, auf ein äußerst riskantes Abenteuer ohne Absicherung eingelassen hätte. Wenn er, von einem Geschäft angelockt, das ihm so leicht vorkam, wie Jacob es für kompliziert hielt, nicht auf eigene Rechnung gehandelt hätte.

Und plötzlich war es, als hätte sich das Zeitknäuel um drei

Jahre zurückgespult. Was Semi seit einigen Wochen erlebte, ähnelte stark seiner seelischen Verfassung in den letzten Monaten in New York.

Obwohl es in Wirklichkeit viel schlimmer war.

In New York war Semi auch in dem Moment, als die Sache wirklich schlecht lief, der Meinung gewesen, es gäbe noch eine Alternative. Das Schlimmste, was er in New York riskiert hätte, war die fristlose Kündigung. Der Verlust seines Arbeitsplatzes. Eine demütigende Angelegenheit, die ihn in eine wirklich schwierige Lage gebracht hätte. Nichts mehr als das. In New York hätte keiner der Menschen, die ihn de facto hätten entlassen können, seine Ehrlichkeit in Frage gestellt. Und keiner hätte ihn, um ihn hinauszuwerfen, mit einer Pistole bedroht.

Vielleicht war das, was hier ablief, nur eine wertvolle Lektion in Anthropologie: der Unterschied zwischen Zivilisation und Barbarei. Es ist überhaupt keine Frage von Groll. Das Maß an Groll, den Menschen erreichen können, ist immer dasselbe: zu allen Zeiten, auf allen Breitengraden. Was die Barbarei von der Zivilisation unterscheidet, ist die Fähigkeit Letzterer, der rohen Gewalt eine vornehme Gestalt zu verleihen.

Und wenn man es genau bedenkt, in der Art, wie dieser Kerl in der Tasche seines falschen schwarzen Armani-Jacketts herumwühlte, als würde er seine Brille suchen, lag überhaupt nichts Vornehmes; auch nicht in der Art, wie er, als wäre es das Normalste auf der Welt, eine Pistole herauszog. Semi hatte sich gewiss nicht von der aseptischen Umgebung täuschen lassen, die als Hintergrund dieser Szene diente: die soundsovielte Lobby des soundsovielten InterContinental.

Dort hätte Semi seinen Kontaktmann treffen sollen, einen gewissen Olim Aripow (ein angeblicher Cousin des Außenministers). Dort hatte Semi den ganzen Morgen auf ihn gewartet, während er spürte, wie die Angst in seinem Bauch stärker wurde.

Er war am vorherigen Nachmittag mitten in einem Schneesturm gelandet. Als die Tupolew in den schweren Wolken herumhüpfte, hatte Semi einen Moment lang gehofft, sie würde abstürzen. In der Nacht war die Temperatur auf zehn Grad unter Null gesunken. Alles an diesem Tag in Taschkent sah feindselig und ungastlich aus. Außer der großen, mit Stoffen und Teppichen behangenen Lobby.

Semi fürchtete, er würde Probleme haben, Aripow zu erkennen. Er hatte ihn nur auf Skype gesehen. Ein glatzköpfiges Männlein mit tartarischen Gesichtszügen und von der Sonne gegerbter Haut. Der aber dennoch etwas Beruhigendes, fast Kindliches ausstrahlte. Vielleicht wegen seiner sanften, flötenden Stimme oder wegen seines einfachen Englisch. Auf diesen Typ hatte Semi über vier Stunden gewartet, während er mehrmals versuchte, ihn auf dem Handy zu erreichen. Um die nervige Wartezeit zu überbrücken, hatte er ein paar Biere, mehrere Tassen Tee und ein halbes Dutzend Kaffees gekippt. Und obwohl er dringend auf die Toilette musste, hatte er stoisch auf seinem Platz ausgeharrt. Inzwischen hatte er mehrmals die Sätze wiederholt, die er sich zurechtgelegt hatte: »So verhält man sich nicht. So läuft das nicht«, würde er zu ihm sagen. »Bei mir werden so keine Geschäfte gemacht.« Und als er sie sich so oft vorsagte, begriff er, wie falsch sie waren. Wenn einer sich angesichts der Umstände falsch verhalten hatte, wenn einer so naiv gewesen war, wenn einer die Sache nicht richtig gemacht hatte, dann war er das.

Er und kein anderer. Das ganze Geld vorschießen. Sich bis an den Hals verschulden, um das Geld aufzutreiben. Das Haus, das Rachel ihm überschrieben hatte, mit einer Hypothek belasten. Nein, das war kein professionelles Verhalten. In New York hätte er aus weit geringerem Anlass Arschtritte kassiert.

»Mister Pontecorvo.«

Semi begriff sofort, dass der Kerl, der vor ihm aufragte, nicht Aripow war (außer Aripow hätte in der Zwischenzeit um dreißig Kilo zugenommen und sich graue Haare implantieren lassen), aber auch, dass er mit seinem düsteren »Mister Pontecorvo« sein ganzes Englisch ausgeschöpft hatte. Das hieß, er war nicht gekommen, um Konversation zu betreiben.

*»Yes, I'm Samuel Pontecorvo … I'm waiting for Mister Aripow … I had an appointment with Mister Aripow … Do you know where he is … Could you tell me, please …«*

Schließlich wurde Semi klar, dass es nichts weiter über das Geschäft seines Lebens zu erfahren gab als diese Pistole, die dieser lakonische Mann aus der Steppe plötzlich auf seine Hoden richtete.

# DRITTER TEIL

# 1986–2011: DAS FEUER DER ERINNERUNG

Das drohende Gespenst des Weihnachtsfestes machte es in diesem Jahr noch deutlicher: die ganze Vorstellung von Regeln war einer radikalen Revision unterzogen worden.

Das Jahr 1986 ging auf unvorhersehbare Weise zu Ende: seit fünf Monaten hatte Leo Pontecorvo, beschuldigt, mit der Freundin seines dreizehnjährigen Sohnes Samuel unzüchtige Briefe gewechselt zu haben, im Souterrain Zuflucht gesucht. Seitdem gab es keinen Kontakt zwischen dem Eingeschlossenen und den Menschen im oberen Stock. Und doch war es, als ob Rachel mitten in einem Bombenangriff, anstatt ihre Jungs zu packen und so schnell wie möglich zu fliehen, dableiben und kontrollieren würde, ob ihre Hemdkragen in Ordnung sind.

Schon seit Ende November ließ Rachel nämlich keine Gelegenheit aus, das Fest zu erwähnen, das die Rubens jedes Jahr zu Beginn der Weihnachtsferien in ihrer Villa organisierten, die ein paar Meter, ein Dutzend Straßenschwellen und hundert Jahre vom Haus der Pontecorvos entfernt lag.

Das Ganze war noch merkwürdiger. Denn Rachel hatte dieses Fest nie recht gefallen, obwohl sie Filippo und Samuel nie verboten hatte, daran teilzunehmen. So wie ihr auch diejenigen nicht gefielen, die es organisierten, daran teilnahmen, und jeder, der begeistert davon sprach.

Und doch waren das Tage, an denen sie in ihrer verhohlenen Aufdringlichkeit jeden Vorwand nutzte, um ihren

Kindern unnötige Fragen über das Fest zu stellen, in der Furcht, von einem Augenblick auf den anderen von einem »Nein, Mama, dieses Jahr will ich nicht hingehen«, das einer von beiden in entschiedenem Ton äußerte, kalt erwischt zu werden. Ein Satz, der sie angesichts der Umstände mutlos gemacht hätte.

Andererseits hätten sich Filippo und Samuel über einen offensichtlichen Sinneswandel ihrer Mutter sehr gewundert, wäre dies ein Jahr wie jedes andere gewesen, an dem die Dinge halbwegs so gelaufen wären:

An einem Samstagmorgen hätte ihnen eine genervte Rachel verkündet, dass sie an diesem Tag nicht in die Schule gehen würden. Die beiden Brüder, die kein komplizenhaftes Augenzwinkern benötigten, würden dies auf das Donnergrollen zurückführen, das am Abend zuvor aus dem elterlichen Schlafzimmer gekommen war. Offenbar waren Vater und Mutter mit dem üblichen Dezemberstreit beschäftigt: Leo wollte den freien Tag von der Klinik damit verbringen, mit den Jungs shoppen zu gehen und ihnen einen Blazer zu kaufen, den sie zum Fest bei den Rubens tragen sollten. Rachel zweifelte daran, dass ein Blazer eine angemessene Rechtfertigung wäre, um in der Schule zu fehlen, und war sich sicher, dass die Rubens nicht so viel Aufmerksamkeit verdienten.

Auch in einer so wichtigen Frage wie den Erholungspausen der Jungs, wie auch in allem anderen, hatten Ehemann und Ehefrau unterschiedliche Vorstellungen. Rachel war ebenso eifrig davon überzeugt, dass keine Zerstreuung einen verlorenen Schultag wert sei, wie Leo behauptete, eine akademische Aufgabe, die so dringlich sei, dass sie der unbedeutendsten Abwechslung vorzuziehen wäre, müsse erst noch erfunden werden. Das musste wohl der Anlass für die Auseinandersetzung am Vorabend gewesen sein. Und dass Leo als Sieger daraus hervorgegangen war, hing sicherlich damit zusammen, dass er sich schließlich auf das einzige Argument berufen haben musste, das bei seiner Frau zog: *er* war nie mit den Jungs zusammen. *Sie* sah sie viel öfter. Er könne nicht glauben, dass sie ihn im Namen der bornierten Schulordnung daran hinderte …

Das war das erpresserische Herz-As, das Leo, einen Zentimeter von der Niederlage entfernt, auf den Spieltisch geworfen hatte. Er kassierte dafür im letzten Moment einen Sieg, dessen Nebeneffekt die schlechte Laune seiner Frau war, die er in den folgenden Tagen aushalten musste.

Wer weiß, durch welche meteorologische Alchemie sich die Dezembersamstage stets als strahlend erwiesen: jedes Mal zeigte das vom Schlafzimmerfenster der Jungs eingerahmte Stück Himmel ein so stolzes Blau, dass es wie frisch gemalt aussah. In einem solchen Zusammenhang war es auch nicht so unverständlich, dass ihr Vater ohne Vorwarnung auf der Bildfläche erschien, und zwar in Sportkleidung, deren Farbe zwischen Sonnenblumengelb und Tabakbraun schwankte, und sie ungeduldig aufforderte:

»Seid ihr fertig?«

Wenn man ihn so auf der Schwelle sah, hätte man ihn für zufrieden halten können. Mit seinen fast fünfzig Jahren, dem körperlichen Überschwang, dem vielschichtigen Duft, den er hinterließ – nach Limette, erloschener Zigarre, geschlürftem Kaffee. Zufrieden damit, dass er kurz davor war, ganz schön viel Kohle für zwei Blazer aus dem Fenster zu werfen, den seine Söhne insgesamt dreimal tragen würden; und mehr als alles andere froh darüber, dass die abstrakte und entschieden wohlwollende Vorstellung, die er gern von sich kultivierte, eine beruhigende Bestätigung im Spiegel fand, der dort hingestellt war, um den Jungs vorzumachen, sie besäßen das größte Zimmer des Hauses.

Diese Shopping-Vormittage mit Leo erwiesen sich als hektischer als alles andere. Man hatte das Gittertor der Olgiata noch nicht einmal in die eine Richtung passiert, da kam man schon wieder aus der anderen zurück. Die Beute aus dem blitzartigen Raubzug in einem atemlosen und euphorischen Rom war in die Handvoll Tüten gepresst, die Leo, kaum war er zu Hause, zum Beweis seines unfehlbar guten Geschmacks gerne vor Rachel ausleerte.

Gewöhnlich fand Leos improvisiertes Defilé für seine skeptische Ehefrau seinen Höhepunkt in der Zurschaustellung der erlesenen Stücke: da sind sie endlich, eines neben dem anderen – Zwillingszwerge – die Blazer, die es Semi und Filippo erlauben würden, auch dieses Jahr im Hause der Rubens keine schlechte Figur abzugeben.

Es war also mehr als wahrscheinlich, dass an diesem Weihnachtsfest – Weihnachten 1986 – Filippo und Samuel gezwungen sein würden, ein weiteres Mal die Blazer vom Vorjahr zu tragen.

Lässt man die Monate Revue passieren, die Leo im Souterrain verbrachte, so war das Merkwürdige nicht die Anschuldigung an sich, so schrecklich sie auch sein mochte. Sondern höchstens die Tatsache, dass er in der ganzen Zeit nicht die Notwendigkeit verspürt hatte, seine Nase aus seinem Zufluchtsort hinauszustrecken, um sich gegenüber den Bewohnern des oberen Stockwerks zu rechtfertigen. Und dass andererseits keiner von ihnen den Mut gefunden hatte, die Distanz des Treppenhauses, die sie vom Eingeschlossenen trennte, zu überwinden, um ihn für das, was er getan hatte, zur Rechenschaft zu ziehen. Es war unglaublich, dass eine Familie, die so sehr zum Blabla neigte, sich beim ersten wirklich interessanten Thema in ein gelinde gesagt dumpfes Schweigen hüllte.

Mir ist klar, dass es leichtfertig klingt, aber ich fürchte, ich liege nicht falsch, wenn ich dem Fernsehen die Schuld gebe. Wäre die Meldung über das, was Leo getan hatte (oder zumindest, was diese Göre ihn beschuldigte, getan zu haben), nicht eines schönen Juliabends vom Sprecher der verlässlichen Zwanzig-Uhr-Nachrichtensendung hinterrücks hingeknallt worden, und hätte die Familie, die zum Abendessen um den Küchentisch saß, nicht so überrumpelt, dann wären die Dinge vielleicht (mir bleibt nur die Vermutung) anders verlaufen.

Man kann diese Geschichte nicht verstehen, ohne genau den Kontrast zwischen dem Schrecken, der sie zu Hause vor dem Fernseher erreichte, und dem romantischen Sonnenuntergang, der sich vor dem offenen Fenster abspielte, zu berücksichtigen. Es war dieser Kontrast – das Trauma dieses Kontrasts –, der Leos Flucht ins Souterrain unvermeidlich machte, und auch die Tatsache so normal, dass es niemandem in den Sinn kam, ihm zu folgen: weder damals, noch später.

In der Zwischenzeit hatte es Rachel, die an vorderster Front stand, während sich ihr Mann in die Etappe flüchtete, mit einer regelrechten Belagerung zu tun. Da war das verdammte Telefon, das unaufhörlich klingelte, als wollte es damit die außerordentliche Zahl an Bekannten vor dem Fernseher kundtun. Da war eine persönliche, verheerende Bestürzung über einen Verrat hoch zehn, den sich ihre Phantasie als anständiges Mädchen nie hätte vorstellen können. Und da waren vor allem ihre Söhne (was hätte sie Semi sagen sollen?), die dastanden und warteten, dass sie etwas tat oder zumindest sagte.

Doch obwohl sie nichts zu sagen hatte, musste sie doch schließlich etwas tun. Und zwar genau das, was jedes Säugetierweibchen tun würde, wenn ihre Jungen in Gefahr sind. Sie drückte sie an sich. Sie umarmte sie, um sie vor einer ebenso vagen wie speziellen Bedrohung zu schützen. Dabei wusste sie, dass diese Umarmung nicht weniger unnütz war als das solidarische und instinktive Bedürfnis, die Hand deines Nachbarn zu ergreifen, wenn das Flugzeug abstürzt.

Dann brachte sie sie in ihre Höhle, wo sie sich einbildete, sie mit zwei großen Tassen Kamillentee betäubt zu haben, und legte sie neben sich in den Teil des Ehebettes, das unglücklicherweise leer blieb. Keine Fragen, kein Weinen. Die finstere Stille, in der alles versank, und die Schwüle einer Julinacht, die sie gehörig einhüllte und durchtränkte. Auf die das Erwachen in einem Haus folgte, das zwar dasselbe war, in dem aber nichts mehr wie früher aussah.

Eines Morgens Ende November, fünf Monate nach dem offiziellen Beginn der Katastrophe, stellt Rachel, als sie plötzlich aufwacht, mit beängstigender Präzision fest, wie unvernünftig es ist, dass ihr Mann die ganze Zeit zur Strafe da unten sitzt, während sie hier oben weiterhin so lebt, als wäre nichts geschehen.

Als sie ihren Kopf vom Kissen hebt, erkennt Rachel: wenn sich diese groteske Situation verschlimmert hat, dann ist das vor allem ihre Schuld. Nun weiß sie (in Wirklichkeit wusste sie es schon immer), dass sie den ersten Zug machen muss. Ihr Mann ist kein Typ für erste Züge. So unternehmungslustig (an der Grenze zum Leichtsinn) er in der Ausübung seines Berufs als Arzt oder in der Wahl eines exotischen Gerichts im Restaurant ist, so träge ist er in allem anderen.

Plötzlich begreift Rachel, warum sie so bedrückt erwacht ist: bis gestern Abend war sie sich sicher, zu wissen, was im Kopf ihres Mannes vorging. Sie verspürte sozusagen den Schauder seiner Demütigung, die jungenhafte Angst vor der Schande, wie Dampf aus einem Vulkan aus dem Souterrain aufsteigen, in das er gegangen war, um zu büßen … Dieses Bewusstsein hatte ihr Kraft gegeben. Es hatte ihr vorgemacht, aus der Distanz kontrollieren zu können (sie, die Königin der Kontrolle).

An diesem Morgen hat sich etwas verändert.

Es ist, als ob es ihr auf einmal unmöglich wäre, sich in ihren Mann hineinzuversetzen, unmöglich, sich vorzustellen, dass Leo dort unten sitzt, und sogar dass er noch existiert. Es ist, als habe sich ihnen im Laufe einer einzigen Nacht der Aberglaube mit all seinen irrationalen Ängsten in den Weg gestellt.

Ich habe zwar geschrieben, »im Laufe einer einzigen

Nacht«, aber ich glaube, das ist ungenau. In Wirklichkeit hat Rachel gerade begriffen, dass der Aberglaube schon immer da war. Das Blöde ist nur, dass sie erst heute Morgen den Mut gefunden hat, ihm in die Augen zu blicken.

Was hat sie in diesen verrückten Monaten daran gehindert, ihrem Impuls nachzugeben und den Stier bei den Hörnern zu packen? Die Treppe hinunterzugehen, die Tür zu öffnen, die schicksalhaften Worte auszusprechen: »Okay, jetzt reicht's. Wollen wir darüber sprechen?«

Obwohl sie die tiefen Beweggründe dieser ganzen Dummheit nicht kennt, glaubt sie, dass sich bei jeder passenden Gelegenheit eine neue Störung mit höhnischer Pünktlichkeit zwischen sie und ihren Mann geschoben hat. Wenn man es genau bedenkt, waren die letzten Monate ein ständiges Wechselbad aus Hoffnung und Enttäuschung. Aus Absichten und ihrem Scheitern …

Auch als *er* ein Lebenszeichen von sich gab.

Jawohl: eines Nachmittags taucht er in der Küche auf, und als ob nichts wäre, sagt er zu ihr, er brauche einen Haufen Geld, um seinen Anwalt zu bezahlen. Sie kann gerade noch ein »in Ordnung« nuscheln, da ist er schon wieder weg, als erwarte er keine Antwort, als sei er überzeugt, alles gesagt zu haben, was es zu sagen gab. Von einer merkwürdigen Hoffnung getrieben, beauftragt Rachel sofort Telma, das philippinische Hausmädchen, im Esszimmer für vier Personen den Tisch zu decken.

Als sich später die Jungs an den Tisch setzen und das zusätzliche Gedeck sehen, stellen sie Rachel keine Fragen, aber sie erahnt ihre Verstörung. Alle drei sitzen eine Weile stumm da und warten ab. Rachel ist noch davon überzeugt, dass Leo gleich heraufkommen wird, dass der Zauber seines Eingeschlossenseins vom Hilferuf in Form einer Geldforderung durchbrochen worden sei. Also fragt Telma: »Was soll ich nun machen, Signora?« Zunächst denkt Rachel einen Augenblick nach, dann sieht sie auf die Uhr, wirft einen verstohlenen

Blick auf die flehenden Gesichter der Jungs und sagt schließlich: »Warten wir noch ein paar Minuten.« Zehn Minuten vergehen und Telma steht wieder vor ihr, voller Sorge, dass das Essen kalt wird. Dieses Mal kann Rachel nichts anderes tun, als sich zu ergeben: »Tragen sie ruhig auf.« Doch als sie sieht, wie der mürrische Samuel lustlos an den gebratenen Zucchini herumschnippelt, begreift sie, wie falsch es war, einer lächerlichen Hoffnung Glauben zu schenken.

Eines Tages (einige Monate später) hat Rachel das Gefühl, es ist Zeit, die Initiative zu ergreifen. Schluss, so kann es nicht weitergehen. Sie beginnt sich vor den Jungs zu schämen. Sie ist dankbar, dass sie ihr keine Fragen stellen. Auch wenn sie davon überzeugt ist, dass die Situation sich lösen würde, wenn sie sie etwas fragten. Sie hat eine solche Sehnsucht nach ihrem vorherigen Leben und ein solches Bedürfnis, aus dem Sumpf herauszukommen!

So denkt sie an diesem Tag, nachdem sie die Jungs bei Freunden auf dem Land abgesetzt hat, nur daran, wie sie im Laufe des Wochenendes dem Albtraum ein Ende setzen kann.

Sie kommt nach Hause. Sie trägt einen Shetland-Pullover und Jeans. Lustlos isst sie einen Teller Nudeln, den Telma zubereitet hat. Sie trinkt einen Kaffee. Dann wartet sie, dass Telma mit dem Geschirrspülen fertig ist und schlafen geht. Nun füllt sie ein Tablett mit Gruyère, Mozzarella und Tomaten, ein Brötchen mit Oliven und ein Stück Schokomandelkuchen. Alles Dinge, die Leo gern mag. Es ist alles fertig, das Tablett schon in der Hand, als Rachel von einer Angstattacke gepackt wird. Sie stellt das Tablett ab. Sie macht Wasser heiß für einen Kräutertee. Sie hätte keinen Kaffee trinken sollen, jetzt ist sie so aufgedreht.

Um den Kräutertee zu trinken, setzt sie sich hin, schaltet den Fernseher an, stellt den Ton leise. Sie hat gerade wieder das Tablett in die Hand genommen, da kommt im Fernsehen ein Kerl, der aussieht wie Leo. Nein, er sieht nicht so aus wie Leo, es ist Leo. Einen Moment lang fragte sich Rachel, ob sie vor dem Bildschirm und ihr Mann dahinter nicht die Protagonisten in einem übernatürlichen Phänomen sind. Ach was, sie träumt doch nicht. Im dritten Programm zeigen sie einen Hintergrundbericht über den Prozess gegen Leo Pontecorvo. Leos hässliche Geschichte ist immer noch unerhört populär. Aber das ist nicht die störende Seite dieser Angelegenheit. An bestimmte Dinge hat Rachel sich gewöhnt. Das Schlimmste ist, dass dieser Typ, der in einem Gerichtssaal auf der Anklagebank sitzt, mit Leo nur einige körperliche Züge und natürlich die Personalien teilt. Der im Fernsehen ist ein alter, ausdrucksloser, ernster Leo, der in einer Art lächerlichem Trainingsanzug steckt. Er hat eine Fischermütze auf. Sein Bart, den er sich wachsen ließ, ist struppig und grau.

Ist es möglich, dass er in wenigen Monaten so heruntergekommen ist?

Rachel stellt das Tablett wieder ab und läuft zum Fernseher, um ihn auszuschalten. Aber das genügt nicht: Leos verzerrtes Bild lässt sie nicht in Ruhe. Es quält sie. Die Vorstellung, dass hinter der Tür nicht mehr Leo ist, sondern dieser abgemagerte Zausel mit einer lächerlichen Mütze, erschreckt sie. Und genau jetzt begreift sie (genauer gesagt, erinnert sie sich), warum sie ihn dort unten vergammeln ließ.

Unangemessenheit. Es gibt kein anderes Wort dafür. Leo hat wirklich nichts damit zu tun, was ihm passiert ist.

Rachel denkt an ihre erste Begegnung an der Universität. Sie, eine unerfahrene Medizinstudentin im ersten Semester, erkennt am Pult diesen Jungen (ja, sie kann ihn kaum als Mann bezeichnen), der sein Wissen so warmherzig und glänzend verbreitet. Sie weiß, dass er Leo Pontecorvo heißt, dass er aus dem Milieu kommt, Sprössling einer der großspurigen römisch-jüdischen Familien. Sie weiß noch, dass sie ihn nur einmal in der Synagoge bei einer Hochzeit gesehen hat, und dass sie dachte, wie schön es doch wäre, einen wie ihn zu heiraten. Und jetzt sieht sie ihn vor sich am Pult. Obwohl er noch sehr jung ist, strahlt der angehende Professor eine solche Leidenschaft und eine solche Autorität aus, dass alle Studenten bezaubert sind. Rachel fragt sich, ob sein Geheimnis in seiner Stattlichkeit oder in seiner aristokratischen Distanz liegt. Oder in beidem zusammen? Er ist so schön, so elegant, so kultiviert, so ironisch. Und so verliebt sich Rachel und teilt dieses Gefühl mit einem weiteren Dutzend Mädchen aus demselben Seminar.

Aber sie hatte ihn sich geschnappt. Sie hatte ihn geheiratet. Hatte ihm zwei Kinder geschenkt. Hatte gelernt, all das kennenzulernen, was bei ihm funktionierte und was nicht ging. Ab und zu stellte sich Rachel – bevor diese hässliche Geschichte alles schmutzig machte – gern vor, dass eine Kommilitonin aus ihrem Kurs, die damals auch in diesen jungen Dozenten verliebt war, sie fragte: »Also, wie ist es denn, mit Leo Pontecorvo verheiratet zu sein?«

Rachel spürte, wie sehr eine solche Frage sie in die Krise stürzen würde. Wie mühsam es wäre, dieser alten Kommilitonin begreiflich zu machen, warum sie, Rachel Spizzichino in Pontecorvo den Eindruck hatte, Leo jede Stunde etwas mehr zu lieben. Nein, sein stattliches Aussehen hatte damit nichts zu tun, ganz zu schweigen von seinem intellektuellen Glanz. Okay, sein Reichtum hatte ihr das Leben bequemer und freier gemacht, aber mehr auch nicht, und die tausend beruflichen Auszeichnungen ihres Mannes hatten sie zumindest ein paar Stunden lang mit Stolz erfüllt. Doch wie sollte sie ihrer Freundin erklären, dass diese ganze Pracht nur das funkelnde Schmuckkästchen war, in dem ihre Liebe zu Leo aufbewahrt wurde? Der Grund, warum sie ihn so liebte, war so lächerlich, dass sie Mühe hatte, es sogar sich selbst einzugestehen. Rachel liebte Leo, weil er gut war. Ja, er war der beste Mensch, den sie je kennengelernt hatte. Das Schöne war, dass er es nicht wusste. Und doch gab es weit und breit kein Wesen mit ebenso beispielhaften Gefühlen. Leo war unfähig zum Neid und wusste nicht, was Groll war. Er war allergisch gegen jeden missverständlichen und unklaren Gedanken. Er verabscheute es, schlecht über andere zu reden. Leo vertraute den Menschen. Leo liebte die Menschen. Leo war der Erste, der einen Plan B forderte, wenn jemand in der Sackgasse steckte. Und vielleicht machte ihn dies alles zu einem großen Arzt, einem Therapeuten, der fähig ist, seinen aberwitzigen Optimismus in Unternehmungslust zu verwandeln. Was ihn zu einem phantastischen Ehemann und vor allem zu einem phantastischen Vater machte.

Und das war der springende Punkt: wie war es möglich, dass ein solcher Mann sich in eine so zweideutige Situation gebracht hatte? Wie war es möglich, dass ein solcher Vater mit der zwölfjährigen Freundin seines Sohnes Briefe ausgetauscht hatte? Dass er die ganze Zeit die Menschen betrügen konnte, die zu schützen er verpflichtet war? Wie konnte er diesen ganzen Dreck nach Hause gebracht haben?

Schuldig? Unschuldig? Rachel schaffte es nicht einmal, sich die Frage zu stellen. Jedenfalls war der große Verrat, der eigentliche Verrat bereits vollzogen. Und dieser Verrat war sogar noch schwerwiegender als jeder Ehebruch mit irgendeinem Mädchen. Es war der Verrat an sich selbst. Oder besser gesagt, der Verrat an ihrer Vorstellung von ihm, für die sie ein ganzes Leben lang gebraucht hatte.

Nun gut, sie musste Leo nur so heruntergekommen im Fernsehen anschauen, um noch einmal, mit erneuter Heftigkeit, das Gefühl der Unangemessenheit zu verspüren, das sie bisher daran gehindert hatte, auf ihn zuzugehen. Sie musste ihn nur im Fernsehen erblicken, so erschreckend anders als er selbst, um noch einmal die Demütigung des Betrugs, den Zorn des Verrats zu verspüren.

Es bleibt ihr nichts anderes übrig, als das Tablett am üblichen Platz stehen zu lassen und zu Bett zu gehen. Sie ist wieder einmal gescheitert.

Seit diesem Fiasko sind zwei Wochen vergangen, als Rachel, auf dem Gipfel der Unruhe, beschließt, ihr Bett zu verlassen.

Sie reißt die Fenster auf, und wetterfühlig, wie sie ist, sucht sie in der Klarheit des Himmels Trost. Der November ist stürmisch gewesen. Vor allem in den letzten Tagen hat dieser Himmel, der jetzt so unschuldig aussieht, ein Meer an Regen vergossen, das ausgereicht hätte, den Durst des ganzen afrikanischen Kontinents zu stillen.

Rachel geht in die Küche und sieht ihn.

Auf der Treppe zum Souterrain eingenickt, als würde er das Grab bewachen, in dem sein Vater sich selbst beigesetzt hat, sitzt Filippo schwer atmend wie jemand, der schlecht schlafen kann.

»Was ist mit dir?«

»Ich bin eingeschlafen«, sagt er und streckt sich.

»Auf der Treppe? Bei der Kälte?«

»Ja, auf der Treppe. Bei der Kälte. Ist das verboten?«

»Nein, mein Schatz, das ist nicht verboten. Es ist nur etwas merkwürdig.«

»Hier drinnen ist alles merkwürdig.«

»Entschuldige mal, in deinem Bett kannst du nicht schlafen, aber hier kannst du schlafen?«

»Ja, hier kann ich schlafen … was kann ich dafür?«

»Konntest du nicht zum Schlafen zu mir kommen?«

»Dazu hatte ich keine Lust.«

»Du weißt, du kannst mich wecken, wann du willst. Ich schlafe sowieso gleich wieder ein … Stell dir vor, dein Bruder macht das fast jede Nacht.«

»Ich habe nicht gesagt, dass ich Angst habe, dich aufzuwecken. Ich habe gesagt, dass ich keine Lust hatte, bei dir zu schlafen.«

Das war die Antwort ihres pedantischen Sohnes.

Fünfzehn Jahre. So alt ist Filippo. Und scheinbar hat er sie dazu benutzt, um die harte Effizienz seiner Ehrlichkeit zu verfeinern.

»Ich weiß, wenn ich zu schnarchen anfange …«

»Das ist es nicht, Mama.«

(Es ist immer bewegend, wenn er dich »Mama« ruft und du es am wenigsten erwartest.)

»Und was ist es dann?«

»Nichts.«

»Los, sag schon. Ich will es nur verstehen.« Und sie geht zu ihm hin, um ihn zu umarmen, mit einer instinktiven zärtlichen Bewegung für den – durch die außerhalb des Bettes verbrachte Nacht – steif gewordenen Körper ihres Sohnes. Doch mit einer Abwehrreaktion, die eines Rugbyspielers würdig wäre, weicht dieser dem Zugriff aus. Und Rachel bleibt in einer etwas komischen Position zurück, wie schüchterne Jungen, die, wenn sie ein Mädchen nach dem ersten Rendezvous nach Hause bringen und sich entschließen, es zu küssen, während es schon mit einem Bein aus dem Auto ausgestiegen ist.

»Also komm, sag mir, was ich falsch mache«, fordert sie ihn heraus, wobei sie versucht, ihrer Stimme einen scherzhaften Ton zu geben.

»Willst du das wirklich wissen?«

»Natürlich will ich das wissen.«

»Alles machst du falsch.«

Und um ihr klarzumachen, dass er keinesfalls zum Scherzen aufgelegt ist, verlässt Filippo, nachdem er den Spruch losgeworden ist, theatralisch den Ort des Geschehens.

So also beginnt dieser spätherbstliche Tag, der Tag der Großen Bewusstwerdung: mit dem Wind, der vor den Fenstern herumtönt, und dem Sohn, der eine surreale Diskussion mit einer radikalen und kränkenden Aussage beendet.

Als Rachel im selben Alter war, in dem Filippo sich nun abmühte, gingen ihr oft Phantasien im Kopf herum über die Kinder, die sie einmal haben würde. Jedes Mal sagte sie sich, dass sie alles für sie tun würde. Sie würde sich völlig anders verhalten als ihre Eltern. Am Tag, an dem sie ihren Mister Traummann heiraten würde, der (ganz sicher) da draußen auf sie wartete, wäre Rachel Spizzichino keine Halbtagsmutter.

Dreißig Jahre später muss Rachel zur Kenntnis nehmen, dass das Leben ihr diesen resoluten und mürrischen Jungen geschenkt hat, der ganz und gar nicht dem Jungen ähnelte, den sie sich so vage vorgestellt hatte. Der Sohn, der ihrer jugendlichen Phantasie entsprang, war ein so passiver und liebebedürftiger Kleiner, der nie die Dienste seiner kleinen Mama ablehnen würde. Offenbar war Rachel so sehr von der Vorstellung ergriffen, was sie ihrem Sohn alles schenken würde, dass sie nicht die Kraft hatte zu erahnen, dass er ihr die kindlichste Absage überhaupt erteilen könnte. Sie hatte die größte Gewalttat nicht in Betracht gezogen, die ein heranwachsender Sohn einem antun kann: deine Hilfe ablehnen, sie dir ins Gesicht zu knallen. Da ist er, Filippo, in die Rolle des zornigen und urteilenden Asketen geschlüpft, dem die Großzügigkeit einer märchenhaften Mama ziemlich egal ist.

»Alles machst du falsch.«

Das hat er zu ihr gesagt, mit eiserner Miene. Und das Schlimme ist, er hat es ihr gerade im schlechtesten Moment gesagt: als sie nicht weiß, woher sie die Kraft nehmen soll, um ihm zu widersprechen. In ihrem Schlafzimmer stößt sie wieder einmal auf Leos eisige Abwesenheit.

Gewöhnlich wird sie immer dann von diesen Krisen gepackt, wenn sie die Augen auf macht, an der dramatischen Schwelle zwischen Schlaf und Wachzustand, in dem Moment, in dem die Begriffe von Raum und Zeit ineinanderzustürzen scheinen, und in denen das Bewusstsein die plötzliche Illusion hegt (auf die eine schreckliche Enttäuschung folgt), dass deine Lieben, die seit Jahrzehnten tot sind, sich noch bester Gesundheit erfreuen. Das sind die Momente, in denen Rachel am verletzlichsten ist.

Die Wahrheit ist, dass es nicht so furchtbar ist, ohne Leo abends ins Bett zu gehen, als aufzuwachen und ihn nicht neben sich zu haben. Die Augen zu öffnen und festzustellen, dass er nicht da ist – als wäre er zu einer langen Reise aufgebrochen oder als wäre er gestorben –, bereitet ihr einen so grauenhaften Schmerz, dass Rachel ihren Kopf auf die andere Seite drehen muss. Es nützt nichts: das höhnische Gespenst des »Es war einmal …« verschwindet nicht. Es ist immer noch da, es schwebt in der Luft, und so sehr sie es auch zu ignorieren versucht, es hört nicht auf, ihr ins Ohr zu flüstern, wie rührend (zumindest in der Erinnerung) doch die Morgen waren, an denen sie aus dem Bett schlüpfte und darauf achtete, ihn nicht zu wecken …

Üblicherweise muss sich Rachel nur unter die Dusche stellen, um die bösen Gedanken loszuwerden: der heiße Wasserstrahl spült jeden Bodensatz von Sentimentalität und Verzweiflung weg.

Wenn sie im Morgenmantel aus dem Badezimmer kommt, schweift ihr Blick immer noch zum Fenster hinaus und verweilt länger als nötig auf der ehrwürdigen Platane hinten im Garten, die, von den plötzlichen Böen geschüttelt, wie ein alter, von hysterischen Anfällen gepackter Grantler ist. Sie wendet den Blick anderswo hin, stößt aber nur auf Leos Kleidung, die seelenruhig in der Schrankwand hängt. Wer weiß, warum sich diese Kleider für die falsche Jahreszeit, obwohl sie sich in diesen ganzen Monaten nicht von der Stelle bewegt haben, gerade heute als so redselig erweisen. Die Verschwörung der Dinge.

Während sie sich rasch anzieht, beschließt sie in einer Rachelschen Entscheidungswut, dass sie vor Weihnachten einen Weg finden wird, sich von Leos Kleidung zu befreien. Und einen Moment lang bildet sie sich ein, dies würde genügen.

Doch an diesem Morgen ist alles dazu bestimmt, nicht zu genügen.

Als Rachel gut gekleidet, schlecht gekämmt und ungeschminkt aus ihrem Zimmer kommt, stößt sie auf ihren jüngeren Sohn, der mit bedrückter Miene noch im Schlafanzug ist.

»Du bist noch nicht angezogen?«

»Ich bin krank.«

»Du siehst aber nicht krank aus.«

»Ich glaube, ich habe Fieber.«

»Fieber ist keine Frage der Meinung. Jetzt stecken wir das Thermometer rein. Wenn du Fieber hast, dann sehen wir weiter.«

»Wir brauchen kein Thermometer. Ich sage dir, ich habe Fieber. Das merke ich doch.«

»Schade, dass deine misstrauische Mutter unbestreitbare wissenschaftliche Beweise braucht. Leider hat deine so pedantische Mama Medizin studiert …«

»Du bist aber keine Kinderärztin.«

»Oh, und wer soll denn das Kind sein?«

»Mit dreizehn Jahren ist man noch ein Kind.«

»Mit dreizehn Jahren ist man ein Jugendlicher.«

»Steck mir ruhig das Thermometer rein, mir geht es ja schlecht«, sagt er mit herausfordernder Miene.

Natürlich hält das Thermometer eine tröstende Antwort für Semis Gesundheit bereit, die aber, was seinen emotionalen Zustand betrifft, sehr enttäuschend ausfällt. So sehr, dass er, gleich nachdem seine Mutter sie ihm vorgelesen hat – die unmissverständliche Antwort! –, auf eine Weise zu jammern anfängt, die für ihn untypisch ist:

»Aber mir geht es schlecht … Mama, ich schwöre es dir, mir geht es schlecht … Ich kann nicht in die Schule gehen.«

Rachel kam er wirklich verzweifelt vor. So sehr, dass sie zum dritten Mal an diesem Morgen den Impuls zu weinen unterdrücken musste. Dieser Impuls brachte sie dazu, die emotional geschickteste und rational kompromittierendste Abkürzung zu nehmen, nämlich den Sohn von der drohenden Schule zu befreien:

»Aber morgen machst du mir keine Geschichten. Verstanden?«

Semis triumphale Reaktion auf ihr unglaubliches Zugeständnis war für Rachel der letzte, der tödlichste Schlag gewesen. Seinem Gesichtsausdruck nach schien sie ihm fast das Leben gerettet zu haben. Vielleicht hatte ihr Sohn nicht einmal gelogen: vielleicht ging es ihm – trotz der orakelhaften Anzeige des Quecksilbers – wirklich schlecht. Und als Rachel sich das sagte, schien etwas in ihrem Innern zu Bruch zu gehen. Jawohl, offenbar war dies der Tag der unbequemen Enthüllungen.

Der Gedanke daran, was ihre Kinder erlitten haben mussten, nahm in ihrem Kopf eine unerhörte Gestalt an. Einen Moment lang schien sie zu begreifen, was in diesen Monaten in den unreifen und wankelmütigen kleinen Köpfen ihrer Jungs vorgegangen sein musste. Und Gott weiß, wie sehr sie diese Klarheit erschaudern ließ.

Jeden Morgen mit dem gelben Stern der Schande auf dem Jackenärmel zur Schule zu gehen. Dazu hatte sie sie gezwungen, als sie im vergangenen August nach langem Hin und Her beschlossen hatte, dass – aus einer Frage des unanfechtbaren Prinzips heraus – sie nicht die Schule wechseln würden: wer nichts hat, dessen er sich schämen, und nichts, weshalb er um Verzeihung bitten sollte, der flieht nicht wie ein Krimineller!

Gott, wie unvernünftig und gemein kam ihr nun plötzlich dieser gesunde Menschenverstand vor. Wie hochmütig dieses zur Schau stellen von Würde.

Wie konnte sie sich nur von der durchgeknallten Idee vereinnahmen lassen, zu normalisieren, was auf so erschreckende Weise nicht zu normalisieren war? Genauso wie sie ohne den nötigen Ernst die katastrophalen Auswirkungen ihrer (so strengen und dummen) Entscheidung auf ihre Söhne nicht in Erwägung gezogen hatte? Wie hatte sie sich nur so versteifen können, dass sie nicht versucht hatte, sich realistisch in ihre Lage zu versetzen? Hatte die Furcht, der Wahrheit ins Gesicht zu sehen, vielleicht ihre empathischen Fähigkeiten betäubt? War das alles, was von der »Mama des Jahrhunderts« übrig blieb?

Und dabei hatte es an Hinweisen nicht gemangelt.

Rachel dachte nun an das befremdliche Abenteuer, das sie Ende Oktober bei der ersten Elternsprechstunde im Schuljahr erlebt hatte. So unglaublich es auch erscheinen mochte, kein gesellschaftlicher Termin, auch nicht der exklusivste, konnte ihr so viel Freude bereiten wie die Elternsprechstunde, die in jedem Schuljahr in der Schule abgehalten wurde, an der sie auch dieses Jahr beschlossen hatte, Filippo und Semi anzumelden.

Sie residierte in einer schönen – wenn auch heruntergekommenen – Travertinvilla im Trieste-Viertel. Zehn Jahre zuvor war sie die unerschütterliche Zeugin der Auseinandersetzungen zwischen Gewalttätern der extremen Rechten und ihrem linksgerichteten Pendant gewesen (im heißen Frühjahr '77 waren die Treppen der Schule zu einem mit jungem Blut befleckten Opferstein geworden).

Von dem ganzen brutalen Stumpfsinn übrig geblieben, war das Gewirr von Graffiti, das den Eingang schmückte: zumeist abgedroschene Slogans, in einem bürokratischen, melodramatisch einschüchternden Italienisch verfasst, die nur wenige der neuen Schüler hätten entziffern können, geschweige denn wollen.

Merkwürdig, wie von einer Generation zur nächsten das Interesse der Jungen an der Marke der Rucksäcke und die Obsession der Mädchen für Nagellack und Wimperntusche so radikal jegliche revolutionäre Utopie ersetzt hatten. Eine Veränderung, die zwar eine positive Auswirkung auf die öffentliche Ordnung hatte, aber nicht auf die durchschnittliche Bildung der Schüler. Als ob mit der Lust, dem politischen Gegner den Schädel einzuschlagen, auch die Lust verschwunden wäre, gute oder schlechte Bücher zu lesen. Was den Lehrern, auch den qualifiziertesten, definitiv jeden sozialen Charme und jede natürliche Autorität genommen hatte.

Deshalb war es nicht überraschend, dass Filippos gefürchtete Italienischlehrerin die Eltern in der Sprechstunde mit einem um den Hals geschlungenen Hermès-Schal empfing. Es war klar, dass sie – eine dieser reizenden Vierzigjährigen, die mit jeder Faser ihres Körpers den Status der »schönen Frau« anstreben – den ebenfalls erstklassigen Müttern ihrer Schüler zu verstehen geben wollte, dass sie sich zwar dafür entschieden hatte, ihr Leben hinter einem Katheder zu verbringen, aber gewiss nicht, weil es notwendig war, sondern allenfalls aus dem sehr viel vornehmeren Bedürfnis, sich irgendwie die Zeit zu vertreiben.

Der Grund, warum sie von den Schülern (und ihren dummen Eltern) so respektiert wurde, lag gerade in ihrer Fähigkeit, sich auf ihre Ebene zu stellen, ihnen sozusagen von gleich zu gleich gegenüberzutreten. Deshalb erschien ihr Sarkasmus, der nicht von gesellschaftlichen Ressentiments verdorben war, sogar den davon Betroffenen so faszinierend. Ihre Spezialität war es, unerbittliche Pauschalurteile abzugeben, und dies ohne je die Fassung zu verlieren und ohne durchblicken zu lassen, dass es ihr etwas bedeutete. Das hatte ihr genügt, sie zur beliebtesten Lehrerin der Schule zu machen, und dies bei einer Schülerschaft, die offenbar, trotz vieler unnützer Revolutionen, weiterhin Unflexibilität und Spott für verehrenswerter hielt als jede verständnisvolle und gnädige Geste. Alle nannten sie »die Signora«, und es war nicht klar, ob dieser Beiname auf die Tatsache anspielte, dass sie vornehm wie eine »Signora« war, oder darauf, dass sie jedes Jahr einige Unterrichtsstunden zu viel über die Nonne von Monza abhielt.

Und apropos Pauschalurteile, die Serie von Fünfen, mit der die »Signora« Filippos Aufsätze erledigt hatte, sagte alles, was es für sie über den Jungen zu wissen gab. Die Signora war keine von diesen Lehrerinnen, die bereit waren, mehr in den Schülern zu sehen, als diese zeigen wollten. Und wenn es einen gab, der in gewissen Bereichen nicht gerade durch Exhibitionismus auffiel, dann war das Filippo Pontecorvo.

Für den übrigens der Übergang von der Mittelstufe zum Gymnasium so traumatisch gewesen war wie der eines mittelmäßigen Fußballspielers einer Jugendmannschaft, der ohne jede Vorwarnung und ohne jedes Verdienst in die erste Mannschaft geschickt wurde. Es war, als habe die Welt um ihn herum plötzlich angefangen sich schneller zu drehen und ernst zu machen. Das Ergebnis einer solchen epochalen Veränderung war, dass Filippo am Ende der neunten Klasse in vier Fächern hängenblieb.

Und soweit Rachel in der ersten Elternsprechstunde erfuhr, hatte das neue Jahr unter noch schlechteren Vorzeichen begonnen. Doch wäre dies das Problem gewesen, hätte sie noch versuchen können, es zu akzeptieren oder zu lösen. Es ging aber um etwas anderes. Rachel war angesichts des völlig ungewöhnlichen Verhaltens der Lehrer gegenüber Filippo wie versteinert gewesen.

Angefangen bei der Signora.

Als sie ihr kleines schmuckloses Zimmer betrat, zeigte die Lehrerin beim Aufstehen eine Fürsorglichkeit, die in völligem Widerspruch zu ihrer Trägheit stand. Der erste Satz, den sie dann an sie richtete, klang auch unangemessen gefühlvoll:

»Oh, Signora Pontecorvo, es freut mich, Sie zu sehen!«

Rachel wusste nicht, was sie von der Wärme halten sollte, die dieser berüchtigte Eiszapfen im Pelz verströmte. Und der Rest des Gesprächs plätscherte in der gleichen verständnisvollen Atmosphäre dahin.

Ja, mit Filippo läuft es schlecht, sehr schlecht, vielleicht schlimmer als im letzten Jahr. Seine Aufsätze sind eine Zumutung. Seine mündliche Leistung ist erbärmlich. Aber man muss ihn verstehen. Und Gott allein weiß, ob Sie ihn verstehen. Die Anspielungen der Signora auf das, was Filippo in den letzten Monaten erlitten haben musste, waren zwar der Form nach versteckt, aber in der Substanz deutlich. Und Rachel verließ die Sprechstunde gedemütigt und wütend.

Ihr Sohn war ein Dummkopf und ein Schlappschwanz. Aber wen interessierte das schon, da er ja der Sohn von einem war, der Mädchen belästigte. Alles gerät schließlich in

Vergessenheit. Das war mehr oder weniger der Kern dessen, was die Signora zu ihr gesagt hat. Dasselbe, was alle Lehrer, einer nach dem anderen, ihr zu verstehen gaben.

Und da ist es nicht gerade merkwürdig, dass das Gefühl des Unbehagens, das sie während der Sprechstunden verspürte und das zu vergessen sie alles getan hatte, ihr nun gerade jetzt wieder einfällt, da der fleißigste Sohn, der mit dem tadellosen schulischen Erfolg, sich freut, weil ihm die Schule erspart bleibt. Während ihr anderer Sohn nur wenige Minuten zuvor, nach einer Nacht auf der Kellertreppe, zu ihr gesagt hat, sie mache alles falsch.

Wenn schon Rachel aus dieser verfluchten Schule fliehen musste, dann wagt sie erst gar nicht, sich vorzustellen, was Filippo und Semi wohl durchgemacht haben. Die Tatsache, dass sie ihr nie etwas gesagt haben, bedeutet überhaupt nichts. Die Atmosphäre des grotesken, unsinnigen Schweigens, in das die ganze Familie geraten ist, nimmt übersteigerte Dimensionen an. Filippo hat es richtig gesagt: »Hier drinnen ist alles merkwürdig«. Niemand spricht über etwas. Alles ist aufgeschoben. Niemand schafft es, einen Schritt zu tun.

Sie müsste nach unten gehen und die Dinge wieder in Ordnung bringen. Ihr Mann müsste aus demselben Grund nach oben kommen. Aber keiner tut etwas. Sie leben alle, als wären sie Opfer einer Hexerei. Eines Zaubers, der den Rest der Welt unversehrt gelassen hat. Diese läuft jenseits des Gartenzauns unbeirrt weiter mit ihrem Zynismus, mit ihrer maßlosen Liebe zum Klatsch und Tratsch, mit ihrer Bosheit.

Und dieser Welt hat Rachel ihre Söhne zum Fraß vorgeworfen. Im Glauben, sie könnten sich auf dieselbe Art und Weise verteidigen, wie sie selbst es gelernt hatte. Aber der Unterschied ist der, dass sie erwachsen ist, dass sie die Blicke der Neugierigen aushalten kann, die unangebrachten Kommentare der Signora, das Augenzwinkern, das die Supermarktangestellten untereinander austauschen, wenn sie vorbeigeht. Ja, im Laufe der Wochen begann Rachel auch einen leichten Stolz zu verspüren, wenn sie mit erhobenem Kopf der Boshaftigkeit der anderen entgegentrat.

Aber ihre Kinder? Kann sie von ihnen eine ähnliche Haltung erwarten? Von wegen! Sie nicht, sie sind dafür nicht gerüstet. Sie sind wehrlos, sie sind dem völlig ausgeliefert. Und alles ist ihre Schuld. Es ist die Schuld dieser Mama, die ihren eigenen Erwartungen nicht gerecht werden konnte. Es ist die Schuld dieser hochmütigen, bornierten und blinden Frau, die nur alles falsch machen kann.

An jenem Novembermorgen begreift Rachel, dass sie noch mehr auf ihre Söhne achtgeben muss. Sie ist entsetzt beim Gedanken, dass sie in der Isolation eine Art von Schutz finden können, wie sie es getan hat, wie ihr Mann es getan hat (und wie extrem!). Die Isolation kann zum wirklichen Feind ihrer Söhne werden. Sie muss sie vor der Schimäre der gesellschaftlichen Einsamkeit beschützen.

Und wenn das Weihnachtsfest bei den Rubens wenigstens dabei helfen kann, dann sei das Fest bei den Rubens willkommen.

Die Reihe der Weihnachtsbäume, die wie bunte Schweizergarden den Weg entlang zum Eingang der Villa Rubens aufgereiht waren, erklärte recht gut, warum Rachel die Hausherrin überhaupt nicht ausstehen konnte. Nicht etwa, weil Rachel sich der Kategorie von Juden zugehörig fühlte, die von einem tief verwurzelten Misstrauen gegenüber allem, was nicht jüdisch ist, eingenommen sind (sie verabscheute, zumindest offiziell, die »Verschlossenen« viel weniger als ihr Vater). Was sie diesen Weihnachtsbäumen nicht verzeihen konnte, war, dass sie von einer Jüdin so pyrotechnisch geschmückt worden waren. Und keine Jüdin zu sein, war für Rachel Pontecorvo sehr viel würdevoller, als sich zu schämen, eine zu sein. Die Scham, vor allem nach dem, was man den Juden angetan hatte, war unverzeihlich. Umso mehr im Fall der Signora Ruben, deren Eltern, soweit Rachel wusste, von den Nazis grausam ermordet worden waren. Also, dass Signora Ruben jedes Jahr für ihren einzigen Sohn – den Enkel, den diese armen Märtyrer nie kennengelernt hatten – dieses Fest ausrichtete, nur um öffentlich ihre Distanz zum Judentum zu zelebrieren, schien ihr ein so gedankenloser Akt des Frevels zu sein, dass sie damit lieber nichts zu tun haben wollte.

Das war der offizielle Grund, den sie ihrem Mann all die Jahre ins Gesicht gesagt hatte, wenn er sie wegen ihrer Antipathie gegenüber der Mutter eines so tollen Jungen, wie David es war, zur Rede stellte. Dazu kam mit einer gewissen Zurückhaltung der offiziöse Grund, der viel mehr weh tat und viel näher an der Wahrheit lag.

Dieser Grund trug das olympische Gesicht und den stattlichen Körper von David, Signora Rubens Sohn. Obwohl er einer der wenigen von Filippos wirklichen Freunden war und das Objekt einer echten Verehrung vonseiten Samuels und all seiner Freunde, hatte dieser Junge etwas, das sie nicht richtig überzeugte.

Wäre ich spitzfindig, dann würde ich von Neid sprechen: der ewige Neid. Der Neid, den Rachel auf einen Jugendlichen verspüren musste, der glücklicher als ihr Filippo war. Für den alles so verdammt schwierig war, wie es sich für David als einfach erwies. Nicht zufällig war David von den in der Olgiata Geborenen derjenige, der die Gelegenheit, seine Kindheit und Jugend an einem Ort der Parks und geheimnisvollen Wäldchen zu verbringen, am besten für sich genutzt hatte. Er hatte diesen Ort sofort seinen Bedürfnissen angepasst und aus ihm eine Art maßgeschneidertes Eden gemacht. Seit seiner frühesten Kindheit hatte er sich ausgezeichnet: als treibende Kraft epischer Schatzsuchen, unendlicher Räuber-und-Gendarmspiele und wochenlanger Olympiaden. Ereignisse, die gleichzeitig seinen Wunsch sich auszutoben feierten und seine Sucht, ständig mit jemandem in Wettstreit zu treten. Es gab keinen Sport, den David nicht ausübte, es gab keinen Zeitvertreib, den er ausließ.

Und wen kümmerte es schon, wenn dies alles auf Kosten seiner Schulnoten ging. Seine Mutter war ja stets da, um ihn zu schützen, so viel Verständnis für ihn aufzubringen, wie sie nur konnte. In Wahrheit war der einzige Gedanke, den Signora Ruben ihrem Sohn eintrichtern konnte, ein damals sehr angesagter: nämlich dass das Leben ein köstlicher Zeitvertreib ist, den man langsam genießen sollte. Eine Auffassung, die völlig gegensätzlich zu derjenigen war, die Rachel ihren Kindern eingeimpft hatte: was den Charakter eines Individuums formt, sind die Fähigkeit zum Verzicht, Verantwortungsgefühl und eine natürliche Hilfsbereitschaft gegenüber dem Nächsten.

Und das war es, was Rachel vielleicht am meisten schmerzte. Sie sah es als eine wahre Ungerechtigkeit an, dass Davids laxe Erziehung auf ihn eine so belebende Wirkung hatte, während ihre Erziehung Filippo so unsicher und schwierig gemacht hatte. Die Geschichte dieser beiden Freunde schien zu beweisen, dass die Welt kein Ort ist, der die verdienstvollen Menschen belohnt und die verwöhnten bestraft, sondern vielmehr ein spöttisches Ökosystem, in dem die Dinge umgekehrt funktionieren.

Ein Beispiel?

Die Anzahl der Fächer, die David und Filippo am Ende des Schuljahrs zum Nacharbeiten verpasst wurden, war genau gleich: vier. Doch während für Filippo diese Fülle an Unzulänglichkeit ein Trauma gewesen war, die wiederholte Gelegenheit, sich selbst zu quälen – so dass seine Mutter alles getan hatte, um ihn zu beruhigen, ihn zu überzeugen, dass nichts irreparabel war –, hatte David die Sache völlig kaltgelassen.

Einige Tage, nachdem David einen zerstreuten Blick auf die Bilder geworfen hatte, die im Eingang seiner schönen katholischen Schule hingen, war er in ein Flugzeug nach Los Angeles gestiegen, wo er zusammen mit einigen älteren Freunden ein Häuschen am Strand von Santa Monica gemietet hatte. Dort musste er geübt haben, Herodot zu übersetzen und Gleichungen zu lösen. Und ja, er hatte es sicherlich zwischen einem Surfausflug und einem Lagerfeuer am Strand gemacht, denn wie sollte man sich sonst erklären, dass er die Wiederholungsprüfungen im September bestanden hatte?

Die Einrichtung im Hause Ruben schien von Ralph Laurens berühmtem Laden in der Madison Avenue inspiriert zu sein. Da war so viel duftendes Holz und so viel Samt; gedämpftes Licht, Ledersofas, große, mit karierten Stoffen bezogene Sessel; und dann Perserteppiche, bunte Decken, Bilder, deren unbestrittener Protagonist das Pferd war, überall stoßweise Wurzelholz- und Silberrahmen, die stolz und auf unterschiedlichste Weise Davids Lächeln feierten. Es gab einen rustikalen Kamin, in dem ein üppiges, einladendes Feuer brannte. Sein atavistischer häuslicher Duft verband sich harmonisch mit dem appetitanregenden Aroma der eben aus dem Ofen geholten kleinen Pizzen und den abgefallenen Nadeln des großen Weihnachtsbaums, der den Hintergrund beherrschte und der kleine Bruder derer zu sein schien, die den Gartenweg schmückten. Einen Touch von größerer Stimmigkeit bekam die Szene durch die beiden Kellner (beide kahl und mit Schnurrbart), die – zu den Klängen fröhlicher weihnachtlicher Motive – von einem zum anderen Ende des Wohnzimmers tanzten und alkoholfreie Getränke und Minisandwichs an die Menge der zur Feier des Tages versammelten Jugendlichen austeilten.

Das wirklich Bedauerliche ist, dass so viel Wärme, die scheinbar darauf abzielte, dass du dich wohl fühlst, den Effekt hatte, dich noch verlegener zu machen. Es war, also ob von all diesen Jungs und Mädchen zwischen vierzehn und achtzehn Jahren, so seltsam herausgeputzt und in Schale geworfen, jeder auf andere Weise auf der krampfhaften Suche nach der richtigen Ecke im Haus war, wo er sich weniger lächerlich fühlte.

Samuel hatte lange von diesem Moment geträumt – von dem Moment, an dem er endlich bei den Rubens wäre, an dem er sich auf deren köstliche Vorspeisen stürzen würde, an dem er sich unter Jungen und Mädchen mischen würde, die älter als er waren – und er war fast wütend über sich selbst, als er bemerkte, wie wenig er das alles genoss. Er konnte nämlich die Szene nicht aus dem Kopf verbannen, die er kurz zuvor erlebt hatte, als er sich zum Ausgehen fertigmachte.

Auf Dauer ähnelt das Verhältnis zweier fast gleichaltriger Brüder sehr stark dem eines alten Ehepaars. Gewöhnlich nimmt einer von beiden den Part der Frau ein und der andere spielt den des Mannes. Es kann aber auch vorkommen, dass unter besonderen Umständen sich die Rollen umkehren. Und genau das passierte bei den Pontecorvo-Brüdern, wenn sie zusammen irgendwohin gehen sollten. Üblicherweise (sagen wir, im Alltag) fiel Semi die Rolle der folgsamen, liebenden Freundin zu. Es war immer so gewesen.

Seitdem Samuel, noch ein Knirps, seinen Brei auf dem Kinderstuhl konsumierte, suchte er Filippo ständig mit seinem Blick, wollte er ständig mit ihm zusammen sein und seine Aufmerksamkeit auf sich ziehen. Er erkannte nicht nur dessen absolute Überlegenheit in allen Bereichen ihres gemeinsamen Lebens an, sondern litt auch jedes Mal, wenn diese Überlegenheit plötzlich in Frage gestellt wurde.

In jenem Sommer zum Beispiel hätte Samuel um ein Haar zu weinen begonnen, als er bei einem Tischtennisturnier im Garten Filippo zum ersten Mal in seinem Leben im Halbfinale geschlagen hatte. Filippo schien zwar weit davon entfernt zu sein, wegen der öffentlichen Niederlage zu leiden, aber Semi hatte sein unvorhergesehener Sieg so sehr geschmerzt, dass er sich von da an bemühte, sich jedes Mal gehörig schlagen zu lassen, wenn Gelegenheit dazu war, was ihm etwas Erleichterung verschaffte.

Dass nun Filippo auf alle anderen Jungs der Bande nicht das Charisma ausübte, das Semi ihm zuschrieb; genauer gesagt, dass er kein Typ wie David Ruben war, machte Samuels Verehrung für seinen Bruder nur noch exklusiver und deshalb noch unerschütterlicher.

Filippos Unabhängigkeit, die einsame Ausübung seiner Extravaganz, die Schwierigkeit, sich mit den anderen zu mischen und deren Geschmäcker und Standpunkte zu übernehmen, sogar der Mut, stoisch die Demütigung wegen seines sinkenden schulischen Erfolgs (er, der überall zehn Punkte haben könnte, wenn er sich nur dahinterklemmen würde) zu erdulden … Gut, das alles und vieles mehr hatte Filippo in den Augen seines kleinen Bruders zu einer Art Held und seine Hingabe derart servil gemacht, dass man schon an eine Geisha denken musste.

Aber nicht, wenn sie zusammen ausgehen sollten. In diesen Fällen war es nämlich das Höchste, wenn Filippo sich verspätete wie jede kleine Ehefrau. Und auf was für eine nervige Art er dies tun konnte. Er zeigte selbst für seinen größten Bewunderer eine übertriebene Trägheit. Und auch an jenem Abend, als sie zu den Rubens gehen wollten, ließ er auf sich warten. Semi und Rachel waren schon im Garten. Semi lockerte den Knoten der für ihn ungewohnten Krawatte und machte die Knöpfe seiner Hemdsärmel auf und zu. Rachel hantierte plump mit dem Fotoapparat, mit dem sie ihre so eleganten Söhne verewigen wollte. Die Nacht war sternenklar, es war kalt, und sie wurden langsam wirklich ungeduldig.

»Semi, schau mal nach, was mit deinem Bruder los ist. Ich probiere schon mal aus, wie dieser Apparat funktioniert.«

Semi ließ sich nicht bitten. Er ging zurück ins Haus. Und er suchte überall nach seinem Bruder. Nichts. Wo war er nur hin? Am Ende suchte er sogar in der Küche. Leer. Einen Moment, nachdem er das Licht ausgemacht hatte, hörte er im Dunkeln hinter sich ein Geräusch. Er drehte sich um. Leise, um nicht gehört zu werden, schlich er in die Küche zurück, beugte sich zum Treppenhaus hin, das zum Souterrain hinunterführte, und war wie versteinert.

Da unten stand Filippo, wenige Schritte vor der verschlossenen Kellertür. Wenige Schritte vor dem großen, grotesken Geheimnis der Pontecorvos. Vor ihrem persönlichen Graf von Monte Christo.

Er hatte schon sein weißes Hemd an, war aber noch in Unterhosen. In der einen Hand trug er eine Taschenlampe, von der er sich nie trennte. In der anderen aber hielt er ein paar Blätter. Langsam beugte sich Filippo nach vorn und schob ein Blatt unter der Tür hindurch.

Semi, der gelinde gesagt verstört war über das, was er da gerade gesehen hatte, und befürchtete, sein Bruder könne ihn bei seinem dubiosen Geschäft bemerkt haben, lief in den Garten zurück, wo seine Mutter vor Kälte erstarrte und immer noch mit der Nikon herumhantierte.

»Und, hast du ihn gerufen?«

»Er ist fast fertig.«

»Was heißt ›fast‹?«

»Er ist praktisch fertig.«

Tatsächlich war Filippo schneller als erwartet, als er ein paar Minuten später auftauchte. Wer nicht bereit war, war Semi, der seinem Bruder fast nicht ins Gesicht blicken konnte.

Eine Dreiviertelstunde, nachdem er Zeuge von etwas geworden war, was er für schwerwiegender als jede Gotteslästerung hielt, auf einem Ledersofa im überfüllten Wohnzimmer der Rubens, wo sich die Gäste endlich untereinander mischten, konnte Semi das Bild nicht aus seinem Kopf verbannen, wie sein Bruder etwas unter der Tür ihres Vaters hindurchschob. Gott allein weiß, wie sehr Semi auf dem Fußweg, den sie zurücklegen mussten, um zu den Rubens zu gelangen – den eisigkalten acht Minuten, die von Sternen erleuchtet wurden, die man, wären sie nicht dort oben an ihrem üblichen Platz gewesen, für eine der vielen Festbeleuchtungen hätte halten können, mit denen fast jeder Quadratzentimeter des Viertels übersät war –, wie sehr Semi versucht war, ihn kaltschnäuzig zu fragen: »Was hast du da unten gemacht? Was wolltest du mit den Blättern in der Hand? Was gibst du Papa? Geld? Oder eine deiner verdammten Kritzeleien, die du den ganzen Tag zeichnest? Und hat er dich darum gebeten? Weiß Mama davon? Wissen es alle außer mir?«

Doch Semi fand nicht den Mut, den Mund aufzumachen. Diese Fragen belasteten ihn jede Sekunde mehr. So sehr, dass sie ihm das Vergnügen verleideten, hier zu sein: bei dem Fest, an dem er zum ersten Mal vor ein paar Jahren dabei sein durfte und das er – der wirklich Mondäne in der Familie (das Copyright dieser Definition gehört Leo) – seitdem bange erwartete.

Und jetzt saß er, anstatt diese Atmosphäre zu genießen, auf dem Sofa mit einer warmen Pizza in der einen Hand und einer eiskalten Coca-Cola in der anderen. Derjenige, der so gesellig war, schaffte es nicht, gesellig zu sein, während nur ein paar Schritte weiter sein asozialer Bruder herzhaft mit David lachte, der ihm offenbar gerade etwas sehr Komisches erzählt hatte. Unter normalen Umständen wäre Semi auf diese Intimität zwischen Filippo und David Ruben stolz gewesen; er hätte das Einverständnis zwischen Giganten nur natürlich und gerecht gefunden. Aber jetzt konnte er wirklich nicht stolz sein. Jetzt konnte er seinem Bruder gegenüber kein wohlwollendes Gefühl aufbringen. Und nicht nur wegen dem, was er ihn vor der Kellertür hat tun sehen, sondern wegen allem, was Filippo *nicht* getan hatte, seitdem ihr Vater dort unten hingeflüchtet war.

Dass sich zwischen seinem Bruder und ihm etwas verändert hatte, hatte Semi in einer Julinacht begriffen, wenige Tage, nachdem Leo sich verkrochen hatte. Als er nicht schlafen konnte, war er auf den oberen Teil des Hochbetts geklettert, wo sein großer Bruder schlief. Überhaupt nichts Ungewöhnliches. Etwas, was er schon immer tat. Das aber Filippo dieses Mal nicht gefallen hatte. Mit einem Ruck und einem geflüsterten, aber vielsagenden »Nein« hatte er ihm zu verstehen gegeben, dass diese Nacht kein günstiger Zeitpunkt war. Und Semi hatte, anders als er das unter normalen Umständen getan hatte, nicht weiter darauf bestanden. Tief beleidigt hatte er sich in sein Bett zurückgezogen und alles darangesetzt, um nicht zu weinen.

Was war los? Hatte nun auch Fili ihn verlassen? Reichte nicht schon alles andere? Nun fing auch er damit an? War es denn möglich, dass alles, was er bis vorgestern für selbstverständlich gehalten hatte – der Himmel, der sich seinen unschuldigen Augen seit dem Morgengrauen unter der Konstellation des Vertrauens und der Solidarität gezeigt hatte –, plötzlich seine Versprechungen vergessen hatte? Mehr noch: dass er sogar so weit ging, sie zu verraten, diese heiligen Versprechungen! War es möglich, dass die drei Menschen, die ihm zu verstehen gegeben hatten, dass er, was immer auch geschehen mochte, auf sie zählen konnte, sich nun davon losmachten und sich als distanziert und unzuverlässig erwiesen? Was war aus Mama, Papa und Filippo geworden? Der Mama-Papa-Filippo, den sein wohlerzogener kleiner Kopf sich immer als ein einziges zusammengesetztes Wort vorgestellt hatte? Der Mama-Papa-Filippo, den er sich immer als einen untrennbaren lebendigen Organismus vorgestellt hatte, nach dem gleichen Prinzip, nach dem du dir das Zuhause vorstellst, in dem du geboren bist, nicht als Einheit einer Reihe von Räumen verschiedener Größe, sondern einfach als »dein Zuhause«?

Mehr oder weniger da hatte Semi begonnen, von der Angst gepackt, aus dem Bett seines Bruders vertrieben worden zu sein, wie Adam Eden aus dem Paradies, sich selbst die Schuld dafür zu geben, wie die Dinge gelaufen waren. Sich die Schuld dafür zu geben, wie das jeder andere Gleichaltrige hätte tun können: mit auswegloser Verzweiflung. Auf einen Schlag waren ihm alle seine Entscheidungen vom letzten Jahr als Vorboten der Katastrophe erschienen.

Wer hatte sich denn mit diesem Mädchen (nein, er konnte einfach ihren Namen nicht aussprechen, nicht einmal im Selbstgespräch) zusammengetan? Wer hatte sie ins Haus geholt? Wer hatte verlangt, dass sie vergangene Weihnachten (es war ein Jahr vergangen, aber es schien ein Jahrtausend zu sein) mit ihnen in den Skiurlaub fuhr? Wer hatte dafür gesorgt, dass zwischen seiner Freundin und seinem Vater eine gefährliche Nähe entstand? Wer hatte überhaupt nichts gemerkt? Nicht begriffen, was passierte? Der Gefährlichkeit dieses Mädchens nicht genug Beachtung geschenkt?

Nicht schlecht für einen Dreizehnjährigen, sich all diese rhetorischen Fragen auszudenken.

Doch jetzt, nach so vielen Fragen, brauchte Semi eine weitaus gesündere Entschlossenheit. Und da hatte er sich gesagt, dass niemand besser in der Lage sei als er, sie zu unterstellen, diese verdammte Gefährlichkeit: sie hatte mehr als einen Beweis ihrer bösartigen Absonderlichkeit geliefert. Doch das hatte ihm nur noch einen weiteren plausiblen Grund geliefert, sich Leo gegenüber schuldig zu fühlen. Semi war sich nämlich sicher, dass er der Einzige im eigenen Haus war, der Einzige auf der ganzen Welt, der die Unschuld seines Vaters verteidigen konnte. Denn schließlich kannte nur er aus eigener Erfahrung die manipulativen Künste von Camilla (ja, das war der Name, den zu vergessen Semi schließlich nicht mehr simulieren konnte).

Semi hatte sie erfahren, die Macht von Camillas Künsten, am Tag, als er – durch sie – etwas wirklich Wichtiges (vielleicht das Wichtigste überhaupt) an sich entdeckt hatte. Er war immer mehr überzeugt, dass es diese Entdeckung war, die die Dinge verändert hatte. Und dass schließlich diese Entdeckung der Grund von allem war, was dann geschehen ist.

Wenn du 1985 zwölf Jahre alt bist, wenn du ein netter, kultivierter Junge aus wohlhabender Familie bist und in dir ein immer maßloseres Interesse für Mädchen und Sex verspürst, ist es wahrscheinlich, dass du, sobald du die Augen auf deine Beute geworfen hast, nach entnervenden Selbstgesprächen schließlich dazu entschlossen bist, sie zu fragen, ob sie mit dir ins Kino geht. Denn sie zu fragen, ob sie mit dir ins Kino geht, bedeutet nicht nur das Eis zu brechen. Es beinhaltet etwas viel Verpflichtenderes, eine Art Point of no return. Deshalb war Semi so stolz auf sich, dass er es geschafft hatte, Camilla zu fragen, wenn auch mit einer kleinen List.

Wie eine jugendliche Göttin war sie ihm am Rande eines improvisierten Fußballplatzes im Herzen der Villa Borghese erschienen. Es war ein Freitag Ende Januar. Semi war zum Fest von Fabio, einem Klassenkameraden gegangen, und nach einem Mittagessen in einem Restaurant in der Via Sicilia hatte die Mutter des Geburtstagskinds den Trupp der Jungs in den Park begleitet. Sie hatten die Mannschaften aufgestellt, hatten zu spielen begonnen und sich bis aufs Blut herausgefordert. Es war einer dieser verfrühten Frühlingstage, die Rom gern seinen trägen Einwohnern schenkt. An einem bestimmten Punkt hatte sich um das Spielfeld ein Menschenknäuel aus entfesselten jungen Fans gebildet.

Da hatte Semi Camilla bemerkt: er hatte ein schönes Kopfballtor geschossen und sie schien als Einzige keine Lust zu haben, ihn zu feiern. Im Gegenteil, sie hatte ein Buch in der Hand, eine Beschäftigung, die in diesem Zusammenhang selbst einem Streber wie Semi sonderbar erschien. Da haben wir sie also, eine kleine Intellektuelle. Angenommen, es handelte sich um eine Schönheit, dann hätte man sie sicherlich als verschrobene Schönheit bezeichnen können. Von einer Art rosaroten Wolke überstrahlt: vielleicht wegen ihrer roten Haare, der über ihre Stirn verteilten Sommersprossen und der himbeerroten Hip-Hop-Uhr.

Am darauffolgenden Samstag hatte Samuel bei Fabio übernachtet: wie aufgeregt überrascht war er, als er sie dort wiedertraf! Sie wohnte im Stockwerk darüber und ging gern zum Essen zu Onkel und Tante.

Nach dem Abendessen spielten sie zusammen Scrabble,

und Semi als eloquenter Streber hatte seine Gegner geschlagen. Da nahm er, vielleicht durch den Erfolg ermuntert, seinen ganzen Mut zusammen: da Fabio und er beschlossen hatten, am Tag darauf ins Kino zu gehen, fragte er sie, ob sie mitkommen wolle. Und sie flüsterte unbekümmert: »Ich sehe mir nur Filme von Renoir an.«

Semi hatte natürlich nicht die geringste Ahnung, wer Renoir war, doch mit einem pathetischen opportunistischen Kalkül beruhigte er sie sofort. Darauf könne sie zählen: wenn irgendwo ein Renoir gezeigt würde, würden sie ihn sich ansehen.

Und seine Kühnheit war noch weitergegangen, er bat Fabio zu verschwinden. Und dieser räumte mannhaft seinen Platz.

»Und Renoir?«, fragte Camilla besorgt, als sie Semi vor dem Kino sah, wie er seine Schuhe betrachtete.

Er zögerte.

»Und Fabio?«

»Er hat uns versetzt.« Und er beeilte sich zu ergänzen: »Ich hoffe, es stört dich nicht.« Semi stand schon seit einer halben Stunde da. Er hatte sich von Rachel herfahren lassen. Und er hatte sie gebeten, wegzufahren, bevor Camilla kam. Natürlich hatte er sich davor gehütet, ihr zu gestehen, dass er eine Verabredung mit einem Mädchen hatte.

»Überhaupt nicht. Mein Cousin ist ein ziemlicher Idiot.«

Semi war von Camillas brutaler Ehrlichkeit beeindruckt. Umso mehr, als es sich um einen engen Verwandten handelte, und sie von einem so zurückhaltenden Wesen kam.

Anstelle eines Renoir-Films hatte Samuel *Teenwolf* ausgewählt, in dem ein Michael J. Fox noch in seinen Anfängen, aber bereits außerordentlich in Form, den Part eines unbeholfenen Teenagers spielt, der, nachdem er entdeckt, dass er ein Werwolf ist, zu einem Basketball-As und Herzensbrecher mit gelinde gesagt überbordender Männlichkeit wird. Wäre nicht dieses erbauliche Ende gewesen, in dem alle erlöst werden, indem sie den Wert der Freundschaft und der Liebe erkennen, hätte der Film in jeder Hinsicht als Meisterwerk betrachtet werden können, das eines Renoirs würdig war.

Jedenfalls hatte Teenwolf seine Sträflingsrolle, schon lange bevor es zum Epilog kam, ausgezeichnet gespielt. Mehr oder weniger in dem Moment, als Marty, der Protagonist, vor dem Badezimmerspiegel sich allmählich in einen Wolf verwandelt, steckt Camilla, ohne dass diese Geste angemessen vorbereitet gewesen wäre, ihre Marderschnauze in Samuels Kragen. Ich weiß ja, in den Augen von euch Libertins ist das alles nichts Großartiges, wenn ein Mädchen euch auf den Hals küsst. Es ist aber so, dass der arme Samuel sich nicht weniger unbeholfen fühlt als dieser Marty, der auf der großen Leinwand entsetzt seine Hände betrachtet, die sich mit Haaren bedecken. Übrigens, apropos Analogien: Semis Überraschung, als er zum ersten Mal in seinem Leben den Mund eines Mädchens auf seinem Hals spürt, ist nicht weniger heftig als der Effekt, den die unerwartete Verwandlung in ein wildes Tier auf Marty macht. Wie auch Semis Reaktion auf Camillas gewagte Geste nicht weniger bestialisch und unkontrolliert ist als die des sympathischen Wölfleins. Auch Semi ist erregt und erschrocken. Und auch Semi hat etwas, dessen er sich schämt: die unerbittliche Schwellung auf der Höhe seines Unterbauchs fesselt ihn sozusagen an seine Verantwortung als Mann im Kleinformat, der auf wilde Weise das Leben entdeckt.

Obwohl Semi und Camilla, im Vergleich mit den vorpubertären Standards, in den beiden darauffolgenden Wochen anfingen, mit der Häufigkeit eingefleischter Cineasten Kinos zu besuchen, hätten beide einige Schwierigkeiten gehabt, den Plot der Filme wiederzugeben, für die sie bezahlt hatten. Tatsache ist, dass sie während der Vorführung mit ganz anderen Abenteuern beschäftigt waren. Zwei- oder dreimal hatte Semi auch Rachel angelogen und gesagt, er würde zu einem Freund zum Lernen gehen. Nur, um mit dem Mädchen seiner Träume wieder ein Kino zu betreten (sie bezahlte den Eintritt, Semi hatte nicht genug Geld in der Tasche). Bis Camilla in ihrer immer offensichtlicheren Flatterigkeit ihm durch ein gewisses Ansinnen klarmachte, dass sie einen Qualitätssprung verlangte: Schluss mit dem Kino. Sie wollte mit ihm ein wenig allein sein.

So steigt Semi an einem Donnerstag, nach der x-ten Lüge für Rachel, in einen Bus und fährt von seiner Schule zu der von Camilla, der Chateaubriand an der Villa Borghese. Von dort aus lässt er sich zu Fuß zu ihrer nicht weit entfernten Wohnung treiben. Als Samuel die fremde Wohnung betritt, fühlt er sich bedrückt. Er trauert dem harmlosen, gemütlichen Dunkel des Kinosaals nach. Er spürt, dass in all dem, was passieren könnte, etwas nicht funktioniert. Und dennoch spürt er auch, dass das, was passieren könnte, das Großartigste ist, was einem (was jedem) Jungen passieren kann. Es bleibt ihm nichts anderes übrig, als sich locker zu geben.

»Deine Eltern?«

»Sind nicht da. Mein Vater ist bei der Arbeit. Mama ist im Urlaub.«

»Im Urlaub? Und wo?«

»Karibik, glaub ich. Da fährt sie jedes Jahr hin. Sie ist der gebräunteste Mensch, den ich kenne.«

»Und dein Vater fährt nicht mit?«

»Was willst du, dass sie mich hier allein lassen, ganz für dich?«

»Und jetzt sind wir allein?«

»Ja. Zu dieser Zeit ist nie jemand da. Mein Vater kommt immer gegen sieben zurück.«

Semi fasst den letzten Satz als Drohung auf.

»Wer kocht denn?«

»Ich koche mir selbst was. Hast du Hunger?«

»Nein, ich habe das nur so gesagt.«

Doch inzwischen hat sie ihren Kopf schon im Kühlschrank, aus dem sie nicht wirklich appetitliche Reste herausholt. Angesichts dieses farblosen, kalten und in Zellophan eingepackten Essens bekommt Semi eine ungefähre Ahnung davon, wie sich sein Leben von dem Camillas unterscheidet. Es war, als ob das aseptische Eis der Verpflegung besser als jedes andere Indiz erzählte, wie die Dinge dort drinnen laufen. Es war, als ob Semi plötzlich begreifen würde, was Camilla so besonders machte: dass sie zurückhaltend und lakonisch war, dass sie immer so melancholisch dasaß, mit einem Buch in der Hand.

Inzwischen greift sie mit den mechanischen Bewegungen der Gewohnheit nach einem Teller mit gekochten Zucchini und einem voll blasser Tomaten. Schließlich löst sie das Zellophan von einer großen Schüssel voll seltsamer Gemüse, die Semi noch nie gesehen hat, die ihn aber ganz vage an Linsen erinnern.

»Das ist Dinkel. Meine Mutter isst nichts anderes. Es schmeckt auch kalt.«

»Ich habe doch gesagt, dass ich keinen Hunger habe.«

Jetzt wird Semi langsam wirklich nervös. Und er verspürt auch eine merkwürdige Gereiztheit. Ja, das Spiel, das er gerade spielt, ist zu groß für ihn. Er ist zwölf Jahre alt. Zwölf Jahre. Seitdem er seinen Fuß in diese Wohnung gesetzt hat, wiederholt er es beständig. Und dann denkt er noch: allein in einer Wohnung mit einem Mädchen … allein in einer Wohnung mit einem Mädchen …

Camillas Zimmer veranschaulicht detailliert, wie eine Tochter sich von ihren Eltern unterscheidet. Die geblümte Tapete, der rosafarbene Teppichboden, das weiß lackierte Bett, dessen affektierter Baldachin dem Schloss aus einem Disney-Märchen nachempfunden scheint … das ist das ursprüngliche Zimmer – die erste Schicht –, von den Eltern ausgewählt. Und auf diese erste Schicht hat sich mit Furor die zweite gelegt, die Camillas Persönlichkeit ausdrückt. Es scheint fast so, als habe sie alles daran gesetzt, den jungfräulichen, märchenhaften Tempel zu verletzen, den die Eltern ihr geweiht haben.

Angefangen bei der Unordnung und ganz zum Schluss die Poster. Die angesichts des Kontextes unpassend erscheinen. An diesen Wänden hängen nämlich nicht der Tony Hadley, der George Michael, der John Travolta, die Jennifer Beals oder die Heather Parisi, die du erwarten würdest. Die Wände sind überladen mit Gesichtern merkwürdiger Figuren, die, dem Wachs und der Frisur nach zu urteilen, schon seit einer ganzen Weile tot sind. Nur dass Semi keine einzige von ihnen bekannt vorkommt. Aber zum Glück bin ich da, der von dieser Geschichte fast jede Einzelheit kennt, und gerade deswegen kann ich euch den ikonographischen Pantheon dieses Fräuleins liefern. Wenn man sie so nahe beieinander sieht, ist es beeindruckend, wie sehr die schmachtenden Augen von Arthur Rimbaud den ebenso vergifteten von Jim Morrison ähneln. Außerdem muss ich anmerken, dass der Fliegerhelm John Belushi viel besser steht als Saint-Exupéry …

Alles ist so sonderbar, dass Semi anfangs, als er sieht, wie seine Freundin (ja, jetzt kann er sie so nennen) beginnt sich auszuziehen, nicht die nötige Verwunderung empfindet. Und das ist wirklich etwas, das keinen Sinn ergibt. Semi ist versteinert, er weiß nicht, was er tun soll. Er weiß nicht, ob er zu ihr gehen, oder ob er abhauen soll. Er weiß nicht, ob auch er sich ausziehen oder seine Kleider anbehalten soll.

In wenigen Sekunden steht sie in Slip und BH da.

Daran, wie sie sich ihm nähert, begreift (ein erbärmlich unangemessenes Verb) Semi, dass auch sie in gewissen Dingen nicht erfahrener ist als er. Alles, was Semi über dieses Thema weiß, steckt hinter dem Heizkörper des Badezimmers, das er mit seinem Bruder teilt. Es muss Filippo gewesen sein, der die kostbare Ware dort versteckt hat: eine Handvoll Zeitschriften mit faszinierenden Namen (»Supersex«, »Die Stunden«, »Men« …), die mehr oder weniger zur selben Zeit hinter dem Heizkörper auftauchten, als Filippo begann, von ständigen Bauchschmerzen gepeinigt, sich verdächtig oft im Badezimmer einzuschließen. Es war ein Schulfreund, der ihm erklärt hat, warum Filippo ständig im Badezimmer ist: er hat ihm haargenau erklärt, was mit deinem Penis passieren kann, wenn du ihn ordentlich bearbeitest. Nach dieser Erklärung hatte Semi es natürlich bearbeitet, sein Ding, erhielt dafür aber nur eine Reizung an der Eichel und eine innere Demütigung. Zur selben Zeit hat Semi die von seinem Bruder versteckten Zeitschriften entdeckt. Für ihn eine wahre Schule des Lebens. Er hatte sich wirklich nicht vorgestellt, dass diese ineinanderverschlungenen Körper muskulöser Männer und wunderschöner Frauen ihm so viel Lust und zugleich so viel Schmerz verschaffen konnten.

Eines Tages nach der Sportstunde verkündete er seinem Freund triumphierend im Umkleideraum der Turnhalle, er sei ein Mann geworden. Endlich ist es auch ihm passiert. Wie unglaublich! Einen Orgasmus zu bekommen. Gibt es etwas Besseres?

Leider hat Semi gelogen. In Wahrheit probiert er es den ganzen Tag lang. Aber es passierte überhaupt nichts. Und dieses »nichts« ließ ihn ans Schlimmste denken. Was du empfindest, ist das tückische und schmerzhafte einer Lust, die, gerade weil du sie nicht bis ins Letzte genießen kannst, in dir ein schreckliches Gefühl ständiger Unvollkommenheit hinterlässt. Eine Qual, die aus einer endlosen Gier besteht.

Ein anderer, älterer Freund erzählte ihm, er müsse nur seine Freundin küssen, dann käme es ihm sofort in die Hose. Und er erklärte ihm, dass an dieser Vorzeitigkeit wirklich nichts Gutes sei. Und dennoch, trotz der Klagen seines Freundes, beneidete ihn Samuel. Er ist sich sicher, dass sofort zu kommen besser ist, als überhaupt nicht zu kommen.

In dieser Stimmung steckt Semi, als er sich gegenüber Camilla in Slip und BH verhalten muss. Seit Wochen schon hegt er den zornigen Verdacht, dass er nie erwachsen werden wird. Dass er für immer dieses amorphe Ding bleiben wird: eine Rotznase mit einem Haufen theoretischer Kenntnisse im Kopf, die er aus den Zeitschriften seines Bruders und

Berichten seiner erfahreneren Freunde hat. Und keine diesbezügliche Erfahrung.

Semi empfindet Trost, als er spürt, dass auch Camillas Finger zittern. Sie hat seine Handgelenke gepackt und zieht ihn nun zum Bett. Sie setzt ihn hin. Die Bettlaken verströmen einen süßsauren Duft: ein Geruch aus der Kindheit, verschärft durch einen sündigen Nachgeschmack. Und nun macht Camilla nichts anderes als das, was sie im Dunkel eines Kinosaals tun würde. Semi schließt die Augen und ein paar Minuten lang gibt es keinen Unterschied zwischen Camillas Zimmer und einem Kinosaal. Der eigentliche qualitative Sprung, der alles ändert, ist das, was sie mit ihrer Hand macht. Die ihn dort anfasst, wohin sich bisher niemand vorgewagt hat. Ein Händchen, das noch nicht weiß, wie es sich verhalten soll, ein Händchen, das gerade aufgrund seiner Unerfahrenheit so unverantwortlich und missverständlich handelt, dass es unwiderstehlich wirkt. Und siehe da, gerade dieses Händchen durchbricht die Schallmauer, an der Semis Hand in Stunden und Stunden zermürbender intimer Experimente nicht einmal hatte kratzen können.

Also endlich. Das erste Mal. Was soll er sagen? Diese synkopischen Zuckungen der Lenden sind etwas Großartiges! Wirklich. Doch warum hat er nun so viel Lust zu weinen? So sehr er auch versucht hat, es sich vorzustellen, entdeckt er, dass der Orgasmus unvorstellbar war, und zwar nicht weniger als Mozarts Musik für einen Tauben.

Camillas Begabung. Dank Camillas Begabung beginnt seine Karriere als Mann. Von nun an beginnt Semi effektiv für sich selbst zu sorgen. Mit einer Häufigkeit und einer Intensität, die nicht geringer sind als die seines Bruders, die eher abflauen. Jetzt ist er der große Athlet der Familie. Der große einsame Performer. Das Blöde ist nur, dass Camilla in diesem Moment einen Rückzieher macht.

»Wann fährt deine Mutter wieder weg?«, fragte er sie jeden Tag.

»Ich weiß nicht. Warum?«

»Weil wir dann wieder mal allein sein können.«

»Okay, aber ich weiß nicht, wann sie wieder wegfährt.«

Was hat sich denn verändert? Warum ist sie so? Warum führt sie ihn in etwas so Sensationelles ein und zieht es ihm dann wieder vor der Nase weg? Wie grausam ist das denn?

Was auch immer der Grund ist, Camilla will nicht mehr mit ihm allein sein. Im Kino schon, auch im Park, auch zu Hause, wenn nur einer ihrer Eltern da ist. Aber alleine nie.

Warum? Hat es ihr vielleicht nicht so gefallen wie ihm? War sie vielleicht von diesem vollgeschmierten Nachspiel angewidert? Sicher ist, dass er sich wie ein Erforscher der Weltmeere vorkommt, dem sie die Schifffahrtslizenz entzogen haben.

Ein ganzer Sommer vergeht. Beide werden in den Sprachurlaub geschickt. Sie nach Montpellier, um ihr übrigens perfektes Französisch zu verbessern. Er nach Newquay, eine traurige Kleinstadt in Cornwall. Sie kann ihn ein paarmal anrufen (keine Handys damals, nur poetische, sündhaft teure Auslandsgespräche!). Er wird inzwischen zu einem eifrigen Besucher britischer Toiletten. Er tut immer so, als wäre seine jeden Tag erfahrenere Hand nicht seine, sondern die von Camilla. Als sie sich im September wiedersehen, ist die Hartnäckigkeit, mit der sie vermeidet, mit ihm allein zu sein, höchstens noch aufreibender geworden. Er begnügt sich mit der, wie man so sagt, Kino-Behandlung.

Dann im Dezember diese Art von Erpressung. Keine richtiggehende Erpressung. Sondern eine dringliche Forderung, die etwas vage Bedrohliches an sich hat. Sie will Weihnachten nicht mit ihren Eltern verbringen. Sie will mit ihm in die Schweiz, mit den Pontecorvos in die Berge fahren. Sie redet nur noch davon. Semi fürchtete anfangs, dass die nächsten Fotos, die Camilla sich an die Wand hängt, die der ganzen Familie Pontecorvo sind. Und doch ist dies etwas, was ihn stolz macht. Die Tatsache, dass sie sich bei ihrem Freund zu Hause wohler fühlt als bei sich zu Hause, erfüllt ihn mit einem gewissen Stolz.

»Bist du verrückt? Was werden deine Eltern sagen?«

»Lass meine Eltern in Ruhe. Das erledige ich. Kümmere du dich um deine.«

»Meine Mutter wird nie ja sagen.«

»Wenn du es schaffst, dann schwöre ich dir, dass …«

»Dann schwöre ich dir was?«

»Du wirst schon sehen.«

Ja, das hatte sie zu ihm gesagt: »Du wirst schon sehen.« Mehr hatte sie nicht hinzugefügt. Und Gott allein weiß, ob sie es ihn hatte sehen lassen. Ihn und seine ganze Familie. Und was ihn am meisten zur Verzweiflung brachte, war der Gedanke, dass das einzige Individuum männlichen Geschlechts, das während der Weihnachtsferien in der Schweiz auch nur kurze Zeit mit ihr allein sein konnte, sein Vater war. An einem Nachmittag, als alle das Haus verlassen hatten. Und Semi wusste genau, wie sich Camilla verhielt, wenn sie mit jemandem allein war. Er wusste, wie unwiderstehlich sie sich geben konnte.

Daran also hatte Semi gedacht, als er aus dem Bett seines Bruders verjagt worden war. Und vielleicht war es genau das, woran Filippo ihn durch den Rausschmiss hatte erinnern wollen. Es war, als habe er ihm durch seine Weigerung, ihn in seinem Bett aufzunehmen, sagen wollen: »Nein, ich kann dich nicht trösten. Denn ich weiß, dass es deine Schuld ist. Du hast alles kaputtgemacht. Wegen dir sind wir jetzt in dieser Lage. Es gibt nur einen einzigen Verantwortlichen dafür, dass Papa nach unten verschwunden ist und wir es nicht geschafft haben, ihm nachzugehen. Dass Papa nicht zu uns heraufkommt und wir nicht zu ihm hinuntergehen. Dass Mama nie darüber redet und wir nie mit Mama darüber reden. Der alleinige Verantwortliche für all das bist du: deine Unfähigkeit, dein kindisches Verhalten, deine Unerfahrenheit, dein Egoismus.«

Und im Dunkeln, nachdem er seinen Kopf wieder auf sein feuchtes, glühendheißes Kissen gelegt hatte, dachte Semi: »Jawohl, du hast recht, du hast recht: es ist alles meine Schuld. Die Dinge sind nicht so gelaufen, wie du denkst. Und doch hast du im entscheidenden Punkt vollkommen recht: es ist alles meine Schuld.«

Seit der Nacht, in der sich Semi diesen Schlagabtausch vorgestellt hatte, hatte er nicht mehr versucht, in Filippos Bett zu klettern. Seit jener Nacht hatte sich zwischen ihnen etwas verändert: diese Geschichte hatte sie, anstatt sie zu vereinen, wie man das hätte erwarten können, endgültig auseinandergebracht. Nach einem fünf Monate andauernden Albtraum konnte Semi feststellen, dass alle Breitseiten, die man normalerweise von draußen erwarten konnte, in Wirklichkeit von innen gekommen waren. Genau das, jener so gut eingespielte, erdbebensichere Mechanismus – der Pontecorvo-Mechanismus – hatte den anomalen Stößen eines unvorhersehbaren Erdbebens nicht standgehalten.

Wenn man es bedenkt, so hatten sich alle anderen (Freunde, Klassenkameraden, Lehrer, Tennistrainer) tadellos verhalten. Keiner hatte jemals Semi gegenüber eine direkte Anspielung auf den Fall Pontecorvo gemacht. Das war nicht passiert in der Klasse. Nicht in der Gruppe der Olgiata, der er sich nach einer Weile wieder angeschlossen hatte. Nicht im Tenniskurs und auch nicht im Schwimmbad …

Semi hatte gelernt (auch wenn ihm das nicht voll bewusst war, aber wie denn auch? Er war ja gerade erst dreizehn Jahre alt), dass das Laster der Menschen, hinter deinem Rücken schlecht über dich zu reden, gar nicht so ein großes Laster ist. Im Gegenteil, die Heuchelei ist eine wertvolle gesellschaftliche Fähigkeit. Und wenn etwas überbewertet ist, dann ist das die Ehrlichkeit. Ja, das hatte Semi begriffen. Er war allen Menschen dankbar, die in jenen Monaten nicht mit ihm über seinen Vater gesprochen hatten. Aber er wurde langsam auf seine Mutter und auf seinen Bruder böse. Denn von ihnen, jawohl, von ihnen, hätte er erwartet, dass sie darüber sprechen. Und er war auf seinen Vater böse, der ihm Erklärungen schuldete, so wie er seinem Vater welche schuldig war. Zumal Semi immer sehr gern mit seinem Vater gesprochen hatte. Sein Vater war ein phantastischer Sprecher. Einer, der gerne etwas erklärte. Eine wunderschöne Stimme. Und warum wollte er ihm diese Sache hier, diese so wichtige Sache nicht erklären? Wenn er daran dachte, wie viel Zeit er damit zugebracht hatte, sich selbst die Schuld an allem zu geben …

Auf einmal, auf dem Sofa bei den Rubens, spürte Semi, dass das Knäuel an unerklärlichen Dingen aus den letzten Monaten vom Bild seines Bruders absorbiert wurde, der etwas unter der Tür ihres Vaters hindurchschob. Es war, als hätten sich alle Bedürfnisse von Semi auf diese einzige, zwanghafte Neugier konzentriert. Die Samuel nie befriedigen könnte: nein, er würde nie den Mut finden, Filippo über diese Sache auszufragen.

Andererseits war es auch nicht so unverständlich, dass Filippo um die Tür seines Vaters herumschlich. Ja, er verstand die unheimliche Faszination jenes Ortes zu gut. Auch er wurde oft von der Manie gepackt, dort hinunterzugehen. Und, um ehrlich zu sein, auch er hatte in Bezug auf diese Tür sein kleines Geheimnis.

Seit einigen Wochen nämlich stand Semi, nachdem alle zu Bett gegangen waren, ab und zu auf. Er ging in die Küche. Nahm aus der Speisekammer einige Riegel Milchschokolade und ließ sie, in eine Papierserviette gewickelt, vor Leos Tür liegen. Jedes Mal, wenn er die Treppen hinunterstieg, verspürte er eine Art Schwindel. Ein unbekanntes Gefühl, das Angst und Erregung, Lust am Verbotenen und unauslöschliche Zuneigung zusammenhielt. Jedes Mal hatte er Angst (und zugleich hoffte er), dass sein Vater genau in diesem Moment die Tür öffnete. Doch bis jetzt war das noch nie passiert.

Manchmal ging Semi morgens nachsehen, was aus dem kleinen Geschenk geworden war, das er dort hatte liegen lassen. Und für ihn war es immer sehr bewegend, wenn er sah, dass die Serviette nicht mehr da war. Semi hoffte, dass sein Vater erahnte, wer sich hinter dieser liebevollen Geste verbarg. Er stellte ihn sich vor, voller Dankbarkeit ihm gegenüber, wie er sich mit der Serviette den Mund abwischte und lächelte.

Aber jetzt machte ihn der Gedanke, Filippo könnte sich das Verdienst dieser abendlichen Aufmerksamkeit unter den Nagel reißen, richtig wütend.

»Was ist mit Corvo junior los? Hat er keinen Appetit?«

Das war die Stimme von David Ruben. Seine so selbstsichere schöne Stimme. Er war es, der Filippo und Samuel liebevoll »i Corvi«, die Raben, genannt hatte. Er war es auch, der sie zur Unterscheidung »Corvo senior« und »Corvo junior« nannte.

Und jetzt hatte er sich mit seinen Einmeterfünfundachtzig, dem Kinn eines Comic-Helden, vor ihm aufgepflanzt. Ein schöner Junge, der, dass muss man sagen, in kurzen Hosen und Turnschuhen besser aussah als in Anzug und Krawatte. Samuel wusste, wäre da nicht der Größenwahn seiner Mutter, David hätte sich so ein protziges Fest erspart. Aber er wusste auch, dass die Dankbarkeit dieses Sohnes gegenüber einer so besonnenen Mutter groß genug war, so dass es ihn auch nicht so viel kostete, ihrem Größenwahn entgegenzukommen. Außerdem lag es in seinem Charakter als glücklicher Junge, jede Gelegenheit zu ergreifen, um sich zu vergnügen und es sich gutgehen zu lassen. Seine Freundlichkeit allen gegenüber hatte sicher mit seinem Wohlstand zu tun, mit seiner Unfähigkeit, Neid oder Ressentiments gegen irgendjemanden zu hegen. Er hatte Samuel dort beiseite sitzen sehen. Er wusste, dass er an diesem Abend jeden Grund hatte, der Unglücklichste von allen zu sein: sowohl wegen dem, was seinem Vater passierte, als auch weil er der jüngste Gast war und fast niemanden kannte. Deshalb wollte er ihn aufmuntern.

»Sieh mal, die hier würde ich lieber abnehmen«, sagte David und legte seine Krawatte ab. Und Semi tat es ihm gleich nach und lächelte ihm dankbar zu.

»Ich dachte, die sei Pflicht.«

»Das ist doch hier keine Militärakademie. Hier ist nichts Pflicht. Und dann weißt du ja: zu tun, was mir gefällt, ist das, was ich am besten kann.«

»Du Glücklicher.«

»Du musst nicht glauben, dass wir uns hier immer so einen abbrechen. Gleich wenn ich meine nervenschwache Mutter ins Bett geschickt habe, fangen wir an, ernsthaft zu daddeln.«

»Wie denn?«

»Hat dir dein Bruder denn nichts gesagt?«

»Nein.«

»Hat er dir nicht gesagt, dass hier gedaddelt wird, wie sonst nirgendwo auf der Welt?«

David hielt Wort. Nachdem Panettone und Mascarpone-Creme aufgefahren wurden und Signora Ruben sich erschöpft und zufrieden endlich aus dem Staub machte, führte David die verbliebenen Gäste (größtenteils männlichen Geschlechts) in eine Art Spielzimmer im Souterrain.

Dort drinnen war wirklich alles, was sich ein Junge 1986 ersehnen konnte. Ich habe den Verdacht, dass die Ausstatter von Tom Hanks Loft im Film *Big* sich von David und seinem »Daddelraum« (so nannte er ihn) inspirieren ließen. Da waren ein Billardtisch, eine Tischtennisplatte, ein Kicker, zwei Videospiele und natürlich die Polistil-Autorennbahn die nirgends fehlen durfte. Auf dem großen Tisch in der Mitte, der mit einem grünen Teppich belegt war, lagen Karten, Jetons und einige Weihnachtsspiele. David verschwand in einem anderen Raum, aus dem er einen Moment später mit einem Tablett voller Cola-Dosen wieder auftauchte.

Niemand war verwöhnter als David Ruben. Aber im Gegensatz zum typisch verwöhnten Jungen war in ihm eine solche Lust und eine solche Freude, seine Reichtümer mit anderen zu teilen, dass es dir erbärmlich vorgekommen wäre, ihn darum zu beneiden. Es war schön, sein Freund zu sein. Ihn zu beneiden ergab gar keinen Sinn. Es war, als hätte seine innere Reinheit etwas Ansteckendes. Als hätten alle in diesem Rahmen das Recht, sich auszutoben. Doch keiner schien daran Interesse zu haben. Als wollte niemand diese bürgerliche Ehrbarkeit verletzen. Und dabei hatten sie das richtige Alter. Es hätte genügt, wenn einer Dope herausgeholt hätte. Dass David brisantere Getränke als Cola verteilt hätte. Es hätte genügt, dass jemand anständige Musik aufgelegt hätte. Dass die so verlegenen und beherrschten Jungs endgültig ihre Jacken und Krawatten loswurden und die verschüchterten Mädchen dasselbe mit ihren Schuhen machten …

Aber David Ruben pflegte bei sich zu Hause keine Promiskuität zu unterstützen. Und alles in allem war es doch gut so. Es lag etwas Romantisches in der Gehemmtheit, die herrschte. Es lag etwas so Sanftes und Berührendes in dieser puritanischen Atmosphäre.

Also: von dem Moment an, als niemand fummelte, blieb nicht viel anderes zu tun, als zu spielen. Nougat essen und spielen. Cola trinken und spielen. Das war alles, was man dort drinnen tun konnte. Und es war auch das, was alle ohne großes Bedauern zu tun begannen.

Nach einer Weile saßen alle um den Tisch herum und spielten »Mercante in Fiera«. Die Bank übernahm ein Typ, den Semi und Filippo vom Sehen kannten, weil er auch in ihre Schule ging. Er war zwei Jahre älter als Filippo, sah aber nicht so aus. Obwohl er Pietropaolo hieß (nicht schlecht: zwei Apostel in einem Namen), hatte sein gewöhnliches Verhalten absolut nichts christlich Mustergültiges. Er hatte ein schönes Model-Gesicht, das an Nick Kamen erinnerte –

auch weil er alles daran setzte, dass es einen daran erinnerte –, einen sehr berühmten Sänger, der damals bei den Teenagern angesagt war.

Nach der Anzahl an Daunenjacken und Markenuhren, über die er verfügte, hätte man gesagt, sein Einkaufsbudget sei so unbegrenzt wie das eines Emirs. Und apropos Pflege seiner Person: es hieß, Pietropaolo, entsetzt von der Vorstellung, sein romantisches, rabenschwarzes Haar zu verlieren, würde sich jeden Abend den Kopf mit einem teuren Mittel einreiben, um seine Kopfhaut zu kräftigen. Das war aber nicht das pikanteste Gerücht, das über ihn kursierte. Manch einer hätte geschworen, er habe vor ein paar Jahren seine Mutter dabei erwischt, wie sie sich vom Bruder ihres Mannes vögeln ließ. Und er habe sich, von dieser Hamletschen Erfahrung erschüttert, auf das Bett gestürzt und begonnen, den gerade diensttuenden Claudius zu schütteln. Und damit nicht zufrieden, es auch sofort seinem Vater erzählt, der daraufhin die Scheidung einreichte.

Auch hieß es, seine berüchtigte Frauenfeindlichkeit, kontaminiert durch einen unerträglichen Sarkasmus, habe mit diesem in voller Pubertät erlittenen Schlag zu tun. Obwohl er einer der begehrtesten Typen der Schule war, wurde er nie mit einem Mädchen in Verbindung gebracht. Deshalb hielt ihn die eine Partei für eine üble Schwuchtel und die andere war überzeugt, dass sich Pietropaolo (bei dem ganzen Geld, das er hatte) erfahrener Huren bediente.

Das einzig Sichere ist, dass er zu der Kategorie von Menschen gehörte, die ständig jemanden brauchen, den sie demütigen können. Ein richtiger Spezialist der Verarschung. Hattest du einen Defekt, wegen dem du dich schämtest und den du auf jeden Fall verstecken wolltest, war er es, der ihn schonungslos aufdeckte und dich vor allen anderen damit konfrontierte. Also eine echte Qual für fettleibige Mädchen, für Stotterer, für Träger von Segelohren und platten Nasen, für ungelenke Athleten und offensichtliche Schreckschrauben. Er war also das gefürchtetste Arschloch der ganzen Schule. Damit wir uns verstehen, ein echter Bastard. Und wie alle echten Bastarde war er intelligent, witzig und – vorausgesetzt, er wählt dich nicht als Opfer – unwiderstehlich sympathisch.

Merkwürdig ist, ihn auf diesem Fest anzutreffen, da er in jeder Hinsicht das genaue Gegenteil des Hausherrn ist. Dennoch lässt die Gewandtheit, mit der er sich auf die Rolle des Croupiers beim »Mercante in Fiera« versteht, den Verdacht aufkommen, dass dies allein ausreichte, ihn einzuladen. Verdammt nochmal, wie gut er das kann. Er ist locker, ein guter Schauspieler. Er blufft wie ein Weltmeister. Er könnte einem Rabbiner eine Partie verdorbenen Schinken verkaufen.

Dank seines Talents ist man sehr lässig ans Ende der dritten Runde gekommen. Pietropaolo will gerade die letzte Karte umdrehen, die für die erste Prämie. Der Preis ist ein nettes Sümmchen für kleine Jungs. Das Neue ist diesmal, dass Göttin Fortuna Fili und Semi gegeneinander gestellt hat: Corvo senior gegen Corvo junior, Kain gegen Abel. Sie haben die letzten Karten. Was bedeutet, dass der Sieger alles bekommt und der andere keinen Trostpreis. Das hat unter den anderen zuschauenden Spielern einen kleinen Tumult ausgelöst:

»Los, teilt doch.«

»Es bleibt sowieso alles in der Familie.«

»Nein, so macht es doch keinen Spaß. Es ist spannender, wenn einer gewinnt und der andere verliert.«

»Ja, kein Affentheater.«

»Etwas Mumm, Jungs.«

Filippo macht das übliche Gesicht, als wäre er nur zufällig da. Als würde ihn das alles am wenigsten interessieren. Semi ist ein Knäuel widerstrebender Gefühle. Und das nicht nur, weil er sich schämt, als jüngster Gast des Festes im Zentrum der Aufmerksamkeit zu stehen. Schließlich ist er locker. Zumal er, da es um seinen Bruder geht, jede Konkurrenzhaltung aufgibt. Er weiß, dass er unter normalen Umständen Filippo seine Karte geben würde, sie ihm schenken würde, allein wegen der Freude, ihn siegen zu sehen.

Doch heute ist Semi auf Filippo böse. Nicht so sehr, weil er ihn vor fünf Monaten aus seinem Bett vertrieben hat und ihm seitdem zu verstehen gab, dass er, zumindest auf seiner Matratze, ein ungeliebter Gast ist. Nicht so sehr, weil er Filippo vielleicht die Schuld an allem gibt, was gerade passierte. Und auch nicht, weil Semi ihn in flagranti erwischt hat, wie er etwas unter der Tür des Refugiums hindurchschob, in dem ihr Vater wohnt. Aus einem einzigen Grund ist Semi an diesem Abend auf seinen Bruder böse, weil er spürt, verlassen worden zu sein. Ja, sein Held hat ihn im schwierigsten Moment verlassen. Und das ist etwas, das er ihm wirklich nicht verzeihen kann. Deshalb zögert Semi.

Filippo flüstert ihm zu: »Los, kleine Schwuchtel, lass uns teilen.« Doch Semi lässt sich auch nicht vom schmeichelnden Ton dieser Stimme täuschen. Die scheinbare Sanftheit betört ihn nicht. Er kennt Filippo. Er weiß, dass er nicht gern im Zentrum der Aufmerksamkeit steht. Er will diese Geschichte so schnell wie möglich hinter sich bringen.

Deshalb sagt Samuel, während er die Luft einzieht, die von den brennenden, aber auch von den erloschenen Zigaretten dick geworden ist, ohne den Mut, seinem Bruder ins Gesicht zu sehen:

»Ich behalte meine Karte. Du behältst deine.«

»Siehst du den kleinen Raben!«, bemerkt einer.

»Was für ein Charakter!«

»So wird gespielt, Jungs!«

Aber den unpassendsten und schrecklichsten Kommentar erlaubt sich natürlich Pietropaolo. Dabei saugt er wie ein schwarzes Loch alle anderen ein:

»Natürlich bleibt ihr euch immer treu«, sagte er, jede Silbe genau buchstabierend. »In der Familie wird alles geteilt, sogar dasselbe Mädchen. Aber Geld nicht. Das wird nie geteilt.«

Jemand lachte. Ein anderer aber hatte rechtzeitig begriffen, wie ungehörig es wäre, bei einem solchen Spruch zu lachen, und dann auch noch in diesem Haus. Das war ein furchtbarer Spruch, der wohlwissend einen allgemeinen Antisemitismus mit einer besonderen Unsensibilität gegenüber der Tragödie mischte, die die Pontecorvos getroffen hatte. Eine echte Schweinerei also.

Einen Moment lang hörte man nur das Knistern des Feuers und im Hintergrund die üblichen unerträglichen Weihnachtsmelodien. Alle blickten David an. Als wären sie überzeugt, dass es an ihm lag – in der dreifachen Gestalt als Hausherr, unumstrittener Anführer der Bande sowie als sprichwörtlich großzügiger Jude –, das Verhalten dieses Bastards hart zu bestrafen. Aber David sagte kein Wort. Er war fassungslos. Betreten. Als ob auf einmal seine beste Eigenschaft, das heißt die Herzensgüte, ihm einen schlechten Rat erteilte und ihn aufforderte, die feigeste Option zu wählen: ein dorotheisches, unverantwortliches Schweigen.

Andererseits musste man Pietropaolo nur ansehen, um zu begreifen, dass er, auch wenn er alles tat, sich auf die Brillanz seines Spruches etwas einzubilden, wegen der Worte, die er gerade ausgesprochen hatte, besorgt war. Und völlig erschrocken über die unmittelbaren Konsequenzen, die sie für ihn haben könnten.

Doch wem es am schlechtesten ging, das war Semi. Mit gesenktem Kopf starrte er die Karte an, die ihm ein Sümmchen Geld einbringen könnte, das ihm in diesem Moment nichts mehr bedeutete. In einem einzigen Moment war die unvernünftige Hoffnung (die er im Laufe der Zeit liebgewonnen hatte), von der Welt nicht als derjenige wahrgenommen zu werden, »dem der Vater die Freundin gevögelt hat«, elendig zusammengebrochen. Und nun war nicht klar, ob die übermenschliche Anstrengung, nicht vor allen in Tränen auszubrechen, vom Wunsch herrührte, einen restlichen Funken an Würde zu retten, oder ob es der letzte verzweifelte Versuch war, eine Hoffnung aufrechtzuerhalten, die keinen Sinn mehr hatte.

Es war schließlich Filippo, der das Eis brach (und nicht nur das Eis). Er war es, der begriff, dass das Einzige, was man in diesem Moment tun konnte – für sich selbst, für seinen Bruder, für seine Mutter, für seinen Vater, für alle anständigen Menschen –, sich ohne zu zögern auf die Seite des Unrechts zu stellen.

Und genau das tat er auch.

Er stand auf. Er packte den Bastard am Revers seiner Jacke. Er riss ihn aus dem Stuhl. Warf ihn auf den Boden und setzte sich auf ihn. Dies alles fast in einer einzigen Bewegung. Während der aschfahle Pietropaolo sich zu befreien versuchte, begann er ihn mit unglaublich brutaler Gewalt zu schlagen. Richtig filmreif, so ordentlich die Fresse poliert, völlig verrückt. Filippo schrie die ganze Zeit: »Hast du's jetzt begriffen? Hast du's jetzt begriffen?« Ja, das sagte er ihm die ganze Zeit, als hätte er ihm gerade etwas erklärt und wollte sichergehen, dass der andere den Gedanken erfasst hatte. Und tatsächlich, er erteilte ihm eine richtige Lektion. Eine, die man nie wieder vergisst.

In der kurzen Phase zwischen dem Moment, als sein Bruder begonnen hatte, diesen Kerl zu verprügeln, bis zum Augenblick, an dem vier Jungen, die über Filippos Wut erschrocken waren, ihn gewaltsam von Pietropaolo wegrissen, hatte Semi eine fast unbekannte Freude verspürt. Es war sehr lange her, dass er so etwas empfunden hatte. Etwas löste sich auf. Das Gefühl von Ungerechtigkeit und Einsamkeit, das ihn seit jenem Juliabend, an dem alles begann, gequält hatte, fand heute eine wunderbare Erlösung. Eine regelrechte Katharsis. Das glänzende Happy End, das du nicht erwartet hast.

Es hielt nur kurz. Als Pietropaolo, seine geliebten Haare waren zerzaust, die Augen starrten ungläubig, sein Mund war blutverschmiert, seinen Angreifer zu beschimpfen begann – »Du bist doch durchgeknallt! Dir geht's wohl nicht

gut. Du bist ein Psychopath, ein Arschloch. Das lass ich dir nicht durchgehen. Ich mach dich fertig … ich mach dich fertig …« – genau in diesem Moment verspürte Semi wieder eine gewisse Beunruhigung. Aber auch die Angst konnte die Genugtuung nicht verdrängen, die immer noch in ihm aufstieg. Die Gewalt, die so geschmähte Gewalt erwies sich, wenigstens einmal, als sinnvoll und unersetzlich.

»Es ist besser, wenn ihr geht!«, sagte David zu Filippo. Und Filippo ließ sich gewiss nicht bitten.

Die Sterne schienen der Erde noch näher zu sein, als sich die beiden Brüder auf der Straße wiederfanden. Es war, als ob die funkelnde Unendlichkeit des Himmelsgewölbes das Gefühl der Einsamkeit verstärkte, das sie quälte. Es bedurfte nicht nur keiner Worte oder Gesten, um zu begreifen, dass das, was sie in der letzten Zeit radikal getrennt hatte, dabei war, wieder zu verheilen. Es schien auch völlig passend zu sein, dass eine so eiskalte und schöne Nacht Zeuge der wichtigsten Versöhnung in ihrem ganzen Leben war.

Filippo war ruhig. Er massierte sich sein schmerzendes Handgelenk. Selten sollte er sich später so erwachsen und unbesiegbar fühlen wie jetzt. Er hatte getan, was getan werden musste. Diesem arroganten Arsch die Fresse zu polieren, hatte die nervöse Spannung gelöst und den biblischen Gerechtigkeitssinn besänftigt, den seine Mutter ihm eingetrichtert hatte.

Semi aber konnte kaum atmen, so aufgeregt war er. Ab und zu warf er einen behutsamen Blick auf Filippo und musste lachen. Das war sein Bruder. Sein Held war wieder da. Der einzige Mensch, mit dem er zusammen sein wollte, war da. Er war sich sicher, dass Filippo ihn von nun an nicht mehr aus seinem Bett vertreiben würde.

Das Einzige, was Semi in diesem Moment am liebsten getan hätte, war zu brüllen: »Da habt ihr sie, die *Unzertrennlichen*!« Das war ein Spruch, den Filippo den Helden des ersten von ihm gezeichneten Comics in den Mund gelegt hatte. Oder jedenfalls des ersten, den Filippo sich, schüchtern wie er war, ihm vor ein oder zwei Jahren zu zeigen getraut hatte.

Anfangs hatte Semi bei diesen Zeichnungen nur wenig verstanden. Er hatte sie ziemlich lächerlich gefunden. Auch wenn er, um den Autor nicht zu kränken, sich das Lachen verkniffen hatte. Die Protagonisten des von seinem Bruder ausgedachten Cartoons waren zwei als Superhelden gekleidete Vögel. Eine ornithologische Version von Batman und Robin. Er hatte sie immer wieder betrachtet und war zur Überzeugung gekommen, dass einer der beiden tollpatschigen Vögel mit dem Hakenschnabel Filippo ähnlich sah. Und dass der andere ihm, Semi, ähnelte. Schließlich hatte er sich mit den Kostümen beschäftigt. Direkt auf dem Bauch, in der Mitte der Kittel, die beide trugen, war ein großes I.

»Warum das?«, fragte Samuel und zeigte unschlüssig darauf.

»Das steht für *Inseparabili, Unzertrennliche.*«

*»Unzertrennliche?«*

»Die ›Unzertrennlichen‹ sind eine ganz besondere Papageienart.«

»Warum besonders?«

»Sie leben ihr ganzes Leben zusammen. Einer dicht am anderen. Wenn dann einer von ihnen stirbt, stirbt auch der andere.«

»Wieso?«

»Ich weiß es nicht, ich weiß nur, dass es so ist.«

»Was machen sie hier?«

»Sie verhaften gerade Mister Black.«

»Wer ist Mister Black?«

»Das ist der Feind der *Unzertrennlichen.*«

»Und was sagen sie hier?«

»Das, was sie immer sagen, oder zumindest immer, wenn sie an den Tatort kommen. ›Da habt ihr sie, die *Unzertrennlichen*!‹«

Und Semi brauchte keine weitere Erklärung mehr. War

das also ihr Verhältnis, wie Filippo es sah? Waren sie die *Unzertrennlichen*? Die maskierten Superhelden? Sie waren zwei Papageien, von denen einer nicht ohne den anderen sein konnte, womöglich noch mehr als die *Phantastischen Vier*. Die immer zusammen sein müssen, so dass, wenn einer stirbt, der andere ihm unmittelbar nachfolgt.

Alles war Samuel so edel, so heroisch, so intim erschienen. Mit der Rhetorik von Kindern hatte er das Geschenk dieser Zeichnungen als eine Art Eid aufgefasst. Ein heiliger, geheimer Eid zwischen Filippo und ihm. Ein Eid, den der größere Papagei gerade an jenem Dezemberabend 1986 eingelöst hatte.

Ein Streich der Erinnerung. Ausgerechnet an die heldenhaft-komischen Abenteuer der *Unzertrennlichen* musste Semi fünfundzwanzig Jahre nach dem turbulenten Abend bei den Rubens denken, der ihm wenigstens für eine Weile die Illusion vermittelt hatte, etwas repariert zu haben, was scheinbar unwiederbringlich kaputtgegangen war. Er dachte daran, als wie unersetzlich sich sein Bruder erwiesen hatte. Er dachte daran, wie phantastisch ihr Verhältnis in diesen Jahren gewesen war. Dieses vorgegebene und tröstliche Ungleichgewicht. Der Ritter und sein Schildknappe. Eine wunderschöne Sache.

Es war ganz schön viel Zeit vergangen. Und jetzt saß er hier auf seiner schwarzen Speed Triple und hing all diesen nutzlosen Erinnerungen nach.

Seitdem er es abgeholt hatte und obwohl noch etliche Leasingraten zu zahlen waren, war es das erste Mal, dass Semi, als er das Motorrad mit den Beinen umschlang und nervös mit der Fußspitze die Gänge wechselte, es ganz als sein eigenes empfand. Nicht dass es leicht zu fahren war: das war es überhaupt nicht. Es war einfach das, was er in diesem Moment brauchte, um sich auf einen Arbeitstag vorzubereiten, der wirklich nichts Gutes versprach. Ja, trotz des blassblauen Himmels und des vom viertägigen Regen glitschigen Asphalts wünschte Semi nichts anderes, als auf seiner Triumph zu fahren: durch die Straßen von Mailand rasen, sich lässig zwischen den Autos, Gehwegen, Schienen, Verkehrsinseln, Fußgängern hindurchschlängeln, fliehen. Vor was? Das hätte er nicht sagen können. Wohin? In eine wunderbare Vergangenheit!

Es war fast halb neun Uhr morgens, aber die Stadt war noch unerklärlich düster. Die Scheinwerfer der Autos erwiesen sich – durch die geschliffene Blende der Wassertropfen am Visier seines Helms – als besonders lästig.

Der Grund, warum Semi an die *Unzertrennlichen* und an jene Nacht vor vielen Jahren dachte, war, dass er im Dickicht der unangenehmen Reminiszenzen, die ihn abwechselnd bestürmten, eine tröstliche Erinnerung herausfiltern musste – eine einzige –, an die er sich klammern konnte, während er der kalten Morgenluft trotzte.

Der Anruf seines Bruders, der ihn gerade noch erreicht hatte, als er schon mit dem Helm in der Hand aus dem Haus gehen wollte, hatte ein Knäuel widerstrebender Gefühle in seiner Brust hinterlassen.

Anfangs schien es ein routinemäßiges Telefongespräch zu sein, aber dann hatte es sich als das erwiesen, was es war: ein Hilferuf. Und daran wäre auch nichts Schlechtes gewesen, wenn Semi nicht seit mehreren Tagen selbst darüber nachdachte, ob er seinen Bruder um Hilfe bitten sollte, um aus all diesen Scherereien herauszukommen, in denen er steckte. Und ihr wisst ja, wie es ist, es gibt nichts Unerfreulicheres, als einen Hilferuf von jemandem zu erhalten, der in deinen Augen die letzte Möglichkeit ist, um aus der Klemme herauszukommen. Es gibt nichts Peinlicheres, als einen Schwachpunkt in der Rüstung des Ritters zu entdecken, den du für unbesiegbar hieltest.

Und genau das hatte Semi empfunden, als er versuchte, mit seinem Bruder am Telefon zu sprechen. Dem Anschein nach hatte Filippo ihn angerufen, um ihn daran zu erinnern, dass er an diesem Nachmittag in der Aula der Bocconi, der Universität, an der Semi studiert hatte, »auftreten« (wie er gern sagte) würde.

»Du willst dir doch nicht etwa die Szene mit deinem ehemaligen Rektor entgehen lassen, der mir vor allen einen bläst?«

Das war der erste Spruch, den Filippo losgelassen hatte. Dies genügte, um Semi zu beunruhigen, der wusste, dass er seinem Bruder genau dann misstrauen sollte, wenn der zu Sprüchen und Zitaten aufgelegt war.

»Ich hab dir doch gesagt, dass ich komme«, beruhigte ihn Semi. Ohne sich die Mühe zu machen, zu sagen, dass er es nicht erwarten konnte, ihn zu sehen. Er war glücklich, die einzigartige Szene mit Filippo (dem unakademischsten Wesen des Universums) genießen zu können, der an der Bocconi von seinen ehemaligen Dozenten und der neuen Studentengeneration geehrt wird. Und außerdem kostete Samuel schon seit Tagen den Vorgeschmack auf den Moment aus, an dem sie, nach dem Event an der Bocconi, in einem schönen Restaurant vor einer dieser Flaschen Rotwein mit aggressivem Tannin, wie Filippo sie liebte, sich einem ihrer berüchtigten Tête-à-tête hingeben konnten. Eine passende Gelegenheit für seinen nachdrücklichen Hilferuf an seinen Bruder, dessen erster Punkt in einem gewaltigen Darlehen bestand, um seine Lücken zu stopfen.

»Also sehen wir uns hinterher?«, fragte Filippo unnötigerweise, als müsse er Zeit schinden, bis er den Mut fand, den Grund seines Anrufs am frühen Morgen zu verraten.

»Sicher, wir sehen uns dort. Um sechs, nicht wahr? Wenn ich es schaffe, bin ich auch etwas früher da.«

»Ausgezeichnet!«, sagte Filippo. »Es könnte nämlich das letzte Mal sein, dass wir uns sehen.«

Und so merkwürdig es auch sein mochte, Semi war vom ersten Teil des Satzes mehr beunruhigt als vom zweiten. »Ausgezeichnet!« war nämlich der Lieblingsspruch von Mister Burns, Filippos Lieblingsfigur bei den Simpsons. Und wie schon gesagt, der übermäßige Gebrauch von Zitaten versprach nie etwas Gutes. Semi fragte sich, ob Filippo schon seine Prozac-Pille geschluckt hatte. Nichts konnte die emotionale Verschiedenheit der Pontecorvo-Brüder besser beschreiben als die Tatsache, dass der Erstgeborene sich mit Antidepressiva aufputschen und der Jüngere sich mit Angstlösern beruhigen musste.

»Was ist los?«, fragte er ihn etwas verärgert.

»Es ist alles aus! Morgen gibt es mich nicht mehr.«

»Können wir es wenigstens heute vermeiden, Scheiße zu reden?«

»Was ist denn heute so besonders?«

»Ich stecke in Schwierigkeiten. Ja, es ist gut, dass wir heute Abend zusammen essen gehen. Ich will nämlich mit dir reden.«

»Wer weiß, ob es mich heute Abend noch gibt!«

»Entweder hörst du damit auf und sagst mir, was los ist, oder ich geh zum Angriff über!«

»Ich bin verfault, fertig, verfallen, verlumpt, verbumst, verkackt …«

Schon wieder eins. Das letzte war ein Zitat aus *Der wilde wilde Westen* von Mel Brooks. Für Semi eine Art definitives Teilchen in diesem mysteriösen und beunruhigenden Puzzle. Denn üblicherweise kam Filippo damit an, wenn er in voller hypochondrischer Paranoia war: was weiß ich, nach einer Nacht, in der er eine Geschwulst am Hals ertastet hat oder die er mit obsessiven Schluckübungen verbrachte, um die Möglichkeit eines aggressiven Tetanus abzuwenden.

Wenn man ernsthaft Ärger hat wie Samuel, gibt es nichts Schlimmeres, als mit dem plötzlichen Spleen eines Neurotikers konfrontiert zu sein. Zu allem hatte Semi Lust, nur nicht dazu, das Gefasel seines Bruders über selbstdiagnostizierte tödliche Krankheiten über sich ergehen zu lassen. Deshalb fragte er ihn mit einem gewissen Widerwillen:

»Was ist es dieses Mal? Aids? Die Pest?«

»Ich bin bei bester Gesundheit.«

»Also was?«

»Liest du denn keine Zeitungen?«

»Schon vor über zwanzig Jahren hab ich damit aufgehört«, konterte Semi mit einem dieser Sprüche, die auf Leos Tragödie anspielten, ohne sie beim Namen zu nennen.

»Ich fürchte, du musst wieder damit anfangen, welche zu kaufen.«

»Hör mal, ich habe einen Haufen Dinge zu erledigen. Jacob wartet in seinem Büro darauf, mich fertigzumachen. Ja, wahrscheinlich wird er mich rausschmeißen. Es besteht die Gefahr, dass ich morgen früh ein von Gläubigern belagerter Arbeitsloser bin … Also, entweder du hörst mit diesen Spielchen auf und sagst mir, was los ist, oder du kannst mich mal …«

»Erinnerst du dich an jene vagen Drohungen, die ich vor ein paar Monaten bekommen habe?«

»Natürlich. Aber ich erinnere mich auch, dass du gesagt hast, das sei alles nur Schwachsinn!«

»Wenn es nach unseren Geheimdiensten geht, sind sie das ganz und gar nicht … Scheinbar ist ein Haufen islamistischer Websites auf dem Kriegspfad unterwegs. Du weißt ja, wie das ist: alle auf den Juden. Außerdem geht mir die Alte auf den Keks.«

»Wie denn?«

»Sie ruft mich hundertmal am Tag an. Eigentlich sprichst sie über andere Dinge, du kennst sie ja: sie spielt diejenige, die sich keine Sorgen macht. Aber meiner Meinung nach ist sie zu Tode erschrocken. Wenn du mit ihr telefonierst, versuch sie doch ein bisschen zu beruhigen.«

In diesem Moment spürte Semi die ganze widerliche Sinnlosigkeit der Angelegenheit, über die ihn sein Bruder gerade auf dem Laufenden hielt: wie konnte es nur jemanden auf der Welt geben, der einem so sanftmütigen, unschuldigen und einsamen Typen wie Filippo etwas Böses antun wollte? Ausgerechnet in diesem Moment dachte Semi an ihn, als er noch ein Kind war …

»Ja, in Ordnung. Aber was gibt's denn nun Neues?«

»Neu ist, dass das Innenministerium mich vorgewarnt hat. Es besteht die Gefahr, dass ich Personenschutz bekomme. Oder schlimmer, dass ich für eine Weile verschwinden muss … oder vielleicht für immer. Ich habe eine Scheißnacht hinter mir. Anna ist völlig durchgedreht. Heute am frühen Morgen kam sie verkleidet …«

»Verschwinden? Wohin denn?«

»Was weiß ich? Kennst du diese Programme, die Kronzeugen in Mafiaprozessen eine neue Nationalität, eine neue Identität verschaffen, und wenn es wirklich nötig ist, auch ein neues Gesicht? So in der Art.«

»Ach komm. Das ergibt doch keinen Sinn. Woher stammen denn die Drohungen?«

»Ich sag doch, das weiß ich nicht genau. Eine islamistische Gruppe. Ein paar islamistische Gruppen. Eine Joint Venture mit islamistischem Emblem. Scheinbar braucht es heute wirklich nicht viel, um sie wütend zu machen.«

Semi hatte den Eindruck, dass Filippos Stimme, die trotz des scherzhaften Tonfalls immer kläglicher wurde, kurz davor war, in etwas Ähnlichem wie Tränen auszubrechen. Was ihn fürchterlich gedemütigt hätte. Das war der Grund, warum Semi versucht, ihm einen Rat zu erteilen:

»Kannst du nicht öffentlich abschwören? Ein paar Szenen neu schneiden? Sie rausnehmen?«

»Das raten mir alle. Aber sie sagen auch, dass die Gefahr groß ist, dass ich wie ein Feigling dastehe, und die mich trotzdem kaltmachen.«

Semi wusste, dass sein Bruder vor ein paar Monaten keinerlei moralische Skrupel empfunden hätte. Er hätte keine Schwierigkeit gehabt, sich zu demütigen und auch kein Problem, den Clown zu spielen, oder gar als feige zu gelten.

Wenn es eine Eigenschaft gab, die er bei seinem Bruder stets bewundert hatte, dann die, dass er, im Gegensatz zu allen anderen Menschen, die Semi kannte, hochtrabende Begriffe wie »Würde«, »Stolz« oder »Anstand« nie groß geachtet hatte … Ganz im Gegenteil: der Grund, warum Filippo es in seinem Trickfilm so gut verstand, von Gemeinheit und Unterdrückung zu erzählen, war, dass er selbst schon immer ein Faible dafür hatte. Filippo hatte stets mit der Obszönität geflirtet. Doch es war, als würde sich seine Persönlichkeit seit einiger Zeit durch den Erfolg umformen, und durch das große Missverständnis, das dieser Erfolg erzeugt hatte. Zunächst bei den anderen und damit indirekt auch bei ihm.

Und gerade jetzt, da er mit diesem schönen Schwindel abrechnen, jetzt, da Filippo unanfechtbar bekräftigen müsste, dass kein Ideal mehr wert ist als das Leben, geriet etwas in ihm ins Schwanken. Und Semi wusste genau, dass diese Skrupel viel mehr mit seiner Eitelkeit und seinem Stolz als mit wirklicher Zivilcourage zu tun hatten. Als sehr erfolgreicher Mensch hatte Filippo plötzlich viel zu verlieren. Und wie alle, die viel zu verlieren haben, hatte er furchtbare Angst davor, sich auch nur einen einzigen Krümel von seinem Kuchen entgehen zu lassen.

»Ich frage mich langsam …«, fuhr Filippo unsicher fort.

»Was?«

»Ob es das wert war.«

»Was?«

»Mich in diese ganze Geschichte hineinzumanövrieren. Den Film, alles, was er dargestellt hat.«

»Aber klar war es das wert!«

»Bisher hat es nur Unglück gebracht.«

»Das würde ich so nicht sagen. Bisher hat es nur Schönes gebracht. Soweit ich weiß, ist dies das erste Unglück.«

»Wenn schon, dann das zweite«, korrigierte Filippo gedankenverloren und bereute es sofort wieder.

Die Anspielung, die Samuel zwar mitbekommen hatte,

von der er aber nicht wusste, wie er sie kommentieren sollte, bezog sich auf etwas, das ein paar Wochen zuvor passiert war. Ein Ereignis, dazu angetan – falls überhaupt nötig –, Filippos Berühmtheit neue Nahrung zu verleihen, aber auch von der Wirkung, die Pontecorvos in finsterste Fassungslosigkeit zu stürzen.

Alles wegen eines Artikels, der auf www.scoop.it gepostet wurde, einer häufig angeklickten Gossipseite, die hochinformiert und gnadenlos spitzfindig war. Der übrigens anonyme Artikel hatte die böse Geschichte von Filippos Vater vom Dachboden der Erinnerung wieder ans Licht der Öffentlichkeit gebracht: das mutmaßliche und nie ganz bewiesene Verhältnis von Leo Pontecorvo mit der zwölfjährigen Freundin seines Sohnes. Als wäre das noch nicht genug, war der Artikel mit einem Foto von Leo versehen.

Darunter stach die unmissverständliche Bildunterschrift heraus: »Das ist das wahre Gesicht von Filippo Pontecorvos ›Herodes‹«.

Das ganze Stück beruhte auf einem banalen Zusammenhang und behauptete eine starke und unheimliche Verbindung zwischen dem, was Leo vor fünfundzwanzig Jahren getan hatte, und dem Trickfilm, den zu drehen der Sohn eines so bösen Menschen für notwendig hielt. Das hinterlistige journalistische Theorem war – als gutes journalistisches Theorem – grob unter aller Kritik. Und dennoch außerordentlich suggestiv. Filippo hatte diesen Film gegen seinen Vater gedreht. Gegen seinen Vater, der Vorpubertäre missbraucht hat.

Obwohl Semi die kategorische Weigerung seines Bruders, diese Niedertracht zu kommentieren, ziemlich gut fand, hatte er doch ein gewisses Unbehagen verspürt, beim Gedanken, dass Filippo sich nicht bemühte, eine unverzeihliche Ungenauigkeit zu widerlegen.

Welche Ungenauigkeit?

Nun, der Autor dieser Niedertracht hatte durchblicken lassen, dass das von Leo verführte Mädchen Filippos Freundin gewesen sei. Was, wie wir wissen, eine furchtbare Lüge war. Eine unerträgliche Verfälschung. Okay, Semi entging nicht, dass es sich vom journalistischen Standpunkt aus um eine Bombe handelte. Eine dieser großen Geschichten der Wiedergeburt, die die Presse und die Leute mögen: da habt ihr den Autor des anklagenden Cartoon *Herodes* – das heißt die schärfste Anklage gegen die Gewalt von Erwachsenen an Kindern seit *Oliver Twist* –, der sich, von einem gigantischen Kindheitstrauma heimgesucht, mit Hilfe der Kunst befreit und rächt! Ja, wirklich eine großartige Geschichte. Leider ist sie falsch! Leider war Camilla, das Mädchen, das 1986 mit gnadenloser Entschlossenheit Leo beschuldigt hatte, sie zuerst mit einer Reihe von Briefen verführt und umgarnt und dann vergewaltigt zu haben, Samuels Freundin. Leider ist in manchen sehr ernsten Angelegenheiten, wenn es um das äußerst fragile Gleichgewicht traumatisierter Familien geht, die Wahrheit von höchster Bedeutung.

Wenn man bedenkt, dass Filippo diese unerfreuliche Episode journalistischer Niedertracht gerade als »das erste Unglück« bezeichnete, das ihm sein Film beschert hatte, gab er Semi gegenüber offensichtlich zu, dass ihn die ganze Geschichte ziemlich gestört hatte. Und dass der Grund, warum er weder mit Samuel noch mit Rachel darüber gesprochen hatte, derselbe war, der die beiden daran gehindert hatte, miteinander darüber zu sprechen: über jene Sache, und wenn auch die Welt einstürzte, sprach man nicht.

Das Blöde ist, dass der Groll in dem Moment, in dem er sich äußert, sich nicht gerade um durchdachte Argumentationen schert. Der Groll fischt gewöhnlich in trüberen Gewässern als denen, die der sogenannte rationale Gedanke frequentiert. Damit will ich sagen, dass Semi, obwohl er seinem Bruder keine Schuld an dem gab, was passiert war, und obwohl er glaubte, Filippo hätte sich angesichts der

Umstände nicht rücksichtsvoller verhalten können, Semi es dennoch nicht vermeiden konnte, auf ihn böse zu sein, als die tendenziöse Nachricht zu zirkulieren begann. Deshalb reichte es aus, dass Filippo während des Telefonats auf den bösen Zwischenfall anspielte, damit Semi in sich – in einem echten Selbstverbrennungsphänomen – wieder das Feuer des Ressentiments spürte. Ein Scheiterhaufen, auf den Semi seit einiger Zeit permanent verzweifelt (vergeblich) eimerweise kaltes Wasser schüttete.

Es muss gesagt werden, dass die Auswirkung des Erfolgs auf Filippos Charakter viel weniger tugendhaft war, als jeder, der ihn schon immer kannte, es vermutet hätte. Es war, als hätte er ihn kurzerhand verweichlicht. Seinen außerordentlichen Unabhängigkeitsdrang zerstört, ihn jämmerlich gemacht, seinen faszinierenden Individualismus auf eine sehr banale Art von Egozentrik reduziert. Es war unglaublich, wie ein Mensch, der im Laufe seines Lebens seinen Charakter so geformt hat, dass er zu Interesselosigkeit, mangelndem Ehrgeiz und dem Kultivieren eines sehr humorvollen Nihilismus neigt, jetzt, nachdem er vom Bus der Berühmtheit überrollt worden war, einen solchen Narzissmus an den Tag legte.

Es geschah immer öfter, dass er dir gar nicht zuhörte, wenn du mit ihm sprachst. Als gäbe es nichts Wichtigeres auf der Welt als das, woran er ständig dachte. In einem bestimmten Moment ließ er das Gespräch auffällig zum neuralgischen Punkt seiner Gedanken hin abschweifen. Dann nahmen seine Vorträge, die einmal leidenschaftlich und interessant gewesen waren, eine Wende hin zu Eigenlob und Eigenwerbung; und sie waren durchzogen von der Verlegenheit, es nicht erwarten zu können, sich ein wenig zu rühmen, aber auch genau zu wissen, dass es nicht angebracht und etwas lächerlich ist. Und vielleicht bevorzugte er gerade deshalb die Frageform.

»Apropos, habe ich dir schon gesagt, dass *Herodes* in Deutschland auf Platz 3 steht, hinter dem letzten Film von Spielberg?« »Weißt du, dass Pedro Almodóvar neulich in einem Interview in ›El País‹ ausführlich *Herodes* zitiert hat?« »Weißt du zufällig, wie hoch die Londoner Buchmacher *Herodes* als Sieger handeln?« Keine einzige dieser mehr oder weniger rhetorischen Fragen verdiente etwas anderes als die klassischste aller Antworten: »Ach ja? Und wen interessiert das?« Und es war offensichtlich, dass Filippo, in dem noch etwas von der Selbstironie stecken musste, die ihn stets inspiriert hatte, dies als Erster merkte. Trotzdem konnte er es nicht vermeiden, seine Medaillen zu polieren, womit er sich so lächerlich und unerträglich machte.

Es muss gesagt werden, dass der Weg, den *Herodes und seine Kinder* durchlaufen hatte – seitdem er zum ersten Mal in einem überfüllten Saal an der Croisette vor Publikum gezeigt wurde – gelinde gesagt exemplarisch erschien.

Die ersten Schreie des Films waren die eines neuen exzentrischen, frischen Geschöpfs. Eine Extravaganz, die einen rührte und gleichzeitig zum Lachen brachte, gewiss nur etwas für Feinschmecker und Genrefans. Dann wurde *Herodes* ziemlich groß. Er wurde von den hochnäsigen Intellektuellen entdeckt, die ihn lobten wegen der Kraft der Anprangerung und wegen der Tatsache, dass diese Anprangerung in einer neuen Form des Pop wie dem Trickfilm vorgebracht wurde. Schließlich kam das Publikum – vor allem das weibliche.

Und da, gerade als die Flitterwochen zwischen *Herodes* und dem Publikum ihren leidenschaftlichen Höhepunkt erreicht hatten, erhoben die ersten einsamen Skeptiker ihre heisere Stimme und äußerten einige Distinktion und einige Zweifel. In diesem Moment kam die große Wende. Dieselben Kenner, die damals den Film gefeiert hatten, zeigten nun gern ihre Unabhängigkeit im Urteil, in dem sie das kritisierten, was sie anfangs so sehr gelobt hatten. Ganz zu schweigen von den Intellektuellen, die, stets vom Gedanken geplagt, den allzu breiten Publikumsgeschmack zu teilen, Filippo Pontecorvo schon als eine Art Verräter an der Sache betrachteten.

Das hatte es Filippos weniger bekannten Kollegen erlaubt,

sich ihre Revanche zu sichern. Ich spreche von den Comicautoren, die stets in der Illusion lebten, das unausweichliche Schicksal derer, die entschieden hatten, sich in einer Nischendisziplin zu versuchen, sei es, ein Nischenkünstler zu sein. Ein mühsam erlangter Irrglaube, der vom weltweiten Erfolg von *Herodes* heftig in die Krise gestürzt wurde. Schließlich nahmen sie Rache und behandelten Filippo mit gönnerhafter Überheblichkeit. Sie hielten ihn für einen Renegaten, der seine Seele dem Teufel verkauft hatte, und konnten es kaum erwarten, von irgendeiner Provinzzeitung oder einschlägigen Internetseite interviewt zu werden, damit sie erklären konnten, wie stolz sie seien, anders als Filippo Pontecorvo zu sein.

Das wirklich Komische ist, dass solche sich widersprechenden Urteile, die oft von denselben Menschen in unterschiedlichen Phasen ihres Lebens formuliert wurden, über einen Film geäußert wurden, der sich in dieser kurzen Zeitspanne zwangsläufig treu geblieben war. Jawohl, *Herodes* war immer noch derselbe, aber alles in seiner Umgebung veränderte sich unaufhörlich.

Es war offensichtlich, dass ein solcher Kuddelmuddel verheerende Auswirkungen auf Filippos Psyche hatte. Das konnte Samuel schon verstehen. Und doch, obwohl er ihn verstand, war da etwas in der neuen Art und Weise, wie sein Bruder sich verhielt, das ihm wirklich auf die Nerven ging.

Dass Filippo permanent sexuellen Trieben ausgesetzt war, hatte Semi schon immer gewusst. Ja, man konnte sogar sagen, dass sein heftiger Appetit eine der vielen Eigenschaften darstellte, die Semi an seinem Bruder verehrte: was konnte schließlich Filippos Überlegenheit ihm gegenüber besser bestätigen als seine Vitalität, seine Überschwänglichkeit und seine hundsgemeine Dreistigkeit? Und trotzdem herrschte zwischen ihnen immer ein Abkommen – eine dieser heiligen Übereinkünfte, die von der jeweiligen Gegenseite nie offiziell besiegelt wurden, aber, vielleicht gerade wegen ihrer offiziösen Art, noch unverletzlicher erscheinen: es war strengstens verboten, untereinander sexuelle Geheimnisse auszutauschen. Aus diesem Grund hatte sich Semi stets davor gehütet, dem Bruder seine ewigen Erektionsprobleme zu unterbreiten. Und Filippo hatte es immer vermieden, Semi über seine sozio-ehelichen Probleme zu informieren, die eine Folge der Überproduktion von Testosteron in seinem Körper waren.

Der Erfolg hatte (zumindest in einer der beiden Richtungen) auch diese schamhafte brüderliche Umsicht lahmgelegt. Für Filippo schien es jetzt unmöglich, seinen Bruder nicht über seine Eroberungen in Kenntnis zu setzen. Was für Semi, da Filippo verheiratet war, hochgradig vulgär war. Nicht, dass er etwa Puritaner war. Vielleicht war es sein Problem, dass er formalen Prinzipien einen zu hohen Stellenwert einräumte. Heuchelei war für Samuel Pontecorvo das beste Mittel gegen das Chaos.

Also, sein Bruder sollte doch vögeln, wann und wen er wollte! Sollte er doch seine Frau betrügen, was das Zeug hielt! Er sollte nur nicht die ganze Welt über seine Seitensprünge informieren. Er sollte nur nicht mit seinem räuberischen Instinkt zur Wollust herumprahlen. Und genau das ist der Punkt. Das Protzen mit seinen Eroberungen war nur die bewährte Methode, seinen Triumph über das Leben und über die anderen zu feiern. Es war ja kein Zufall, dachte Semi, dass die meisten seiner Opfer, oder zumindest die, deren er sich brüstete, einen berühmten Namen hatten.

Filippo hatte schon immer Eindruck auf Frauen gemacht. Und bestimmt nicht, weil er besonders schön aussah. Es war lange her, als er noch unbeholfen die Rolle des unwiderstehlich schönen Kindes spielte. Als er größer wurde, war etwas an seinem Aussehen aus dem Lot geraten: sein Körper war übermäßig kräftig geworden und seine Gesichtszüge hatten sich verhärtet. Sein dichtes kamillenfarbiges Kopfhaar hatte sich ziemlich früh gelichtet und auch an Glanz verloren. Seit seinem achtzehnten Lebensjahr waren seine Wangen von einem ungepflegten struppigen Bart bedeckt und selbst das Blau seiner Augen schien getrübt zu sein. Trotzdem hatte Filippo bei den Mädchen nie Probleme gehabt. Aus einem ganz einfachen Grund: der bedingungslosen Hingabe an sie. Weil es nämlich nichts gab, was er zu tun nicht bereit war, um sie zu erobern. Weil er keine Hemmungen verspürte, ihnen den Hof zu machen. Weil er jede Ablehnung elegant hinnahm. Und weil er im Bett eine Wucht war, fähig, die von der Natur auferlegten Regeln mit der Anmut Apollos und der Rücksichtslosigkeit eines Lastwagenfahrers zu intensivieren.

Wie alle wahren Don Juans hatte Filippo daraus nie eine Frage der Ästhetik gemacht. Und auch nicht des sozialen Prestiges. Im Gegenteil, er war immer der Ansicht gewesen, in der Methode, sich sogenannten »hässlichen Frauen« hinzugeben, läge etwas unsäglich Rührendes. Ein lächerliches Brillengestell, Übergewicht, Zellulitis, eine zu ausgeprägte Nase, abstehende Ohren oder breite Hüften. Also, Einzelheiten, die für manche zimperlichen Männer ein Hindernis für die Erregung sind, übten auf Filippo eine unwiderstehliche Anziehungskraft aus. Er war von so viel Unwissenheit und Schwäche ergriffen und gerührt. Und er konnte nichts dafür, wenn diese ganze Zärtlichkeit ihm einen Harten bescherte.

Der Punkt ist, dass die eindrucksvolle Zahl von Frauen, die von der Berühmtheit angezogen werden, die Natur seines Don Juan-Seins verändert hatte. Filippo hatte die ganz und gar männliche Sammelleidenschaft der Prominenten entdeckt. Fast hätte ihn das zu einem vorsätzlich unvorsichtigen Ehebrecher gemacht. Bevor er berühmt war, hatte er nie das Bedürfnis verspürt, seinen Freunden die Größe seines Jagdreviers zu verraten, geschweige denn die durchschlagende Effizienz seines Reproduktionsapparats. Jetzt aber schon. Als hätte ihn der Erfolg zu einem sehr viel weniger eleganten Libertin gemacht, als er es jemals gewesen war. Ein Kurswechsel, den Semi als Erster bemerkte.

Und ihr wisst nicht, was für eine Lust ich hätte, da wir

schon dabei sind, euch den Namen einer dieser unverdächtigen jungen Frauen zu verraten. Mehr noch: wie gern würde ich doch die Liste der Schauspielerinnen, Starlets, Models, Schriftstellerinnen, Sängerinnen und Journalistinnen erstellen, die im Laufe dieser Monate durch sein Bett gegangen sind! Jawohl, wenn es nach mir ginge, würde ich die Seite »Scoop.it« anrufen und ihnen die komplette Liste liefern … Doch ich fürchte, ich habe nicht genügend Mut für so ein unfaires Verhalten.

Was ich euch sagen kann, ist, dass Semi von einem bestimmten Moment an in regelmäßigen Abständen SMS von seinem Bruder bekam, in denen der Name der Glücklichen stand, mit Ausrufezeichen gespickt.

Drei Ausrufezeichen, wenn die Leistung hervorragend war.

Zwei, wenn sie gut war.

Eins, wenn sie enttäuschend war.

Der Gebrauch dieser Satzzeichen erinnerte an die Bällchen, die Filmkritiker an Filme vergeben. Für Filippo war das eine Art Gesetz, Gleiches mit Gleichem zu vergelten. Die Kritiker vergaben Bällchen an ihn. Und er verteilte Ausrufezeichen an seine namhaften Opfer.

Sicher ist, dass Semi diese Verhaltensweise ziemlich peinlich fand. So sehr, dass er sich jedes Mal weigerte, auf diese SMS zu antworten oder sie zu kommentieren. Kann man vielleicht sagen, dass für Semi – für den Sex schon immer eine komplizierte, wechselhafte und demütigende Eroberung gewesen war – die Zeit der fetten Kühe seines Bruders ein persönlicher Affront war? Wer weiß, ich bezweifle, dass er es jemals zugeben würde. Auch wenn Semi davon überzeugt war, sich Sorgen zu machen, wegen der verschwenderischen Wende, die das Sexualleben seines Bruder genommen hatte, besteht der Verdacht, dass ein ganz banales und wahnsinnig angesagtes Wort genügt, um zu beschreiben, was er empfand, wenn er diese SMS bekam: Neid.

Jawohl, vielleicht erklärte der Neid alles. Der Rest war das übliche Gerüst aus spießigem Geschwätz, das die Neidhammel seit Tausenden von Jahren aufführen, um sich nicht einzugestehen, was sie am meisten verletzt.

Manchmal nahm Semis uneingestandener Neid die heimtückische Form des Argwohns an. Er war dann davon überzeugt, dass sein Bruder zum Mythomanen geworden war. Zum Aufschneider. Also wirklich, wie war es denn möglich, dass ihm keine widerstehen konnte? Wie war es denn möglich, dass sein Charme so universell geworden war? Ach komm, nicht einmal der erfolgreichste und bestbezahlte Mittelstürmer der Serie A hätte das erreichen können. Jawohl, sein Bruder war ein Aufschneider. Nichts Neues unter der Sonne. All diese Eroberungen waren nur das Produkt seiner Phantasie. Warum sollte er sich darüber wundern? Schließlich war auch sein Film voller Lügenmärchen. All diese fernen Länder, die er mit einer Sachkenntnis beschrieb, als wäre er schon Dutzende Male dort gewesen, gerade er, der jedes Mal zitterte, wenn er ein Flugzeug bestieg.

Genau, Filippo hatte seinen Erfolg auf Lügenmärchen aufgebaut. Und er musste begriffen haben, wie nützlich die Märchen für die Sache waren. Deshalb hatte er also die Kontrolle verloren. Deshalb hatte er begonnen, Mist zu erzählen und grundlos so vielen Frauen ihren guten Ruf zu ruinieren. (Semi war sich sicher, nicht der einzige Empfänger der unanständigen SMS seines Bruders zu sein.)

Wer konnte also garantieren, fragte sich Samuel – gleich nachdem er das Telefonat unterbrochen hatte, seinen Helm packte und hinausgehen wollte –, dass auch die ganze Geschichte mit den islamistischen Drohungen, dem Personenschutz, dem Zeugenschutzprogramm nicht eine der vielen Lügen (oder Teilwahrheiten) war, die er sich ausgedacht hatte, um dafür zu sorgen, dass sein verblüffender Erfolg nie aus der Mode kam?

Warum Semi, der an einem drückenden und bedrohlichen Morgen mit seinem Motorrad ins Büro von Noterman & Fils raste, mit so belustigter Sehnsucht an die plumpen Zeichnungen der *Unzertrennlichen* zurückdachte, war nicht so schwer zu begreifen: das verzweifelte Bedürfnis, sich an einen Moment in seinem Leben zu erinnern, an dem Filippo seine bedingungslose Achtung genossen hatte. So konnte er an dem Bild von seinem Bruder festhalten, als der noch in der Lage war, ihn zu unterstützen und ihm zu helfen.

Er parkte sein Motorrad im Hof eines dieser klotzigen Gebäude aus den fünfziger Jahren in der Via Montello. Semi hatte sich eigentlich gewundert, dass Jacob Noterman – als er einen Sitz für seine Firma suchte – dem Impuls nicht widerstanden hatte, als Büro das Erdgeschoss einer seit mehreren Jahren stillgelegten Holz- und Farbenfabrik in der Gegend um die Via Paolo Sarpi auszusuchen: das heißt im Herzen des Chinesenviertels von Mailand. Jacobs Leidenschaft für die Chinesen musste schließlich irgendwie ausgelebt werden.

Sowohl Samuel als auch Eric wussten, dass die Wahl dieser Location gewiss nicht der logistischen Notwendigkeit zuzuschreiben war, sondern einer Art poetischer Beschwörung, zu der sich Jacob jedes Mal bekannte, wenn er ganz aufgeblasen die Schwelle zum Büro überschritt. Der gleichen vereinfachenden Esoterik war auch die Wahl seiner Sekretärin geschuldet, die ein paar schmale Mandelaugen zur Schau stellen konnte. Sie war koreanischer, nicht chinesischer Herkunft. Doch für Jacob war ein Mandelauge so gut wie jedes andere.

Und es war auch Youn-Ok Kim, von allen der Einfachheit halber You genannt, die die Tür öffnete. Semi brauchte nicht zu klingeln. You hatte ihn durch die großen Fensterscheiben an seinem Motorrad herumhantieren sehen und war ihm entgegengekommen.

»Ciao, You.«

»Guten Tag, Semi.«

Es war immer komisch, Yous so unverkennbaren Mailänder Akzent zu hören, aber Semi war an diesem Morgen nicht in der Stimmung, über etwas zu lachen. Auch das so saubere und moderne Büro, ganz aus hellem Holz, Stahl und Halogenleuchten, mit den großen schneeweißen Apple-Bildschirmen in einer Reihe auf den mit bunten Stoffen überladenen Laminat-Tischen kam ihm traurig und deprimierend vor. Wenn Jacob gewollt hatte, dass dieser Ort ein wenig nach China roch, dann hatte sein Sohn dafür gesorgt, dass er ihn an seine ruhmreichen Drogenjahre in New York erinnerte.

»Soll ich dir einen Kaffee machen? Die neue Nespresso-Maschine ist da«, fragte ihn You.

Semi dachte einen Moment nach. Er hatte keine Lust auf Kaffee. Aber er hätte sogar eine schöne Tasse Schierling akzeptiert, nur um den Moment hinauszuzögern, an dem er Jacobs Büro betreten und sich dem stellen müsste, was sich als Abrechnung ankündigte. Sehr bald würde der Verdammte von seinem alten, enttäuschten Mentor die Lektion erhalten, die er verdiente. Und zwar, weil die Leute es nicht erwarten können, dir Lektionen zu erteilen. Sie können es nicht erwarten, sich dir überlegen zu fühlen …

»Ich danke dir, You … Aber mit einem kleinen Schuss Milch, denn heute Morgen hatte ich schon drei.«

Und er setzte sich an ihren Schreibtisch vor den eingeschalteten Bildschirm. In diesem Moment erreichte der Widerwille, der ihn seit Wochen bedrückte, eine Art Höhepunkt. Das Gefühl heroischen Wohlbefindens, das ihn auf dem Motorrad begleitete, hatte sich mit dem Morgendunst aufgelöst. Sein Kopf wusste nicht, wohin er sich drehen und blicken sollte. Alles, was hätte schiefgehen können, hatte sich bemüht, genau das zu tun. Sogar das Lotterielos, das sein Bruder gewonnen hatte – Ruhm, Kohle, Frauen, endlose Möglichkeiten –, hatte sich als Unglück erwiesen.

Ehrlich gesagt erschien ihm der Gedanke, dass Al-Qaida-Zellen unterwegs waren und Filippo umlegen wollten, nicht viel wahrscheinlicher, als dass die Zeitschrift »Forbes« planen würde, ihn, Semi, in die Liste der hundert reichsten Männer der Welt aufzunehmen.

Und doch, um seinem paranoiden Bruder recht zu geben, handelte es sich um eine wahrscheinliche Hypothese. Einen Moment lang liebäugelte Semi mit dem Gedanken, dass eine dieser Todesschwadrone aus Versehen ihn anstelle von Filippo umbrachte. Nun, wenigstens hätte die tödliche Personenverwechslung das Verdienst, die Dinge in Ordnung zu bringen: für immer. Weiterzuleben, so dachte Semi mit einem Schuss schauriger Genugtuung, hieß, dass er eine beträchtliche Anzahl an unvermeidbaren Problemen anpacken musste. Angefangen bei der Gefahr, die ihn hinter der Tür in den massigen Formen von Jacob Noterman erwartete. Ein cholerischer siebzigjähriger Mann, der es gewohnt war, niemandem zu trauen, aber den Fehler begangen hatte, sich auf Semi zu verlassen, der ihn als Antwort über jede Erwartung hinaus enttäuscht hatte.

You stellte ein Tablett vor ihn hin: ein Kaffeeservice mit Leopardenmuster mit Milchkännchen und Zuckertopf. Darauf stand auch eine kleine Flasche Fiji-Wasser und Mandelgebäck. Als Kaffee kam er anmaßend daher, aber vielleicht, so dachte Semi boshaft, war dieses etwas schwuchtelige Service nur Erics genialster Beitrag für die Firma. Um ihn loszuwerden, hatte ihn sein Vater gebeten, sich um einen neuen Zweig der Firma zu kümmern: Haushaltsartikel. Seitdem spielte Eric gern die Rolle desjenigen, der sich um Tassen und Teller kümmerte.

Während Samuel widerwillig seinen Kaffee schlürfte, klingelte auf Yous Schreibtisch das Telefon.

»Ja, er ist hier. Okay, ich lasse ihn rein.«

»Ich lasse ihn rein?« Sie behandelten ihn schon wie einen Außenstehenden.

Semi klopfte an die Tür. Er trat ein. Und war erstaunt, als er feststellte, dass hinter Jacobs großem Schreibtisch Eric saß. Das flößte ihm Hoffnung ein. Eric war ein entschieden weniger zu fürchtender Gegner. Und außerdem war er sein Freund. Da saß er, sein alter und stets zugedröhnter Room-Mate. Der äußerst empfindliche Junge, den er eine Million Mal gedeckt und unterstützt hatte. Zum Beispiel, als er nach Connecticut fuhr, um für ihn die Kaution zu bezahlen, weil sich dieser Idiot halbbesoffen am Steuer hatte erwischen lassen. Da war er, der liebe Eric, mit kurzen Haaren, die sein Tattoo auf dem Hals erkennen ließen: eine unverkennbare Pfeife zum Crack rauchen.

»Dein Vater?«, fragte Semi.

»Mein Vater wollte lieber nicht hier sein«, antwortete Eric mit einer Nüchternheit, die nicht zu ihm passte.

Was war denn hier los? Der alte Löwe blies zum Rückzug? Eine Frage des Stolzes? Schämte er sich beim Gedanken, dass er auf ein lahmes Pferd gesetzt hatte? War es das? Konnte er seiner Fehlinvestition nicht in die Augen blicken, wenn er sie abservierte? War dies das ganze Problem?

»Setz dich«, sagte Eric mit der Feierlichkeit eines Kanzlers in einem angelsächsischen Gericht.

Semi hatte keine Lust sich hinzusetzen. Aber ihm fiel nichts Besseres ein.

»Willst du einen Kaffee?«

Schon wieder dieser merkwürdige Eindruck, wie ein Gast behandelt zu werden.

»Ich habe schon einen getrunken, danke. Apropos. Nicht schlecht dieses neue Kaffeeservice …«

»Was zum Teufel erlaubst du dir?«, sagte Eric mit einer Stimme, die sich bemühte, sarkastisch und autoritär zu sein. Und eine Sekunde lang dachte Semi, er sei empört darüber, dass er sich über das Kaffeeservice lustig gemacht hatte. Doch er begriff sofort, dass Eric ihn wegen etwas anderem zur Rechenschaft zog und das Service ihm völlig egal war.

Erst da bemerkte er, dass die Zigarette, die Eric zwischen den Lippen hing, eine falsche war: eine von denen, die, wenn du daran ziehst, eine Lampe zum Leuchten bringen, und wenn du ausatmest, harmlosen Wasserdampf ausstoßen. Semi bemerkte auch, mit welcher verkommenen Verzweiflung Eric ständig ein- und ausatmete und so in jedem Augenblick seine Unzufriedenheit mit diesem lächerlichen und ineffizienten Gerät verriet. »Komm, gib es zu«, dachte Semi boshaft, »das Pfeifchen, das du auf deinem Hals trägst, würde dir einen ganz anderen Genuss verschaffen.«

Es war wirklich trist zu sehen, wie sich dieser eingefleischte Drogensüchtige herausgeputzt hatte. Kein Special K. mehr. Kein Kokain oder Amphetamin mehr. Und womöglich nicht einmal mehr ab und zu einen Joint. Adieu Frühstück mit Budweiser und Martini zur Vesper. Nur Fiji-Wasser, koffeinfreien Kaffee à gogo und diese lächerliche falsche Zigarette, an der seine ganze Existenz zu hängen schien. Semi konnte kaum glauben, dass der Typ hinter dem Schreibtisch alles war, was vom großen Herrn der Abhängigkeiten übriggeblieben war! Er betrachtete das Foto, das Erics Kopf überragte. Es zeigte das Porträt eines lächelnden Jacob im Smoking neben zwei anderen ebenso scherzhaft Aufgelegten: Tony Blair und Silvio Berlusconi. Wo kam denn dieses Foto her? Vielleicht war es eine Fotomontage.

»Ich habe dich gefragt, was zum Teufel du dir erlaubst.«

»Ich weiß nicht, wovon du sprichst. Und mir gefällt dieser Ton nicht.«

»Was erlaubst du dir, den Namen einer Firma wie diese hier in den Dreck zu ziehen?«

»Nein, Eric, ich kann nicht glauben, dass gerade du mir von Dreck sprichst …«

»Ich glaube nicht, dass du in der Situation bist, dir Sarkasmus erlauben zu können.«

»Hör mal, Schöner, dein Vater hat mich gebeten, zu kommen. Hier bin ich. Also sag mir, wo Jacob ist, und wir beenden die Sache.«

»Erlaube dir nicht, den Vornamen meines Vaters zu benutzen!«

»Hast du Angst, dass ich ihn ruiniere? Weißt du nicht mehr? Er war es doch, der mir sagte, ich könne ihn mit seinem Vornamen anreden. Erinnerst du dich an unsere erste Verabredung? Als du dir in die Hosen gemacht hast, weil das Ungeheuer wieder in der Stadt war? Weißt du noch, dass du mich auf Knien gebeten hast, dich zu begleiten? Ich weiß das noch ganz genau. Aber vielleicht warst du viel zu zugedröhnt, um dich daran zu erinnern. Lass mich mal dein Gedächtnis auffrischen. Wir kommen zu Chris, er bestellt sein schönes Steak, du bekommst Brechreiz, und er sagt zu mir: ›Sag Jacob zu mir‹. Seitdem habe ich ihn immer so genannt.«

»Du wirst doch nicht etwa glauben, dass ich dir unter die Arme greife, nur weil du damals bereit warst, mich zu begleiten?«

»Ich glaube überhaupt nichts. Ich will nur wissen, warum dein Vater mich zuerst bittet, hierherzukommen, und mich dann mit seinem blassen Handlanger vorliebnehmen lässt.«

»Er ist geschäftlich in Genf. Er hat mich beauftragt …«, sagte Eric schließlich verlegen.

»Er hat dich beauftragt? Oh, also ist das eine Art Initiation! Wenn du mir ordentlich den Arsch aufreißt, hast du die Probe bestanden. Dann bist du ein gestandener Noterman. Läuft das so? Es freut mich festzustellen, dass ich wieder einmal das Werkzeug deiner Emanzipation bin.«

»Denk, was du willst.«

»Also, Eric, sag mir, was du mir sagen sollst, erledige deine blöde Aufgabe ohne allzu viele Umschweife, und erspar mir bitte die Rolle des Empörten, die nicht zu dir passt. Ich kenne dich. Keiner kennt dich besser als ich. Ich habe dich kotzen sehen, ich habe dich herumphantasieren sehen, ich habe dich weinen sehen wie ein kleines Mädchen … Du kannst ruhig denjenigen spielen, der seinen Vater liebt und respektiert, aber ich weiß, wie sehr du ihn fürchtest und wie sehr du ihn hasst, wie sehr du das alles fürchtest und hasst …«

Wer weiß, warum Semi bei den Worten »das alles« auf das Foto mit Blair und Berlusconi zeigte. In Wahrheit war Semi froh, endlich jemanden schlecht behandeln zu können. So wie er auch froh war, dass er Erics Vorgaben überschritten hatte und aufgestanden war. Er glaubte, dass seine Worte, in aufrechter Position ausgesprochen, im richtigen Maß kränkend waren.

Semi hatte den Eindruck, in den letzten Wochen nichts anderes getan zu haben, als mit gesenktem Kopf dazusitzen wie ein bestraftes Kind. Nichts anderes getan zu haben, als vor Leuten zu stehen, die ihm einen Vorwurf oder eine Drohung direkt ins Gesicht knallten.

Angefangen beim Handlanger, der in der Hotellobby von Taschkent seine Pistole an seine Hoden gehalten hatte, weiter mit dem Einkaufsleiter der Multinationalen, dem er vor einiger Zeit eine große Partie Baumwolle versprochen hatte, die er jetzt nicht liefern konnte, und schließlich der Bankdirektor, dessen äußerste Taktlosigkeit darin bestand, ihm zu sagen, wenn er keinen Weg fände, sein gigantisches Minus auszugleichen, also, dann müssten sie sich die schöne Wohnung sichern, die er mit einer Hypothek belastet hatte, um die ersten drei Bürgschaften zu bezahlen, für das, was das erste große Geschäft seines Lebens werden sollte und sich als Ursache seines endgültigen Ruins erwies.

Leider war die besagte Wohnung dieselbe, die seine zukünftige Ehefrau und seine Mutter gerade in diesen Tagen in einem fröhlichen Joint Venture renovierten und neu einrichteten, um sie für zwei so reizende Eheleute fertig zu machen. Und leider hatte Semi weder der einen noch der anderen von dieser Hypothek erzählt, geschweige denn von diesem Geschäft.

Im Nachhinein hatte Semi die wortkarge Offenheit des usbekischen Handlangers überdacht. Wenige Worte: alles, was dieser dickhäutige Kerl zu sagen hatte, konnte mit unnachahmlicher Eloquenz von seinem wilden Gangster-Look und seiner kleinen Pistole gesagt werden. Die Botschaft, wie es so schön heißt, war heftig und klar: die Baumwolle, die wir dir versprochen haben, ist nicht mehr da. Stell dir vor, vielleicht hat es sie nie gegeben. Jedenfalls bist du nicht der Einzige, dem wir sie versprochen haben. Finde dich damit ab. Du bist nicht das erste Papasöhnchen, der erste westliche Unternehmer, den wir bescheißen, und, da kannst du dir sicher sein, du wirst auch nicht der letzte sein. Jetzt verschwinde, lösche die Nummern aus deinem Handy, die wir dir gegeben haben, lösche unsere falschen Mailadressen aus deinem Computer, versuche nie wieder, Kontakt mit uns aufzunehmen. Oder besser noch, versuche nie wieder, in diesem Land aufzutauchen. Vergiss, dass dieser Ort existiert. Geh in deine schöne Stadt mit dem gemäßigten Klima zurück und male ein großes X auf deinen blöden Globus. Dieses Mal lasse ich dich laufen. Eine Warnung hast du dir verdient. Aber du musst auch wissen, dass das die letzte war. Beim nächsten Mal, wenn du dich in unserer Gegend blicken lässt, wird meine Pistole das Nötige sagen, und deine Angehörigen – die so wohlerzogen, kultiviert und elegant wie du sind – werden dann nicht einmal eine Leiche zum Beerdigen haben. Verschwinde, Junge, dieser Ort ist nichts für dich. Diese Welt ist nichts für dich.

Natürlich war keiner der obengenannten Sätze ausgesprochen worden. Aber nur, weil sie zugleich so explizit und so implizit waren, dass es ein Pleonasmus gewesen wäre, sie auszusprechen. Und dieser Gangster hatte rein zufällig das Aussehen eines Mannes der Tat, der keine Zeit zu verlieren hat. Und das war es, was Semi mehr alles andere gefallen hatte. Die Knappheit. Die Fähigkeit, ohne viele Umschweife sofort auf den Punkt zu kommen.

Nicht zu vergleichen mit der heuchlerischen Ausdrucksweise des Bankdirektors und des Einkaufsleiters. Das Unerträgliche an ihnen war ihr belehrender Ton, die Art, wie jeder von ihnen so tat, als stände er auf Semis Seite und sei wirklich um ihn besorgt, wo doch klar war, dass es ihnen unheimlich gut gefiel, ihm Vorwürfe zu machen und ihn in Schwierigkeiten zu bringen. Der Einkaufsleiter hatte sich in einen Sermon hineingesteigert, den man *Das gegebene Wort* nennen könnte.

Genau, das gegebene Wort. Dieser Trottel hatte es gewagt, ihm zu erklären, wie heilig dieses in ihren Kreisen sei. Dass das gegebene Wort in ihren Kreisen den wahren, echten Reichtum bedeutete. Wenn man diesen Schwachkopf so hörte, hätte man denken können, die internationale Textilindustrie sei eine Art Bruderschaft voller guter Absichten. Keine von Schakalen bevölkerte Savanne, kein von Haifischen wie Jacob Noterman verseuchtes Meer, sondern eine Art Ritterorden.

Jetzt hatte Semi aber die Möglichkeit, sich für alle erlittenen Demütigungen zu rächen, indem er seinen alten Freund malträtierte, dem eine Aufgabe übertragen worden war, die für seine Schultern zu schwer war.

»Wir wollen, dass du auf die Anteile an der Gesellschaft verzichtest, die mein Vater dir überschrieben hat, und wir wollen, dass du dieses Dokument für unsere Kunden unterschreibst.«

»Worum geht es?«

»Das ist ein Dokument, das bestätigt, dass du uns übers Ohr gehauen hast und dass du ein Betrüger bist. Wir wollen, dass du das unterschreibst.«

»Warum sagst du ›wir wollen‹?«

»Weil es genau das ist, was wir wollen, mein Vater und ich. Du hast deinen eigenen Kram gemacht, Semi, und dabei viel zu lange unseren Namen benutzt. Du hast gegen die unterschriebenen Verpflichtungen verstoßen. Du hast gutgläubige Menschen betrogen. Wegen dir werden die Köpfe von Menschen rollen, die sehr viel anständiger sind als du. Es ist schlecht für dich gelaufen. Es ist nur recht, dass du bezahlen musst.«

Es war offensichtlich, dass diese Rede nicht zu ihm passte. Nicht nur wegen der mechanischen Art, wie er sprach, sondern auch wegen seiner zitternden Lippen. Dass er wie ein Papagei die Worte von Jacob wiederholte.

»Und wenn ich mich weigern würde?«

»Dann wären wir gezwungen, dich anzuzeigen.«

»Und wegen was?«

»Ich versichere dir, unser Anwalt hat umfangreiche Unterlagen in der Hand. Eine schöne Sammlung von Aufschneidereien. Das reicht aus, um dich zu ruinieren.«

»Noch mehr davon?«

»Also sagen wir: um deinen Ruin noch spektakulärer zu machen. Genügt es dir jetzt?«

Genau in diesem Moment hatte Semi den unangenehmen Eindruck, dass Eric sich zu amüsieren begann. Ja, dass Eric es so gut gefallen hatte, dass er weiteren Mut schöpfte und hinzufügte:

»Semi, ich weiß nicht, ob dir das klar ist, aber dieses Mal hast du es wirklich überzogen. Mit diesen schrecklichen Leuten Kontakt aufzunehmen, nachdem mein Vater dir mehr als einmal gesagt hatte, es nicht zu tun. In unserem Namen unsere Kunden zu kontaktieren und ihnen unter Preis dieses ganze Zeug zu verkaufen, das du nicht einmal in der Hand hattest! Wie konntest du nur glauben, wir würden das nicht merken? Wie konntest du nur glauben, dass dir das Zauberkunststück gelingen würde? Weißt du, mein Vater ist furchtbar wütend. Und ich bin es auch. Wenn du Wert darauf legst, es zu erfahren, ich habe den unbegrenzten Glauben an deine Fähigkeiten nie geteilt. Ich kann mit gewissem Stolz sagen, dass ich dir nie völlig vertraut habe. Und dass ich ihn gewarnt habe. Aber was konnte ich schon tun? Du weißt ja, wenn Papa sich etwas in den Kopf setzt … Du hast ihn reingelegt und du hast dich selbst reingelegt. Viel mehr gibt es nicht zu sagen. Also schließen wir es ab: unterschreibe, und wir können Freunde bleiben.«

Ja, offensichtlich kam er ihn Fahrt. Und Semi fragte sich

zum ersten Mal, seitdem er dort drinnen war, ob es wirklich Glück war, dass Eric an der Stelle seines Vaters stand. Ja, er befürchtete, einen doppelten Fehler in seiner Einschätzung gemacht zu haben: den ersten, zu glauben, das Schlimmste, was ihm passieren könnte, wäre, es mit dem Vater zu tun zu haben; und den zweiten, zu glauben, das Beste wäre, mit dem Sohn konfrontiert zu sein. Vielleicht lagen die Dinge genau umgekehrt. Vielleicht war der Grund, warum der Vater seinen Sohn gebeten hatte, sich um die Sache zu kümmern, seine Angst, nicht hart genug sein zu können.

Merkwürdig, aber erst jetzt begriff Semi, dass er, zumindest bis vor einem Moment, gehofft hatte, die Sache ließe sich regeln. Und dass diese Hoffnung eben von der Tatsache genährt wurde, Jacob gut genug zu kennen, um zu erwarten, dass er in einem Anfall von Sentimentalität eine gnädige Geste gegenüber seinem alten Schützling nicht vermeiden konnte. Von Panik ergriffen fragte sich Semi, ob auch sein Eindruck, Jacob habe darauf bestanden, dass Eric mit ihm sprach, letztendlich eine falsche Annahme war. Und wenn es gerade Eric war, der seinen Vater ausschloss, weil er fürchtete, dieser würde die Mission nicht zu Ende bringen?

Eric hatte seine kleine Predigt mit den Worten »wir können Freunde bleiben« beendet. Eine schöne Phrase. Und Semi begann sich zu fragen, ob Eric und er wirklich jemals Freunde gewesen waren. Genügt es, dass zwei Individuen in einer fremden Stadt dieselbe Wohnung teilen, um sich als Freunde zu bezeichnen? Wenn er es rein mechanisch bedachte, dann hatte er keine Schwierigkeit, Eric als Freund zu betrachten. Doch er musste nur ein wenig in die Tiefe gehen, den Staub wegblasen, der unsere Gedanken von der Wahrheit trennt, um zu spüren, dass seine Gefühle Eric gegenüber wenig mit Freundschaft zu tun hatten.

Er hatte ihn immer bemitleidet und verachtet. Er hatte ihn immer als einen verrückten Sohn betrachtet, auf den man aufpassen musste. Er erinnerte sich nicht, jemals etwas Interessantes mit ihm unternommen zu haben. Und auch nicht, über etwas gesprochen zu haben, was tiefgehend erschien. Er hatte sich ihm nie anvertraut und ihn auch nicht dazu gebracht, sich ihm anzuvertrauen. Er hatte nie erwartet, dass Eric ihm etwas Überraschendes erzählte, doch er erinnerte sich noch, dass er jedes Mal mit sich selbst kämpfen musste, damit man ihm nicht den Ärger über das wiederholte Unglück, das seinem Mitbewohner passiert war, ansah. Es gab keinen Tag, an dem Eric nicht unter Beweis gestellt hatte, wie gedankenlos und ungeschickt er sein konnte. Es war etliche Male passiert, dass Semi von der Arbeit nach Hause kam und ihn an die Tür gelehnt vorfand, so fertig, dass er nicht einmal mehr den Kopf heben konnte: »Wir haben uns ausgeschlossen.« Das war nichts Neues. Hinauszugehen und den Schlüsselbund innen im Türschloss stecken zu lassen, war dermaßen typisch, dass Semi die Nummer des Schlüsseldiensts schließlich auswendig wusste.

Nennt ihr das Freundschaft?

Und andererseits, wenn er versuchte, sich in Erics Lage hineinzuversetzen, also, dann war der Himmel, der sich vor ihm am Horizont ausbreitete, noch bleierner. Es war unmöglich, dass Eric die gereizte Überheblichkeit, mit der er ihn behandelte, nicht bemerkt hatte. So wie ihm auch die mitleids- und vorwurfsvollen Blicke nicht entgangen sein konnten, die Semi ihm zuwarf, nachdem er wieder etwas angestellt hatte. Ohne zu berücksichtigen, dass Semis systematische Hilfe bei Eric das Ressentiment gefördert haben musste, welches wir unseren Wohltätern gegenüber verspüren. Und dieser unbestimmte Groll musste durch die entstandene Zuneigung zwischen Semi und Jacob unheilvolle Nahrung erhalten haben. Zumal Letzterer ihm klipp und klar zu verstehen gab, dass Samuel ganz und gar dem Sohn entsprach, den er gern gehabt hätte. Nein, das war bestimmt kein schöner Moment. Aber noch schlimmer musste es gewesen sein, als Jacob Samuel die Möglichkeit geboten hatte, durch den Haupteingang bei

Noterman & Fils einzusteigen, sozusagen auf Kosten seines einzigen, enttäuschenden Sohnes.

Eric hasste ihn. Da war sich Samuel sicher. Und er spürte, wie rational dieser Hass war und vor allem, dass er von den unüberlegten Entscheidungen seines wie immer unwissenden Vaters genährt wurde. Doch nun hatte sein Hass die Chance, besänftigt zu werden. Und es war auch noch sein Rivale gewesen, der sie ihm geliefert hatte. Was für ein großer Tag musste das für Eric gewesen sein, als Semi seinen Charakter als ungeschickter Übeltäter, als drittklassiger Gauner offenbart hatte.

Nun war es klar, warum Eric da saß, auf dem Platz seines Vaters (Karten in der ersten Reihe, verdammt!). Er wollte jeden Moment seines Sieges genießen. Er wollte den plötzlichen Umschwung des Schicksals erleben. Er wollte sehen, wie sein Rivale vernichtet wurde. Wer ist nun der saubere, glattrasierte Junge? Wer ist es nun, der Denkzettel verpasst? Wer sitzt auf der richtigen Seite des Schreibtischs? Wer diktiert dieses Mal die Bedingungen?

Der einzige Unterschied ist, dass Eric, anders als Semi zu New Yorker Zeiten, seinen Gegner nicht so weit unterschätzen konnte, dass er Mitleid mit ihm empfand. Im Gegenteil, der Hass, den er ihm entgegenbrachte, verriet eine Aufrichtigkeit, für die Semi ihm hätte dankbar sein müssen.

Doch offenbar war er selbst nicht so geistesgegenwärtig, dass er die fehlende Heuchelei von Eric zu schätzen wusste. Das Einzige, was er tun konnte, war, einem heftigen Impuls nachzugeben, der vielleicht darauf zielte, die Leere des nachträglichen Hasses zu füllen, den er – das wurde ihm erst jetzt klar – selbst seit langem gegenüber dieser Schlange Eric hätte empfinden müssen.

Wie merkwürdig, Semi war voller guter Absichten dort hingegangen: er war entschlossen, seine Schuld einzugestehen und bis zur letzten Konsequenz dafür zu bezahlen. Er war bereit, Jacob zu sagen, dass es ihm sehr leidtat, sie alle in eine unangenehme Situation gebracht zu haben … Aber er musste nur diesen herausgeputzten Drogensüchtigen sehen, diese Art wandelnden Widerspruch – wie passte denn der maßgeschneiderte Nadelstreifenanzug zu der auf dem Hals eintätowierten Crackpfeife? Wie passte die falsche Zigarette zu der ganzen echten Scheiße, die er in den letzten zehn Jahren konsumiert hatte? –, der ihn bedrohte und ungestraft von ihm verlangte, ein so demütigendes und kompromittierendes Dokument zu unterschreiben, damit er wieder zu sich kam, damit er mit jeder Faser seines Körpers spürte, dass dies wirklich zu viel war.

Und vor allem, dass er das Blatt packte, es in ein Dutzend Teile zerriss und ruhig das Büro verließ.

Semi kam aus dem Bad und trocknete sich nach einer langen heißen Dusche mit einem Handtuch die nassen Haare ab. Auch wenn es schwerwiegende Dinge gab, an die er denken musste (er war ruiniert, ein Al-Qaida-Kommando war dabei, seinen Bruder umzulegen), ging Samuel nicht aus dem Kopf, wie barsch er eine halbe Stunde zuvor Silvia am Telefon abgefertigt hatte. Es muss gesagt werden, dass sie ihn mit einem Gespür für das falsche Timing, wie es Rachel zustand, (die beiden Damen fingen an, sich etwas zu häufig zu frequentieren) genau in dem fatalen Moment angerufen hatte, als er sein Motorrad starten wollte. Nachdem er die Tür des Büros zugeknallt hatte, in dem er die letzten drei Jahre gearbeitet hatte, und in das er keinen Fuß mehr setzen wollte. Kurz und gut, sie hatte ihm den wichtigen Abgang vermasselt.

»Ja!«

»Nichts, ich wollte nur wissen, ob du daran gedacht hast, beim Fliesenladen in der Via Sempione vorbeizufahren, um die beiden Fliesenmuster abzuholen?«

»Noch nicht.«

»Das hab ich mir gedacht. Also, denk dran, der Fliesenleger hat darauf hingewiesen, dass es mindestens neunzig Tage ab

Bestellung dauert, bis die Ware auch ausgeliefert wird. Wenn wir wollen, dass die Badezimmer fertig sind, sobald wir aus Mexiko zurückkommen, musst du dort noch vorbeigehen, bevor du nach Rom kommst. Dann können wir am Wochenende die Farbe auswählen und am Montag bestelle ich alles. Dein Flug nach Rom geht doch morgen Nachmittag zur üblichen Zeit, oder? Sag es mir, damit ich mit deiner Mutter abspreche, wer von uns dich abholen kommt.«

Silvia: immer dasselbe begeisterte und hyperorganisierte Maschinengewehr, das dich vollquatscht, ohne jemals Luft zu holen. Als ob ihr junger Organismus in der letzten Zeit durch eine schädliche Überproduktion von Adrenalin neue Energien gefunden hätte, um gleichzeitig die Vorbereitung der Hochzeit und die Renovierung der Wohnung durchzustehen.

Semi konnte im ersten Augenblick, von all diesen Worten überwältigt, nicht herausfinden, was lächerlicher war. Die Tatsache, dass Silvia in dem Moment, als das Berufsleben ihres zukünftigen Ehemanns vor die Hunde ging, über Fliesen und Fliesenleger sprach? Oder dass das Badezimmer, in dem diese Fliesen gelegt werden sollten, sehr bald einer Bank gehörte? Oder das interessante Detail, dass, wenn es so weiterging, Mexiko nicht das Land war, wo sie ihre Flitterwochen verbrachten, sondern der ideale Ort für einen hochverschuldeten Justizflüchtling?

Wie schon gesagt, Semi hatte an diesem Tag keine Lust, sich über die Lächerlichkeiten des Lebens zu amüsieren. Schon allein deswegen, weil es gerade diese Lächerlichkeiten waren, die heimtückisch sein menschliches Scheitern bestätigten. Zufrieden, jemanden zur Hand zu haben, den er schlecht behandeln konnte, hatte er Silvia mit einer bösen Antwort abgefertigt und war mit dem Motorrad zur Wohnanlage gerast.

Doch jetzt, eine halbe Stunde später, von der Dusche gestärkt, fühlt er sich schuldig und will es irgendwie wiedergutmachen. Aber da Männer merkwürdig sind, ruft er nicht Silvia an, um sich zu entschuldigen, sondern beschließt, Ludovica anzurufen.

»Ich habe ein wenig im Internet recherchiert«, beginnt sie, ohne ihn überhaupt zu begrüßen.

Der Eindruck, den Ludovicas höfliche Stimme auf ihn macht, ähnelt dem eines zum Selbstmord bereiten Vaters, der plötzlich von der überschäumenden Vitalität seiner kleinen begeisterten Tochter angesteckt wird.

»Über was recherchiert?«

»Über dich.«

»Über mich?«

»Nicht genau über dich. Über etwas, was dich betrifft.«

»Du hast etwas, was mich betrifft, im Internet gefunden?«

»Nein, nicht speziell über dich. Sagen wir, etwas über euch!«

Panik. Was meint sie mit »euch«. Uns Männer? Uns Pontecorvos? Wen uns? Eine Sekunde lang befürchtet Semi, dass Ludovica in ihrer Pedanterie als Akademikerin ihre Nase – abgetaucht ins tiefe, dämonische Meer des Worldwide Web – in die Pontecorvo-Affäre gesteckt hatte. Das wäre überhaupt nicht merkwürdig. Seitdem Filippo diesen gigantischen Erfolg eingeheimst hatte, fingen Leute, die es mehr als zwanzig Jahre nicht mehr getan hatten, wieder an, fieberhaft darüber zu reden.

Nein, das kann es nicht sein, worüber Ludovica recherchiert hatte. Das kann nicht die Sache sein, von der sie sprach. Nicht am Telefon, nicht mit dieser frechen und lustigen Stimme, die der Diskretion in Person gehört.

Und tatsächlich: was Ludovica mit »ihr« meint, ist hundertmal banaler und tausendmal harmloser als die Pontecorvo-Affäre. »Ihr« steht für »ihr Beschnittene«, für »ihr beschnittenen Juden«. Das ist es, wovon Ludovica spricht.

»Weißt du, dass es in Italien ungefähr hunderttausend davon gibt?«

»Juden oder Beschnittene?«

»Beschnittene. Juden viel weniger.«

Ludovica hat, wie viele naive und supergebildete junge Frauen, ein Faible für Juden. Semi hatte feststellen können, was für eine mythische, vielleicht vereinfachende, ganz bestimmt unterschwellig rassistische Vorstellung sie davon hatte (und zumindest darin unterschied sich ihr Vorurteil nicht sehr von dem, das Juden, die Semi kannte, über sich selbst kultivierten). Und gerade aufgrund dieser Vorurteile verehrt Ludovica die Juden. Einmal gestand sie ihm, die Biographie von Aby Warburg mindestens fünfmal gelesen zu haben: vielleicht, weil dieser vortreffliche Kunstkritiker und Bankierssohn für sie der Inbegriff alles Jüdischen ist. Normalität und Exotik. Verfolgte und Verfolger. Raffinesse und Vulgarität. Antike und Moderne. Pazifisten und Kriegstreiber … In diesen gewaltigen Gegensätzen spielt sie ihre ganze Leidenschaft für die Juden aus, die sich Semi gewiss zunutze machte, um sie zu erobern, zumal er ja der kleinere Bruder eines umstrittenen Juden wie Filippo Pontecorvo war. Mein Gott, die jüdischen Zweitgeborenen gewisser Erstgeborener! Ludovica könnte stundenlang über gewisse jüdische Zweitgeborene sprechen …

Doch dieses Mal will sie weder über Juden noch über Zweitgeborene sprechen. Sondern über Beschnittene. Das ist der Gegenstand ihrer letzten Untersuchung.

»Und was hast du herausgefunden?«

»Du kannst dir nicht vorstellen, mein Liebster, wie erregt ich war, als ich diese ganzen Bilder betrachtet und diese Kommentare gelesen habe. Es war, als würde ich dich millionenfach repliziert sehen. Fast wäre ich vor Erregung in Ohnmacht gefallen. Und du weißt ja wie das ist, ich konnte meine Hände nicht an ihrem Platz lassen.

»Das kann ich mir vorstellen … Also bin ich für dich nur das. Ein kleiner Schwanz ohne Vorhaut.«

»Leider bist du viel, wirklich viel weniger. Hättest du wenigstens diese Essentialität, diese Würde im Verhalten, dieses unerschütterliche Profil … Du verdienst das Ding nicht, das du hast.«

»Du bist nicht die Erste, die mir das sagt. Aber du hast mir noch nicht von den überraschenden Entdeckungen erzählt …«

»Scheinbar seid ihr Beschnittene weniger empfindlich. Und deshalb dauert es bei euch länger. Lilly89 vom Forum »Jung und basta« behauptet, wenn du mit einem Beschnittenen gehst, kannst du nicht mehr darauf verzichten.«

»Ich bitte dich, sag bloß nicht, dass das Nonplusultra deiner Recherchen auf dem Gefasel einer Lilly89 über die Unersetzbarkeit beschnittener Männer beruht. Sag mir, dass das nicht alles ist, was du hast. Seit dem letzten Wahlkampf habe ich nicht mehr so viel aufgewärmten Blödsinn gehört …«

»Da wurde auch viel von Fellatio gesprochen.«

»Oh, da haben wir das heikle Thema, das wie gerufen kommt. Was haben wir denn darüber herausgefunden? Und vor allem: bringt uns das, was wir herausgefunden haben, einen Qualitätssprung? Hilft uns das aus der Klemme?«

»Ich glaube eigentlich nicht.«

»Scheiße …«

»Eben. Vanessa-die-Faule, eine erbitterte Feindin von Lilly89, behauptet, euch mit dem Mund kommen zu lassen, sei eine Großtat für eine Goldmedaille bei den Olympischen Spielen.«

»Und dann werft ihr den Männern vor, sie seien leistungsfixiert. Sie würden immer spielen, wer den längsten hat und wer am meisten vögelt. Legen wir zumindest ein wenig Leidenschaft hinein! Vanessa-die-Faule, der Name sagt ja schon alles über ihre mangelnde Begeisterung, scheint keinen Gefallen an der Herausforderung zu haben!«

»Du bist ungerecht! Vanessa-die-Faule ist eine Fundgrube guter Ratschläge.«

»Wirklich? Zum Beispiel?«

»Das ist das Geheimnis für Eingeweihte.«

»Sag mal, du kannst doch wirklich nicht ohne Geheimnisse leben.«

»Wenn du mir versprichst, dass wir uns morgen sehen, dann schwöre ich, dass du mich morgen viel weniger introvertiert als sonst erleben wirst.«

»Ist das eine Erpressung?«

»Betrachte es als wohlwollende Drohung.«

»Ich habe nicht gedacht, dass es solche Drohungen gibt.«

»Die habe ich gerade erfunden … Los, versprich mir, dass du es versuchst.«

»Ich kann dir versprechen, was du willst, aber ich habe dir doch gesagt, dass ich morgen nach Rom fahren muss.«

»Musst du denn unbedingt fahren?«

Diese Frage brachte Samuel aus dem Konzept, und sie ärgerte ihn auch ein wenig. Wenn man bedenkt, so ist es das erste Mal, dass Ludovica sich wie eine eifersüchtige Geliebte verhält. Es ist das erste Mal, dass sie ihre Wunderlichkeit ablegt und sich ans Drehbuch hält. Es ist das erste Mal, dass sie ihn in so etwas Schäbiges wie einen Eifersuchtsanfall hineinzieht. Nein, das ist überhaupt nicht Ludovicas Art, Ansprüche zu erheben, und schon gar nicht, Zicken zu machen. Das ist nicht ihre Politik. Das verbieten ihr Würde und Erziehung. So wie es nicht ihre Art ist, mit der römischen Gegenspielerin in Konkurrenz zu treten. Im Gegenteil. Mehr als einmal hatte Semi den unangenehmen Eindruck gehabt, dass Ludovica Silvia mit protestantischer (und gerade deshalb beleidigender) Nachsicht behandelte. Eine Haltung, die ihn auf die Palme brachte, die ihn aber nicht so verblüffte, wie dieser plötzliche Anfall von Unsicherheit. Was war denn nun anders? Warum will sie nicht, dass er das Wochenende in Rom bei seiner offiziellen Frau verbrachte? Was für einen Unterschied machte ein zusätzliches Wochenende? Erklärt sich dies dadurch, dass Silvia nur noch kurz Silvia sein wird, dass sie sehr bald die neue Signora Pontecorvo sein wird? Und verdient sie dadurch eher den Respekt, den ihr Ludovica in ihrem Snobismus als junge Erbin nie hatte gewähren wollen?

»Ich muss los«, sagte Semi kurzangebunden. »Ich rufe dich später an.«

Nachdem er die Stimme seiner Geliebten genossen hatte, rief Semi Silvia zurück und bat sie, ohne sie zu Wort kommen zu lassen, um Verzeihung. Genau so: er hätte sich bei Ludovica entschuldigen sollen und nun bat er Silvia um Entschuldigung.

»Wofür willst du dich entschuldigen?«

»Dass ich dich so abgefertigt habe.«

»In Wahrheit kannst du keine zwei Sekunden ohne mich auskommen, ohne mit mir zu telefonieren. Jetzt kommst du an und erfindest diesen Blödsinn mit den Entschuldigungen … Aber wenn es dir wichtig ist, Entschuldigung angenommen.«

Es machte wirklich Freude, dich bei einer so wenig empfindlichen Frau zu entschuldigen. Wenn du dich bei einer so bereitwilligen Frau entschuldigst, kannst du dich gut fühlen.

»Genau so ist es«, sagte er in redseligem Ton, wobei er sich bemühte, alles zu vergessen, was er gerade durchmachte. »Ich kann nicht darauf verzichten, dich wenigstens fünfzehnmal am Tag anzurufen. Weißt du, was ich am meisten bedauert habe, als ich in Amerika lebte und wir so weit von einander entfernt waren?«

»Was denn?«

»Dass wir mit sechs Stunden Zeitunterschied gelebt haben.«

»Ich halte das für kein großes Problem.«

»Es war furchtbar zu wissen, wenn ich frühmorgens aufwachte, dass es bei dir schon Zeit zum Mittagessen war. So wie es furchtbar war, dass du schon eine ganze Weile geschlafen hast, wenn ich zum Abendessen ging. Oder zumindest habe ich gehofft, dass du schliefst. Deshalb rufe ich dich jetzt so oft an. Ich will sichergehen, dass deine Uhr dieselbe Zeit anzeigt wie meine.«

»Also, es ist besser, du lernst, mich nicht zu ersticken. Du bist dabei, eine Karrierefrau zu heiraten, die keine Zeit haben wird, sich um deine Sentimentalitäten und deine Neurosen zu kümmern …«

»Genau deswegen wollte ich noch meine letzten Monate als Junggeselle genießen und dich mit meiner ganzen Paranoia überschütten. Apropos, was machst du heute? Mir ist eingefallen, dass ich dich das noch nicht gefragt habe.«

»Was interessiert dich das?«

»Ich habe dir gesagt, dass mich das nicht interessieren dürfte, aber trotzdem interessiert es mich. Ich will unsere Uhren abstimmen.«

»Wer sind wir denn? Zwei Geheimagenten?«

»Nein, komm, Scherz beiseite, was machst du heute?«

»Was soll ich schon machen? Ich bin im Büro, dann gehe ich zum Gericht. Nachmittags habe ich einen Termin mit der Thora. Später, zu einem Aperitif, kommt noch der Talmud dazu.«

Silvias Spruch spielte auf den »großen Schritt« an (so nannte sie es), den sie vor ungefähr zwei Jahren vollzogen hatte: ihren Übertritt zum Judentum. Eine schwere, aberwitzige Entscheidung, der sich Silvia zwischen einer Beschäftigung und der nächsten gewidmet hatte. Eine Willensanstrengung, die im kommenden Monat mit dem rituellen Bad prämiert wird, mit dem Silvia sich endlich das Nationaltrikot von Moses und Abraham überstreifen würde.

Ja, sie würde es tun, obwohl Semi alles versucht hatte, sie davon abzubringen, seitdem sie diese absonderliche Idee geäußert hatte. Als er sie fragte, warum ihr so viel daran liegen würde, Jüdin zu werden, hatte Silvia ihm ausweichend geantwortet. Es sei etwas, wozu sie Lust habe. Schon immer sei sie vom Gedanken angezogen gewesen, Jüdin zu sein. Vielleicht sei sie es in einem anderen Leben einmal gewesen …

»Heb dir diesen Scheiß für die Befragung auf, der dich irgendein misstrauischer Rabbiner unterziehen wird. Nur das mit der Reinkarnation, erspar dir das lieber … Mir kannst du ja die Wahrheit sagen.«

»Ich lüg dich doch nicht an. Ich sag dir, was ich empfinde. Ich informiere dich über ein Bedürfnis von mir. Ich suche nicht deine Unterstützung. Ich mache es sowieso. Weißt du, wenn ich mir etwas in den Kopf gesetzt habe … Auch wenn mir klar ist, dass deine Unterstützung die Dinge erleichtern würde …«

»Aber du hast dich doch nicht einmal für deine eigene Religion interessiert, warum solltest du jetzt das Bedürfnis verspüren, zu meiner überzutreten?«

Es war wirklich nicht nötig, dass Silvia ihm darauf antwortete. Er wusste, wie die Dinge lagen. Der Grund, weshalb sie sich auf dieses gelinde gesagt komplizierte Abenteuer eingelassen hatte, der Grund, weshalb sie um jeden Preis zu einer Bruderschaft (die alles tun würde, um sie nicht aufzunehmen und ihr Knüppel zwischen die Beine zu werfen) gehören wollte, war offensichtlich: Rachel. Genau, sie tat es für diese Frau, die in ihrem Leben so viel gelitten hatte und es immer schaffte, wieder aufzustehen. Jetzt verdiente sie es, dass wenigsten einer ihrer Söhne ein anständiges jüdisches Mädchen heiratete.

»Ich versichere dir, du wirst nie eine hundertprozentige Jüdin sein.«

»Ich weiß, aber das interessiert mich nicht. Mir genügt es, wenn ich es zu siebzig Prozent bin.«

»Ich versichere dir, meine Liebste, es ist die Mühe nicht wert«, sagte Semi mit dem Paternalismus desjenigen, der sein ganzes Leben lang Jude war und weiß, dass es nicht so furchtbar wichtig ist, es zu sein oder nicht zu sein.

»Natürlich ist es die Mühe wert.«

»Du weißt aber nicht, auf was du dich da einlässt. Eine äußerst komplizierte Angelegenheit. Du kannst dir nicht vorstellen, wie nervig Juden sein können. Man muss einen Haufen Dinge auswendig lernen. Da gibt es nur Verbote und Gebote. Und es ist überhaupt nicht gesagt, dass die Sache gut ausgeht. Ich habe dich gewarnt, sie werden alles versuchen, um dich davon abzubringen. Und du kannst ihnen ja schlecht sagen, dass du es mir oder meiner Mutter zuliebe machst. Dass du es machst, um für uns *würdig* zu sein. Dann werden sie wirklich böse. Du musst es tun, weil auch du es willst.«

»Ich habe dir doch gesagt, dass ich es nicht für euch mache. Sondern für mich. Und du weißt ja, Lernen ist für mich nie ein Problem gewesen.«

»Das dauert Jahre.«

»Ich kann warten.«

»Es ist eine Quälerei.«

»Nicht mehr als die Tatsache, dass ich die ersten fünfundzwanzig Jahre meines Lebens mit so einem Kauz wie meinem Vater zusammengelebt habe.«

»Dein Leben wird furchtbar kompliziert werden.«

»Wenn ich es gern einfach hätte, wäre ich nicht mit dir zusammen.«

»Touché«, dachte Semi, ersparte sich aber einen Kommentar. Es war Silvia, die ihm ganz begeistert sagte:

»Weißt du, was mir am meisten gefällt?«

»Was denn?«

»Die Feiertage.«

»Was?«

»Ostern, Kippur, Rosh ha-Schana, die Hochzeiten … und stell dir vor: sogar die Beerdigungen! Ich habe nicht gedacht, dass mir bestimmte Jahrestage so gefallen könnten. Ganz zu schweigen von den Süßigkeiten: die jüdische Pizza, die kleinen Honigpizzen, die Osterkränze …«

»Würde da nicht ein Kochkurs genügen?«

»Ich liebe es, wenn deine Mutter diese ganzen Leute an Pessach einlädt, die Riten, die Bräuche, die Feierlichkeit …«

»Auch Tante Vera, dieses Ungeheuer?«

»Vor allem Tante Vera, dieses Ungeheuer.«

»Großer Gott, ich tue alles, um dich ins Metropole von Hanoi zu bringen, ich zerreiße mich, um dich von deinem erbärmlichen zweitklassigen Leben zu befreien … und du kannst es nicht erwarten, mit dieser vertrottelten Alten, die nach nassem Hund stinkt, zu Abend zu essen?«

»Du bist wirklich bescheuert!«

Obwohl Semi auf witzig machte, wusste er genau, was Silvia meinte, wenn sie ihm sagte, wie gern sie an Pessach das rituelle Essen, den Seder, im Hause Pontecorvo mitmachte. Man brauchte sie bloß anzusehen, um zu begreifen, dass Silvia für diese fröhlichen Gemeinschaften programmiert war. Dass eine große und glückliche Familie ihr sehnlicher Wunsch war, ein Wunsch, der sogar noch stärker war als ihr Ehrgeiz, eines Tages die Prinzessin des Internet-Forums zu werden.

Sie war klein, hatte ein angenehmes Äußeres, burschikos geschnittene blonde Haare und Augen von einem Grün, das nicht einmal das Meer in der Karibik … Sie war den Frauen sympathisch, liebte Kinder und brachte alle Männer auf laszive Gedanken, mit Ausnahme desjenigen, mit dem sie seit fünfzehn Jahren zusammen war. Im Leben hatte sie es gewiss nicht leicht gehabt. Mit drei Jahren hatte sie ihre Mutter verloren: zu klein, um später festzustellen, ob ihr Vater schon immer der Eisblock gewesen war oder ob er erst durch den plötzlichen Tod seiner Ehefrau so geworden war. (Das war schließlich kein Scherz: eines Abends legst du dich neben deiner Frau schlafen und wachst neben einer Leiche auf.)

Was immer ihr Vater auch gewesen war oder was ihm nach dem Tod seiner Frau passiert war, Silvia wusste, dass es sich um den schlimmsten Vater handelte, den eine so offenherzige und extrovertierte Tochter wie sie haben konnte: ein kraftloser, chronisch Depressiver, ein emotionsloser Bauingenieur mit einer Leidenschaft für Spaziergänge in den Wäldern und Bird Watching. Ein geistig blasser, pathologisch antriebsloser Mann.

Silvia erinnerte sich nicht, dass sie jemals von ihm ausgeschimpft worden wäre, aber sie erinnerte sich auch nicht an einen Ansporn oder ein Kompliment von ihm. Sie erinnerte sich nur, dass sie mit ihrem Vater lange Spaziergänge und unendliche schweigsame Mahlzeiten geteilt hatte. Dass sie stundenlang neben ihm ausgeharrt hatte, wenn er auf der Lauer lag und mit dem Fernglas in der Hand herauszufinden versuchte, zu welcher Gattung dieser Specht mit dem hellblauen Fleck auf dem Rücken gehörte. Ihr Vater machte sich keine Sorgen, wenn sie abends spät nach Hause kam, und zeigte sich auch nicht begeistert, wenn sie beschloss, zu Hause zu bleiben. Das Einzige, was er getan hatte, als die zwölfjährige Silvia mit von der ersten Menstruation beschmutzten Knien vor ihm auftauchte, war, ihr die Visitenkarte eines Gynäkologen in die Hand zu drücken, die er sich (wer weiß wie lange schon!) in seinem Portemonnaie zurechtgelegt hatte.

Und dabei muss man sagen, dass sie alles getan hatte, um ihn zu erobern. Beim Essen angefangen. Das war das erste gescheiterte Lockmittel, das die Tochter ausprobiert hatte, um ihren unerschütterlichen Vater zu verführen. Sie war dreizehn Jahre alt, als sie sich von ihrem Taschengeld *Il Cucchiaio d'Argento*, den Goldenen Löffel, gekauft und *La Cucina Italiana* abonniert hatte. Mit beneidenswerter Geschicklichkeit und einem gewissen Unternehmungsgeist war sie in der Lage, jede kulinarische Herausforderung erfolgreich zu Ende zu führen. Wenn sie also etwas niedergeschlagen war, stellte sie sich an den Herd. Und jedes Mal hatte sie dabei die Illusion, dass ihr Vater ihr dafür dankbar wäre. Jedes Mal hegte sie die absurde Hoffnung, dass ihr Vater angesichts des neuen Rezepts für gefüllte Auberginen oder Schiaffoni mit Zucchini vor lauter wonnevoller Zufriedenheit lächeln würde.

Von wegen. Er aß alles, das schon. Aber er verschlang alles mit derselben Begeisterung, mit der er einen Teller Nudeln ohne Soße gegessen hätte. Die gleiche Wirkung hatten bei ihm die guten Noten seiner Tochter und die Gürtel in immer dunkleren und männlicheren Farben, die sie im Karatekurs erhielt. Oder jeder andere sportliche oder akademische Erfolg, den sie im Laufe ihrer hyperaktiven Jugend verbucht hatte.

Das erste Mal, als Semi ihn getroffen hatte, war er verstört gewesen, wie unähnlich dieser Mann und seine Tochter einander waren: formal wie ein Hausmeister, steif wie ein Stockfisch; sogar die Einrichtung seiner Wohnung schien ein Gefühl von repressivem Grau widerzuspiegeln. Silvia hatte Semi zum Abendessen eingeladen. Schon seit langem sagte sie zu ihm, sie wolle für ihn kochen. Obwohl sie mit großer Sorgfalt den Tisch gedeckt hatte und obwohl vielversprechende Düfte aus der Küche kamen, schaute sie offensichtlich ihren Vater, in dessen Wohnung sie noch lebte, mit unvermeidlicher Nervosität an, wie man chronische Spielverderber ansieht. Er saß in seinem Sessel. In der einen Hand eine Ausgabe von *National Geographic*, die er vorsichtig durchblätterte, in der anderen ein Glas Leitungswasser.

Als Silvia zu ihm sagte: »Papa, das ist mein Freund Samuel. Ich habe dir von ihm erzählt«, war er, ohne eine Miene zu verziehen, aus dem Sessel aufgestanden, hatte die Zeitschrift auf einen kleinen Tisch gelegt und ihm die Hand geschüttelt, sehr viel weniger kräftig, als er es hätte tun sollen.

Silvia war über das Verhalten ihres Vaters so verärgert, dass sie keine Lust verspürte, Semi mit ihrem Vater allein zu lassen, und ihn fragte, ob er mit ihr in die Küche kommen wolle. Und so aufgeregt, wie sie nun die Deckel der Töpfe anhob und wieder aufsetzte, wie sie die Kühlschranktür öffnete und wieder schloss, daraus konnte man ersehen, dass das sanfteste Mädchen, das Semi kannte, gerade das für sie peinlichste Erlebnis hatte: einen Jungen, der ihr gefiel, neben einem Vater zu sehen, für den sie sich schämte. Das war wirklich zu viel. Deshalb schaltete sie ohne Vorankündigung den Herd aus, drehte den Regler des Backofens auf null und sagte zu Semi voller Anspannung: »Los, wir gehen jetzt besser.«

Semi hatte nicht genug Kraft, gegen diese seiner Meinung nach unerträglichen Manieren zu protestieren und fand sich mit ihr im Fahrstuhl wieder. Silvia beruhigte ihn: »Keine Sorge, er wird es nicht einmal bemerken.«

Gerade als er den Fahrstuhl verlasen wollte, fühlte er Silvias Lippen auf seinen. Es war das erste Mal, dass sie sich küssten. Er war dreiundzwanzig Jahre alt, sie zweiundzwanzig, sie hatten sich ein paar Monate zuvor am Strand von Sabaudia bei einer Hochzeit kennengelernt. Semi war ein Freund der Braut, Silvia eine Freundin des Bräutigams. Beide kannten niemanden und hatten sich schließlich Gesellschaft geleistet. Und nun, ein paar Monate nach dieser ersten Begegnung kam der erste Kuss.

Jedes Mal, wenn Semi (nicht ohne Unbehagen) daran zurückdachte, sagte er sich, dass sie ihm diesen Kuss gegeben hatte, um ihn für den beleidigenden Auftritt ihres Vaters zu entschädigen, und für die tadelnswerte Handlung, zu der dieser Auftritt sie veranlasst hatte. Nicht nur das: jedes Mal, wenn Semi daran zurückdachte, sagte er sich, dass dieser missliche Kuss, den sie ihm hinterrücks, ohne Lust und fast voller Verzweiflung gegeben hatte, vielleicht die Ursache der sexuellen Probleme war, unter denen Silvia und er seit all diesen Jahren litten und die ihre bevorstehende Ehe bestimmt nur verschlimmern würde.

Kurz gesagt, angesichts ihres bisherigen Lebens mit ihrem Vater, der mangelnden Abwechslung von der gespenstischen väterlichen Präsenz, war es nicht so überraschend, dass Silvia die österlichen Abendessen mit Tante Vera so liebte. Diese Abendessen zu lieben, hieß das Zusammenleben und die Gemeinsamkeit in ihrer Vollendung zu lieben. Und zugleich sich fatalerweise vom ökumenischen Modell verführen zu lassen, das Rachel mit so dreister Energie verkörperte. Genau das ist der Punkt: sich für das Judentum zu entscheiden heißt, sich für Rachel zu entscheiden. Völlig auf ihrer Seite zu stehen. Jüdin zu werden heißt, eine vollwertige Pontecorvo zu werden.

Der Talmud-Kurs an diesem Nachmittag würde einer ihrer letzten sein. Semi wusste, wie sehr sie sich aufgeopfert hatte, mit wie viel Hingabe sie es getan hatte und wie stolz sie war, nun kurz vor dem Ziel zu sein.

»Apropos Talmud, was machen die österlichen Reinigungen?«

»Das wollte ich dir gerade sagen. Nach dem Kurs gehe ich zu deiner Mutter. Wir haben verschiedene Dinge zu regeln. Sie will, dass das Haus bei der Rückkehr ihrer Sprösslinge glänzt. Weißt du, sie ist so froh, dass in diesem Jahr endlich alle an Ostern zusammen sind. Offenbar hat sich deine Schwägerin herabgelassen, die Einladung anzunehmen. Ich hoffe nur, sie kommt auch und macht keinen Ärger.«

»Natürlich macht Anna dich nur wütend.«

»Ja, sie macht mich nur wütend. Jedes Mal, wenn wir allein sind, redet sie schlecht über deine Mutter. Sie will mich unbedingt auf ihre Seite ziehen. Ich frage mich, wie dein Bruder ihren Narzissmus, ihre zur Schau gestellten Neurosen, ihre Gehässigkeit aushalten kann. Ich frage mich, wie man ständig bis zum Hals im Dreck leben kann!«

»Ich möchte nicht, dass du als Krankenschwester des Jahres kandidierst, nur um meine Mutter für ihre Schmerzen als Schwiegermutter zu entschädigen.«

»Und wenn es so wäre?«

»Kein Problem, ich fürchte nur, dass du dich völlig aufsaugen lässt.«

»Begreifst du es nicht? Wenn man aus einer Familie wie meiner kommt, fühlt man sich nie aufgesogen genug. Und dann ist das, was ich für sie mache, nur ein Hundertstel von dem, was sie für mich tut. Obwohl ich zugeben muss, dass deine Mutter mich in letzter Zeit wirklich fertigmacht. Die Anzeigen, die Kleideranprobe, der Fliesenleger, die österliche Reinigung … Immer ist was.«

Welch eine Freude für Semi, Silvia so über seine Mutter sprechen zu hören. Das versöhnte ihn mit dem Leben, sogar in dieser sehr schwierigen Zeit, die er gerade durchmachte. Es lag etwas Tröstliches im Gedanken, dass sich zwischen beiden eine solche Solidarität entwickelt hatte, dass es keinerlei Konflikte gab, sondern ein überraschendes Einvernehmen (sie sahen sich sogar langsam physisch ähnlich). Wenn es ein solches Paar gab, dann konnte die Welt doch nicht so schlimm sein.

Semi rief Silvia in letzter Zeit gerade deswegen so häufig an, um sich über ihre nachmittäglichen Streifzüge mit Rachel durch die Stadt informieren zu lassen. Er stellte sie sich gerne vor, wie sie in der Schlafzimmerabteilung von Habitat über Bambuskommoden stritten, die für Rachels Geschmack zu exotisch, zu wenig praktisch und wirklich viel zu kostspielig waren. Samuel genoss die Szene und jubilierte, froh darüber, Silvia die verlorene Mutter wiedergegeben zu haben, und seiner Mutter die Tochter, die sie nie hatte, die sie sich aber so sehr gewünscht hatte. Wirklich ein schönes Zauberkunststück: Semi war stolz, Rachel auf einem Silbertablett jemand präsentiert zu haben, der das Judentum und die österliche Reinigung ernst nahm, jemand, den sie zu ihren Besorgungen mitnehmen konnte, ohne dass er sich beschwerte. Jemand, der sich aus Respekt weder beklagen noch rebellieren konnte. Und der es jedenfalls als Ehre betrachtete, mit ihr zusammen zu sein. Und vor allem jemand, dem sie anvertrauen konnte, was ihr an ihren Söhnen nicht gefiel. Etwas, wozu sie nie den Mut gehabt hätte, es den direkt Betroffenen ins Gesicht zu sagen.

Während Silvia weiterredete, während sie ihm alles erzählte, was Rachel und sie an den kommenden Tagen tun würden, dachte Semi plötzlich darüber nach, wie perfekt alles sein könnte, wenn er nicht eine andere Frau lieben würde, und wenn er sich nicht, aus einem selbstmörderischen Impuls heraus, bemüht hätte, sein Berufsleben in die Binsen gehen zu lassen.

## WICHTIGE ANKÜNDIGUNG: HEUTE, AM 22. MÄRZ 2011, WERDE ICH ENDLICH MEINEN HELDEN LIVE ERLEBEN!

*Freundinnen und Freunde von Pennylane,*
*endlich ist der GROSSE Tag gekommen. In wenigen Stunden sehe ich Filippo. Es ist nämlich so, dass mein Held beschlossen hat, sich als Heiliger, der er ist, einer Horde Klugscheißern von der Bocconi zu zeigen. Er will ihnen kostenlos beibringen, was sie ansonsten in hundert Leben nie lernen würden: was es bedeutet, Mensch zu sein. Keine Angst, das wird ein Kinderspiel für eure Pennylane, sich in diesen Saal voller Schnösel einzuschleichen. Ich habe einen übrigens sehr sympathischen Freund an der Bocconi, der mir einen Platz in der ersten Reihe versprochen hat. Ich hoffe nur, er verlangt von mir nicht, dass ich ihm die Schulden in Naturalien begleiche. Obwohl ich euch schwöre, meine Freunde, falls er es von mir verlangt … also, ich wüsste nicht, wie ich da einen Rückzieher machen könnte. Mein Fili verdient dieses und andere Opfer … Gerade in diesen furchtbaren Tagen. Ich bin sicher, dass ihr alle informiert seid. Man spricht von nichts anderem mehr. Mein Fili ist in Gefahr. Offenbar sind die Drohungen einiger islamischer Fundamentalisten ernst zu nehmen. Ich muss euch sagen, ich bin wütend. Ich kann wirklich nicht verstehen, warum es jemand auf Filippo Pontecorvo abgesehen haben kann. Und ich finde es verrückt, dass gerade diejenigen auf ihn böse sind, die ihn verehren müssten. Wenn einer sich auf die Seite der Unschuldigen und Ausgebeuteten gestellt hat, sich mehr als jeder andere entschlossen hat, von den Entrechteten zu erzählen, dann ist das Filippo. Und nun? Islamistische Freunde, warum gerade er? Was hat er so Schlimmes getan, um euch zu beleidigen? Seid ihr sicher, dass ihr ihn nicht zu Unrecht verurteilt habt? Ich versichere euch, Filippo ist keiner dieser dogmatischen Juden, er gehört nicht zur Bruderschaft der kriegstreiberischen Juden. Nein, er steht auf der Seite des Friedens. Er ist ein*

*großer Geist. Er ist einer wie Oz und Grossman. Ein Anhänger des Friedens. Warum also soll man auf ihn böse sein? Ich werde diese Welt nie verstehen, bin aber davon überzeugt, dass dies der Moment ist, bei Filippo zu sein. Ich bin wirklich gerührt, wenn ich daran denke, dass ich bald nur wenige Meter von ihm entfernt sein werde. Das kommt mir absurd und unglaublich vor.*
*Nun entschuldigt mich, ich muss mich fertig machen. Ja, ich weiß, das Treffen ist erst in acht Stunden, aber ich weiß nicht, ob das reicht, um mich so schön zu machen, wie ich es sein möchte.*
*Ich werde euch auf dem Laufenden halten …*

Im Flur der Bocconi-Universität, die er zum letzten Mal vor fünfzehn Jahren mit der Bestnote und dem festen Entschluss verlassen hatte, nie wieder zurückzukommen, fragte sich Semi, von einer eindrucksvollen Menge bedrängt, ob Pennylane schon da war, und falls sie da war, ob er sie erkennen würde.

Schon seit mehreren Monaten verfolgte Semi mit einer gewissen Regelmäßigkeit Pennylanes Posting im von ihr selbst eröffneten und geduldig betriebenen Blog »Im Namen von Herodes«, um den sich eine richtiggehende Sekte von Anhängern der Pontecorvo-Religion gebildet hatte.

Er phantasierte gern über die Identität der mysteriösen Pennylane. Das heißt derjenigen, die sich als das leidenschaftlichste Groupie betrachtete, das Filippo auf diesem Planeten hatte. Und es passierte oft, dass er ihren Blog besuchte und sich ansah, welche neue verrückte Initiative sie unternommen hatte, um ihre Liebe zu Filippo zu zelebrieren. Diese leidenschaftlichen Betrachtungen zu lesen, verschaffte ihm so eine gute Laune! Eben deshalb hatte Semi die Idee gehabt, sich anzusehen, was Pennylane zu den Drohungen gegen Filippo zu sagen hatte, bevor er die Wohnanlage verließ, um zum Auftritt seines Bruders in seiner früheren Universität zu fahren. Mit großer Überraschung und nicht ohne Aufregung erfuhr er, dass Pennylane genau wie er gerade in jenem Moment aus dem Haus gehen wollte, um Filippo an der Bocconi zu huldigen.

Sie war hier irgendwo in der Menge. Wären es doch nur Studenten, Professoren und Schaulustige gewesen: da waren Fotografen und Kameraleute, atemlose Reporter, die aufgeregt sprachen. Bevor er hineinging, hatte Semi mehrere Polizeistreifen und sogar einen Mannschaftswagen der Armee gesehen. Und tatsächlich waren da ein Haufen Leute in Uniform. Er fühlte sich ausgesprochen unwohl. Ja, dieses ganze Durcheinander belastete ihn, und er fragte sich, ob das Audimax der Universität groß genug war, um so viele wildgewordene Fans aufzunehmen.

Die Energie, die von der Menge ausging, war so mächtig und brutal, dass Samuel ungewollt durch den Haupteingang in den Flur hineingeschoben wurde, womit er eine etablierte Beschwörung der Bocconi verletzte, die den Studenten riet (besonders an den Examenstagen), nie zwischen den zwei großen liegenden Löwenstatuen hindurchzugehen, die als Wächter des Haupteingang fungierten. Semi hatte versucht, sich auf den rechten Eingang zu stürzen, um die beiden Katzen links liegenzulassen, doch eine Art unbesiegbare Meeresströmung zog ihn unweigerlich zum Haupteingang hin. Das hatte bei ihm ein Gefühl von Ohnmacht und übler Laune hinterlassen.

Ist das also die Art und Weise, wie Filippo lebt? Inmitten all dieser Menschen? Hatte ihn die ständige Präsenz der Menge so verändert? Das ist also der Grund, weshalb Filippo nicht mehr Filippo ist. Deshalb spricht er nur noch über sich selbst. Es ist doch klar, wenn du immer unter Leuten bist, die kommen und sich anhören, was du zu sagen hast, dann kommt dir der Verdacht, dass das, was du für die anderen auf Lager hast, auch wirklich interessant ist.

Indem sich Semi einen Weg durch den wilden Strom der

Menschen bahnte, schaffte er es, in den Flur zu gelangen, der zur Bibliothek und zum Audimax führte. Und er hatte in der Bar haltgemacht – die allerdings komplett renoviert worden war.

Auch die Bar war überfüllt, aber nicht so stark wie der Flur. Der größte Teil der Leute hier gehörte zur studentischen Bevölkerung. Nachdem Semi an der Kasse bezahlt hatte, ging er zum Tresen und bestellte einen Kaffee. Genau da erregte eine kleine Gruppe von drei Studenten seine Aufmerksamkeit: ein junger Mann und zwei junge Frauen. Semis Blick war noch geübt genug, um zu begreifen, dass diese drei keine Studienanfänger sein konnten. Vielleicht standen sie kurz vor dem Examen. Das merkte man an der Selbstverständlichkeit, mit der sie diese verstopften Räume besetzten, und an der Tatsache, dass es sie überhaupt nicht störte, laut zu sprechen oder lange an ihrem Kaffee zu trinken.

Semis Aufmerksamkeit konzentrierte sich auf die zierliche junge Frau, die sich gerade sehr ereiferte: leicht übergewichtig, etwas blass, ebenmäßige Gesichtszüge, die durch ihre rotgetönten braunen Locken etwas Dramatik erhielten. In dieser zur Schau gestellten Gewöhnlichkeit reflektierten der kleine Brillant auf der Nase und der tätowierte Regenbogen auf dem Handgelenk das einzige Licht. Sie hatte einen klaren südlichen, vielleicht kalabresischen Akzent und trug ein Nadelstreifenkostüm aus dem Kaufhaus, wie eine Sekretärin. Sie musste ein resolutes Mädchen sein, das ein Stipendium bekommen hatte. Und resolut war auch die Art und Weise, wie sie irgendjemanden kühn verteidigte:

»Er hat etwas Einzigartiges und Wunderbares geschaffen«, sagte sie. »Etwas, das dich hypnotisiert und rührt … Du kannst es vielleicht nicht begreifen, weil du ein Mann bist, aber ich kann dir sagen, als ich zum ersten Mal bei meinen Neffen war, sofort nachdem ich den Film gesehen hatte, habe ich ihnen gegenüber eine solche Zuneigung, eine solche Liebe empfunden … Das hat mir das Herz gebrochen. Es ist verrückt, dass ein Mann es geschafft hat, die Unschuld dieser Kinder zu erfassen. Ich weiß nicht, wie er es getan hat, aber ich weiß, dass er es getan hat …«

Offensichtlich war der laute Ton ihrer Stimme nicht nur dazu geeignet, den Lärm einer Studentenbar zu übertönen, sondern auch, sich gegen ihre Gesprächspartner durchzusetzen, deren Dissenz sich in ihrem sarkastischen Gesichtsausdruck zeigte. Ihre Gegner nickten und lachten nur. Der Wortführer war ein junger Mann, während die schweigsame Blondine neben ihm, außer dass sie wahrscheinlich eine willige Bettgefährtin war, die Rolle spielte, überzeugt zu nicken, ohne aber irgendetwas zu verstehen.

Während das wortkarge Mädchen, eiskalt und fahl wie ihre Haarfarbe, etwas nüchtern Nordisches hatte, musste der Typ Römer sein. Und zwar aus einem bestimmten Rom, das Semi nur zu gut kannte. Er hatte dessen Aussehen, Akzent und Zynismus. Er war schlank, hatte saubere, fast klinisch reine Gesichtzüge; seine Frisur war so gestylt, als wäre sie von der Hand eines Comiczeichners aus den dreißiger Jahren gezeichnet. Die Brille aus dünnem, poliertem Glas und das schwarze Gestell verliehen ihm das Flair eines attraktiven Akademikers, ein wenig Clark Kent. Während die Rolex Explorer am Handgelenk auf ein solides, wenn nicht gar beträchtliches Vermögen hinwies, legte seine Ausdrucksweise nahe, dass er der klassische Sohn war, der die Großzügigkeit seiner Eltern mit sehr guten Schulnoten, der Entwicklung einer starken Persönlichkeit und ausgezeichneten sozialen Kompetenzen zurückgezahlt hat. Also ein Klugscheißer, der zudem mit Menschen umgehen konnte: einer von denen, die auf Nachfrage alle Hauptstädte kennen, auch die der entlegensten und unbedeutendsten Länder. Die alle Voraussetzungen mitbrachten, um bei einem Fernsehquiz eine Million Euro zu gewinnen, wenn sie nicht so snobistisch wären und überhaupt nicht daran dächten, an so etwas teilzunehmen.

»Mit Kindern kenne ich mich nicht aus«, sagte er gerade.

»Aber ich kenne mich mit Stil aus. Nicht zufällig schreibe ich eine Abschlussarbeit über die Wahrnehmung der italienischen Modelabel in der angelsächsischen Welt. Ich weiß also, wovon ich spreche: also bitte, hast du denn gesehen, wie er sich anzieht? Hast du gesehen, wie er herumläuft? Nein, ich meine, Tarnhosen, dieser Che-Guevara-Bart, immer eine Zigarre im Mund. Was glaubt er denn, wer er ist, Fidel Castro? Clint Eastwood? Winston Churchill? Also wirklich! Er glaubt wohl so fest daran, dass er den Mut hat, so abgerissen herumzulaufen wie die Figur in seinem Trickfilm. Allein die Tatsache, dass er sich so darstellt – als Ritter ohne Furcht und Tadel – sagt viel über den völligen Mangel an Selbstironie dieses Herrn, über seine Anmaßung. Ich würde jederzeit darauf wetten, dass seine Garderobe voll mit diesen Scheißklamotten ist. Und der Anstand? Ein Funken Grauen vor sich selbst? … Von wegen, er geriert sich als Prophet, verdammt nochmal. Diese orakelhafte Art zu sprechen. Alle zehn Minuten ein Wort. Und alle nehmen ihn ernst. Und die ganzen Interviews, Vorträge, dieses ganze Gerede von Menschenrechten, von den Rechten der Kinder. Verdammt nochmal, wie billig ist das denn? Wie wenig braucht man denn, um Applaus zu bekommen, wenn man sagt, man sollte Dreizehnjährigen kein Maschinengewehr mehr in die Hand geben? Dass man die Länder boykottieren soll, die Landminen herstellen? Oder dass man die kleinen Sklaven befreien soll, die nachts die Lederbälle nähen, die dann von Fußballmillionären benutzt werden? Das kommt mir vor wie eine Broschüre von Save The Children. Nein, dein Filippo Pontecorvo ist doch nicht so originell. Er ist ein Schwindler, einer der x-ten Gaukler, die dieses Land von Scharlatanen hervorgebracht hat.«

Warum wunderte sich Semi darüber, dass jemand so angeregt über seinen Bruder sprach, wenn er doch seit einigen Monaten den Eindruck hatte, dass die ganze Menschheit über nichts anderes redete? Warum fühlte er sich so peinlich berührt, wenn doch in der letzten Zeit jeder, dem er vorgestellt wurde, wenn er hörte, dass er Pontecorvo hieß, ihn fragte: »Zufällig verwandt mit …?«

Vielleicht, weil es das erste Mal war, dass jemand freimütig über Filippo dozierte, ohne zu wissen, dass er, sein kleiner Bruder in Hörweite war. Was für eine quälende Erfahrung. Jedenfalls hatte es Samuel gereicht, ein kleines Stück der geschliffenen Rede des Soundso zu hören, um ihm gegenüber dieselbe mörderische Antipathie zu empfinden wie gegenüber den anonymen Typen, die im Netz Gift und Galle gegen seinen großen Bruder spuckten.

»Im Namen von Herodes«, der Blog, den die mysteriöse Pennylane heldenhaft betrieb, war nämlich nicht der einzige, der über Filippo sprach. Es gab wirklich viele davon und nicht alle waren so wohlwollend. Der große Stamm der Gegner war zwar weitaus weniger bemerkenswert als der seiner Verehrer, aber nicht weniger angriffslustig. Im Netz wimmelte es von Seiten, deren Lieblingssport daraus bestand, sich auf Filippo Pontecorvo einzuschießen. Und Semi wusste das genau, da er seit einiger Zeit – ungefähr, seitdem die Dinge für ihn schiefgelaufen sind – oft vom Impuls gepackt wurde, sich über die Neuigkeiten der Blogosphäre in Sachen Filippo zu informieren.

Es war, als ob Semi, auf der Suche nach einer Entschädigung, sich ein wenig vom Ruhm seines Bruders mitreißen ließ. Es ist schwer zu erklären, aber wenn Semi diese Seiten sorgfältig durchsah, empfand er die Euphorie des Charakterdarstellers, der stolz ist, irgendwie am Erfolg des Films mitgewirkt zu haben, in dem ein großer Star meisterhaft gespielt hat. Die Erregung, die all diese Grazien bei ihm hervorriefen, die seinen Bruder im Netz anschmachteten, war so stark, dass er, wenn er ihre privaten Alben durchscrollte, die sie schamlos der ganzen Welt zur Verfügung stellten, versucht war, sich einen runterzuholen. Und, um wirklich ehrlich zu sein, ein paarmal hatte er dem pathetischen Impuls nachgegeben, im vollen Bewusstsein, dass es weder gesund noch würdevoll war, so verrückt nach dem virtuellen Harem seines Bruders zu sein.

Aber in diesen frenetischen Recherchen konnte es ihm auch passieren, dass er auf einen sarkastischen Feind seines Bruders stieß. Irgendein frustrierter Fünfundzwanzigjähriger, der wildentschlossen war, alles zu verschmähen und zu verachten, was erfolgreich war. Und der sich gerade deshalb berechtigt fühlte, unerhört gewalttätige Dinge zu schreiben. Was bei Semi eine gelinde gesagt schwindelerregende Beunruhigung hervorrief.

Es stimmte ja auch: sein Bruder lief wirklich in lächerlichen Klamotten herum. Sein Stil – nachlässig und zugleich affektiert – war eine regelrechte Geschmacklosigkeit. Semi und Rachel konnten nur darüber lachen. Und manchmal schlossen sich auch Silvia und Anna ihren Grimassen an. Jawohl, alle lachten darüber, und schon lange, bevor Filippo das war, was er wurde. Doch in ihrer Ironie lag etwas Liebevolles und Wohlwollendes. Ein zärtlicher, privater Nachgeschmack. Familiensache. Aber was erlaubte sich dieser Unbekannte, seine Ironie mit der säuerlichen Glasur der Feindseligkeit zu garnieren?

Während Semi seinen Espresso schlürfte, musste er sich zurückhalten, diesen Kerl da hinter ihm nicht am Kragen zu packen und an die Wand zu klatschen. Er musste sich zurückhalten, ihm nicht zu sagen: »Hör mal, Schönling, ich sage dir, dass du gerade eine völlig blöde Figur machst. Ich bin nämlich zufällig der Bruder der Person, dessen Kleidung so oberflächlich zu beurteilen du dir erlaubst. Wollen wir über Kleidung sprechen? Los! Die Wahrheit ist, dass du mit deinen blöden Markenturnschuhen, deinen Markenhosen, deinem aparten Aussehen, deiner aufgeblasenen und nutzlosen großbürgerlichen Freundin, die dich gerade ansieht, als wärst du Mohammed, nie das erreichen wirst, was Filippo

Pontecorvo getan hat … Oh, das ist es also, was dich umtreibt? Das ist es? Seitdem du geboren bist, wirst du von den Leuten verhätschelt. Seitdem du einen Fuß auf diese Erde gesetzt hast, bekommst du von den Leuten gesagt, wie intelligent du bist, wie tüchtig du bist, wie verführerisch du mit deinem Zynismus, mit deiner Bissigkeit sein kannst. Du hast immer gedacht, das würde dir helfen, Größe zu erlangen. Du hast immer gedacht, das seien die intellektuellen Grundlagen, auf denen du dein Vermögen aufbauen könntest. Und jetzt bist du hier. Im letzten Uni-Semester. Und alles, was du erreicht hast, ist einer der vielen, einer der allzu vielen glänzenden Studenten im letzten Semester zu sein. Ein garantiertes Magna cum laude. Ein schöner Master, der in irgendeiner Metropole auf dich wartet. Die Jagd nach dem Gold hat begonnen.

Du bist richtig erfolgreich, das stimmt, aber auch nicht mehr als andere … Ich weiß, du hast geschuftet, um so weit zu kommen. Leider kann es sein, dass dir diese ganze Schufterei nichts genützt hat. Kommt deine Antipathie gegen Filippo vielleicht daher? Also gegen einen Versager und Habenichts, der es mit Mühe geschafft hat, seinen Abschluss in Medizin zu machen, aber durch den Einsatz seines originellen Talents die Welt verzaubert hat. Es muss wirklich ein schönes Drama für ein stolzes Kerlchen wie dich sein – eine harte Nuss für deine übersteigerte Eigenliebe – dass all diese Leute seinetwegen hier sind und nicht deinetwegen. Dass sogar du, der ihn so kritisiert, hier bist, um ihm zu Füßen zu liegen. Sag schon, bei aller Verachtung, die du für ihn hast, kannst du nicht ohne ihn auskommen. Sag schon, jeden Zeitungsartikel über ihn musst du bis zur letzten Zeile lesen. Gib es zu: dein Drama liegt darin, dass er ohne dich auskommen kann, aber du nicht ohne ihn. Gib es zu, während er nicht einmal weiß, wer du bist, machst du dir schon seit Monaten Gedanken über ihn und darüber, warum er dir so unsympathisch ist. Gib es zu, das ist deine Schwäche. Gib es zu, wenn heute in dieser

Universität jemand lächerlich ist, dann ist das nicht Filippo Pontecorvo.«

Es war nicht nötig, einzugreifen. Zum Glück war da die kleine kämpferische Kalabresin, die Partei für ihn und für die Wahrheit ergriff und ihm die passende Antwort gab:

»Weißt du, was das Problem von euch Papasöhnchen ist?«

»Papasöhnchen? Ich soll ein Papasöhnchen sein?«

»Hör mal, ich mache keine Witze. Eines habe ich in diesen Jahren gelernt, in denen ich Tag und Nacht mit euch zu tun hatte.«

»Du redest, als wärest du Jane Goodall mit ihren Schimpansen.«

»In der Tat, so wie ich mich bei euch fühle, was ich euretwegen hier drinnen spüre, würde ich sagen, dass der Vergleich besonders gut passt.«

»Also, was ist das Problem von uns Papasöhnchen, die wir dich in all diesen Jahren so genervt haben?«

»Euer Problem ist, dass ihr aus allem immer eine Frage der Ästhetik macht. Dass ihr immer nur auf die Oberfläche der Dinge schaut.«

»Was für ein origineller Gedanke! Gratuliere.«

»Ja, ja, spiel nur ruhig weiter den Witzigen. Tob dich aus. Tu das, was du am besten kannst. Steig auf einen Sockel. Aber du musst wissen, dass du gerade wegen deines Sarkasmus und deiner Hochnäsigkeit nie begreifen kannst, was Pontecorvo für die Menschen bedeutet.«

»Los, komm, was bedeutet er?«

»Er bedeutet Mut, Ausdauer, Kreativität. Eine ganze Reihe von Dingen, die nicht immer zusammenpassen. Mir persönlich ist es völlig egal, wie er sich anzieht. Es ist mir völlig egal, ob er eine Zigarre raucht, eine Marlboro oder ob er zugekifft ist. Angenommen, er hat Attitüden, dann sind mir seine Attitüden völlig egal. So was nehme ich nicht wahr. So was interessiert mich nicht. Was ich weiß, ist, dass ich ihn auf die Bühne steigen sehe, auf der ich in den letzten

Jahren Minister, Nobelpreisträger für Ökonomie, berühmte Journalisten und Industrielle mit viel Kohle gesehen habe, mit guten Manieren und genialen Ideen ... aber ohne einen Funken Menschlichkeit. Jahrelang habe ich die Prozession all dieser mächtigen Leute erlebt, die hierherkamen, um mir irgendeinen Scheiß zu erzählen und mich überheblich zu behandeln. Und jetzt kommt der Autor eines Trickfilms. Ein Comicautor, ein Gaukler. Und siehe, er ist der Einzige, der weiß, wovon er spricht: er hat sich die Hände schmutzig gemacht, ist ins Herz der Ungerechtigkeit gegangen. Er ist nicht wie die anderen, die hierherkommen und dir erklären, wie die Welt ist, er ist einer, der die Welt verändern will. Er ist einer, der dir die Hoffnung gibt, dass die Welt verändert werden kann. Das ist doch kein Zufall, dass sie ihn umbringen wollen!«

»Wenn sie ihn umbringen wollten, hätten sie es schon getan.«

Es war die kleine Blondine, die diesen Spruch von sich gab. Der Ton, in dem sie ihn aussprach, wies darauf hin, dass sie ihn schon ein Dutzend Mal gehört hatte, bis sie ihn auswendig konnte.

»In der Zeitung steht ...«, wollte die Pasionaria im Kostüm erwidern. Doch sie wurde von ihrem Gegenspieler unterbrochen:

»Die Zeitungen? Ich soll glauben, was in den Zeitungen steht? Diese ganze Geschichte stinkt auf einen Kilometer nach Marketing. Stell dir doch vor, was interessiert es die, so einen Clown umzubringen. Und das finde ich auch noch unanständig: alles, was diesen Typen betrifft, ist Mystifikation. Schau ihn doch nur an: er gibt sich als Revolutionär, als Volksprophet, und schwimmt dabei in Geld, ist der Sohn von Leuten, die noch mehr in Geld schwimmen. Weißt du, was mir ein Freund meines Onkels erzählt hat, der bei ihm in der Klasse war? Dass er immer vom Chauffeur aus der Schule abgeholt wurde.«

»Was juckt mich der Chauffeur, die Kohle, dein Onkel? Du hast wohl nicht begriffen, was ich dir gesagt habe: zum ersten Mal, seitdem ich hier bin, habe ich Gänsehaut. Ich werde ihn gleich sehen und schon allein deshalb habe ich Gänsehaut. Er hat mir nichts beizubringen, weil er mir schon alles beigebracht hat.«

Auch Semi verspürte einen Schauder auf seiner Haut. Als er dieses Mädchen hörte, wie sie über Filippo sprach, bekam auch er eine Gänsehaut. Eine Art Bruderschaft, eine höhere Solidarität, etwas, was er noch nie so deutlich wahrgenommen hatte wie in diesem Moment. Das also war Pennylane, über die er so viel phantasiert hatte. Sie musste ein Mädchen wie dieses sein. Sie musste ihr sowohl physisch als auch moralisch ähneln. Ein Mädchen der heutigen Zeit, einfach und voller Begeisterung, voller Lust, sich rühren zu lassen, voller Liebe, die sie geben und bekommen wollte. Ein Mädchen voller Empörung über das Unrecht und voller Leidenschaft für die Gleichheit. Oder vielleicht war sie ja Pennylane. Die Pennylane, die er suchte. Das Schicksal hatte sie ihm auf dem Silbertablett serviert, und zudem noch in Hochform.

War sie Pennylane? Bist du Pennylane? Fast hätte Semi sie das wirklich gefragt. Fast wäre er zu ihr hingegangen und hätte sie umarmt.

Und jetzt stand er da auf der Bühne.

Der Rektor – ein Mann mittleren Alters in einem zerknitterten blauen Anzug – kündigte ihn an, indem er den gefälligsten aller Gemeinplätze benutzte: »Ich muss ihn ganz bestimmt nicht groß vorstellen …«

Und nie zuvor waren Worte so passend gewesen. Es genügten die gleichmäßigen Schritte des Gastes, der gerade aus einem der Nebeneingänge hereingekommen war, da brach schon ein höllischer Lärm los. Semi hatte den Eindruck, dass dieses Dröhnen direkt aus dem Erdinneren kam. Ein Erdbeben. Er war fast erschrocken. War es denn normal, dass diese ganze Liebe so viel Aggressivität hervorrief?

Um zur Bühne zu gelangen, musste Filippo dreißig Meter durch einen Seitengang gehen. Und das Merkwürdige war, angesichts der üblichen Gelassenheit eines solchen Publikums, dass sich ein Haufen Leute (vor allem die Mädchen) buchstäblich auf ihn gestürzt hatte. Semi hatte von seinem Platz – ganz links im Saal – einen besonders guten Blick und konnte bequem die Explosion der erotischen Vergötterung genießen. Wie sollte man den Impuls auch anders nennen, der so viele Mädchen dazu brachte, sich auf den Gast zu stürzen, wie eine Horde ausgehungerter Kinder auf einen Lastwagen voller Proviant? Der Flur war so verstopft, dass Filippo in seiner sprichwörtlichen Robustheit mehr als ein Problem hatte, voranzukommen. Es war unglaublich, sie wollten von ihm ein Autogramm auf die Haut.

Ein Mädchen mit einem roten Filzstift bat Filippo um eine Unterschrift auf den Handrücken, eine andere um eine auf den Unterarm, noch eine andere verlangte, nachdem sie ihrer Kollegin den Stift entrissen hatte, energisch, Filippo solle ihr ein Autogramm auf den Hals schreiben. Andere steckten ihm Zettel, wahrscheinlich mit ihrer Handynummer oder wer weiß welchen verlockenden Liebesangeboten, in die Taschen seiner Jeans. Diese Szenen des öffentlichen Rauschs wurden von den kühlen Blitzlichtern verzerrt. Die Reporter, genauso verzweifelt kriegerisch, durchlöcherten ihn mit Fragen. Die einen duzten, die anderen siezten ihn:

»Filippo, was hältst du von den Drohungen? Sind sie irgendwie begründet?«

»Haben Sie sich einen Begriff davon gemacht, was geschieht?«

»Was werden Sie dann tun?«

»Hast du Angst?«

Aber bald wurden dieselben Reporter von den Mädchen verdrängt. Sie waren so begierig, ihm ihre ganze Solidarität zu zeigen, ihm in einer für ihn so schwierigen Situation beizustehen.

Semi war fassungslos. Er hatte in seiner Zeit an der Universität schon ähnliche Veranstaltungen erlebt. Er war dabei gewesen, als sie kamen, um eine Rede zu halten: Gorbatschow, Roberto Baggio, der Papst … Aber eine solche Reaktion hatte er noch nie gesehen. All diese Liebe, all diese Aufregung, all diese Gewalt. All diese Lust, ihn anzufassen. Dabei handelte es sich nicht um wildgewordene Teenager, sondern um junge Frauen einer renommierten Universität. Junge Frauen, die seit langem gelernt haben mussten, sich zu beherrschen.

Filippos Reaktion war übrigens ebenso unbegreiflich. Offenbar an solche Belästigungen gewöhnt, wusste er, dass es nutzlos war, dagegen anzukämpfen. Er ging langsam weiter, ein Lächeln im Gesicht, das Semi nicht entziffern konnte: Freude? Nervosität? Verärgerung? Angst? Angesichts seiner Misanthropie konnte das für ihn kein schöner Moment sein. Doch vielleicht hatte die Misanthropie jeden Sinn verloren. Also wirklich, wie kann man jemanden hassen, der dich so sehr liebt?

Schließlich erreichte Filippo die Stufen, die auf die Bühne führten. Während seines triumphalen Kreuzwegs war er zwar dicht an seinem Bruder vorbeigekommen, aber er war so bedrängt und so darauf bedacht, sich der Umarmung der Menschen zu entziehen, dass er ihn bestimmt nicht gesehen hatte.

Und jetzt stand er dort auf der Bühne.

Als der donnernde Applaus langsam nachließ, begann ein Auftritt, der ebenso wundersam war, wie der von Filippos Schritten ausgelöste Höllenlärm. Filippo musste nur mit seinen Fingern leicht auf das Mikrophon klopfen, da verfiel die Aula in eine sakrale Stille. Einen Moment hatte Semi Angst: Angst, dass sein Bruder keine Worte fand. Er fühlte sich wie eine junge Mutter, die die erste Ballettvorführung ihrer sechsjährigen Tochter erlebt: die Frustration, sie nicht beschützen zu können, das Schuldgefühl, sie verlassen zu haben, vermischte sich mit dem Stolz und einer Art Neugierde, sie endlich bei etwas zu sehen, wo sie sich alleine zurechtfinden musste.

Die Stimme, mit der Filippo sagte: »Ich danke euch, dass …«, verriet eine gewisse Schüchternheit, ein gewisses Unbehagen, eine gewisse Gutmütigkeit, die Semi befürchten ließ, Filippo sei nicht in der Lage, den Satz zu beenden. Er dachte daran, wie oft Filippo auf dem Gymnasium vor die Klasse gerufen worden war und kein Wort herausbekommen hatte. Nein, die Schule war nie seine Stärke gewesen. Vielleicht wegen seiner Nachlässigkeit oder seiner Unfähigkeit, sich zu konzentrieren, seiner Leseschwäche, seiner Rechenschwäche … Alles zusammen hatte aus ihm einen miserablen Schüler gemacht. Ein wirklich hoffnungsloser Fall. Dazu noch mit dem Pech, der Sohn einer Frau zu sein, für die die schulische Leistung schon immer das Allerwichtigste gewesen war; und Bruder eines Jungen, der in Sachen intellektueller Brillanz niemandem unterlegen war. Semi war stets ein echter Seiltänzer gewesen: er fühlte sich in seinem Element vor der Klasse, wenn er in einem abstrusen Fach abgefragt wurde, ebenso wie auf einem Tennisplatz oder auf der Tanzfläche einer Diskothek. Wirklich vielseitig, sein kleiner Bruder. Samuel erinnerte sich an die Qual, die einige endlose, unnütze Nachmittage für Filippo bedeuteten. Er saß da mit dem Stift im Mund, mit hängenden Schultern vor den Büchern, beobachtet von einer genervten Signorina, die sich bemühte, ihn zum Lernen zu bringen. Filippos Problem war: für ihn gab es keine menschliche Beschäftigung, die ihn nicht nach drei Sekunden langweilte. Sein Durchhaltevermögen gegenüber Müdigkeit und Langeweile ging fast gegen null. Und seine Konzentrationsfähigkeit war nicht vorhanden.

Und jetzt stand er dort auf der Bühne.

Im Grunde wirkte er verängstigt. Genauso verängstigt wie damals. Er sah nicht ins Publikum. Er sah auf den Boden. Dann schweifte sein Blick wieder anderswohin ab. Dieses Mal nach oben. Es fiel ihm schwer, anzufangen. Das Publikum war bei ihm, aber er war noch nicht beim Publikum. Spontan brandete ein ermutigender Applaus auf. Aber auch das schien ihn nur noch mehr zu erschrecken. Semi kannte seine Schüchternheit genau. Filippo war gegenüber vielen Menschen so schüchtern und einzelnen Menschen gegenüber so in seinem Element. Plötzlich fiel ihm seine Mutter ein. Was hätte Rachel wohl empfunden angesichts der Verlegenheit ihres ältesten Sohns? Sie hätte diese Szene fast nicht ertragen. Sie hätte sich von dieser Szene überfordert gefühlt. Und vielleicht wäre sie aufgestanden und gegangen. Es war absurd, sagte sich Semi von Erregung ergriffen, dass sie einen Menschen vor ein ausgehungertes Publikum auf die Bühne stellten. Das war grausam und unnatürlich. Etwas, woran sich jemand wie Filippo vielleicht nie gewöhnen würde.

Doch jetzt auf der Bühne schien Filippo sehr konzentriert. So konzentriert, wie Semi ihn vorher noch nie gesehen hatte. Nach ein paar Höflichkeitsfloskeln und ohne Vorrede fing er mit einer seiner Erzählungen an. (Als »eine seiner Parabeln«, hatte sie jüngst der Journalist eines snobistischen und reaktionären Blattes ironisch bezeichnet.)

Da war ein wunderbarer Gegensatz zwischen seiner schmeichelnden Stimme und den entsetzlichen Episoden, die Filippo zu erzählen begann. Ehrlich gesagt war es nicht ganz klar, warum er über bestimmte Dinge sprach, und auch nicht, in welcher Eigenschaft er es tat. Es war aber ebenfalls offensichtlich, dass er genau das sagte, was alle von ihm erwarteten. So hatte er augenblicklich sein Ziel erreicht: er hatte sie hypnotisiert. Indem er ihnen in ein paar Sekunden die Illusion vermittelte, es gäbe auf der Welt nichts Notwendigeres und Interessanteres als das, was er zu sagen hatte. Und dass es deshalb keinen Ort gäbe, an dem zu sein sich mehr lohne. Und dass es schon wichtig war, dass Filippo diese Dinge aussprach, aber noch viel wichtiger, dass sie ihm zuhörten.

Nichts an Filippos Worten erwies sich als redundant. Es war, als würde alles von einer Art bewegender Wärme zusammengehalten. Und wer weiß warum, einen Moment lang dachte Semi an ihren Vater zurück. An die großartigen Abhandlungen, mit denen Professor Pontecorvo die renommierten Onkologenkongresse Anfang der Achtziger gewöhnlich eröffnete. Semi fragte sich, ob auch eine scheinbar so persönliche Sache wie Wortgewandtheit erblich war. Ja, sie musste es zwangsläufig sein. Sonst wäre sie bei Filippo nicht so natürlich aufgeblüht, ohne dass er etwas getan hatte, um sie zu pflegen. Die Effizienz, mit der es Leo einst gelungen war, die kalte Präzision der Fakten mit der Leidenschaft der Argumentation zu verbinden, ähnelte dem Redestil, mit dem jetzt der Sohn des schon seit über zwanzig Jahren toten Arztes ein riesiges Publikum in Schach hielt.

Und genau das war ja das Verrückte. Filippo unterhielt ein anspruchsvolles und illusionsloses Publikum, indem er Zahlen herunterleierte, die nichts mit denen zu tun hatten, die diesen Leuten vertraut waren; nein, Filippo sprach nicht vom BIP oder dem Verlauf an den internationalen Börsen; er kommentierte keine Schaubilder und Diagramme über Wachstum oder über eine neue Rezession, er sprach nicht von Investmentfonds und auch nicht von Futur Bonds … Aus den Zahlen, die Filippo Pontecorvo anhäufte, floss unschuldiges Blut und auch darin ähnelten sie auf fast ironische Weise denen seines Vaters, und vielleicht erzeugten sie, zumindest von Semis Standpunkt aus, gerade deshalb eine Gänsehaut:

»Wisst ihr, dass die Royal Air Force«, sagte er, »im Frühjahr 1944 in mehr als 400 000 Flügen eine Million Tonnen Bomben über dem gegnerischen Gebiet abgeworfen hat? Und dass von den 131 angegriffenen Städten manche nahezu gänzlich niedergelegt wurden, dass an die 600 000 Zivilpersonen in Deutschland dem Luftkrieg zum Opfer fielen, dass dreieinhalb Millionen Wohnungen zerstört wurden, dass bei Kriegsende siebeneinhalb Millionen obdachlos waren, dass auf jeden Einwohner Kölns 31,4, auf jeden Dresdens 42,8 Kubikmeter Bauschutt kamen? Aber vor allem, wisst ihr, dass mindestens 35 Prozent der Opfer dieser absurden, grausamen Bombardierung aus Rache laut späteren Schätzungen, Personen unter sechzehn Jahren waren? Eben. Kinder. Ja, nur Kinder. Das bringt mich zur folgenden Schlussfolgerung: was den Zweiten Weltkrieg von jedem anderen Krieg vor ihm unterscheidet, ist die erschreckende Anzahl von Unschuldigen, die ermordet wurden. Das Massaker, das die Menschheit in diesen fünf Jahren an kleinen Kindern begangen hat, ist beispiellos in der Geschichte. Und, wie ihr verstehen werdet, erklärt dies Einiges …«

Unglaublich: derjenige, der da so leidenschaftlich präzise Zahlen vortrug, war derselbe Mensch, der als Junge so große Probleme hatte, das Einmaleins zu lernen. Und das war nicht die einzige beeindruckende Metamorphose. Wie hatte sich der talentierte Zeichner, Autor eines erfolgreichen Animationsfilms, in eine Art Verfechter der Sache der Kinder verwandeln können? Was war inzwischen aus Filippo geworden? Ein Prediger? Ein Priester? Ein Rabbiner? Ein Scharlatan? Vielleicht alles zusammen.

Um ihn zu verstehen, musste man nur die erwartungsvolle Stille in Betracht ziehen, in die die Aula verfallen war. Irgendwann bekam ein junger Mann einen krampfhaften Hustenanfall. Er wurde natürlich zurechtgewiesen.

Filippo hatte sie mit seiner Empathie verzaubert. Er hatte sie mit seiner Empathie besiegt. Wer begreift denn das Drama der Kinder nicht? Wer identifiziert sich nicht mit den Kindern? Wie viele Mütter, wie viele Väter gibt es auf der Welt, die sofort von der Tragödie der Wesen, die ihren eigenen kleinen Kindern so ähnlich sind, erschüttert werden?

»Würde man nur begreifen, dass der Maßstab für eine Zivilisation die garantierte Lebensqualität der Kinder ist«, fuhr Filippo fort, nachdem er seinen historischen Überblick beendet hatte. »Würde man nur begreifen, so müsste in einer sich zivil nennenden Gesellschaft das erste Gebot sein, unseren Kindern einen märchenhaften Lebensstandard zu garantieren. Und das sage ich, der ich nicht religiös bin. Das sage ich, ein nichtreligiöser Jude. Ein Agnostiker.«

Alles war perfekt. Das dachte Semi nun. An dem, was hier drinnen passierte, gab es nichts zu ändern. Der unpersönlichste und zynischste Ort der ganzen Galaxie hatte sich in einen Jahrmarkt des universellen Gemeinsinns verwandelt. Die Menschen waren bewegt und ergriffen. Und in einer Art seltsamer Liturgie taten sie alles, damit die Stille ihr übernatürliches Leuchten bewahrte.

Es war erstaunlich zu sehen, wie Filippo ihr Bewusstsein manipulierte. Der Zaubertrick war: bringe alle dazu, sich gut zu fühlen. Bringe sie dazu, sich als Teil von etwas verdammt Gutem und verdammt Wichtigem zu fühlen. Bringe sie dazu, dass sie glauben, auf der richtigen Seite gegen die falsche Seite zu stehen.

Filippo hatte nichts dem Zufall überlassen. Genial war die übrigens unnötige Anspielung auf sein Judentum. Dass gerade ein Jude mit so viel Anteilnahme vom Tod deutscher Kinder sprach, war ein Akt tiefen Großmuts. Eine Geste von ergreifender Barmherzigkeit. Nicht weniger gerissen (und in einem gewissen Sinne nicht weniger gemein) als die, mit der Filippo in einer Szene von *Herodes* die Brutalität, die die Kinder in Auschwitz erlitten, mit der verglichen hatte, die die Kinder von Gaza erleiden. Ein perfekter Einfall, um einige jüdische Verbände in Italien, Frankreich und Israel (sowie natürlich Rachel) wütend zu machen, der aber auch den Rest der Öffentlichkeit für Filippos Größe begeistern konnte. Wenn es etwas gibt, das die Leute respektieren, dann ist es ein fortschrittlicher Jude, der bereit ist, die Gewalttaten der Juden in Israel anzuprangern.

Kurz und gut, von den unschuldigen Opfern der Bombardierung Dresdens zu sprechen, in einem so widersprüchlichen Kontext, aus seiner jüdischen Perspektive heraus, in der Rolle des von einem islamistischen »Spektrum« zum Tode Verurteilten, das kam einem religiösen Akt gleich. Dem zwangsläufig eine ebenso feierliche Reaktion entsprach. Semi hatte den Eindruck, dass die Frau neben ihm (ganz bestimmt eine Professorin) leise vor sich hin schluchzte. Als er sich umschaute, bemerkte er, dass die beiden Mädchen hinter ihm glänzende Augen hatten. Und dass ein verliebtes Studentenpaar sich an der Hand hielt, als erlebten sie das zuckersüße Happyend einer sentimentalen Komödie. Es war unglaublich. Wie konnte eine so einfache Rhetorik sie zu Tränen rühren? War es denn möglich, dass etwas, das so oberflächlich erschien, so tiefgehend war, und was so tiefgehend erschien, so oberflächlich war?

Semi war über diese Leute irgendwie erschrocken. Er spürte, dass er erschrocken war über die Liebe, die diese Leute für seinen Bruder empfanden. Noch einmal musste er an seinen Vater denken. Er dachte an den Hass, den sein Vater auf sich gezogen hatte und von dem er am Ende seines Lebens überrollt worden war. An den Hass, den Leo hatte ertragen müssen. Dann schaute er sich wieder um, immer verwirrter. Ein unbehagliches Gefühl schlich sich ein. Vielleicht hatten die Eltern dieser jungen Leute damals Leo Pontecorvo gegenüber einen Hass empfunden, der ebenso irrational und wahnsinnig war wie die Liebe, die nun ihre Kinder für Filippo Pontecorvo empfanden.

Semi spürte, dass eine krankhafte, unauflösliche Verbindung zwischen diesem kranken Hass und dieser kranken Liebe existierte. Zwischen diesem aufgeputschten Hass und dieser aufgeputschten Liebe. Und darüber war er empört.

Deshalb traf Semi eine Sekunde nach dem Ende der Veranstaltung, als alle glühenden Verehrer endlos applaudierten, johlten, gestikulierten und sich die Haare rauften, die Entscheidung, zu gehen. Er verzichtete darauf, mit dieser Art von Lenny Bruce zu Abend zu essen, und ging. Auch wenn dies bedeutete, die Gelegenheit zu verpassen, um eine beträchtliche finanzielle Unterstützung und eine ebenso beträchtliche moralische Unterstützung zu erbitten, auch wenn dies seinen finanziellen Ruin und also den Verlust von allem bedeutete, trotzdem war Semi, urplötzlich angezogen von der grauenhaften Zukunft, die ihn erwartete, gegangen.

Bereits auf dem Motorrad spürte er, wie sein Handy in der Tasche vibrierte. Er fuhr an die Seite. Holte sein Handy heraus. Auf dem Display las er zum zweiten Mal an diesem Tag Fili Handy. Semi dachte nostalgisch an die Freude, die er am Morgen empfunden hatte, als er den Namen seines Bruders auf dem Display sah. Jetzt hatten sich seine Gefühle gegenüber diesem Namen völlig verändert. Semi wollte nicht mehr rangehen. Der wahrscheinlich ausgehungerte und wütende Filippo wollte nicht auflegen und klingelte weiter.

Semi steckte das verrückt gewordene Handy wieder in die Tasche seiner Jeans und spürte, als er zu seiner Wohnanlage fuhr, auf der ganzen Fahrt weiterhin diese elektrischen Schläge auf der Höhe seiner Leiste.

# VIERTER TEIL

# LETZTER AKT

Die Angst, von einem auf den anderen Moment zu sterben. Das war schon immer sein Schreckgespenst gewesen.

In den ersten zwei Jahren an der Universität quälte Filippo jeden in seiner Umgebung, insbesondere seine Mutter, mit ständigen Bitten, ihn wegen seines Gesundheitszustands zu beruhigen. Aber genau besehen waren diese beiden Jahre nichts anderes als der beängstigende Gipfel einer Lehrzeit des Schreckens, die in seiner persönlichen Urgeschichte begonnen hatte. Weshalb man begreifen konnte, warum Filippo nicht in der Lage war, genau den Moment zu bestimmen, an dem er angefangen hatte, Angst zu haben. Es war unmöglich, aus dem chaotischen Lager der Erinnerung den Ordner herauszuziehen, der das auslösende Ereignis enthielt.

Vielleicht war es die stickige Luft in den Wartezimmern der Therapeuten, die er viel zu früh besuchen musste, was seinen Abstieg in die Unterwelt der Hypochondrie begünstigte. Oder vielleicht auch nicht. In Wirklichkeit waren die langen Nachmittage bei Psychologen und Logopäden keine so unerfreuliche Erinnerung. Im Gegenteil. Denkt man daran, so erschienen ihm diese Tage in einen strahlenden Anklang von Zärtlichkeit getaucht. Eine Zärtlichkeit, die sich seine Familie nach Leos Tod nicht mehr erlauben konnte.

Francesca, die Logopädin, war eine reizende junge Frau, deren Haare einen vanilleartigen Duft nach Konditorei verströmten. Sie ließ ihn zeichnen, ließ ihn schwindelerregende

Wortspiele auswendig lernen, beglückwünschte ihn zu seiner engelsgleichen Schönheit und füllte ihm heimlich die Taschen mit Karamellbonbons.

Und Francesca war nicht seine einzige Verführerin. Einer noch großzügigeren Behandlung unterzog ihn Leo, wenn er abends zumeist guter Laune aus dem Krankenhaus zurückkam und ihm quasi unter dem Tisch eines seiner Supergeschenke überreichte, die Filippo umhauten: eine neue Playmobil-Figur, das letzte Modell von Big Jim, ein Winchester-Spielzeuggewehr ... Und ihm zuflüsterte: »He, Demosthenes, das bleibt unser Geheimnis.« Und obwohl Filippo nicht wusste, wer Demosthenes war, tat er alles, um das Geschenk vor seiner Mutter und seinem Bruder zu verstecken.

Nein, Filippo hatte damals wirklich keinen Grund, sich über etwas zu beklagen. Diese ganzen Aufmerksamkeiten waren wirklich herrlich gewesen. Doch wie konnte man sicher sein, dass nicht gerade diese Rücksichtnahme ihm den Gedanken einflößte, dass etwas Zerbrechliches in ihm sei, das um Gottes willen korrigiert werden müsste? Und wer weiß, ob dieses Bewusstsein seiner Unvollkommenheit nicht in den – für einen Erwachsenen schon leichtfertigen, aber für ein Kind ziemlich beängstigenden – Gedanken ausartete, dass das Leben eines jeden von uns wie ein zerstreuter Passant ist, der ständig von einer Art launischem, unsichtbarem Heckenschützen bedroht wird?

Ein Heckenschütze, der für den Fall, dass Filippo einen schwierigen Begriff wie den Tod nicht hinreichend verarbeitet hätte, Wert darauf legte, ihm einen praktischen Beweis zu liefern. Indem er überraschend schnell eine seiner Spielkameradinnen umlegte.

Sie hieß Federica und war die Tochter eines freundlichen Apothekers in der Nähe. Tödliche Leukämie. Leo hatte es diagnostiziert. Leider hatte die große Koryphäe weder die Zeit noch die Möglichkeit gehabt, einzugreifen: er musste sich damit begnügen, nach Tagen eines entsetzlichen Todeskampfs den Totenschein auszustellen.

Und so bricht unwiderruflich Federicas Abwesenheit in das Leben des neunjährigen Filippo ein. Und das wirklich Merkwürdige ist, dass er seitdem ständig an Federica denken muss, was er einige Tage zuvor nicht für möglich gehalten hätte. Schon deshalb, weil ihm Federica nie sympathisch gewesen ist. Und warum wiegt dann ihre Abwesenheit hundertmal schwerer als ihre Anwesenheit? Vielleicht, weil etwas Monströses darin liegt, dass die Eltern nichts Besseres zu tun hatten, als sie loszuwerden: indem sie sie, wenn Filippo das nicht falsch verstanden hatte, irgendwo begruben.

Diese Geschichte mit dem Begräbnis hat er wirklich nicht verwinden können: Nächte in völliger Einsamkeit, Dunkelheit, Luftmangel. Und trotzdem will er diese Gedanken lieber für sich behalten. Er stellt keine Fragen, auch nicht, als Rachel ihm die Krawatte bindet, bevor er zum Begräbnis seiner Freundin geht. Er ist ruhig und still, auch als in der Kirche alle weinen und der Pfarrer sie auffordert, froh zu sein, weil Federica an einem besseren Ort ist. Und sogar, als sie direkt nach dem Begräbnis mit dem Auto an der Apotheke von Federicas Vater vorbeifahren und er Rachel wie ein Kind weinen sieht und Leos Hand sich vom Lenkrad löst und sich zärtlich auf den Schoß seiner Frau legt.

Auch damals ist Filippo eher unschlüssig als erschrocken.

Jahrelang dachte er krankhaft an Federicas beerdigten Leichnam, bis dieser von einer weitaus einflussreicheren Leiche verdrängt wurde.

Der von Leo.

Und dabei hatte Rachel an dem Augusttag, als Leo von Telma, dem philippinischen Hausmädchen, im Souterrain in zehn Zentimeter tiefem Regenwasser gefunden wurde, ihre Söhne schnell bei Freunden aus der Olgiata abgesetzt. Doch nach einer Weile war Filippo von großer Lust gepackt worden, nach Hause zurückzukehren. Warum? Das wusste er auch nicht. Er hatte das Gefühl, es sei richtig. Er schulde es sich selbst und in gewisser Weise auch dem Menschen, der, nachdem er dreizehn Monate im Souterrain gewohnt hatte, nun einfach zu leben aufgehört hatte.

Filippo hatte Semi seine Entscheidung mitgeteilt – »ich gehe nach Hause« – und ließ sich auch nicht von der Reaktion seines kleinen Bruders entmutigen, der zu jammern anfing und ihn beschwor:

»Nein, nein, bitte geh nicht. Bitte bleib hier. Mama hat gesagt, wir sollen hier bleiben!«

»Bleib du hier, wenn du willst, ich gehe«, sagte Filippo, der immer stärker von dieser Lust gepackt wurde. Und ohne zu zögern schnappte er sich das Fahrrad seines Freundes und raste nach Hause, wobei er über die Wiesen der Olgiata flog wie die Jungs von *E.T.* über den Sternenhimmel. Er erreichte gerade in dem Moment sein Ziel, als eine Gruppe von Männern in kurzärmligen weißen Hemden und opalisierenden Plastikhandschuhen einen schwarzen Sack aus dem Haus trugen und ihn auf einen metallisch grauen Lieferwagen laden wollten. Filippo war rechtzeitig gekommen, um zu sehen, wie einer dieser Typen auf einem Teppich nassen Laubs ausrutschte und losließ: als der Sack quer in sich zusammenfiel, gab er ein dumpfes Geräusch von sich. Ein Geräusch, das alles sagte, was es über seinen Vater zu sagen gab.

Nie zuvor und auch nie danach hatte Filippo so stark das Gefühl gehabt, dass das, was er, seine Mutter und sein Bruder dem Menschen im Sack angetan hatten, jede verkommene Tat, die dieser Ärmste jemals hätte begehen können, um ein Millionenfaches überstieg. Nie wieder hatte er so ungeheuerlich stark verspürt, was es bedeutete, schuldig zu sein. Und auch keine so ergreifende Zärtlichkeit empfunden – zwei leblosen Gegenständen gegenüber wie einem schwarzen Sack und der darin enthaltenen traurigen organischen Substanz.

Das dumpfe Geräusch des fallenden Sackes hatte ihn eine Zeitlang weiter gequält. Dann wurde es schwächer und war schließlich nicht mehr zu hören. Jahrelang musste es in einem abgelegenen Winkel seines Bewusstseins geschlummert haben, wobei es ab und zu bei besonderen Gelegenheiten, die von speziellen Ereignissen ausgelöst wurden, erwachte. Aber Gott sei Dank schlummerte es fast sofort wieder ein.

Nur, dass es voll zurückkehrte, als Filippo neunzehn Jahre alt war.

Wenn es stimmt, dass für ein lustloses Wesen ohne besondere Neigungen, wie er es war, das Ende des Gymnasiums eine Erleichterung gewesen ist, stimmt es ebenso, dass sich die bürgerliche Verpflichtung, eine Fakultät zu wählen, in der er sich einschreiben konnte, als russisches Roulette erwiesen hatte. Wäre es nach ihm gegangen, hätte er etwas Befreiendes unternommen. Was weiß ich, er wäre als Schiffsjunge auf einem Handelsschiff mitgefahren. (Angenommen, es gibt noch Schiffsjungen und Handelsschiffe.) Oder er hätte sich ein paar Sabbatjahre in einer europäischen oder amerikanischen Stadt genommen und als Tellerwäscher gearbeitet, Big Macs serviert, die Toiletten irgendeiner Spelunke geputzt ... Müßige Freiheitsphantasien, ganz und gar unpraktikabel für einen so verwöhnten Jungen.

Schließlich hatte er sich für Medizin entschieden. Er hatte mit Ach und Krach den Eingangstest bestanden, ohne daran zu zweifeln, dass Rachel ihre Finger im Spiel hatte, die im akademischen Milieu, in dem ihr Mann eine Berühmtheit gewesen war, noch auf gewisse Kontakte zählen konnte. Also hatte Filippo mit seiner üblichen Nachlässigkeit begonnen, die Kurse zu besuchen, und zwar in den düsteren Amphitheater-Hörsälen, in denen sein Vater einmal erfolgreich aufgetreten war.

Die Anwesenheitspflicht störte ihn nicht: im Gegenteil, er war schließlich froh, dass er dazu gezwungen wurde, etwas zu tun. Es war ja nicht mehr so wie auf dem Gymnasium, wo du ständig den terroristischen Akten eines maßlosen Lehrers ausgesetzt warst. Ganz und gar nicht. Hier konntest du tun, was dir passte. Niemand kontrollierte dich. Niemand versuchte überhaupt, dich aufzurufen. Du hast dich an deinen Platz gesetzt und in Ruhe deine Sachen erledigt. Filippo zeichnete natürlich; oder er studierte, wenn ihr mir den Begriff erlaubt, mit der Geduld und der Hingabe eines Pedanten zwei Comics, die legendär werden sollten: *Die Rückkehr des Dunklen Ritters* von Frank Miller und *X-Men* von Chris Claremont.

Und dann, was für eine tolle Sache, von dieser Schar angehender Kardiologen, Pädiatern, Internisten umgeben zu sein … Filippo liebte sowohl die eingeschüchterten Studienanfänger – Brillen mit schmutzigen Gläsern, angeknabberte Kugelschreiber, Hefte voller Aufzeichnungen – als auch die selbstsicheren Mädchen, die noch Anfang November in Latzhosen und Sandalen in der Fakultät ankamen. In Wahrheit gefielen sie ihm alle: einzeln, aber auch in Gruppen, wenn sie sich zwischen einer Vorlesung und der nächsten vor den Kaffeeautomaten versammelten, um eine Zigarette zu rauchen und über Männer zu reden. Er war stolz auf sie. Erregt und auf gewisse Weise gerührt. Und er wusste, dass er ihnen die Kraft verdankte, die ihn dazu brachte, jeden Morgen früh aufzustehen, die verkehrsreichen dreißig Kilometer von der Olgiata zur Universität auf sich zunehmen …

Also, bis dahin alles in Ordnung.

Dumm ist nur, wie sehr du dich auch bemühst, unaufmerksam zu sein, so schwierig ist es, dich nicht von dem anstecken zu lassen, womit die Menschen in deiner Umgebung sich beschäftigen. Im ersten Jahr besuchte Filippo die Pflichtveranstaltungen in Statistik, Chemie, Anatomie I und Embryologie. Und weil, entgegen allem, was so behauptet wird, Bildung der Gesundheit schadet, hatte der Kenntnisrausch über die Funktionsweise des menschlichen Körpers schließlich eine verheerende Wirkung auf seinen empfindlichen Verstand gehabt.

Und überraschenderweise waren es nicht die Anatomie-

Vorlesungen – eines braungebrannten fünfzigjährigen Seglers, der in der ersten Stunde verkündete, wie sehr die Begegnung mit der Leber sein Leben verändert hatte –, die Filippo mit seinen Gespenstern konfrontierten. Dieses Resultat verdankte sich dem viel weniger faszinierenden Chemieprofessor. Als dieser die Tafel mit Formeln vollschrieb und dabei ständig mit der Kreide und seinen Worten ins Stocken geriet, musste er bei Filippo wieder den Verdacht erweckt haben, dass der Körper, jenseits seiner angeblichen Integrität, ein zu komplizierter Mechanismus ist, um das Vertrauen zu verdienen, das wir ihm jeden Tag schenken. Zum Beispiel, dass eine so banale Sache wie die Verdauung weitaus wehrhaftere Armeen ins Feld führen musste als die Alliierten im Zweiten Weltkrieg. Also, das war ein Gedanke, der sogar einem Feinschmecker wie Filippo Pontecorvo den Appetit verderben konnte.

Wegen der Chemie-Vorlesungen (oder zumindest war Filippo so sehr davon überzeugt, dass er sie abbrach) besetzte die Angst vor dem Sterben wieder seinen Gefühlshorizont.

Wie viele Stunden, wie viele Tage, wie viele Wochen gingen mit dem Gedanken seiner baldigen Auslöschung verloren. Das Lächerliche ist, dass ein so gigantischer Gedanke von einem winzigen bläulichen Fleck auf dem Unterarm ausgelöst und in gewisser Weise absorbiert wurde, der für Filippo auf einmal zum Mittelpunkt des Universums geworden war. Ein Fleck, der sich vor allem nachts im Bett, im Dunkeln, so abnorm ausdehnte, dass er so groß wie der schwarze Sack wurde, in den sie Leos Leichnam gezwängt hatten.

In letzter Zeit passierte es ihm immer öfter, dass dieser Sack eine widerwärtige Gegenständlichkeit annahm. So sehr, dass Filippo keine Schwierigkeit hatte, sich vorzustellen, wie er dort drinsteckte wie eine Gitarre in ihrer schlaffen Hülle. Und je mehr er daran dachte, desto mehr ging ihm die Luft aus.

Eines Nachts wurde die Angst so unkontrollierbar, dass Filippo gezwungen war, aufzustehen, das Licht einzuschalten, das Fenster zu öffnen und bei der eiskalten Luft Zuflucht zu suchen. Mechanische Bewegungen, die den Nachteil hatten, dass sie nichts nützten. Angesichts der Umstände konnte er nicht einmal bei dem Gedanken Zuflucht suchen, der allen Verzweifelten auf der Erde das Leben erleichtert: dem Selbstmord. Welchen Sinn hatte es denn, sich umzubringen, wenn man vor dem Sterben am meisten Angst hat?

Da blieb nur noch Rachel. Wie ein Kind, erwacht aus einem Albtraum, ging Filippo sie wecken. Bevor er sie an der Schulter berührte, betrachtete er sie ein paar Sekunden lang, wie sie schlief. Die arme Frau, da lag sie ganz glücklich und wusste nicht, dass ihr Sohn wie einer dieser zum Tod auf dem elektrischen Stuhl verurteilten Typen war. Der Gedanke, wie sehr Rachel leiden würde, wenn die Überreste ihres ältesten Sohns in einen Sack gesteckt würden, ging ihm zu Herzen. Nur weil er ordentlich ergriffen war, entschloss er sich, sie zu wecken.

»Was ist los, mein Schatz, schon wieder schlimme Gedanken?«

»Du kannst es dir nicht vorstellen.«

»Willst du einen Kamillentee?«, nuschelte Rachel.

»Glaubst du, dass Kamillentee gegen Melanome hilft?«

»Du hast kein Melanom.«

»Doch. Schau mal.« Und er knipste die Nachttischlampe an und zwang Rachels Augenlider, gegen den Schließmechanismus anzukämpfen. »Schau mal, es ist ganz unregelmäßig.«

»Mein Schatz, ich sage dir, das ist kein Melanom. Warum glaubst du mir nicht? Auch wenn du das gerne vergisst, ich bin immer noch Ärztin.«

»Gerade, weil ich schon immer mit Ärzten zu tun hatte, weiß ich, dass es sich dabei um einen Berufsstand von gewissenlosen Schnöseln handelt.«

»Aber ich bin nicht nur Ärztin, sondern auch deine Mutter.«

»Eine Ärztin als Mutter? Das ist doch die schlimmste Sorte! Die würde nicht einmal Lepra erkennen, wenn sie einen aus ihrer Familie befiele. Das nennt man Verdrängung.«

»Da gibt es nichts zu verdrängen«, sagte Rachel. Schließlich richtete sie ihren Oberkörper auf und lehnte ihren Rücken an das Bett: die nächtliche Unterhaltung versprach sich nicht in wenigen Sprüchen zu erschöpfen. Und sie lief Gefahr, eine bedenkliche philosophische Wende zu nehmen.

»Ständig sterben Menschen. Auch junge Leute, auch Kinder. Auch die gesündesten Menschen der Welt. Leute werden krank. Warum kann es nicht sein, dass ich die Niete in der Lotterie gezogen habe? Warum leugnest du gar die Möglichkeit, dass einer deiner Söhne stirbt?«

»Ich leugne überhaupt nichts. Ich sage nur, dass man immer an etwas stirbt.«

»Und sieht das für dich nicht nach etwas aus?«, sagte er herausfordernd und hielt ihr den Unterarm vors Gesicht.

»Ein Pickel, der am Verheilen ist? Nein, das ist nicht tödlich.«

Das waren die Momente, in denen Filippos Mitgefühl für seine Mutter den einsamen Höhepunkt erreichte. Ein Melanom mit einem Pickel zu verwechseln. Die Fähigkeit dieser Frau, sich selbst zu belügen, war wirklich erschütternd! An der Fakultät kursierten etliche solcher Geschichten. Wie die des berühmten Kardiologen, der zwar Tausende von Infarkten diagnostiziert hatte, aber den Schlaganfall nicht erkannte, der ihn unweigerlich auf den Friedhof brachte!

Wie alle anderen durchgemachten Nächte, die mit Dostojewskischen Diskussionen über den Zustand der Menschheit gespickt waren, löste sich auch diese ebenso zärtlich und anrührend auf. Mit Rachel, die ihren immer verzweifelteren und irres Zeug faselnden Sohn neben sich im Ehebett aufnimmt, und mit Filippo, der mitten im Gespräch einschläft.

Wie war er aus dieser Phase der Albträume herausgekommen, die im Laufe von zwei Jahren sein Leben auf die Wahnvorstellungen eines Paranoikers reduziert hatte? Er war herausgekommen und Schluss. Vielleicht, weil der Organismus auf längere Sicht die ständige Wiederholung der Paranoia nicht aushält, ohne zerstört zu werden. Die letzten Jahre an der Universität hatte das Ungeheuer etwas lockergelassen. Aber nur ein bisschen.

Um dann im ersten Jahre der Facharztausbildung in Bestform wieder aufzutauchen. Aber da war Filippo schon siebenundzwanzig. Er war ein Mann, oder fühlte sich jedenfalls als solcher. Seit einer Weile wohnte er allein mit Rachel, während Semi nach seinem Studium an der Bocconi in Mailand nach London gezogen war. Und Filippo hatte das Gefühl, dass er sich wirklich etwas Schlimmes angetan hätte, wäre er dort nicht herausgekommen und hätte sein Studium aufgegeben. Deshalb hatte er, als er schon an der Facharztschule für Infektionskrankheiten eingeschrieben war, beschlossen, seinen Militärdienst nicht weiter aufzuschieben.

Trotz Übergewicht und Plattfüßen hatte er die Auswahl zum Offiziersanwärter bestanden und wurde einige Monate später einberufen. Obwohl die Kaserne von Cesena (von den Anwärtern ironisch »CeSaigon« genannt) nur wenige Kilometer vom Ost-Eingang der Olgiata entfernt war, hatte Filippo das Gefühl gehabt, als Rachel ihn etwa hundert Meter vom Tor absetzte, in eine andere räumlich-zeitliche Dimension versetzt worden zu sein: die der unsterblichen, unterschwellig pazifistischen Filme von Oliver Stone und Stanley Kubrick, in denen sich der Mythos der Disziplin in einer unaufhörlichen Einschüchterung der Schwächsten auflöst.

Nie zuvor hatte er ein so erschreckendes Maß an Zwang erlebt. Nie war seine Vorstellung von Handlungsfreiheit so ernsthaft in Frage gestellt worden. Eine Sekunde, nachdem sie ihn aus dem zivilen Leben entführt und kahlrasiert hatten, begannen sie ihn anzubrüllen und zu bedrohen, wobei sie ihm zu verstehen gaben, dass in den kommenden drei Monaten (so lange dauerte der Lehrgang) nicht nur seine bürgerlichen Rechte aufgehoben wären, mehr oder weniger wie bei einem Gefängnisinsassen, sondern dass sein Lebensstandard von der Fähigkeit abhinge, das Koppel und die Springerstiefel auf Hochglanz zu bringen, von seiner Geschicklichkeit, sein Bett so zu bauen, dass es dieses Namens würdig wäre, und von der Bereitschaft, die Vorgesetzten mit einer Bewegung zu grüßen, die zugleich präzise und lässig war.

Dann war es Sommer geworden. Die langen Geländemärsche unter der Julisonne im Zenit, gequält von den Brennnesseln, den Blasen an den Füßen, von mörderischen Muskelverspannungen und Insektenschwärmen; erschwert durch Tarnanzug, Springerstiefel, Helm, Rucksack, Gewehr, außerdem durch fast dreißig Jahre Bewegungsfaulheit; all dies und vieles andere erwies sich als eine Prüfung weit jenseits des Erträglichen. Ganz zu schweigen vom Druck, der ihn gepackt hatte, als er zum ersten Mal eine Handgranate werfen sollte und Angst hatte, sie nicht weit genug zu werfen, um nicht den Leutnant, einen Kameraden oder gar sich selbst zu treffen und zu verstümmeln. Oder als seine Übelkeit wegen der Anstrengung die äußerste Grenze überstiegen hatte, so dass Filippo sich übergeben musste und am Ende fast ohnmächtig wurde. Und die Folge des körperlichen Schwächeanfalls waren ein Tag auf der Krankenstation und zwei Tage Ausgangssperre. Jawohl, eine Bestrafung. Er war an einem Ort gelandet, wo du nicht nur bestraft wurdest, wenn du deine Pflicht nicht tatest, sondern auch, wenn du es nicht geschafft hast, sie zu tun. In wenigen Tagen hatten sie ihn zu einem eingeschüchterten Roboter gemacht. Als er nach zehn Tagen in einem engen Raum in der Kaserne, der für Besuche von Zivilisten bestimmt war, zum ersten Mal seine Mutter und seinen Bruder treffen konnte, las er in ihren Augen das Befremden, auf einen Typen zu treffen, den sie scheinbar überhaupt nicht kannten.

Filippo war mager, verkrampft, gedemütigt. Er trug einen ziemlich lächerlichen grünen Trainingsanzug. Er war wieder zum Kind geworden, oder besser gesagt, er war zu einem

Kind geworden, das er nie gewesen war: mit gesenktem Kopf und leiser Stimme. Ständig blickte er sich um vor Angst, jemand könnte ihn bei etwas ertappen. Als Rachel ihn fragte, warum er sie seit Beginn des Lehrgangs nicht ein einziges Mal angerufen hatte, sah Filippo sie fassungslos an. Begriff sie also wirklich nicht, wie er an diesem Ort lebte? Manchmal hatte er nicht einmal Zeit, sich die Schuhe zuzuschnüren, geschweigedenn jemanden anzurufen, der außerhalb der uneinnehmbaren Mauern von Cesena lebte, in der freien weiten Welt, die sich Filippo nicht einmal mehr vorstellen konnte. Aber klar, was sollte man sich da wundern? Sie war eine Zivilistin, genau wie sein Bruder von der Bocconi (dieser Drückeberger!).

Er hätte ihnen gern etwas von den Nächten erzählt, die er dort drinnen verbrachte. Vom Jungen aus Ostuni, seinem Bettnachbarn, der wie ein kleines Mädchen weinte und nach seiner Mama rief. Oder von diesem anderen Typen, der so voller Hass auf einen der Ausbilder war, dass er im Schlaf von ihm redete und nicht vergaß hinzuzufügen: »Ich mach dich kalt, jawohl, du Dreckschwein, ich mach dich kalt«. Es kam ihm vor, als hätte er noch nie so viel zu erzählen gehabt. Nur dass ihn seine beiden Gesprächspartner überhaupt nicht interessierten. Er hatte das Gefühl, dass er mit ihnen nichts gemein hatte. Nichts zu sagen, was sie verstehen konnten, nichts zu fragen, was ihm wichtig war. Das Einzige, woran er denken konnte, während sie ihn mit Fragen überhäuften, war der abendliche Appell. An jenem Tag hatten seine Springerstiefel ein halbes Dutzend Kilometer im Schlamm zurückgelegt. Wie sollte er sie bis zum Abend glänzen und strahlen lassen? Dieser zwanghafte Gedanke hatte ihn dazu gebracht, den Besuch seiner Mutter und seines Bruders abzubrechen und auf seine Stube zu stürzen, um das Leder seiner Stiefel mit Walfischfett einzureiben und sie mit der ganzen Entschlossenheit, die er im Leib hatte, zu polieren.

Nach fast einem Monat emotionaler Erschöpfung war

etwas Wundersames passiert. Filippo fing an ein freundschaftliches Mitgefühl für seinen Bettnachbarn zu hegen: dem Typen aus Ostuni, der nachts nach seiner Mama rief. Das schwache Glied, das es in jedem Offizierslehrgang gab, war ihm zugefallen. Er war dazu bestimmt, es nicht zu schaffen, dazu bestimmt, aufzugeben, derjenige, der in einem Moment der Verzweiflung sogar fähig wäre Selbstmord zu begehen. Es hieß, im vorherigen Lehrgang habe einer (erfolglos) versucht, sich an seinem Koppel aufzuhängen. Und einer in dem davor habe sich mit einer effektiveren Kugel in die Schläfe umgebracht. Auch wegen dieser Geschichte war es Filippo wichtig, dem Typen aus Ostuni zu helfen. Zunächst ihm seine verblüffende Geschicklichkeit zur Verfügung zu stellen: vor dem Appell half er ihm, alles aufzuräumen und fertigzumachen. Das änderte die Situation. Filippo entdeckte, wenn er diesem Typen half, half er auch sich selbst. Wenn er einem schwächeren Jungen half, fühlte er sich stärker. Und bald legte ihm dieses Leben seine geheimen Fähigkeiten offen. Seit er denken konnte, erinnerte er sich an keine Zeit, in der er besser in Form und zugleich glücklicher gewesen wäre.

In Wahrheit genügt es hier drinnen, in der Kaserne, seine Pflicht zu erfüllen. Alles andere zählt nicht. Filippo denkt nicht an Frauen und denkt nicht an Krankheiten. Er denkt nicht mehr daran, was er im Leben tun wird, um sich über Wasser zu halten. Filippo denkt nicht mehr an den Tod. Er hat keine Zeit für so einen Mist. Ohne diese ganzen Giftstoffe hat er einen herrlichen Schlaf. Die Überproduktion von Endorphin hat ihn schlagartig zu einem insgesamt unbeschwerten Menschen gemacht.

Dann sind da die Kameraden. Was für eine tolle Sache, sich nach einem mörderischen Tag an der frischen Luft in der schäbigen Bar gegenüber der Kaserne, die voller Militärs ist, Bucatini all'amatriciana und zwei Bier reinzuziehen. Es ist ein Vergnügen, die Neuankömmlinge von oben bis unten zu mustern. Mit Entsetzen daran zu denken, was diese Grünschnäbel erwartet, und mit Erleichterung daran, dass du das schon hinter dir hast.

Filippo hatte noch nie so viele Freunde (und sollte auch nie mehr so viele haben) wie in jenen drei Monaten der Strapazen und der Demütigung. Was ihn am meisten aufputscht, ist seine Fähigkeit, ihnen gegenüber ein glasklares Charisma auszustrahlen. Und er ist gewiss nicht der Einzige, der das bemerkt hat. Am Ende des Lehrgangs bekommt er, obwohl er gewiss nicht einer der »kräftigsten« Anwärter ist, eine sehr gute Note im martialischsten aller Fächer: FÜHRUNGSQUALITÄT. Deshalb schlagen ihm seine direkten Vorgesetzten, sobald er Leutnant ist, vor, als Offiziersausbilder in Cesena zu bleiben.

Das Abenteuer im Führungsstab war gewiss weniger episch als das Abenteuer als Rekrut, hatte aber ebenso intensive menschliche Aspekte. Die Rekruten verehrten ihn. Für seinen Sarkasmus und für seine Barmherzigkeit. Für seinen Ernst, der frei von Überschwang war, und für seine Unvoreingenommenheit. Er verlangte nämlich von ihnen keine Aufgabe oder kein Vorhaben, das er nicht bereit war, selbst mitzutragen. Und vor allem, weil unter dem Barett und unter diesen blauen Augen immer ein erloschener Toscanostummel hing, fest zwischen die Lippen gepresst, was ihn wie eine Figur von Sergio Leone aussehen ließ.

Filippo war dermaßen stolz auf sich gewesen, dass er schließlich sogar hoffte, es würde ein Krieg ausbrechen, nur damit er selbst endlich zur Geltung kommen konnte. Er war sich sicher, dass er an der Spitze seiner Jungs – wie die tapferen Reserveleutnants, die im Ersten Weltkrieg Italien alle Ehre gemacht hatten – ein für alle Mal die Angst vor dem Sterben besiegt hätte. Er hatte begriffen, dass es ihm (zumindest in der Phantasie) beängstigender erschien, im Pyjama in einem Krankenhausbett zu sterben als an der Spitze einer Hundertschaft Verwegener bei einem Bajonettangriff.

Eines Nachmittags, wenige Wochen vor seinem Ausscheiden, hatte er sein Auto vor dem Haus geparkt. Genau in dem Moment kam ein Taxi, dem Semi entstieg: in grauem Nadelstreifenanzug, gelber Seidenkrawatte, weißem Einstecktuch und vor allem in schwarzen Schuhen, die glänzten, wie es keine Springerstiefel jemals hinbekommen würden. Seht ihn euch mal an: vor wenigen Monaten erst hatte er begonnen in New York zu arbeiten und schon sah er wie ein Wall-Street-Hai aus.

»Wie siehst du denn aus?«, nahm Filippo ihn auf den Arm.

»Das sagt ja gerade der Richtige.«

Sie waren hintenrum durch den Garten gegangen, um zu Rachels Arztpraxis zu gelangen. Zur Mittagszeit saß sie normalerweise auf der Veranda, ihre ganzen Papiere vor sich. Sie aß nichts. Es war einer dieser Oktobertage, an denen das Tageslicht selbst in den wärmsten Stunden noch mit den Goldfäden des Sonnenaufgangs (oder wenn es euch lieber ist, des Sonnenuntergangs) verknüpft schien. Der amerikanische Wein leuchtete rot wie ein Rubin, während die Triebe der schon über zwanzigjährigen Bougainvillea jämmerlich vertrocknet waren. Also der klassische Tag, den Leo mochte und der ihn zu einem gewissen metereologischen Pessimismus verleitete: »Dieses Paradies kann nicht andauern«, urteilte er. »Die Kälte kommt immer nach Kippur.«

Auch Rachel hatte ihr passendes Repertoire an Phrasen. Und als sie ihre Söhne aus dem Nichts auftauchen sah, während sie auf der Veranda saß (genau dort, wo sie sicher waren, dass sie sie finden würden), ließ sie sich die Gelegenheit nicht entgehen, eine davon aus dem Hut zu zaubern:

»Wer ist das denn? Die Lichter meiner müden Augen?«

Ehrlich gesagt, das einzige Licht, das Rachels Augen in jenem Moment reflektierten, sprach von einer amüsierten Verwunderung. Und nicht so sehr, weil sie sie zusammen hereinplatzen sah (sie hatte sie erwartet), sondern wegen ih-

rer Kleidung. Wahrscheinlich dachte sie an die fernen Jahre, in denen sie ihre Jungs als Superhelden verkleidet zu einer Karnevalsparty gebracht hatte. Filippo, der überzeugt war, die Gedanken seiner Mutter erraten zu haben, nahm seinen Bruder in den Schwitzkasten und sagte:

»Sieh mal, Mütterchen! Die beiden Seiten Israels. Die Finanz und das Schwert!«

»Ich liebe den Geruch von Napalm am Morgen. Es riecht irgendwie nach Sieg.«

Filippo war nichts Besseres eingefallen, als auf die Worte von Oberstleutnant Bill Kilgore zurückzugreifen, den unsterblichen Helden von *Apokalypse Now*, um Elodie Claudel zu erklären, warum er gern so liebevoll nostalgisch seine Erfahrung als Infanterist in der Kaserne von Cesena erwähnte.

Seit seiner Verabschiedung waren sieben Monate vergangen. Seit einiger Zeit war er mit Ärzte ohne Grenzen in Dakha, Bangladesh.

Aber leider wurde ihm sofort klar, dass Elodie – seine Projektleiterin – nicht der richtige Mensch war, der den zynischen Nachgeschmack des Zitats schätzte. Nein, der Zynismus war nicht ihre Stärke. Das war nicht gerade die Leidenschaft von Leuten wie Elodie. Und an diesem Ort wimmelte es von Leuten wie Elodie. Auch wenn keiner von ihnen auch nur ein Zehntel so viel wert war wie sie.

Wie merkwürdig: wenn es einen Ort gab, der etwas Ironie nötig gehabt hätte, dann war das Dakha. Der erste Eindruck war fürchterlich, doch nicht so sehr wie der zweite. Als du im offenen Jeep, der dich zum Schlafplatz im westlichen Teil der Stadt brachte, von einer erbarmungslosen Abfolge riesiger Barackenstädte belagert wurdest und die brütend heiße, stinkende Luft des frühen Nachmittags einatmetest und dich unaufhörlich fragtest, warum du dir das angetan hast. Das Leben in diesen Vorposten des fortschrittlichen Humanitarismus hatte zwar etwas gemeinsam mit der Erfahrung in der

Kaserne, doch war jede Form von Kameradschaft verboten. Dich ironisch über die Gründe zu äußern, warum du dort warst, war ebenso unangebracht, wie die dir übertragenen Aufgaben nicht angemessen zu erledigen. Und doch steckte etwas zu Ostentatives und Konventionelles in den Meinungen so vieler humanitärer Helfer, so dass dir der Verdacht kam, dass sie, zumindest in den meisten Fällen, von künstlichen Überzeugungen getragen wurden.

Filippo brauchte nur wenige Wochen, bis er zur Überzeugung kam, dass hinter dem Ressentiment vieler seiner Kollegen gegen das, was man gemeinhin »Westen« nennt, ein Groll steckte, der eher gegen einen zu anspruchsvollen Vater oder eine treulose Mutter oder einen fiesen Büroleiter gerichtet war. Offensichtlich waren viele, trotz der Parolen voll altruistischen Feuers, dem Westen nicht für das böse, was der Westen den Bengalen angetan hatte, sondern für das, was der Westen ihnen selbst angetan hatte. Was sie dazu brachte, an diesen verlausten Ort zu fliehen, um sich um Bengalen zu kümmern. Deshalb war ihr Hass auf den Westen nicht weniger faul als ihre Liebe zu den Bengalen.

Wenigstens Filippo hatte keine Schwierigkeiten, die vorgeschobenen Gründe zuzugeben, die ihn hierher geführt hatten. Er versuchte, der Langeweile und seiner Hypochondrie zu entfliehen. Das war alles. Immer gleiche Aufgaben an unbequemen Orten zu erfüllen: das war die Strategie, die ihn das Militärleben gelehrt hatte, um nicht zwanghaft an die Krankheit zu denken, die ihn nach seinen paranoiden Berechnungen umbringen würde.

Und gab es denn einen unbequemeren Ort als Dakha, und eine eintönigere Arbeit als diese hier?

Man hätte einwenden können, dass es für einen chronischen Hypochonder nicht unbedingt das Nonplusultra war, sich einem Ärzteteam anzuschließen, das die Malaria in Bangladesh ausrotten will. Aber es ist nun mal so, dass Filippo zu der Sorte Hypochonder gehört, die nichts unternehmen, um Krankheiten vorzubeugen, sie ziehen es vor, ab und an eine im fortgeschrittenen Stadium zu diagnostizieren.

»Filippo, über Napalm macht man keine Witze«, ermahnte ihn Elodie.

»Wer sagt das denn?«

»Und warum sprichst du immer so leidenschaftlich von deinem Leben beim Militär?«

»Ich wollte es dir doch gerade erklären.«

»In Wahrheit willst du uns provozieren. Dich über uns lustig machen. Die Nerven unseres unbeugsamen pazifistischen Vorpostens auf eine harte Probe stellen. Aber glaube mir bitte, wenn ich dir sage, dass nichts davon originell oder heroisch ist. Zynismus ist, anders als ihr Zyniker glaubt, die billigste Sache der Welt.«

»Das Problem von euch hier drinnen ist, dass ihr zu viel rationalisiert. Ihr wollt immer alles erklären. Als ob hinter jeder Sache stets eine andere stecken würde. Schenkt den Oberflächen keinen Glauben.«

»Mag sein. Ich glaube aber, dass du der Form noch größere Bedeutung gibst, als du denkst. Ansonsten hättest du nicht ausschließlich Tarnhosen mitgenommen.«

»Ich finde, sie passen zu diesem Ort.«

»Nichts passt weniger zu diesem Ort als etwas, das auf eine Militärlaufbahn hinweist. Es ist unglaublich, dass du nicht merkst, dass deine pazifistische Antirhetorik nur eine Form von Rhetorik ist …«

Elodie hatte Filippo schon vom ersten Tag an gefallen. Obwohl sie eine der Exaltiertesten war, lag in ihrer Unnachgiebigkeit etwas Klares. Sie schien vollkommen immun gegen den finsteren Narzissmus der durchschnittlichen humanitären Helfer zu sein. Das, was sie tat, war für sie nicht in erster Linie nützlich oder richtig, sondern notwendig: wie essen, trinken, auf die Toilette gehen.

Sie hatte gerade erst die fünfzig überschritten und nahm eine wichtige Rolle in der Organisation ein, sie war Initiatorin des Programms ROTTEN WIR DIE MALARIA IN BANGLADESH AUS!, so wie sie es auch schon bei EIN FUSSTRITT GEGEN DIE UNTERERNÄHRUNG DER KINDER IM KONGO! gewesen war. Elodie liebte Ausrufezeichen. Mit diesem kindlichen Satzzeichen drückte sie Optimismus und Verwegenheit aus.

Es waren ihre inneren Ausrufezeichen, die sie bei Missionen an tausendmal gefährlicheren Orten (Darfur, Kongo, um nur einige zu nennen) begleiteten. Doch im Gegensatz zu vielen anderen Kollegen, die stets bereit waren, sich ihrer riskanten Abenteuer, deren unerschrockene Protagonisten sie gewesen waren, zu brüsten, hatte Elodie einen masochistischen Gefallen daran, dir ihre Niederlagen ins Gesicht zu schleudern, alles, was sie nicht zu tun und zu ändern vermocht hatte. Vielleicht, weil dies nicht nur eine kurze Periode in ihrem Leben war. Das war ihr Leben. Das war es schon seit einer ganzen Weile, und wahrscheinlich würde es das für immer bleiben.

Sich in eine Ecke des großen Speisesaals zu setzen, wo die abendlichen Mahlzeiten eingenommen werden, und gierig die Brühe aus Reis, Huhn und Gemüse zu schlürfen und dabei zum wiederholten Mal die Liste der Gründe herunterzubeten, warum man eine solche Lebensentscheidung getroffen hatte, war eine der aufregendsten Abwechslungen, die einem Dakha by Night bot. Am dritten Abend war Filippo schon allergisch gegen dieses ganze Erklären und dieses ganze Dozieren. Es sei denn, das eingebildete Gefasel nahm unwegsame Pfade. Dann konnte man sich allerdings amüsieren.

So wie es jetzt mit Elodie passierte, die beschlossen hatte, ihm wegen seines ostentativen Zynismus und seines angeblichen Militarismus den Prozess zu machen. Und er nahm die Herausforderung fröhlich an und legte ein aufrichtiges Geständnis ab. Er plauderte alles aus: er begann mit Rachels Stinkwut, als er ihr verkündete, er würde die Facharztausbildung in Infektionskrankheiten aufgeben und sich zum Offizierslehrgang anmelden. Er erklärte Elodie, wie strapaziös es für ihn gewesen war, sein Examen zu machen, und wie ihm allein beim Gedanken, es wieder mit Büchern, Noten, Registern und Professoren in grauem Anzug zu tun zu haben, übel wurde. Und vor allem hatte er ihr von seiner Angst, krank zu werden, erzählt. Genau da hatte er auch seine Erfahrung beim Militär erwähnt: den glänzendsten Moment seines Lebens. Als seine Hypochondrie aufgehört hatte, ihn zu quälen. Und gerade dieser Teil seines Geständnisses hatte Elodie nicht gefallen. Aber man konnte auch sehen, dass sich im Fortlauf der Diskussion etwas zwischen ihnen gelöst hatte.

Filippo und Elodie waren, seitdem er dort war, schon ein Dutzend Mal miteinander ins Bett gegangen. Nichts Besonderes, eine gewisse Promiskuität war an der Tagesordnung. Filippo hatte es ausprobiert. Gott, wie ihm diese altgewordenen Mädchen gefielen. Er zog sie mit Abstand den Gleichaltrigen vor (damals war er gerade dreißig geworden), ganz zu schweigen von den unerträglichen Gören, die gerade die Pubertät hinter sich hatten und sich einbildeten, sie hätten die Möse erfunden. Filippo mochte Frauen wie Elodie, denn sie wirkten, als glaubten sie, die Liebe nicht mehr verdient zu haben. Die sie als eine Art verspätete Belohnung betrachteten. Das Schöne war, dass sie sich dir ganz hingaben und zugleich von deiner Großzügigkeit gerührt waren.

Elodies Haare waren schon seit einer ganzen Weile nicht mehr blond, ihre Haut roch seit der Zeit, als die Beatles sich aufgelöst hatten, nicht mehr nach Aprikose und Vanille. Und doch, wenn sie sich gehenließ, sahst du genau das zierliche kleine Mädchen aus einer guten Familie aus Bordeaux, die Tochter eines erzkatholischen Produzenten von Qualitätsweinen. So wie du auch all die üblichen Verwandten sahst, die sie verraten musste, um sich diese alternative Existenz aufzubauen, auf die ihre Mutter, falls sie überhaupt noch lebte, ganz und gar nicht stolz war. Elodie hatte nie geheiratet. Sie hatte keine Kinder. Elodie war total, provokativ enthaltsam.

Seit fast dreißig Jahren verausgabte sie sich für kranke Kinder, die nicht ihre waren. Und Gott allein weiß, ob sie mit Kindern umgehen konnte. Es war, als ob die ganze Grobheit, die sie Erwachsenen vorbehielt, in der Gegenwart eines Kindes verschwand und einer Sanftheit wich, die keineswegs süßlich war.

Und in all dem lag etwas Heroisches. Zumindest war das Filippos Meinung. Ein Heroismus, der sich, wenn sie ihren Wortschwall gegen die Westler losließ, unweigerlich verwässerte. Aber beim Vögeln schien sie wieder aus dem Wasser aufzutauchen und ihre ganze Poesie zu entfalten. Da waren sie, die Schwachstellen einer Kämpferin. Die wunden Punkte einer Unbeugsamen. Die kindliche Scham einer Frau, die, wenn sie sich auszieht, alles tut, damit du nicht merkst, wie peinlich ihr die Streifen auf der Haut und die verblasste Farbe ihrer Schamhaare sind. Wenn sie nur wüsste, wie unwiderstehlich jedes Detail für ihren verschrobenen Gelegenheitspartner ist. Wenn er es ihr nur erklären könnte … Und doch lag die Lust genau darin: dass sie von ihrer Ausstrahlung nichts wusste.

Geschützt von ihrem schmuddeligen Moskitonetz, das Elodie im Laufe ihrer Missionen vor Myriaden von Insekten bewahrt hatte, hatten sie die ganze Nacht alles gegeben. Ohne sich zu schonen. Und sie hatten diese Erfahrung an den kommenden Tagen mit immer größerer Leidenschaft wiederholt. Wieder und wieder und immer wieder. Bis Filippo etwas wirklich Unangenehmes passierte: er verliebte sich. Er hatte nicht geglaubt, dass das passieren könnte. Gerade, weil es ihm noch nie passiert war. Und wenn es dir nicht in den ersten dreißig Jahren deines Lebens passiert, dann neigst du zur Überzeugung, dass es dir nie passieren kann.

Er hatte immer schon Männer lächerlich gefunden, die wegen einer Frau den Verstand verlieren, und war sich bewusst, dass die Welt in ihrer herrlichen Vergeudung jede Sekunde Neugeborene produziert, die dazu bestimmt sind, im

Laufe weniger Jahre zu hinreißenden Wesen zu werden. Und jetzt, mit dreißig Jahren fand er sich in eine dauerhafte Geschichte verstrickt, die ihn dazu brachte, seinen Hang zur Vielfalt abzulehnen, und ihn zugleich die Bedeutung eines für ihn schon immer abstrusen Begriffs wie »Ewigkeit« erahnen ließ.

Auf einmal sieht sich Filippo als Ehemann. Auf einmal erscheint ihm der Alltag mit einer Frau als echter Segen. Insgeheim stellt er sich das Leben mit Elodie vor: von einem heruntergekommenen Ort der Welt zum nächsten geschickt, kümmern sie sich um die Gesundheit von Kindern anderer Leute. Das ist ein geistiges Szenario, das ihn beängstigen müsste. Doch es begeistert ihn. Er will nichts anderes: nur seine Erfahrung als humanitärer Helfer mit dieser Frau teilen. Er möchte vierundzwanzig Stunden am Tag mit ihr zusammenarbeiten. Tagsüber will er sie als Mutter Teresa von Kalkutta bewundern, nachts wie einen Pornostar ficken! Er hat das Gefühl, dass dieses Leben all seine Probleme lösen wird. Dass er nicht an die Krankheit und an den Tod denkt. Dass Elodie Claudel ihn retten wird.

Es waren wunderschöne Monate. Atemberaubend in ihrer Monotonie. Glücklich zu sein am trostlosesten Ort der Welt. Lag hier das ganze Geheimnis?

Aber offenbar hatte das Schicksal anderes vor. Oder vielleicht hat das Schicksal nichts damit zu tun. Vielleicht muss man das Problem in dem suchen, worüber die große Rednerin Elodie lieber nicht sprach. Über ihren absurden Hass auf das Glück. Über ihre Unfähigkeit zu leben, ohne irgendetwas zu tun, was nicht den Gebrauch eines gigantischen Ausrufezeichen beinhaltete!

Es war wenige Stunden vor Filippos achtem Monat in Dhaka, als Elodie sich eine tödliche Dosis eines Anti-Malariamittels spritzte. Aber ja, sogar zum Sterben hatte sie eine hygienische Methode gewählt. Doch das war noch nicht alles: als gute Projektleiterin-Geliebte-vermeintliches Mütterchen hatte sie gnädig dafür gesorgt, dass Filippo nicht in der Nähe war. Sie hatte abgewartet, bis er zu einer einwöchigen Mission ins bengalische Hinterland aufbrach, einer Mission, zu der sie ihn geschickt hatte.

Und es muss gesagt werden, dass Filippo diese Rücksichtnahme überhaupt nicht gefiel. Hatte Elodie vielleicht geglaubt, es würde genügen, sich seinem Blick zu entziehen, damit ihr Lebensgefährte vom Selbstmord seiner Geliebten nicht erschüttert wäre? Ein unvernünftiges Kalkül. Das war, als glaubtest du, wenn du auf jemanden schießt und dabei einen grauen Nadelstreifenanzug anstatt ein gewöhnliches T-Shirt trägst, dass das Opfer dir dankbar wäre. Doch warum sollte man von jemandem, der gerade Selbstmord begehen will, ein vernünftiges Verhalten erwarten?

Wollte man hier anfangen, über die Gründe zu forschen, warum Elodie sich umgebracht hatte, man würde ganz bestimmt Gefahr laufen, eine extrem langweilige Sammlung posthumer Rückschlüsse anzulegen. Alles, was man über einen Selbstmord wissen muss, steckt in der Tat an sich. Der Rest ist romantische Folklore. Der wichtigste Punkt ist, dass Filippo während seiner humanitären Exkursion die Zeit gehabt hatte, seiner Sammlung schwarzer Säcke auch den hinzuzufügen, der die Reste der einzigen Frau enthielt, die er jemals geliebt hatte. Jetzt hatte er einen neuen Sack und eine neue Leiche, an die er denken musste, wenn er verzweifelt war. Nach Federica, nach seinem Vater jetzt auch Elodie Claudel. Es muss gesagt werden, dass Letztere, im Gegensatz zu ihren Vorgängern, ihm einen Haufen bewegender Geschichten hinterlassen hatte, die er in eine Graphic Novel packen konnte, falls es ihm jemals in den Sinn käme, eine zu schreiben.

Und gerade deshalb kann ich, auf die Gefahr, Millionen Fans von Filippo Pontecorvo zu enttäuschen, die Tatsache nicht verschweigen, dass der Großteil der Abenteuer, die sich der Autor in *Herodes* zuschreibt, aus zweiter Hand sind. Und gäbe es, zumindest in Sachen Urheberrecht, eine Gerechtigkeit, müsste Filippo seine beachtlichen Rechte mit Elodies Geist teilen oder einen Teil davon all den Kindern spenden, um die sie sich nach ihrem Tod nicht mehr kümmern konnte.

Für uns ist jedenfalls von Belang, dass Filippo schon wenige Wochen nach seiner Rückkehr aus Bangladesh im Haus seiner Kindheit, in Rachels verzaubertem Reich, wieder anfing, mit dem Gedanken an seinen baldigen Tod zu liebäugeln. Und seine Zeit gleichmäßig zwischen Kardiologen und Nutten aufzuteilen.

Es war seine Begegnung mit Anna, die für eine neue, unvorhergesehene Wende sorgte. Filippo hatte sofort begriffen, dass Anna das genaue Gegenteil von Elodie war. Die Erste schien vom Beginn ihres Lebens an ebenso sehr in sich selbst versunken zu sein, wie die Zweite mit all ihrem Eifer versucht hatte, sich auf etwas zu stürzen, das sie persönlich nicht betraf, auf die Gefahr hin, sich selbst zu Grunde zu richten. Dieser Unterschied zwischen den beiden Frauen war die Garantie, die Filippo benötigte, um sich für Anna zu entscheiden, ohne fürchten zu müssen, dass ein vierter schwarzer Sack gefüllt würde. Es war mehr als wahrscheinlich, dass Anna sich niemals umbringen würde. Sie sprach viel zu oft von Selbstmord, um ernsthaft daran zu denken. Darin war sie ihm wirklich ähnlich.

Elodies Tod und die Hochzeit mit Anna hatten den abenteuerlichen Teil seiner Existenz beendet. Was ihm das Leben beim Militär gegeben hatte, hatte ihm die Erfahrung als humanitärer Helfer wieder genommen.

Nun blieb ihm nur noch, sich ehrlich auf seinen Egoismus zu konzentrieren. Das bedeutete, seine Karriere als eingebildeter Kranker wiederaufzunehmen. Mit dem Gespenst eines schwarzen Sacks zu leben, der irgendwo schon für ihn bereitlag.

Und das hatte er auch getan, bevor er aus reinem Zufall ein großes Tier geworden war.

Doch jetzt, da die Möglichkeit seines baldigen Todes keine Einbildung mehr war, die ständig von den Neurosen hervorgerufen und pünktlich von ungeduldigen Ärzten dementiert wurde, jetzt, wo Filippo sich auf dem Feld eine außerordentliche Würde erobert hatte, aufgrund des über seinem Kopf schwebenden Todesurteils – das ihn in den exklusiven Klub der erfolgreichen Dead-Man-Walking katapultiert hatte –, jetzt, da es, wenn man den Medien Glauben schenkt, wütende Leute gibt, die entschlossen sind, ihn kaltzumachen, obwohl sie ihn persönlich nicht kannten … wie fühlte sich jetzt der Betroffene?

Also besser, als er bereit war, es sogar sich selbst gegenüber einzugestehen. Der Tod war nicht mehr das Schlimmste, was ihm zustoßen konnte. Viel, aber viel schlimmer war es, das zu verlieren, was er in den letzten Monaten erreicht hatte. Er war nicht so heuchlerisch, dass er den unauflöslichen Zusammenhang zwischen einem mit Ruhm und Ehre überladenen Leben und einem Todesurteil nicht sah. Vielleicht hatten deshalb der Pistolenschuss, der seinen Tagen ein Ende bereiten würde, und der donnernde Applaus, den er endlos einheimste – getrennt von der nebulösen Linie, die den Albtraum vom Wunschtraum trennt –, fast denselben Klang.

Wo war seine Weisheit geblieben? Der humorvolle Fatalismus, mit dem er schon immer den Gedanken akzeptiert hatte, ein Gescheiterter zu sein? War sein Savoir-faire vielleicht von den Ovationen verschlungen worden? Dann stimmt es, dass dich keine Droge abhängiger macht als Ruhm. Dass die Euphorie, wenn du dein Gesicht auf dem Titelblatt einer Hochglanzzeitschrift siehst, viel weniger stark ist als der Schmerz, wenn du eine Woche später entdeckst, dass dieselbe Zeitschrift dir untreu geworden ist und auf der Titelseite jemand anderen präsentiert.

Und so arbeitet Filippo das Rezept aus, um den Zustand zu verewigen: der Tod ist das Geheimnis. Genau das: die Gefahr umgebracht zu werden, erweist sich als die beste Lebensversicherung, die er und sein Ruhm unterschreiben konnten. Das genügt, um auf die Frage des Todes ein ganz und gar gnädiges Licht zu werfen. Jetzt, am Ende des Tunnels, erwartet ihn kein schwarzer Sack mehr, sondern im Gegenteil festliche Haufen von Blumen, Totenklagen mit sinnlosen Tränen, der tröstliche Zusatz öffentlicher Trauer, endlose Live-Übertragungen im Fernsehen.

Hatte Filippo vielleicht nicht, auf dem Höhepunkt der Hypochondrieanfälle seiner Jugend, um das Gefühl, sterben zu müssen, abzumildern, sein Gesicht ins Bett seiner Mutter gesteckt, wie ein vom Gewitter erschrecktes Hündchen? Und war das vielleicht nicht der Grund, warum der Tod jetzt – im Angesicht eines möglichen Martyriums – in seinen Augen einen unvorstellbaren Vorzug annahm? Es war, als ob Filippo endlich entdeckt hätte, dass es etwas gab, was mehr zu fürchten war als der Tod: die gesellschaftliche Irrelevanz …

Verdammt nochmal, wie man doch manchmal in Grübeleien versinken kann.

Nachdem Filippo sich lange in seinem Bett im Carlton Baglioni von Mailand hin und hergedreht hatte, kam er zur Überzeugung, dass nur ein Kaffee gewisse größenwahnsinnige Gedanken vertreiben konnte. Doch er fürchtete so sehr, die junge Frau aufzuwecken, die neben ihm schlief und an deren Personalien er sich nur mit Mühe erinnerte, dass er sich nicht zu bewegen wagte.

Das Zimmer hatte ihm die Bocconi bezahlt. Angesichts des triumphalen Empfangs beim Treffen im Audimax hatten sie ihn gefragt, ob er zu diesem Semesterende nicht gern ein kleines Seminar über ein beliebiges Thema halten würde. Genau das hatten sie gesagt: »Ein beliebiges Thema«.

Die Studenten hätten sich begeistert gezeigt und, ein nicht zu vernachlässigendes Detail, sie würden ihm eine Menge Geld bezahlen. Filippo hatte kurz gezögert. Wollten sie ihm wirklich einen Kurs anbieten? Was konnte er schon unterrichten? Wie sollte er denn sein Seminar nennen?

*Die Kunst, sich umbringen zu lassen.*

*Schnellkurs in praktischer Unzucht.*

*Wie man einer reichen, neurotischen Frau auf der Tasche liegt.*

*Wie man durch Zeichnen Extremisten wütend macht.*

*Heuchelei und Ressentiment.*

Das waren die einzigen »beliebigen Themen«, die ihm in den Sinn kamen?

Es machte überhaupt keinen Sinn. Vielleicht hatte Filippo gerade deswegen zugesagt: um der dadaistischen Unbesonnenheit zu gehorchen, von der seit einiger Zeit jede seiner Handlungen bestimmt war. Dass jemand ihm ein Seminar überließ, zeigte, die universitäre Bildung, zumindest in Italien, war wirklich am Endpunkt angelangt. Und wenn man bedenkt, wie sehr er als Student gelitten hatte, war er besonders froh, seinen Beitrag zum Gnadenstoß zu leisten, der einer Institution bevorstand, die ihn so schwer ertragen hatte. Und dann lief ihm bei der Aussicht, vor diesen ganzen snobistischen Gören (spitze Stiefel, enge Jeans, Louis Vuitton-Handtaschen) zu dozieren, das Wasser im Mund zusammen.

Wenige Tage nach Beginn des Seminars konnte er mit seinem nagelneuen akademischen Lebenslauf zufrieden sein. Er unterrichtete erst seit zwei Wochen und war in seinem Hotelzimmer schon von einer Handvoll Studentinnen besucht worden. Inzwischen hatte er sich in der Kunst geübt, seine weiblichen Fans abzuschleppen. Und gerade aufgrund dieses Knowhows konnte er sagen, dass es das Schlimmste war, wenn die jeweilige Verehrerin nicht sofort nach dem Akt wieder verschwand.

Das Aufwachen war peinlich. Umso mehr, wenn Filippo als Erster die Augen öffnete. Dann war es wirklich schwer, die Intoleranz in Schach zu halten: die frustrierte Sucht nach Koffein brachte ihn auf Mordgedanken.

Genau wie es an jenem Aprilmorgen der Fall war.

Vielleicht sollte er sie wecken. Oder vielleicht wäre es am schmerzlosesten, den Zimmerservice anzurufen und sich die paar Tassen Espresso bringen zu lassen, die diese pathologische Leere füllen würden. Sollte er für sie mitbestellen? Sie sah aus wie eine, die morgens Tee trinkt. In Ordnung, er würde ihr einen Tee bestellen. Filippo nahm, zufrieden mit seiner Initiative, den Hörer in die Hand, drückte die richtige Taste und wartete vergeblich, dass jemand antwortete. Dann legte er wieder auf. Immer genervter sagte er sich, das Beste wäre, sich etwas anzuziehen und zum Frühstück hinunterzugehen.

Und wenn Anna in seiner Abwesenheit anrufen würde?

Es fehlte nur noch, dass die Schöne im Dornröschenschlaf ans Telefon ging: dann wäre wirklich die Hölle los. Annas Eifersucht hatte in letzter Zeit die äußerste Grenze überschritten. Und gerade weil er bereit war, zuzugeben, dass dieses Mal die Paranoia seiner Frau ganz und gar der Anzahl an Seitensprüngen entsprach, hielt es Filippo gelinde gesagt für unbesonnen, ihr einen so unumstößlichen Beweis seiner Untreue zu liefern.

Als er schon am Verzweifeln war, hörte er von der anderen Seite des Bettes das schwächste und leiseste »Guten Morgen«, das ihm jemals gesagt worden war.

Schon am Abend zuvor hatte er bemerkt, dass diese Frau fast überhaupt nicht dem emotionalen Raster seiner Verehrerinnen entsprach. Sie gehörte weder zur Gruppe der unreifen, aufgeregten Pasionarias und noch viel weniger zu den beschäftigungslosen Frauen auf der Suche nach Abwechslung. In ihr war keinerlei Feuer. Und keine Neugier. Offenbar verehrte sie ihn nicht. Das einzig Sichere ist, dass sie auf jene raffinierte Weise anziehend erschien, die ihn überhaupt nicht anzog. Und die Tatsache, neben einem Mädchen aufzuwachen, das ihn nicht verehrte und von dem er nicht so angezogen war, machte die ganze Prozedur nur noch peinlicher.

»Guten Morgen«, antwortete er und nahm die Zigarre von den Lippen.

»Du hast mich doch nicht etwa angesehen, oder?«

»Warum sollte ich?«

»Weil ich gespürt habe, dass du wach bist, und befürchtete, du würdest mich ansehen.«

»Ich war tatsächlich wach. Aber ich konnte an nichts anderes denken als an Kaffee.«

»Bitte sag mir, dass ich nicht geschnarcht habe.«

»Ganz ruhig, du hast nicht geschnarcht.«

»Zum Glück. Das ist so peinlich, wenn man schnarcht. Es ist das Einzige, was eine Frau nicht kontrollieren kann.«

»Wenn es deswegen ist, ein Mann auch nicht. Und mich stört es nicht, wenn Frauen schnarchen.«

»Hab ich also geschnarcht?«

»Das habe ich nicht gesagt. Ich habe gesagt, falls du es getan hättest, mich hätte es nicht gestört.«

Filippo war sehr unzufrieden darüber, sie mit einem merkwürdigen Argument beruhigt zu haben, so wie es ihm auch nicht gefiel, dass er die Konjunktion »falls« benutzt hatte. Er tröstete sich aber sofort mit dem Gedanken, dass sie es war, die ihn auf ein surreales Terrain gelockt und ihn so zu einer unbedacht geschliffenen Aussage verleitet hatte.

»Darf ich dich um etwas bitten?«, sagte sie.

»Tu dir keinen Zwang an«, antwortete er und versuchte, lässig zu wirken.

»Darf ich dich bitten, aus dem Zimmer zu gehen?«

Das war schon … Was erlaubte sie sich, ihn aus dem Zimmer zu vertreiben, das ihm der Rektor der Bocconi großzügigerweise angeboten hatte.

»Warum bittest du mich darum?«

»Ich habe Probleme, mich vor jemand anderem anzuziehen.«

»Aber auszuziehen nicht«, hätte Filippo am liebsten geantwortet. Doch er beherrschte sich, und zwar nicht nur, weil seine Bemerkung trivial geklungen hätte, sondern auch, weil es nicht den Tatsachen entsprochen hätte: sie zum Ausziehen zu bewegen, war eine echte Leistung gewesen. Und auch, als er es geschafft hatte und mit ihr im Bett war, wurde er den absurden Verdacht nicht los, dass diese Nacktheit nur eine heimtückische Verkleidung war. Sie hatte sich ihrerseits von Anfang an wie eine Infiltrierte verhalten: sie hatte ihn am Tresen der Hotelbar abgeschleppt (wie banal!), als er gerade seinen dritten Lagavulin schlürfte. Sie hatte ihn gefragt, ob er sich an sie erinnere, und er hatte geantwortet, er würde sich ein bisschen erinnern (und jenes »ein bisschen« klang wie eine halbe Lüge).

Während ihrer mühsamen Konversation konzentrierte er sich auf ihre zarte, honigfarbene Haut mit dem orientalischen Charisma. Vielleicht war sie von Al Qaida angeheuert worden, um ihn kaltzumachen. Ein Gedanke, der ihn – übrigens zusammen mit dem Mädchen – bis in sein Zimmer verfolgt hatte. Als er sie, zunehmend vom Alkohol benebelt, hereinließ, fragte sich Filippo, ob sie vielleicht nicht eines von diesen heimtückischen Weibern sein könnte, die im Laufe eines sagenhaften Beischlafs versuchen, James Bond mit einer Giftschlange oder einem im Strumpfhalter versteckten Messer zu töten.

Das Blöde ist, dass der Beischlaf alles andere als sagenhaft war. Im Gegenteil, wenn er es genau bedachte, hatte sich die sexuelle Erfahrung, die sie ihm verschafft hatte, als fast so unangenehm erwiesen wie ein Selbstmordversuch. Er hatte den Eindruck, noch nie auf eine Frau gestoßen zu sein, die so wenig davon verstand. Das Ganze war noch merkwürdiger, wenn man bedenkt, dass sie sich selbst in diese Situation gebracht hatte. Sie war in der Höhle des Löwen aufgetaucht. Die Ausrede, die sie ihm aufgetischt hatte, um ihre Anwesenheit um elf Uhr abends in der Hotelbar zu rechtfertigen – eine Freundin habe sie versetzt –, war einfach lächerlich. Sie war seinetwegen gekommen. Daran bestand kein Zweifel. Aber warum? Warum bietest du dich zuerst an und benimmst dich dann so widerspenstig? Und warum verschwindest du nicht gleich wieder, sobald die peinliche Sache erledigt ist? Warum drängst du deine Präsenz die ganze Nacht über auf, um dann am Morgen den legitimen Bewohner aus seinem Zimmer zu scheuchen?

»Okay«, hörte Filippo sich sagen. »Ich werde mir inzwischen einen Kaffee holen gehen. Apropos, soll ich dir was bestellen? Einen Tee?«

»Nein, danke. Ich mag keinen Tee. Wir sehen uns unten. Ich komme mich noch verabschieden.«

»Eine letzte Sache: Geh nicht ans Telefon, aus keinem Grund der Welt.«

»Da hast du echt was Schlimmes gesagt!«, bemerkte sie vorwurfsvoll.

Die auf einen duftenden Garten gehende Terrasse war ein schöner Ort zum Frühstücken. Auch wenn Filippo das Hotelleben (als Popstar auf Tour) langsam satt hatte, musste er zugeben, dass er an diesem Morgen nicht das Geringste geändert hätte. Mailand schien für seine fleißigen Bewohner einen dieser unentschlossenen Frühlingstage bereitzuhalten, an dem die Sonne eine fragile Übereinkunft mit einem leichten, überhaupt nicht unangenehmen Regen getroffen hatte. Er war froh, hier zu sein, an einem Einzeltisch mit Blick auf den Garten, das Gesicht in die Zeitung vertieft, auf der Suche nach jemandem, dem es gelungen war, ihn öffentlich zu loben (er hätte sich aber auch mit einer negativen Besprechung zufriedengegeben). Irgendwann entdeckte er in einer rechten Zeitung ein Interview mit einem Islamexperten (solche gibt es massenhaft), der haargenau erklärte, warum Filippo respektlos gewesen war.

Ab und zu schlürfte er aus der großen Tasse Caffè Americano, die er sich sofort nach den beiden servicemäßigen Espressi hatte bringen lassen. Dann warf er einen Blick auf den Saaleingang und wartete, dass Dornröschen auftauchte. Er konnte es kaum erwarten, höflich den Epilog des enttäuschenden Films zu vollziehen, deren Protagonisten sie beide gewesen waren.

Wie im Drehbuch ließ sie auf sich warten.

Die Terrasse war nicht voll. Da war ein russisches Pärchen, bei dem der Altersunterschied gelinde gesagt unheimlich war. Filippo fragte sich, ob – angenommen, niemand würde ihn vorzeitig umlegen – langfristig so etwas aus ihm werden würde: ein sabbernder Alter, der mit immer jüngeren und teilnahmsloseren Walküren frühstückt. Also, der Gedanke gefiel ihm ganz gut: besser, als enthauptet zu werden! Da war eine Gruppe arabischer Frauen, die dem Essen nach zu urteilen, das sie sich unter ihren Schleier stopften, ziemlich ausgehungert sein mussten. Und dann war da noch ein leicht ergrauter Geschäftsmann, der ebenso begierig die *Financial Times* las, wie ein Teenager den *Kleinen Prinz*.

War das die gesellschaftliche Klasse, der er angehörte?, fragte sich Filippo mit kaum verhülltem Selbstmitleid. War er direkt vom Klub der Versager in die Kommandozentrale gelangt? Das schien wirklich der Fall zu sein. Normale Leute führten nicht so ein Leben. Sie wohnten nicht im Hotel. Sie konnten nicht so angenehm über ihre Tage verfügen. Normale Leute saßen zu dieser Stunde nicht herum und grübelten darüber nach, was normale Leute tun.

Nach einer Weile begann er ungeduldig zu werden. Er dachte mit Groll an Dornröschen, die ihn, wer weiß von welchem neurotischen Spleen gepackt, aus seinem Zimmer verscheucht hatte. Und ihm dann versicherte, sie würde gleich nachkommen. Eine halbe Stunde war vorbei und nichts. Er würde ihr noch drei Minuten geben, dann würde er hochgehen und die Sache regeln. Auch weil inzwischen die rasende Gier nach Kaffee, die den Start in den Tag bestimmt hatte, vom unwiderstehlichen Drang abgelöst wurde, unter die Dusche zu schlüpfen. Plötzlich fühlte er sich schmutzig und niedergeschlagen. Doch wenn das heiße Wasser den Dreck wegspülen würde, wäre auch für die Depression die

Zeit abgelaufen. Berühmt zu werden, hatte ihn zu einem extrem reizbaren Menschen gemacht. Es genügte eine Kleinigkeit, um ihm den Tag zu verderben. Das war wohl der Grund, warum er nicht mehr warten konnte. Das Mädchen stellte seine Geduld auf eine harte Probe.

Auf einmal schien er zu kapieren, vielleicht vom Koffein angeregt, warum Fußballer auf dem Höhepunkt ihrer Karriere eine Schwäche für Nutten haben; warum junge Männer voller Geld und Möglichkeiten, anstatt sich an die unbegrenzten Ressourcen ihrer Ausstrahlung zu halten, lieber etwas Kohle lockermachen, um das zu bekommen, was sie gratis haben könnten.

Nutten haben keine Neurosen oder werden zumindest dafür bezahlt, sie nicht an ihren Arbeitsplatz mitzubringen. Nutten schicken dir keine fünfzehn SMS, um dir zu sagen, wie gut es ihnen gefallen hat und wie froh sie wären, dich so bald wie möglich wiederzusehen. Keine Nutte würde, auch unter größtem Stress, damit drohen, deine Frau anzurufen. Nein, Nutten machen keine unanständigen Drohungen. Nutten sind Trägerinnen von tausendjähriger Weisheit. Von biblischer Seelenruhe. Nutten sind also die einzigen Frauen, die sich nie irren.

Leider waren sie ihm jetzt verwehrt. Gerade ihm, der so hygienisch mit ihnen umgehen würde. Doch eines, was du nicht tun konntest, wenn du Filippo Pontecorvo hießest, war eine schöne Frau zu bezahlen, die dir gefällig ist. Das würde dir niemand verzeihen.

Das hatte Filippo vor einigen Wochen während eines Telefonats mit seinem Agenten Piero Benvenuti begriffen. Dieser hatte ihn, atemloser als sonst, beschuldigt, ein Schlamassel angerichtet zu haben, bei dem er jetzt nicht wusste, wie er ihn da wieder herausholen sollte.

»Beruhige dich, Piero, sag mir, was los ist.«

»Mich hat gerade so eine Art Paparazzo angerufen. Ein zwielichtiger Kerl …«

»Und …?«

»Er sagt, er hat für dich peinliche Fotos.«

»Leider fürchte ich, dass dein zwielichtiger Kerl einen schönen Schlag ins Wasser gemacht hat«, antwortete Filippo. Und fügte in nostalgischem Ton hinzu: »Es ist schon eine ganze Weile her, dass ich etwas wirklich Peinliches gemacht habe!«

»Ich bitte dich, Filippo, es ist was Ernstes.«

Was Ernstes? Wirklich? Wie konnte das Foto eines Paparazzo denn ernst sein?

In der Art, wie sich Pieros Haltung zu ihm in der letzten Zeit verändert hatte, lag etwas Pathologisches. Sein Stolz, beim weltweiten Erfolg von *Herodes* eine entscheidende Rolle gespielt zu haben, war so groß, dass er ihn dazu verleitet hatte, die berufsmäßige Verbindung zu »Künstlern« abzubrechen, die ihm nicht verdienstvoll genug erschienen, dem Stall von Filippo Pontecorvo anzugehören. Ginge es nach Piero, so würde er sich ausschließlich um sein Schmuckstück kümmern. Und seitdem die Geschichte mit den Todesdrohungen publik geworden war, hatte sein Wunsch, Filippos Ehrbarkeit zu verteidigen, die lächerlichen Züge einer Obsession angenommen. Es war, als wäre Piero – obwohl er ihn kennengelernt hatte, als sein zukünftiger Klient nichts weiter als der von seiner kleinen Schauspielerin ausgehaltene exzentrische Ehemann war – zur ausgesprochen unerfreulichen Überzeugung gekommen, dass Filippo eine Art nationaler Held sei: eine Art Kreuzung aus Valentino Rossi und Luciano Pavarotti, mit einem Zusatz moralischer Geradlinigkeit, derer sich nicht einmal Mazzini hätte rühmen können.

»Weißt du zufällig noch, ob du in jüngster Zeit auf die Straße gepinkelt hast?«

»Was für eine Frage ist das denn?«

»Eine ganz wichtige Frage.«

»Äh … ich würde lügen, wenn ich behauptete, ich würde das nicht gerne tun … Piero, hast du denn nie versucht, unter dem Sternenhimmel auf eine Wiese zu pinkeln? Semi und ich haben das immer als kleine Jungs gemacht. Wenn Mama zu uns sagte, wir müssten ins Bett gehen, müssten uns die Zähne putzen und pinkeln gehen, sind wir in den Garten hinausgegangen, haben ihn herausgeholt und los auf die Wiese. Eine perfekte goldene Kurve. Du kannst dir nicht vorstellen, wie wunderbar das war, der aufsteigende Dampf. Was für ein Schauspiel.«

»Ich spreche nicht von kindlichen Perversionen, die du mit deinem Bruder geteilt hast. Sondern, dass du in Rom auf einer Straße zwischen zwei Autos gepinkelt hast.«

»Ich hab's dir doch gesagt: das kann sein. Wenn ich die Wahl habe zwischen dem freien Himmel und einer stinkenden öffentlichen Toilette, muss ich nicht groß überlegen.«

Filippo hatte am Schweigen, in das Piero verfallen war, begriffen, dass ihm das, was er gerade gehört hatte, überhaupt nicht gefiel.

»Dann ist die Situation sogar noch ernster, als du dir vorstellen kannst.«

»Willst du mir vielleicht sagen, was verdammt nochmal los ist?«

»Dieser Kerl sagt, er habe dich erwischt, wie du in einer Straße von Prati zwischen zwei Autos gepinkelt hast.«

»Muss ich mich also nicht nur vor einem Beduinen in Acht nehmen, der mir die Kehle durchschneiden will, sondern auch vor einem Perversen, der mich beim Pinkeln fotografiert?«

»Ich wundere mich, dass du das erst jetzt begreifst«, bemerkte Piero traurig und konnte seine vorwurfsvolle Haltung nicht verbergen.

Aber natürlich, Märtyrer pinkeln nicht. Oder zumindest tun sie das nicht öffentlich. Märtyrer dürfen sich nicht mit offener Hose fotografieren lassen. Das Handbuch für gutes Benehmen des meisterhaften Märtyrers sieht es nicht vor, dass man der Physiologie leider manchmal nachgibt.

Was sich der Agent hatte einfallen lassen, um zu verhindern, dass die Fotos des einsamen Pinklers in der Skandalpresse landeten, wusste Filippo nicht. Und es interessierte ihn auch nicht. Wie er ihn kannte, war es gut möglich, dass er der Erpressung des Paparazzo nachgegeben und sich aufgeopfert hatte, um die unanständigen Aufnahmen vom Markt zu nehmen.

Die Lektion, die er aus diesem elenden Missgeschick lernte, war einfach: Leute wie Piero (und von Leuten wie Piero gab es Unmengen) erwarteten von Filippo Pontecorvo ein bestimmtes Verhalten. Und dieses Verhalten sah leider gewohnheitsmäßiges Frequentieren von Nutten nicht vor. Nein, die würden sie ihm wirklich nicht verzeihen.

»Ach, hier bist du? Ich wollte mich nur verabschieden«, sagte Dornröschen zu ihm, die ihn völlig überrascht hatte. Filippo wandte ihr gedankenversunken seinen Oberkörper zu und sah sie die Hand ausstrecken, wie jemand, der sich tatsächlich verabschieden will.

»Setzt du dich zu mir?«, fragte er sie. Und das war nicht nur eine Höflichkeitsfloskel. Das Mädchen, das vor ihm stand, hätte nicht besser in Form sein können. Es war ja kein Zufall, dass der Geschäftsmann sogar die Lektüre der *Financial Times* unterbrach, um sie zu betrachten (eine Ehre, die er dem Kellner nicht gewährte, der ihm weiter seinen Kaffee eingoss).

Filippo musste ihm recht geben, dass Dornröschen zu dieser frühen Stunde einen wirklich bezaubernden Eindruck machte. Hätte sie eine Krawatte getragen, wäre die Ähnlichkeit mit der wunderschönen Annie Hall perfekt gewesen. Einer orientalischen Annie Hall mit rabenschwarzen Haaren und zartester Haut, aber jedenfalls einer Annie Hall mit allen Attributen: nicht weniger unbeholfen witzig und faszinierend als das Original.

»Leider muss ich nach Hause zum Lernen.«

Dann sagte sie noch: »Es war schön«, im mechanischen

Tonfall von jemandem, der einen abgedroschenen Witz aus einem alten Film rezitiert.

»Also wirklich«, antwortete er etwas pikiert.

Als das Mädchen von der Bühne abtrat, bemerkte Filippo, dass er einen neuen Bewunderer gewonnen hatte. Und er musste nur dessen aufmerksame Miene abschätzen, um zu begreifen, dass der Russe als unparteiischer Richter, der er war, Dornröschens Hintern die Bestnote verliehen hatte. Filippo bereute nun, dass er diesem schnell entschwindenden kleinen Arsch keine größere Chance gegeben hatte.

Merkwürdig, aber zum ersten Mal, seitdem er zum Serienlibertin geworden war, hatte er den Drang, zum Handy zu greifen und dem weiblichen Exemplar, von dem er sich gerade verabschiedet hatte, zu schreiben: »Ja, du hast recht, es war schön.« Dieser Impuls wurde gewiss nicht von der Angst unterdrückt, die Unwahrheit zu sagen – in Wirklichkeit war es alles andere als »schön« gewesen –, sondern von der Erinnerung an den lächerlichen Effekt, den diese Art von SMS bei ihm erzeugten.

Nach dem Mittagessen ging er zur Vorlesung. Mit sich trug er seinen unsterblichen, halbleeren Militärsack. Von der Universität wollte er sofort zum Flughafen fahren und das nächste Flugzeug nach Rom nehmen. Er hatte Rachel versprochen, dass es ihm dieses Mal gelingen würde, auch Anna zum Pessach-Essen mitzubringen, das für den darauffolgenden Abend in der Olgiata geplant war. Filippo wusste, dass er, um sein Versprechen zu halten, sich in einem ergreifenden Akt der Überzeugung verausgaben musste. In den letzten beiden Jahren war Anna allen gebotenen Festen im Hause Pontecorvo ferngeblieben und Rachel hatte das jedes Mal übelgenommen. Ihr war es wichtig, dass sich wenigstens bei den Festen die ganze Sippschaft blicken ließ. Der Grund, warum sie von ihren Söhnen und Schwiegertöchtern verlangte, anwesend zu sein, war, dass sie glühend daran glaubte, ein wichtiger Teil des Jüdischseins bestände darin, ab und zu beim Abendessen zusammensitzen. Den Fernseher auszuschalten und die Kerzen anzuzünden. Das bedeutete für sie, jüdisch zu sein. Und vielleicht hatte sie auch nicht ganz unrecht.

Obwohl sie sich noch nie mit jener schwierigen Schwiegertochter angelegt hatte, gefiel es Rachel nicht, wie Anna anfing, Zicken zu machen. Sie konnte sich nicht einmal vorstellen, was die Gründe für ihr verändertes Verhalten waren. Umso mehr, als Anna in der Anfangszeit ihrer Beziehung zu ihrem Sohn begeistert an den jüdischen Feiertagen im Hause Pontecorvo teilgenommen hatte. Was war also jetzt anders?

Rachel traute sich nicht, ihrem Sohn diese Frage ausdrücklich zu stellen, aber jedes Mal, wenn ein Feiertag bevorstand, beschränkte sie sich darauf, Filippo häufiger als sonst anzurufen und ihn in einem einstudiert beiläufigen Tonfall zu fragen, ob Anna gute Laune hatte.

In diesem Jahr war Filippo entschlossen, sie zu überreden. Auch weil er, im Unterschied zu Rachel, genau wusste, was seiner seltsamen Ehefrau durch den Kopf ging. Anna hatte Silvias Übertritt zum Judentum nicht verdaut. Als sie das Haus der Pontecorvos zum ersten Mal betreten hatte, war Silvia schon seit einigen Jahren dagewesen. In ihrem pathologischen Konkurrenzdenken empfand Anna unweigerlich feindselige Gefühle gegenüber einem Mädchen, das vor ihr von irgendwoher gekommen war. Da sie Rollen als Nebendarstellerin nicht liebte, zahlte sie es ihr heim. Zunächst, indem sie schlecht über ihr fast töchterliches Verhältnis zu Rachel sprach. Das war doch nicht normal. Bestimmte krankhafte Beziehungen waren nur zwischen Blutsverwandten vorstellbar.

»Ich wüsste nicht, warum du auf Silvia böse sein musst, nur weil sie meine Mutter so gern hat«, antwortete Filippo gereizt, wenn Anna ihn mit ihrem erbärmlichen Groll auf die mutmaßliche Rivalin überhäufte.

»Ich bin auf niemanden böse. Ich sage nur, dass das nicht normal ist.«

»Es ist wirklich unglaublich, dass gerade du Lizenzen in Normalität erteilen willst.«

»Das ist doch alles nur scheinheilig.«

»Silvia kommt mir überhaupt nicht scheinheilig vor. Sie hat nur viele schlimme Erinnerungen. Sie hat früh ihre Mutter verloren und hat einen schrecklichen Vater. Sie hat sich an die Alte gehängt, ich verstehe nicht, warum du ihr das Leben schwermachen musst. Ich verstehe nicht, warum du immer gegen die anderen agieren musst, als würden sie dir ein Unrecht antun.«

Diese Art von Gesprächen gab es ständig. Es endete immer damit, dass Filippo wütend wurde und heftige Dinge sagte und Anna nichts Besseres einfiel, als ihn zu beschimpfen. Der Grund, warum er die zukünftige Schwägerin mit gezogenem Schwert gegen die unbegründeten Säbelhiebe seiner Frau verteidigte, war, dass ihm dieses Mädchen gefiel. Es hatte ihm schon immer gefallen. Sie war nett, ehrlich und lebensfroh. Filippo hätte nichts Besseres erwartet, da Semi in Sachen Mädchen schon mehrere Schlamassel angerichtet hatte. Er hatte befürchtet, sein kleiner Bruder würde, falls er nicht über eine andere Psychopathin stolperte, unweigerlich in den Klauen einer dieser teilnahmslosen Blondinen landen, wie sie die gute Gesellschaft von Rom oder Mailand so großzügig produziert.

Er war froh, dass er unrecht hatte. Es gefiel ihm, was Semi mit Silvia aufgebaut hatte, und er mochte den liebevollen Respekt, den Silvia einer zurückhaltenden Dame wie Rachel entgegenbrachte.

Auch neulich, nach dem Erfolg von *Herodes*, hatte sich Silvia von der Mehrheit seiner Freunde durch die Fähigkeit abgehoben, sich ohne jeden Rückhalt oder bösen Hintergedanken freuen zu können. Es gab keine öffentliche Gelegenheit, bei der sie nicht in der ersten Reihe saß (auch wenn Semi nicht hatte hingehen können) und ihn feierte oder ihn unterstützte. Die erste SMS, die Filippo bekam, nachdem er in einer großen Fernsehsendung aufgetreten war, kam immer von Silvia. Und sie konnte so ermutigend sein: »Du warst phantastisch!«, »Heute war Dr. Pontecorvo wirklich in Form«, »Du hast sie alle abgehängt«, »Wir sind stolz auf dich«, »Ich habe dich zusammen mit Rachel gesehen. Sie ist ständig aufgesprungen und in die Küche gegangen, so nervös war sie«.

Was Filippo in letzter Zeit liebend gern tat, wenn Semi das Wochenende in Rom verbrachte, war, ihn mit Silvia zum Abendessen einzuladen. Üblicherweise kamen sie eine Stunde zu früh und Silvia half Filippo in der Küche. Und während sie wie zwei alte Hausfrauen Rezepte austauschten, erzählte ihm Silvia von all ihren Kolleginnen – faszinierende Anwältinnen –, die wild auf ihn waren und sie mit Fragen überhäuften, wie dieser tolle Hecht Filippo Pontecorvo denn wirklich war.

Ja, Filippo mochte Silvia sehr, und er hielt den Gedanken nicht aus, dass Anna sie nicht ertragen konnte.

Er war davon überzeugt, dass einer der Gründe, die Anna dazu gebracht hatten, seinen Heiratsantrag anzunehmen, obwohl sie immer sagte, sie würde nie heiraten (aus zu großer Treue zu ihrem Vater), der Wunsch war, einen sozusagen rechtlichen Vorteil gegenüber ihrer Rivalin zu bekommen. Es war offensichtlich, dass Anna darauf abzielte, auf die institutionelle Art und Weise eine Pontecorvo zu werden, die Silvia verschlossen war, und sie so zu übertreffen. Da ist es normal, dass sie sich, sobald sie erreicht hatte, was sie wollte, für eine Weile beruhigte. Zumindest bis Filippo ihr erzählte, Silvia habe beschlossen, zu konvertieren.

»Da, siehst du, ich wusste es! Diese Schlange, die will sich einschleichen.«

»Und ich wusste, dass ich es dir nicht hätte sagen sollen.«

»Die Wahrheit ist, wenn deine Mutter es verlangt, sie würde sich auch in einen Graben stürzen.«

»Ach Gott, das Konvertieren scheint mir auch etwas übereifrig zu sein … aber du weißt ja, wie Silvia ist: immer überschäumend und begeistert.«

»Das, was du überschäumend nennst, nenne ich Prostitution. Gefühlsmäßige Prostitution.«

»Welch große Worte!«

»Hast du mir nicht immer gesagt, dass es unmöglich ist, zu konvertieren?«

»Ich glaube nicht, dass ich dir das gesagt habe. Vielleicht habe ich dir gesagt, dass es furchtbar schwierig ist. Und es ist auch nicht gesagt, dass Silvia das gelingt. Sag mal: denkst du auch mal an uns?«

»Natürlich. Ich mag keine Tricksereien.

Es war offensichtlich, dass Silvias Wunsch, zu konvertieren, Anna einen schweren Schlag versetzt hatte. So wie dies offenbar auch der Grund war, warum sie seit zwei Jahren peinliche Ausreden vorbrachte, um nicht zu den von der Schwiegermutter organisierten Pessach-Essen zu gehen. Der Gedanke, Silvias religiösen Eifer, ganz zu schweigen ihre besondere kulinarische Kompetenz, ruhig aushalten zu müssen, überstieg Annas geringe Fähigkeiten zur Toleranz.

Doch in diesem Jahr hegte Filippo ein gewisses Vertrauen in seinen Einfluss auf seine Ehefrau. Dass sie sich seit einiger Zeit ihm gegenüber zuvorkommender zeigte, war eine Tatsache. Die Angst, ihn zu verlieren, hatte sie konzilianter gemacht. Darauf zählte Filippo. Aber er wusste auch, dass er mindestens einen Tag vorher anfangen musste, sie zu bearbeiten. Genau deshalb wollte er an diesem Abend nach Rom zurückfahren.

Die Vorlesung lief sehr gut. Nach der Verlegenheit der ersten Tage fühlte er sich nun wohl in der Aula. Er hatte begriffen, dass er, um an der Universität eine gute Vorlesung zu halten, eine Technik wie im Fernsehen anwenden musste. Du musst dich entblößen, spontan sein, den Eindruck erwecken, dass alles, was du sagst, aus dir heraussprudelt und nicht nach armselig vorgekochtem Essen stinkt. Es war besser, den Notizblock mit den Aufzeichnungen durch peinliche Pausen zu ersetzen und durch Augen, die sich im Nichts verlieren. Was die Themen betrifft, so war die Universität inzwischen ein zu frivoler Ort, um vernünftige und angemessene Inhalte zu verlangen.

Danach nahm er ein Taxi nach Linate. Dort am Flughafen, in der Schlange vor der Sicherheitskontrolle, bemerkte er, dass die betagte Dame vor ihm ihn nicht nur erkannt hatte, sondern ihn auch besorgt ansah. Und darüber wunderte er sich auch nicht. Seit Wochen ging es in den Zeitungen und im Fernsehen um die Todesdrohungen gegen ihn. Das Risiko, von einem Moment auf den anderen umgelegt zu werden, hatte seiner Berühmtheit einen weiteren Schub gegeben. Man konnte sagen, er war der Mann des Augenblicks. Was seinen Fans einen neuen Vorwand bot, ihn zu verehren, und seinen Gegnern ein neues Argument, ihn auf die Anklagebank zu zerren. Was hatte Filippo Pontecorvo denn so Riskantes getan – fragten sich diese berufsmäßigen Skeptiker –, dass er sich die Lizenz des Märtyrers verdient hatte? Und warum handelten diejenigen nicht, die ihn umbringen wollten, sondern ließen auf Erklärungen nur weitere Erklärungen folgen? Diese Magier der Unterstellung waren überzeugt, dass es sich wieder einmal um eine Fälschung handelte, die von einem verrückten und genialen Marketing in Umlauf gebracht wurde. Und in manchen Momenten schien ihm der Gedanke, jemand wolle ihn wirklich aus dem Weg räumen, so absurd, dass sogar Filippo geneigt war, dies zu glauben.

Eins aber war sicher: diese Dame hier war anderer Meinung. Zweifellos war sie davon überzeugt, vor einem in der Reihe zu stehen, der ein großes Risiko einging. Deshalb warf sie ihm dieselben flüchtigen Blicke zu, die sie in den Monaten nach dem 11. September einem schüchternen jungen Moslem in der Schlange vor dem Check-In hätte zuwerfen können.

Filippo hätte sie gern beruhigt. Ihr gesagt, sie solle gelassen bleiben: selbst er war immer mehr davon überzeugt, dass die Geschichte mit dem Todesurteil keinerlei Basis hatte. Aber leider verfügte er in dieser Sache auch nicht über genauere Fakten als ein aufmerksamer Zeitungsleser. Gerüchte, Behauptungen, Hintergründe … Der übliche unverdaute Medienmüll. Okay, in der kommenden Woche würde er ein Treffen mit einigen hohen Tieren des Innenministeriums haben. Er hoffte zumindest, sie würden ihm anhand von Fakten verraten, wie hoch das Risiko war. Und sie würden ihm eine vernünftige Lösung vorschlagen. Doch wenn die Lage so ernst war, wie Filippo ständig in den Zeitungen las und wie ihm ein Agent der Geheimdienste, mit denen er in Kontakt stand, versichert hatte, warum dann abwarten? Warum nicht sofort handeln? Im Grunde hatte die Dame recht. Warum wird diese wandelnde Gefahr nicht beseitigt? Warum versteckt ihr ihn nicht irgendwo?

Und doch war Filippo froh darüber, dass die Institutionen ihrer Pflicht nicht nachkamen. Er verlangte nicht mehr als ein paar weitere Tage, um sich Gedanken über die Zukunft zu machen. Die Möglichkeit, dass sie ihm Personenschutz gaben, war nicht weniger schrecklich, als dass sie ihn verschwinden ließen und in ein Zeugenschutzprogramm steckten (an einen Ort X, mit falschen Personalien, ohne seine Liebsten sehen zu können: für immer). Beide Lösungen kamen ihm entsetzlich vor. Deshalb wollte er lieber nicht daran denken und seine vielleicht letzten Tage der Freiheit genießen.

Es hatte immer etwas Ergreifendes, wenn man gleich nach Sonnenuntergang auf dem Flughafen Fiumicino landete. Die Neonlichter, die trägen Polizisten, die bröckeligen Mauern, die Atmosphäre feuchter Baufälligkeit, in der eine subtropische Stadt schmachtete.

Als Filippo ins Taxi stieg, das ihn nach mehreren Wochen Abwesenheit nach Hause bringen würde, fühlte er sich von Müdigkeit überwältigt. Er konnte es kaum erwarten, zu duschen und sich ins Bett zu legen. Anna zu sehen, sie anzufassen. Er fühlte sich, als wäre er ein ganzes Jahr lang wach gewesen. Ständig unterwegs zu sein, von einem Hotel zum nächsten zu fahren, war zwar unterhaltsam, aber auf lange Sicht vor allem zermürbend.

Wenn er etwas mit Semi gemeinsam hatte, dann war das der Zwang zum Reisen. Die Pontecorvo-Brüder waren immer unterwegs. Semi war aus Rom weggegangen, sobald er nur konnte. Filippo wohnte zwar weiterhin dort, hatte aber jede passende Gelegenheit ergriffen, um es zu verlassen. Er fragte sich, ob dieses Nomadentum nicht eine Methode war, um immer weiter dem zu entfliehen, was vor vielen Jahren mit ihrem Vater passiert war.

Bei Semi war das sicherlich der Fall gewesen. Rom war entgegen allem Anschein eine gefährliche Stadt. Umso mehr für jemanden, der aus einem Milieu wie dem ihren kam: privilegiert, leblos, unerträglich! Filippo war stolz, die Arschlöcher geschlagen zu haben, die sich gegenüber seinem Bruder zu viel herausgenommen hatten. Aber er war auch sicher, dass Rom Semi eine unsägliche Menge unangenehmer Situationen beschert hätte, vor denen er ihn unmöglich hätte schützen können. Und es handelte sich um eines dieser Dinge, an die Filippo nicht denken konnte, ohne sich aufzuregen.

Aber trotz der furchtbaren Erinnerungen war es wirklich schön, in Rom zu sein. Umso mehr, als die Gefahr bestand, dass es sich um sein letztes Pessach-Essen zu Hause mit seiner Familie (die Henkersmahlzeit?) handelte. Es war wichtig, dass alles so normal wie möglich aussah. Rachel hatte ihn beauftragt, den Teig für die kleinen Honigpizzen vorzubereiten, eine österliche Delikatesse, die im Hause Pontecorvo sehr beliebt war. Sie hatte ihm eine Nachricht auf dem Anrufbeantworter hinterlassen und gesagt, er würde zu Hause alle notwendigen Zutaten finden: Mazze, Ei, Pinienkerne, Honig, Sonnenblumenöl. Diese Nachricht endete folgendermaßen: »Ruf deinen Bruder an. Ich fürchte, er hat ein Problem.«

Filippo erinnerte sich erst jetzt an Rachels Worte. Er sah auf die Uhr. Es war fast halb neun. Es war noch Zeit, Semi anzurufen. Was für Probleme konnte sein Bruder denn haben? War seine Arbeit in Gefahr oder ging es um die Organisation seiner Hochzeit? Es war nicht mehr lange bis zur Hochzeitsfeier. Als Filippo zum letzten Mal mit ihm gesprochen hatte, sagte ihm Semi, er habe langsam genug von Silvias Organisationswut. Er könne nichts mehr hören von Geschenken, Blumenschmuck, Catering, Ankleideproben und diesem ganzen anderen Hochzeitsscheiß.

Filippo fiel ein, dass Semi und er sich vor fast einem Monat hätten treffen sollen. Semi hatte ihm versichert, er würde kommen, um ihn im Audimax der Bocconi zu hören, und danach wollten sie zusammen essen gehen. Aber dann hatte er sich weder blicken noch etwas von sich hören lassen. Filippo hatte versucht, ihn sofort nach der Veranstaltung auf dem Handy anzurufen, aber, wer weiß warum, sein Bruder war nicht rangegangen. In den darauffolgenden Tagen war er bis oben hin voll mit anderen Verpflichtungen und hatte es vergessen. Und Semi hatte sich nicht mehr gemeldet. Das war wirklich merkwürdig: sogar als er in Amerika war, hörten sie jeden Tag etwas voneinander. Offenbar hatte Rachel recht: sein Bruder hatte ein Problem. Bei ihrem letzten Telefongespräch hatte Semi ihm gesagt, er sei in Schwierigkeiten. Und er würde ihm beim Essen davon erzählen.

Als Filippo darüber nachdachte, fühlte er die Last einer nachträglichen Schuld. Der Gedanke, Semi und seinen Hilferuf vernachlässigt zu haben, erschien ihm unerträglich. Er hätte es jetzt wieder gutmachen können. Aber er fühlte sich momentan nicht dazu imstande. Er war schrecklich müde. Und doch, so sagte er sich, musste er etwas Freundliches für Semi tun. Da fiel ihm ein, dass auch Semi das Mädchen kannte, mit dem er die letzte Nacht verbracht hatte. Und da er ihm seit einiger Zeit gerne SMS schickte, in denen er seine letzten Eroberungen benotete, hielt er es für nett, gerade bei diesem Mädchen keine Ausnahme zu machen.

Seinem Bruder würde das bestimmt gefallen.

FILI CELL
LUDOVICA GIACOMETTI !
space

Semi betrat gerade ein Restaurant, wo Silvia und ein befreundetes Paar wahrscheinlich schon seit einer ganzen Weile warteten, als er die SMS seines Bruders erhielt. Sie informierte ihn nicht nur darüber, dass dieser seine Freundin, mit der Semi seit Monaten ein heimliches Verhältnis hatte, ins Bett abgeschleppt hatte, sondern auch, dass das betreffende Mädchen als Sexualpartnerin (jedenfalls nach Filippos strengen Standards) nicht mehr als ein mickriges Ausrufezeichen verdiente.

Es handelte sich um eines dieser neuen Restaurants, in denen die Küche nicht mehr ein Ort ist, der versteckt werden muss, sondern die eigentliche Attraktion, die den Gästen zur bewundernden Betrachtung angeboten wird. Offenbar hatten es die Eigentümer übertrieben, aus Übereifer oder um den übergroßen Narzissmus des Küchenchefs zu befriedigen. Der einzig sichtbare Teil des Restaurants war nämlich die Küche, die in die Mitte platziert war: hinter den blendenden Glasscheiben der berühmte Küchenchef, der überhaupt nicht wie ein Koch aussah, sondern wie ein NASA-Astronaut, der in einem dekontaminierten, druckfreien Raum mit einer schwierigen Aufgabe beschäftigt war.

Dafür waren im fahlen Licht der Tischkerzen die Gäste kaum zu erkennen. Deshalb hatte Samuel so große Mühe, sie zu finden.

»Oh, da ist Semi!«, sagte die Freundin ihres Freundes.

»Was ist passiert?«, fragte Silvia leicht beunruhigt.

Semi wusste zunächst nicht, ob die Frage auf die beträchtliche Verspätung anspielte, mit der er zur Verabredung kam, oder auf etwas an seinem Äußeren, das den trostlosen Zustand und die Angstkrise widerspiegelte, in die ihn die SMS seines Bruders gestürzt hatte.

»Entschuldigt, Leute, ich komme von einem komplizierten Treffen«, sagte Semi und hoffte, mit diesem allgemeinen Satz die Neugier der Anwesenden stillen zu können.

»Keine Sorge, alter Knabe«, sagte Luciano versöhnlich und prostete ihm mit seinem Glas zu.

»Alter Knabe« war Lucianos Lieblingsspruch. Er wusste nicht, ob er ihn aus dem *Großen Gatsby* oder einem Fünfzigerjahre-Film hatte. Sicher ist, dass er einen bevorzugten Platz in seinem Jargon, dem eines verwöhnten und prätentiösen Überdreißigjährigen hatte.

»Wo ist die Toilette«, fragte Semi Silvia.

Silvia zeigte auf eine Tür auf der anderen Seite des Lokals.

»Ich bin gleich wieder da«, sagte er immer verwirrter.

»Mach schnell. Wir haben Hunger, alter Knabe.«

Sogar die Toilette war im neoromantischen Stil. Die gewaltigen Platten aus schwarzem Quarz, mit denen die Wand bedeckt war, hoben das Rund des Spiegels hervor, der von einem goldglitzernden Rahmen begrenzt war. Semi schloss die Tür und setzte sich auf die Toilettenschüssel.

So fühlt es sich also an, wenn man sagt, das Herz sei kurz davor zu explodieren. Dieser glühende Stachel, der ins Brustbein eindringt. Semi stellte fest, seit er das Restaurant betreten hatte, presste er die ganze Zeit sein Handy fest in die Faust. Er sah wieder auf das Display und obwohl er wusste, was er dort lesen würde, verspürte er dennoch eine Benommenheit und einen Schmerz, die womöglich noch quälender waren.

Es war, als würde ihm erst jetzt bewusst werden, nachdem alles sich ein paar Minuten lang gesetzt hatte, dass der Albtraum, der sein ganzes Leben geprägt hatte, nun in nur leicht veränderter Form wieder vor ihm auftauchte. Es war, als würde alles genau von da anfangen zu laufen, wo es vor einem Vierteljahrhundert angehalten hatte. Nur die Technologie hatte sich geändert: die Stimmung war genau dieselbe. Semi war dreizehn Jahre alt gewesen, als im Fernsehen ein Typ der ganzen Welt verkündete, dass seine Freundin Camilla zweideutige Briefe mit seinem Vater Leo austauschte. Und jetzt, an der Schwelle zu Achtunddreißig, teilte ihm sein Bruder in einer SMS mit, dass er gerade Ludovica gevögelt hatte, seine Ludovica.

Sein ganzes Leben bekam eine geometrische Logik: diese

bildete ein von diesen beiden bedrohlichen Fixpunkten begrenztes Segment. Episode A und Episode B. Alles, was dazwischenlag – die Punkte, die A von B trennten –, ergab keinerlei Sinn. Selbst die äußerst schmerzlichen Probleme der letzten Zeit hatten vom einen auf den anderen Moment keine Bedeutung mehr. Wenigstens etwas Positives gab es: die Ungeheuerlichkeit eines einzelnen Ereignisses bringt dich dazu, alles andere zu relativieren.

Semi war zu spät ins Restaurant gekommen, weil der Bankdirektor, der ihm damals ein gewaltiges Darlehen gewährt hatte, ihn länger als nötig aufhielt, um zu bekräftigen, wie schwerwiegend die Situation doch war. Wenn Semi nicht langsam anfinge, die Zinsen zurückzuzahlen, müsste die Bank das Verfahren einleiten, um sich an der mit einer Hypothek belasteten Wohnung schadlos zu halten. Ausgerechnet die zu renovierende Wohnung, in die Semi und Silvia nach ihrer Hochzeit einziehen sollten. Nun gut, auch ein solcher Schlamassel war schon in Vergessenheit geraten.

Was sollte er also machen? Filippo anrufen, ihm eine apokalyptische Szene machen? Oder war es nicht er, den er anrufen sollte, sondern Ludovica? Sie musste es gewesen sein, die die Initiative ergriffen hatte, vielleicht um sich auf die fürchterlichste Weise für all das zu rächen, was Semi sie erdulden ließ. Nein, es hatte überhaupt keinen Sinn, sie anzurufen, weder den einen noch die andere. Im Gegenteil. Allein der Gedanke erschien Semi so unvernünftig, wie ans Grab seines Vaters zu gehen und dessen Leichnam zu fragen, was ihm denn eingefallen sei, auf Camillas Liebesbriefe zu antworten. So unsinnig, wie zu versuchen (nicht, dass er es nicht gern getan hätte), Camilla nach fünfundzwanzig Jahren, in denen er sie nicht mehr gesehen hatte, ausfindig zu machen, um das zu tun, wozu er damals nicht den Mut gehabt hatte: sie knallhart für ihr unwürdig dreistes Verhalten zur Verantwortung zu ziehen.

In einer Art nervöser Zwangshandlung holte er ein Dokument aus seinem Portemonnaie, das er schon seit einer

Weile dort aufbewahrte. Es war ein karierter Zettel, den er hatte laminieren lassen. Von allem würde er sich trennen, nur nicht von diesem Zettel. Obwohl er den Inhalt auswendig kannte, begann er ihn laut vorzulesen. Denn er wusste, es gab nichts – auch nicht das geliebte Pasaden –, was ihn besser trösten konnte, als diesen Brief laut zu lesen. Die kindliche Schrift, der unsichere Stil, der triviale Inhalt sorgten dafür, dass er sich besser fühlte. Als würde dieses Schreiben in seiner ihm eigenen Perversion die Garantie darstellen, dass der tiefste Punkt schon erreicht war.

Semi erinnert sich noch genau an die Umstände, die den Brief ans Tageslicht brachten. Er war einundzwanzig gewesen. Seit zwei Jahren studierte er bereits in Mailand und war über die Weihnachtsferien in Rom. Es war nur wenige Tage vor Jahresende. Den ganzen Tag hatte es geregnet. Der Garten glänzte wie ein Regenwald. Filippo und er hatten stundenlang Supermario Kart am Nintendo gespielt. Nun legte Filippo die Kastanien, die Rachel von einem Patienten bekommen hatte, auf die Kaminglut. Semi hatte seine Mutter gefragt, ob sie nicht vielleicht wüsste, wo seine ärmellose blaue Daunenjacke abgeblieben war: er wollte sie mit nach Mailand nehmen. Rachel hatte ihm geantwortet, sie habe nicht die geringste Ahnung, aber er könne mal oben in der Mansarde nachsehen, wo die Sommerkleidung in Zellophan eingepackt auf ihren Einsatz wartete. Also ging Semi hinauf. Er öffnete alle Schränke. Nichts, keine Spur von der Daunenjacke. Bis er, hinter einer Reihe alter aufgestapelter Stühle versteckt, einen anderen Schrank entdeckte. Wer weiß, vielleicht dort. Semi musste eine ganze Weile mit einem kaputten Schloss herumhantieren, dann war es ihm gelungen, zumindest über einen der beiden Türflügel die Oberhand zu gewinnen.

Ich würde euch gerne sagen, dass er nach dem Öffnen des Schranks von einem unheimlichen, mysteriösen Duft erfüllt wurde, der ihn an die Grenzen einer anderen zeitlich-räumlichen Dimension führte. Ich möchte euch sagen, dass Semi, von einer magischen Wolke aus dem Wunderland der Vergangenheit erfasst, für einen Moment das Gefühl hatte, über die Zeit und über den Tod gesiegt zu haben. Die Wahrheit, so prosaisch sie auch aussehen mochte, ist, dass Semi eine ganze Weile dort drinnen herumwühlen musste, bis ihm klarwurde, dass der klapprige Schrank Leos Garderobe enthielt. Genau: Leos ganze Kleidung war da hineingestopft worden. War sie also immer hier gewesen? Also hatte Rachel sie nicht weggeworfen und auch nicht verschenkt? Also hatte Rachel es nicht geschafft, sie loszuwerden? Semi war glücklich, ein winziges Loch in der starren Rüstung gefunden zu haben, die seine Mutter ohne Pose zu tragen schien.

Irgendeine Kraft – und zwar eine wirklich mysteriöse – trieb ihn dazu, die Jacken aus dem alten Versteck herauszuholen und eine nach der anderen anzuprobieren. Alte Nadelstreifen, alte Tweedsakkos, alte Blazer. Was für wunderbare Schnitte, was für weiche Stoffe. Samuel war stolz darauf, dass ihm die Jacken haargenau passten. Das letzte Mal, als er zum Spaß eine getragen hatte, war Leo noch am Leben. Semi wusste noch, was für ein komisches Gefühl das war, in einem Kleidungsstück zu schwimmen, das dir nicht passt. Aber jetzt passte es ihm schon. Wären die Ärmel nicht zu lang, dann säßen ihm die Jacken wie angegossen. War in diesen Jahren also etwas passiert? Aber sicher, in diesen zehn Jahren hatte er seinen Vater eingeholt. Das war passiert. Sein Vater war stehengeblieben und er hatte ihn eingeholt. Jetzt waren sie Zwillinge. Und darin lag etwas so Erschreckendes und Rührendes zugleich. Es war, als ob er jetzt, da er den Körperbau seines Vaters hatte, bereit wäre, die ganze Zerbrechlichkeit eines Mannes zu begreifen, der ihm damals wie ein Riese vorkam.

Während er wie ein Model vor dem Spiegel im inneren Schrankflügel auf- und abging, spürte Semi, als er die Hand in die Tasche steckte, ein Stück Papier. Er war zwar auf alles gefasst – es konnte sich ja um vieles handeln: einen Kassenzettel, ein altes Rezept, eine Notiz für einen seiner Artikel –, aber Semi hatte nicht damit gerechnet, dass das Dokument, das er aus der Tasche zog, auch für ihn eine so große Bedeutung haben könnte. Er erkannte sofort die Handschrift: Leo Pontecorvo war nicht der Einzige in der Familie, der von einer gewissen Signorina Briefe bekam:

*Rom, 3. Februar 1986*

*Lieber Prinz,*
*bin ich oder bin ich nicht Deine Prinzessin? Denn, wenn ich Deine Prinzessin bin, wie Du mir es damals gesagt hast, dann verstehe ich nicht, warum Du mich nicht küssen willst. Meine Freundinnen und ihre Freunde küssen sich. Und auch Semi und ich, wir küssen uns. Ich mag es, wie er küsst. Aber ich will nicht, dass er mich anfasst. Er möchte immer, aber ich sage Nein!!! Ich gehöre IHNEN, das denke ich. Ihnen heißt DIR. Wenn ich Deine Prinzessin bin, dann musst Du mich küssen. Überallhin. Ich will alles mit Dir tun, mon ange. Ich weiß nicht, warum Du nicht willst. In der Rangliste meiner Klasse bin ich die Nummer Drei. Michelle sagt, die Männer würden mich alle küssen. Und es ist nicht gesagt, dass ich es nicht tue. Schau, ich bin kein Kind mehr. Ich weiß schon, dass das erste Mal mit Dir sein wird. Und ich glaube, dass auch Du das weißt, auch wenn Du nein sagst. Du hast mir gesagt, ich darf mit meinen Freundinnen nicht über Dich sprechen, und auch nicht mit jemand anderem. Ich weiß nicht, ob ich noch lange schweigen kann. Ich weiß, dass Du deine Frau nicht mehr liebst. Sie gefällt Dir nicht mehr. Ich sehe, dass Du mich mit anderen Augen anschaust.*
*Ich bitte Dich, Leo MON AMOUR, lass mich nicht länger warten.*

*Im Herzen für immer DEIN*

*Camilla*

Das war der Brief, der, im richtigen Moment auf den Tisch gelegt, Leo Pontecorvo von der niederträchtigsten Beschuldigung hätte entlasten können: die Freundin seines Sohnes sexuell belästigt zu haben. Der Brief bewies eindeutig, wer von beiden wirklich belästigt hatte. Der Brief machte offensichtlich, dass Leo von Anfang an das Objekt einer richtiggehenden Manipulation und Verfolgung gewesen war, die von einer kleinen, skrupel- und herzlosen Schlampe organisiert wurde. Leider hatte damals keiner die Fähigkeit, geschweige denn das Interesse gehabt, das wertvolle Beweisstück zu besorgen und der öffentlichen Meinung unter die Nase zu halten. Es war mehr als wahrscheinlich, dass noch mehrere solcher Briefe im Umlauf waren, was es noch mysteriöser machte, warum Leo nicht die Kraft fand, mit Stentorstimme seine Unschuld zu beteuern.

Warum lässt du dich fertigmachen? Warum lässt du zu, dass deine Familie mit dir untergeht? Warum verspürst du nicht einmal die Notwendigkeit, mit deinem Sohn zu sprechen, dem du ein so unglaubliches Unrecht angetan hast, und ihm zu beweisen, dass diese Geschichte nicht so schlimm ist, wie es aussieht?

Ab einem bestimmten Punkt in seinem Leben hörte Semi auf, sich solche Fragen zu stellen. Seitdem er den Brief wiedergefunden hatte, war es überhaupt nicht mehr von Bedeutung, was sein Vater für ihn getan oder was er nicht getan hatte. Was zählte, war, dass der Brief auf die verrückteste Art und Weise in seine Hände gelangt war und ihm zeigte, das alles, was passiert war, einer Logik folgte. Einer bösen zwar, aber letztendlich gar nicht so unsinnigen.

Der Brief lieferte ihm ein völlig neues Bild von seinem Vater. Wenn er in den ersten dreizehn Jahren seines Lebens ein Held gewesen war, wenn er nach dem, was passiert war, die verzerrten Gesichtszüge des Serienvergewaltigers annahm, dann bekam Leo dank dieses Briefes jetzt sein endgültiges und sicherlich naheliegendstes Erscheinungsbild: er war ein verzweifelt schwacher Mensch und es war absurd, ihm das zu verübeln. Damit aufzuhören, seinen Vater schuldig zu sprechen, war für ihn eine ungeheure Erleichterung gewesen.

Das Einzige, was er nicht hatte tun können, war nachdem er den Brief gefunden hatte, ihn seiner Mutter und seinem Bruder zu zeigen.

Vielleicht, weil er mehr contra als pro sah.

Was hätte das auch gebracht? Niemand hatte jemals die Freundlichkeit besessen, ihm gegenüber dieses Thema anzuschneiden. Seine Mutter hatte mit einer solchen Härte reagiert. Was Filippo betraf, so erinnerte sich Semi, ihn einmal in diesen furchtbaren Tagen erwischt zu haben, wie er einige Blätter unter der Tür zum Souterrain durchschob, wo sich ihr Vater versteckt hielt. Alles in allem war das Verhalten der beiden wirklich zu merkwürdig gewesen, als dass er Lust hatte, den wertvollen Fund mit ihnen zu teilen.

Immerhin hatte er den Brief zur Sicherheit fotokopiert. Dann hatte er ihn laminieren lassen. Und schließlich hatte er ihn in sein Portemonnaie gesteckt.

Und jetzt ist er da, an seinem alten Platz. Immer zum Appell bereit. Und es muss gesagt werden, dass er auf einer schlechtbeleuchteten neoromantischen Toilette eine saublöde Figur abgibt. Auch wenn Semi nicht lange braucht, um zu begreifen, dass sein Amulett dieses Mal absolut nutzlos ist. Dies hier ist eine andere Geschichte. Die einen komplett neuen Exorzismus bräuchte.

Wozu nützt ihm der verdienstvolle, laminierte Zettel, der seinen Vater von der Straftat entlastet, deren er vor fünfundzwanzig Jahren beschuldigt wurde, wenn nun ein anderer der Schuldige war, den es zu entlasten galt? Es ist so, dass Filippos Nachricht Camillas Brief für immer übertrifft. Das Bild seines großen Bruders, der das einzige Mädchen vögelt, das Semi jemals geliebt hat (jawohl, jetzt kann er es sagen), eröffnet eine neue Saison des Leidens: es war, als hätte jemand im Brachland von Samuel Pontecorvos Neuropathie einen neuen, unverwüstlichen Meilenstein gesetzt.

Wie es oft passiert, wenn jemand unversehens die Qual der Eifersucht am eigenen Leib erfährt, geht Semi nun jedes Element der Vergangenheit mit dem Vergrößerungsglas der retrospektiven Verzweiflung durch. Und weil das Gehirn unter Stress stets über ein ausgezeichnetes Talent verfügt, die schmerzlichste Erinnerung an die Oberfläche zu bringen, die den Umständen entspricht, denkt Semi an den surrealen Vortrag, den Ludovica ihm aufgetischt hatte: über die Kunst, einem beschnittenen Jungen einen zu blasen. Offensichtlich ist nicht er der beschnittene Junge, um den sie sich gekümmert hat. So wie es offensichtlich ist, dass der Beschnittene, der die Ergebnisse dieser ganzen akademischen Hingabe genossen hat, von allen greifbaren Beschnittenen der falscheste ist. Aber am deutlichsten von allem ist das Bild von Ludovica, wie sie Filippo Lust verschafft. Diese Deutlichkeit ist unerträglich. Und doch ist Semi nicht daran gelegen, diesen beiden, die es sich, zumindest in den unermesslichen Räumen seiner Phantasie, weiterhin gutgehen lassen, die Schuld zuzuweisen.

Er kann es nicht erwarten, sich selbst die Schuld zu geben. Er muss in seinen eigenen Handlungen einen Sinn für das finden, was passiert ist. Da denkt er also an die schrecklichen Dinge, die er ihr bei einem ihrer letzten Treffen gesagt hat. In der Bar ihrer ersten Begegnungen, an einem Tisch im Hintergrund ist ihm nichts Besseres eingefallen, als ihr eine lächerliche und anmaßende Beschuldigung an den Kopf zu werfen: sie verachtet Silvia und das kann er ihr wirklich nicht verzeihen.

»Aber warum sagst du denn so was?«, fragt Ludovica ihn entsetzt.

»Das spüre ich, das sehe ich und das gefällt mir gar nicht«, erwidert er mit der Stimme des Paranoikers, der glaubt, ganz genau Bescheid zu wissen.

»Aber ich habe doch nie was gesagt! Ich rede mit dir doch nie über sie. Wie kannst du mir so was sagen? Du hast mir ins Gesicht gesagt, dass du heiratest. Neulich hast du sogar angefangen, Witze zu machen über die Geschenke, die ihr euch ausgesucht habt. Und ich war still. Ich habe nichts gesagt. Ich habe dich nicht einmal darauf aufmerksam gemacht, wie gemein du bist. Ich weiß, dass da etwas nicht stimmt. Ich weiß, dass du unzufrieden bist. Ich habe furchtbare Angst, dass du mich verlassen willst. Und um zu verhindern, dass du das tust, habe ich sogar diese surreale Situation akzeptiert. Stell dir vor, ich käme zu dir, um dir zu sagen, dass ich Marco heirate, stell dir vor, ich käme zu dir, um dich um einen Rat für die Flitterwochen zu bitten …«

»Davon spreche ich nicht.«

»Wovon dann?«

»Ich ertrage diese süffisante Art nicht, mit der du über Silvia sprichst. Als ob du meinst, sie sei dir oder mir nicht ebenbürtig.«

»Aber davon spreche ich doch nie. Nie. Warum sagst du so was, Semi, wenn ich doch nie davon spreche?«

»Lass dir gesagt sein, dass Silvia nicht weniger wert ist als du. Hast du kapiert, was ich dir sage? Silvia ist nicht weniger wert als du!«

Und in diesem Moment kann Ludovica vor lauter Tränen kein Wort mehr herausbringen. Und warum sollte sie auch, wenn Semis Beschuldigung doch so offensichtlich falsch ist?

Das Problem von Männern wie Samuel Pontecorvo ist, dass sie nicht darauf verzichten können, sich mit Frauen zu umgeben, die viel talentierter sind als sie selbst. Und das noch größere Missgeschick ist, dass Männer wie Samuel Pontecorvo sich dieser fundamentalen Unterlegenheit als Erste bewusst sind.

Ludovicas Haltung gegenüber Silvia ist immer einfach tadellos gewesen. Und während Ludovica weint, fragt sich Semi einen Moment lang, ob der Punkt nicht folgender ist:

er wirft ihr vor, dass es nichts gibt, was man ihr vorwerfen kann. Er wirft ihr vor, auf die Nachricht von seiner Hochzeit mit Silvia nicht mit gebührender Verzweiflung reagiert zu haben. Er wirft ihr ihren Anstand und ihre Wehrlosigkeit vor. Er wirft ihr vor, keine Rechte reklamiert zu haben. Es stimmt, zu Beginn ihres Verhältnisses hat Ludovica ein krankhaftes Interesse an ihrer Rivalin gezeigt. Aber nach einiger Zeit, als sie sah, dass Semi verärgert war, hörte sie auf, Fragen zu stellen. Und seitdem hielt sie sich, mit dem ihr eigenen kindlichen Starrsinn, an diese Linie. Diese Haltung war auch durch Semis Härte und Verschlossenheit bedingt. Er hat ihr bei allen möglichen Gelegenheiten begreiflich gemacht, dass das, was zwischen ihnen besteht, so tief und so krankhaft es auch sein mochte, niemals – und wenn ich sage niemals, heißt das auch niemals – das in Frage stellen kann, was er sich mit Silvia aufgebaut hat. Silvia ist unersetzlich. Das muss Ludovica in den Kopf hineingehen. Und tatsächlich ist es ihr dermaßen in den Kopf hineingegangen, dass sie darauf verzichtete, sich für das Kapitel Silvia zu interessieren. Und das ist der Grund, warum sie auf die Nachricht von Semis Hochzeit nicht mit der Verzweiflung reagiert hat, die er erwartet und gewissermaßen auch erhofft hatte.

Und als er an die unsinnige Szene zurückdenkt, die er ihr damals gemacht hat, als er an Ludovicas Tränen zurückdenkt, wie sie sich so wehrlos gezeigt hat, begreift Semi, was ihm noch vor einem Moment unglaublich erschien.

Gab es eine bessere Rache für Ludovica, als mit Filippo ins Bett zu gehen?

Als Semi an den Tisch zurückkommt, fragt Luciano durch einen blöden Zufall Silvia gerade über Filippo und seine Todesdrohungen aus. Überhaupt nichts Merkwürdiges: Luciano war das ungewollt lästigste Wesen, mit dem er je zu tun gehabt hatte.

Er war der klassische Typ, der dir im Brustton der Überzeugung sagte, dass *Pulp Fiction* der schlechteste Film von Tarantino sei (tausend Mal besser *Reservoir Dogs* und *Jackie Brown*). Der klassische Typ, der dir, während du gerade zum ersten Mal genüsslich in deinen Big Mac beißen willst, knallhart ins Gesicht sagt, dass der berühmte Double Whopper von Burger King eine ganz andere Sache sei. Luciano ist der klassische Typ, für den die Meldung über einen Anschlag auf eine Diskothek in Tel Aviv, bei dem ein Dutzend Jugendliche massakriert wurden, den besten Vorwand bietet, um sich über Israels imperialistische Politik auszulassen.

Luciano machte dir nie eine Freude. Was ihm am meisten gefiel, war, zu polemisieren und dich bei etwas zu ertappen. Wenn du ihm einen Film empfahlst, ging er ihn sich sofort ansehen, nur um dir sobald wie möglich seine Enttäuschung über ein so mittelmäßiges Werk mitteilen zu können und en passant deinen mangelnden Geschmack zu beklagen. Dich mit seinen Streber-Allüren in Verlegenheit zu bringen, war sein Lebenszweck. Vielleicht, weil er nicht viele andere hatte. Abgesehen davon, dass er seinen Abschluss in Sprachwissenschaften auf einem abstrusen Gebiet gemacht hatte, das angeblich Linguistik und Informatik zusammenbrachte, hatte Luciano nie etwas richtig Produktives getan. Seine größte Anstrengung erschöpfte sich darin, die Mappe mit notariellen Urkunden zu unterschreiben, was ihn zu einem der reichsten Erben der Umgebung machte.

Seitdem die kleine Cessna, mit der seine Eltern einen Teil der Savanne von Nordkenia erkundeten, ins Stocken geraten und abgestürzt war, verwaltete Luciano äußerst umsichtig den Immobilienbesitz, den ihm diese glücklosen Abenteurer hinterlassen hatten. Sparen war eine weitere Sache, die er gut konnte. Mit der einzigen Ausnahme: die Gastronomie. Daran sparte er nicht. Er betrachtete sich als Entdecker von Küchenchefs. Es war Menschen wie Luciano zu verdanken, dass in den Jahren nach zweitausend die nouvelle vague der italienischen Küche die Möglichkeit hatte, sich so ungezwungen zu äußern. Als guter Amateurgastronom hielt sich Luciano für einen echten Weinexperten. Leider hatte er, um den anderen und sich selbst zu zeigen, wie standfest seine Überzeugungen in Sachen Weinbaukunde sind, die schlechte Angewohnheit, die Weinflaschen, die man ihm servierte, mindestens zweimal hintereinander zurückgehen zu lassen. Als ob, aus einer merkwürdigen Laune des Schicksals heraus, die richtige Flasche immer die dritte, aber nie die erste oder zweite war.

Das alles sage ich nur, damit man sich nicht wundert, dass Luciano darauf bestanden hatte, sie ins Carillon zu schleppen. Ein Restaurant, von dem ein großes Gerede gemacht wurde und das den tiefen Griff ins Portemonnaie zu versprechen schien, auf den Semi nach den Worten seines Bankdirektors besser verzichten sollte. So wie es einen auch nicht wunderte, dass Luciano gerade die zweite Flasche Wein zurückgehen ließ und sie als »Motoröl« bezeichnete. Was einen aber am wenigstens wunderte, war, dass Luciano – angesichts seines teuflischen Timings, immer das unpassendste Thema zu wählen – sich nach dem einzigen Menschen auf der Welt erkundigte, vom dem Semi nichts hören mochte.

»Wir wissen nicht viel darüber«, sagte Silvia. »Ich habe gestern Morgen mit Anna gesprochen. Sie war sehr beunruhigt. Aber das heißt nichts. Sie ist immer beunruhigt. Jedenfalls werden wir Filippo morgen Abend zum Abendessen bei meiner Schwiegermutter sehen.«

»Oh, du nennst sie schon ›meine Schwiegermutter‹?«, fragte Giada.

»Sag nicht Katze, bevor du sie nicht im Sack hast!«, bemerkte Luciano peinlicherweise.

»Wollen wir nicht bestellen?«, unterbrach ihn Semi in einem Tonfall, als würde er sagen: »Ich bin erst seit wenigen Sekunden hier, aber ihr geht mir schon auf den Geist.«

»Stimmt was nicht?«, flüsterte ihm Silvia zu und legte ihm die Hand auf den Unterarm.

»Es ist alles in Ordnung«, sagte er und gab sich Mühe, sich ihrer zärtlichen Geste nicht grob zu entziehen.

Semi warf einen Blick auf das Handy, das er, wer weiß warum, immer noch in der Hand hielt.

»Also, es gibt tolle Gerichte, die ihr unbedingt probieren müsst«, sagte Luciano, während der verängstigte Sommelier die dritte Flasche entkorkte.

»Zum Beispiel?«, fragte Semi lustlos, wobei er schon den Gedanken für unvorstellbar hielt, es könne etwas auf der Welt geben, auf das er Appetit haben konnte.

»Zunächst einmal die mit Speck-Carbonara gefüllten Ravioli«, empfahl Luciano, den Kopf in der Speisekarte versenkt. »Aber vor allem das hier, das eigentliche Meisterwerk: Schweinebauch vom Ferkel auf einem Bett von Jakobsmuscheln mit Pesto aus roten Tropea-Zwiebeln.«

»Okay, das probiere ich«, sagte Semi und tat so, als hätte er nach dem Wort »Schweinebauch« nichts anderes mehr gehört.

»Signore, ich glaube, der hier ist richtig!«, wandte sich der Sommelier an Luciano. Und fügte gleich hinzu: »Darf ich?«

Da spielte Luciano die Rolle des absoluten Kenners: er schwenkte das Glas, führte es an die Nase, um am Bukett zu riechen, hielt es weiter weg, um die Farbe zu prüfen, umspülte mit einem Schluck sein Zahnfleisch. Und schließlich, mit einem nicht allzu überzeugten Zeichen der Zustimmung, die positive Antwort.

Der Sommelier goss allen zu trinken ein, angefangen bei den Frauen.

»Schatz, muss das denn unbedingt sein?«, flüsterte Silvia Semi zu.

»Du weißt, wie mich das nervt, wenn du mir ins Ohr flüsterst.«

»Entschuldige.«

»Nein, entschuldige du. Ich hatte so einen Tag … Was hast du gesagt?«

»Das Ferkel. Muss denn das unbedingt sein?«, sagte Silvia nun laut. Obwohl sie alles tat, um es nicht zu zeigen, war Silvia beleidigt. Sie hasste es, wenn er sie vor Luciano und Giada so behandelte.

»Was stimmt denn nicht mit dem Ferkel?«, fragte Luciano.

»Das musst du Bathseba fragen«, sagte Samuel.

»Wer ist Bathseba?«, fragte Giada. Die Unterhaltung wurde langsam wirklich zu schwierig für sie.

Giada wusste nichts von Bathseba, so wie sie auch keine Ahnung hatte von den Speisegeboten der Kashrut: das heißt, dem Normensystem, das Silvia auf ihrem mühseligen Weg zum Judentum wirklich ernst nehmen musste und das sowohl Ferkel als auch Jakobsmuscheln auf den Index setzte, ganz zu schweigen von der Carbonara …

Semi hatte einige Probleme gehabt, sich aus reiner Solidarität den Speisegeboten anzupassen, die seine Freundin seit über zwei Jahren absolut streng befolgte. Trotzdem hatte er sich angesichts der Tatsache, dass sie sich nur am Wochenende sahen, Mühe gegeben, ihr entgegenzukommen. Für sie war es ja schon schwer genug, und da brachte er es nicht übers Herz, ihr Knüppel zwischen die Beine zu werfen. Doch jetzt erschien ihm ihre absolute Hingabe an absurde Regeln – die übrigens nichts mit ihm zu tun hatten, sondern viel über ihre Entschlossenheit sagten, endlich dem Pontecorvo-Clan durch den Haupteingang beizutreten – einfach unerträglich.

»Bathseba ist die Ehefrau von König David«, erklärte der oberpedantische Luciano. »Ein scharfes Weib, das ihren ersten Mann und ihren Sohn durch die Launen des Allmächtigen verloren hat.«

»Ich versteh nur Bahnhof«, protestierte Giada.

»Das ist ja ganz was Neues!«, war Lucianos verächtlicher Kommentar.

Jetzt war es Semi, der Silvia die Hand streichelte, und sie gab sich alle Mühe, ihre Hand nicht zurückzuziehen.

Als es ums Bestellen ging, wich Semi auf etwas Prätentiöses aus, in dem Balsamico-Essig vorherrschte. Und nur, weil er in jenem Moment nichts mehr brauchte als Balsam für seine riesige Wunde.

»Sehr schlechte Wahl, alter Knabe«, urteilte Luciano.

»Habt ihr euch jetzt wegen der Hochzeitsreise entschieden?«, fragte Giada gleich, nachdem sie das übliche Gericht aus Reis, gekochtem Gemüse und rohem Fisch bestellt hatte, das ihren Freund so auf die Palme brachte.

»Wir erwägen noch mehrere Optionen«, antwortete Silvia ausweichend.

»Aber wie ist das denn möglich, bitte? Es sind nur noch zwei Monate, und ihr wisst noch nicht …«

»Wenn Semi sich nicht entscheidet …«

»Nein, hör mal, lass es jetzt nicht an mir aus.«

»Vor mindestens einem Monat habe ich dir die Mexiko-Prospekte gegeben, und du hast sie dir noch nicht einmal angesehen …«

»Und ich sage dir seit drei Monaten immer wieder, dass ich nicht nach Mexiko fahre! Ich hasse diesen ganzen Tex-Mex, Zorro, Pancho Villa und Zapata.«

»Was Tex-Mex betrifft, liegst du falsch. Wegen Zorro bin ich deiner Meinung«, mischte sich Luciano ein.

»Ich habe dir gesagt, ich will einen kühlen Ort«, fuhr Semi fort und ignorierte seinen Freund, »aber du hast dich auf Mexiko versteift, weil dein Chef immer von Mexiko spricht …«

»Es stimmt, ich würde gern nach Mexiko fahren. Aber ich habe doch gar nicht gesagt, dass ich darauf *bestehe*. Ich habe dich nur gebeten, dir den Prospekt anzusehen.«

»Bitte Silvia, sprich nicht mit mir, als wären wir nicht schon ein ganzes Leben zusammen!«

»Was hat das denn damit zu tun?«

»Und ob es was damit zu tun hat. Ich weiß doch, wenn du dir erst einmal was in den Kopf setzt …«

»Wenn ich mir erst einmal was in den Kopf setze …?«

»Du lässt nicht locker. Vom vielen Zusammensein mit meiner Mutter bist du genau wie sie geworden. Du gewinnst immer, indem du deinen Gegner zu Tode laberst.«

»Du bist also mein Gegner?«

»Du hast ganz genau verstanden, was ich sagen will. Aber was soll's. Du willst nach Mexiko fahren. Dann fahren wir eben nach Mexiko. So wichtig ist es mir auch nicht.«

»Warum musst du sagen, dass es dir nicht wichtig ist? Es ist unsere Hochzeitsreise.«

»Wir haben doch schon Hunderte gemacht.«

»Aber diese ist anders.«

»Warum ist sie anders, bitte?«

»Weil es unsere Hochzeitsreise ist. Deshalb.«

»Kannst du mir vielleicht erklären«, sagte Semi und wandte sich direkt an Luciano, »warum es für Frauen immer eine symbolische Frage ist? Du sagst, es ist dir nicht wichtig, wohin die Hochzeitsreise geht, und sie verstehen, dass sie dir nicht wichtig sind! Findest du das nicht auch demoralisierend?«

»Ich glaube nicht, dass in Giadas Kopf für so etwas Großes wie ein Symbol genug Platz ist«, verkündete Luciano.

»Das sagst gerade du, Schwachkopf. Mein Kopf ist voller Symbole«, antwortete Giada gereizt.

»Seit du hier bist, suchst du Streit«, beklagte sich Silvia noch einmal leise.

Semi warf einen weiteren Blick auf sein Handy.

»Und warum schaust du ständig auf dieses verfluchte Ding?«

Genau, warum hörte er nicht damit auf? Warum konnte er sich nicht davon trennen? Was konnte dieses Handy ihm denn so Wichtiges sagen? Was hoffte er denn? Dass Filippos Nachricht wie durch ein Wunder verschwand? Oder dass eine andere kam, die die vorherige richtigstellte? Oder vielleicht nicht. Vielleicht brauchte er keine neue Nachricht von

Filippo, sondern eine von Ludovica. Ja, das war es, was er sich erhoffte: dass sie ihm eine Nachricht schickte, damit sie ihm die Möglichkeit auf einem Silbertablett präsentierte, gleich zu antworten: »Ich weiß alles.«

Übrigens war es ebenso unvernünftig, zu hoffen, die Nachricht, dass er alles weiß, könnte Ludovica erschüttern, wie zu hoffen, sie würde ihm schreiben. Schon seit einer Woche ließ sie nichts mehr von sich hören. Es war noch nie so viel Zeit vergangen, ohne dass sie etwas voneinander gehört hatten. Doch Semi hatte sich, jedenfalls bis zur SMS seines Bruders, keine Sorgen gemacht. Dieses Schweigen hatte vor allem mit ihm zu tun. Er hatte sie beim letzten Mal versetzt. Er hatte nicht auf ihre Nachricht geantwortet. Warum hatte er nicht geantwortet? Aus keinem bestimmten Grund. Weil er Lust hatte, nicht zu antworten. Weil er Lust hatte, unhöflich zu sein. Um seine Überlegenheit zu betonen. Der Genuss der Macht. Er genoss es, sie zu provozieren, sie auf die Probe zu stellen. Es gefiel ihm, dass sie sich der Zügellosigkeit eines so komplizierten Menschen unterwarf. Er war so sehr von Ludovicas Ergebenheit überzeugt, dass er sich sicher war, dass sie, nachdem sie eine Weile die Beleidigte gespielt hätte, ihn demütig wieder anrufen würde.

Zumindest war das bis zu diesem Tag immer so zwischen ihnen gelaufen.

Seit wann hatte er denn die eitle Illusion gehegt, unersetzlich zu sein? Nur diese angebliche Unersetzlichkeit hatte ihn dazu getrieben, sie schlecht zu behandeln. War es möglich, dass er erst jetzt, als er darüber nachdachte, begriff, was er ihr alles angetan hatte? Die bevorstehende Hochzeit mit Silvia war nur die offensichtlichste aller Beleidigungen, gewiss nicht die gemeinste. Er wäre nicht einmal fähig, die Gelegenheiten aufzulisten, bei denen er zu ihr gesagt hatte, dass sie sich keine Illusionen machen dürfe, dass es zwischen ihnen zu Ende sei, dass er Silvia nie verlassen könnte. Und dann hatte er Gefallen daran gefunden, ihren Lebensstil zu beleidigen. Er sagte zu ihr, sie sei ein Snob, ein verzogenes, nutzloses Gör.

Als sie sich das letzte Mal in der üblichen höllischen Sackgasse, wenige hundert Meter von seiner Wohnanlage entfernt, getroffen hatten, fragte sie ihn: »Warum hasst du mich?«

Sie waren gerade aus einer ihrer gemeinsamen Onaniesitzungen wieder auferstanden, als sie mit dieser unerwarteten Frage ankam. Semi war noch voller Dankbarkeit über das, was sie für ihn getan hatte und für das, was sie ihm zu tun erlaubt hatte. Vielleicht hatte ihn deshalb ihre unvermittelte Frage so gerührt und zum Lächeln gebracht.

»Wir sind heute aber melodramatisch.«

»Nein, komm, antworte mir. Ich habe es schon begriffen. Warum hasst du mich?«

»Aber Süße, was sagst du denn? Ich glaube, ich habe dich noch nie so vergöttert wie gerade jetzt.«

»Jetzt vielleicht, aber ganz allgemein hasst du mich.«

»Aber ich hasse dich doch nicht. Ich bin nur ein bisschen abweisend.«

Und Tatsache ist, dass er in diesem Moment, als er diese vernünftigen Worte aussprach, noch unter der Wirkung der Lust, die sie ihm so gut verschafft hatte, davon überzeugt war, sich nichts Böses dabei gedacht zu haben. Er glaubte fest an die Anständigkeit seiner Gefühle, die ihn an Ludovica banden.

Erst jetzt, als er mit einer Woche Abstand darüber nachdachte, nachdem er die schockierendste aller Nachrichten hatte einstecken müssen, wurde Semi klar, wie recht sie hatte. Es stimmte wirklich: er hasste sie. Er hatte sie schon immer gehasst. So sehr, dass er den Eindruck hatte, in ihm hätten sich Liebe und Hass im Einklang miteinander geäußert. Als ob beide ihre Kraft aus der gegenseitigen Abhängigkeit ziehen würden. Und es war wirklich merkwürdig, da sie, zumindest bis vor wenigen Stunden, wirklich nichts getan hatte, wofür er sie hätte hassen können.

Und warum hatte er sie dann von Anfang an gehasst?

Vielleicht, weil sie genau das war, was sie zu sein schien: eine junge, schöne, gedankenlose Erbin, die alles tut, um dies nicht zu zeigen. Das war es, vielleicht hasste Semi sie wegen ihres so affektierten Understatements. Oder vielleicht, weil ihre elegische Kindheit nicht wie die von Samuel von einer abscheulichen Geschichte entzweigehauen worden war. Oder konnte Semi in seinem von Rachel ererbten, bornierten Pietismus es Ludovica vielleicht nicht verzeihen, dass sie ihn zumindest gefühlsmäßig Silvia entrissen hatte, einem Mädchen, das viel verdienstvoller war als sie und nicht weniger gelitten hatte als er. Ja, vielleicht konnte er Ludovica nicht verzeihen, dass sie ihn ungerecht und egoistisch gemacht hatte. Oder vielleicht verzieh er ihr nicht, dass sie ihm gezeigt hatte, welche erschütternde Erfahrung der Sex mit einem Partner sein konnte, der dieselben ichbezogenen Vorlieben hatte. Oder vielleicht, apropos Sex, konnte er ihr nicht verzeihen, dass sie ihn nicht in den Mund nahm, nachdem sie ihm mehrmals bestätigt hatte, nichts würde ihr größere Lust verschaffen.

So wurde Samuel plötzlich im Beisein von Silvia, seinem alten Freund aus der Mittelstufe und dessen völlig geistesabwesender Freundin bewusst, dass er in dieser ganzen Zeit so gehandelt hatte, um Ludovica zu einer unbesonnenen Handlung zu verleiten, die mit dem Hass, den er ihr gegenüber empfand, mithalten konnte.

Und Ludovica hatte ihn als artiges, gewissenhaftes Mädchen auch nicht enttäuscht.

Kurz vor dem dritten Whisky führte Giada die dahinsiechende Unterhaltung auf ein vermintes Gelände: sie wollte alles über die Hochzeitsfeierlichkeiten wissen.

»Wir heiraten in der Synagoge«, warf Semi schnell ein. Und während er nun dieser geistig Armen erklärte, worin der Ritus bestand, empfand er ein merkwürdiges Gefühl der

Unangemessenheit. War er wirklich der Typ, der in nur zwei Monaten einen Cutaway und eine Kippa tragen und an einen Ort gehen würde, in den er ungern seinen Fuß setzte, die Synagoge? Um eine Frau zu heiraten, mit der er seit Ewigkeiten keinen Sex mehr hatte? War er wirklich der Typ, der etwas so Unvernünftiges tun würde, nachdem er Arbeit, Anstand, sein Verhältnis zu seinem vergötterten großen Bruder und zur einzigen Frau, die er je geliebt hatte, zugrunde gerichtet hatte?

Nach dem ganzen Alkohol, den Luciano ihm eingeflößt hatte, sah Semi vor allem die komische Seite der Sache. War denn die Perspektive einer unglücklichen Ehe ohne Sex – eine Ehe ohne angemessenen romantischen Hintergrund – etwas anderes, als die Perspektive einer Ehe, wie viele andere sie führten?

»Und wenn du jetzt Jüdin bist, wird deine Tochter dann auch jüdisch sein?«, fragte Giada unbeirrt.

»Woher weißt du denn, ob es eine Tochter wird«, tadelte sie Luciano, der langsam vom Zustand des Halbbetrunkenen in den des Vollbetrunkenen überging.

»Ich spüre, dass es ein Mädchen sein wird!«, antwortete sie verträumt.

Weder Samuel noch Silvia wussten, welchen Nachnamen Giada hatte. Vielleicht, weil es, wie fast alles, was sie betraf, auch nicht so wichtig war. Das Interessanteste, was es über sie zu wissen gab, war, dass sie vor mehr oder weniger drei Jahren in einer unvermittelten Blitzaktion – zusammen mit ihrer modischen Garderobe – in Lucianos Hauptquartier in der Via Giulia eingezogen war: eine große, dunkle Wohnung voller ausgestopfter Giraffenköpfe und antiker Büsten. Die einzige Tätigkeit, der sie sich seitdem widmete, war so zu tun, als suche sie Arbeit. Und man musste ihr zugestehen, dass sie in diesem Metier konkurrenzlos war.

Wenn du sie von weitem sahest, hättest du sie für ein Kurvenweib halten können: ein Meter fünfundsiebzig Butter und Zuckerwatte. Aber durch ein kurioses Phänomen verschwand sie, je näher du kamst, immer mehr im Kokon ihrer verwaschenen Irrelevanz. Sie existierte erst wieder, wenn sie den Mund aufmachte: vielleicht, weil ihre geistige Abwesenheit so groß war, dass sie wie die Freundin eines Mafiabosses von Chicago in einem drittklassigen Gangsterfilm wirkte. Oder vielleicht, weil ihre heisere Stimme der von Sandra Milo gefährlich nahekam.

Der Grund, warum Silvia und Semi, wenn Letzterer nach Rom kam, mit einem so langweiligen – wenn auch zueinander passenden – Paar essen gingen, hatte mit dem in jedem von uns vorhandenen Bedürfnis zu tun, Menschen zu frequentieren, denen wir uns überlegen fühlen. Eines der Dinge, die Semi und Silvia am liebsten taten, war, nach ihrem Essen mit Luciano und Giada, nach Hause zu kommen und über die Freunde zu lästern, mit denen sie gerade einen unangenehmen Abend verbracht hatten. Danach fühlten sie sich allerdings besser.

Und doch hing Semi an Luciano. Seit der Mittelstufe war er sein Banknachbar gewesen. Er ging in derselben Stimmung mit ihm essen, in der du Lust bekommen kannst, das Haus zu sehen, in dem du geboren bist, obwohl du es immer grauenvoll fandest. Was Giada betraf, so hatte sie wie alle völlig geistlosen Menschen den Vorzug, dass sie kein Snob war. Und wenn sie sich außerdem in unbeholfenen Betrachtungen über Astrologie erging, worin sie sich als Expertin sah, konnte sie sogar sympathisch sein.

Sicher ist, dass Semi es merkwürdig fand, dass gerade sie – als Superfan von Horoskopen! – ihn mit der Kinderfrage konfrontierte: eine kapitale Angelegenheit, über die er sich noch nie Gedanken gemacht hatte. In Wahrheit hatten Semi und Silvia, vielleicht wegen ihrer keuschen Beziehungen, noch nie über ihren kommenden Nachwuchs phantasiert, wie das die meisten Paare kurz vor ihrer Hochzeit tun. Das musste auch der Grund sein, warum sie von Giadas Thema so peinlich berührt waren, dass sie sich nicht in die Augen sehen konnten.

»Also wird das Mädchen nun jüdisch sein oder nicht?«, fragte Giada immer ungeduldiger.

»Ich glaube schon«, antwortete Semi im zweifelnden Ton; und es war, zumindest für ihn offensichtlich, dass sein Zweifel nicht nur etwas so Unwesentliches wie die religiöse Identität der ungeborenen Tochter, sondern auch etwas so Grundlegendes wie seine eigene Existenz betraf.

Ein Kind mit Silvia bekommen?

Aber wie denn, wenn er sie doch nicht einmal anfassen konnte?

Er kannte mindestens drei Paare, die Probleme hatten, Kinder zu zeugen, aber wenigstens konnten sie auf ein anständiges Sexualleben zählen. Silvia und er mussten wohl auf die Hilfe des Heiligen Geists zurückgreifen!

Aber Hand aufs Herz! Spürte er denn, über die reine technische Frage hinaus, in sich die skandalöse Motivation, die dich dazu treibt, ein Kind zu zeugen? Was könnte er dem ahnungslosen Ungeborenen denn versprechen? Ein Leben wie das seine? Gott möge uns davor bewahren! Wenn er darüber nachdachte, dann wäre das Einzige, was er ihm garantieren könnte, ein Vater wie er (noch dazu am Rande der Pleite), einen Onkel wie Filippo (kurz vor dem Wahnsinn) und eine Großmutter wie Rachel. Und – da werdet ihr mit mir einer Meinung sein – das war nicht gerade die verlockendste Perspektive. So wie es auch nicht die verlockendste Perspektive war, das genetische Erbe mit einem Waschlappen wie Leo zu teilen.

Nein, das Beste, was dem Ungeborenen passieren könnte, wäre wieder auf der Bank Platz zu nehmen und die Verantwortung an einen anderen Knirps abzugeben, der auf seinen Auftritt wartet.

»Muss sie denn eine Art Taufe bekommen, um Jüdin zu werden?«

Natürlich schon wieder Giada.

»Nein, nichts in der Art«, antwortete Silvia lapidar. Sie schien wütend zu sein.

»Ich glaube, ich will keine Kinder«, sagte Semi im selben Ton, in dem er auch hätte sagen können: »In diesem Jahr habe ich keine Lust auf Skiurlaub.«

»Hältst du das für den richtigen Moment, um bestimmte Dinge zu sagen?«

»Warum nicht?«

»Nach allem, was du getrunken hast?«

»Mir geht es wunderbar. Ich habe mich noch nie so klar gefühlt. Und gerade, weil ich mich so fühle, kann ich sagen: ich glaube, ich will keine Kinder.«

»Vielleicht ist das ein Thema, über das wir privat reden sollten. Ein ernsthaftes Gespräch, über das man keine Witze machen sollte, und noch dazu in einer Salon-Atmosphäre. Entschuldigt, Leute, das richtet sich nicht gegen euch.«

»Ich sehe nicht, was an einem Kind, das es noch nicht gibt, ernsthaft sein soll.«

»Auch wenn das betreffende Kind unseres ist?«

Sie war kurz vorm Heulen.

»Vielleicht interessiert dich meine Meinung nicht, Silvia. Leider handelt es sich dieses Mal um eine Geschichte, in der meine Meinung entscheidend ist. Eine dieser Geschichten, bei der es nötig ist, mich einzubeziehen.«

»Also wirklich, was hat dich denn gepackt? Ist etwas passiert, was du mir nicht sagen willst? Warum redest du einfach drauflos? Und was für Geschichten sollen das denn sein, die ich nicht mit dir besprochen habe?«

»Das fragst du mich wirklich? Das ist verrückt, seit mindestens einem Jahr besprichst du überhaupt nichts mehr mit mir. Es scheint fast so, als würdest du nicht mich heiraten. Es scheint so, als würdest du meine Mutter heiraten.«

»Deine Mutter? Was hat denn jetzt deine Mutter damit zu tun?«

»Na, ihr habt euch wirklich gefunden, was? Ihr seid von derselben Sorte. Meisterhafte Manipulatoren. Zwei passiv Aggressive ersten Ranges. Ihr spielt so sehr die Unschuldsengel, die Hilfsbereiten. Doch am Ende macht ihr immer alles auf eure Art. Das ist genial, wie ihr mich aus meiner eigenen Hochzeit ausgeschlossen habt! Ab einem bestimmten Moment habt ihr vergessen, dass es mich auch noch gibt. Ganz von eurer Organisationswut gepackt, konntet ihr es nicht abwarten, mich vor vollendete Tatsachen zu stellen: die Anzahl der Gäste, die Farbe der Tischdecken, das Menü, die Blumen …«

»Ich dachte, das interessiert dich alles nicht. Das hat mich sogar enttäuscht. Ich habe dich noch nie so gleichgültig, so zynisch, so sarkastisch erlebt … Ich erkenne dich nicht mehr wieder. Seit Monaten schon bist du so anders. Ständig unzufrieden und reizbar. Du hast uns erzählt, du hättest Probleme bei der Arbeit. Wir wollten dich nicht stören.«

»Hörst du dich selbst? Du sprichst ja nur noch in der ersten Person Plural. Als ob meine Mutter und du eine Bruderschaft gegründet hättet.«

»Ich dachte, das würde dir gefallen. Du hast mir immer gesagt, dass du das Verhältnis zwischen mir und deiner Mutter bewunderst. Dass du es nicht erträgst, wie Anna sie behandelt!«

»Das ist kein Verhältnis mehr, das ist ein Plagiat. Du redest wie sie, du denkst wie sie, du kleidest dich wie sie. Du bist sogar konvertiert. Und jetzt hast du auch noch ihr hinterlistiges Verhalten übernommen.«

»Darf man erfahren, von welchem hinterlistigen Verhalten du sprichst?«

»Diese Geschichte mit den Kindern.«

»Aber ich habe doch gar nichts gesagt! Es war Giada, die sie ins Spiel gebracht hat. Du hast gesagt, dass du keine willst, einfach so, als wäre es belanglos, ohne dass wir vorher jemals darüber gesprochen haben …«

»Und du hast, anstatt zu widersprechen, mich sofort aufgefordert, die Klappe zu halten. Wie man es mit einem dummen Kind macht.«

»Ich glaubte nicht, dass es der richtige Moment ist, um …«

»So gut hast du schon die Lektion von Big Sister gelernt. Du kennst die Kunst, mich dazu zu bringen, etwas zu tun, was ich nicht tun will.«

»Sag mir nur eine Sache, wozu ich dich gezwungen habe, Semi. Ich bitte dich: eine einzige, eine einzige.«

»Ich könnte am Ende anfangen. Zum Beispiel diese Hochzeit.«

Es ist unglaublich, er lässt sie sitzen. Vor den Augen von Luciano und Giada, nach dem dritten Whisky, wenige Schritte vor dem Altar. Er sagt ihr die Wahrheit, nachdem er sie jahrelang angelogen hat. Und dabei wirft er ihr das vor, was er sich selbst vorwerfen müsste. Er war es, der gelogen hat. Nicht sie hat ihn betrogen: er ist es, der sich immer in der Pflicht sah, ihr gefällig zu sein. Und alles aus einer krankhaften Vorstellung von Verbindlichkeit und Pflichtgefühl heraus. Alles wegen seiner Angst, die Menschen zu enttäuschen, die er gern hat. Alles, um einer Sache gewachsen zu sein, der man nicht unbedingt gewachsen sein muss.

Es ist kein Zufall, dass er in dem Moment, als sein Leben vor die Hunde ging, den Mut fand, ihr zu sagen, wie die Dinge für ihn lagen. Jetzt, da Ludovica ihn mit Filippo betrogen hat, jetzt, da sein Teilhaber ihn abserviert hat, jetzt, da der Bankdirektor ihn mit seinen Schulden konfrontiert hat, fühlt sich Semi berechtigt, die Hochzeit platzen zu lassen. Auch das ist ein perverses Verhalten. Der Gedanke, die Zeche, die man bezahlen muss für das Leiden, das man anderen zugefügt hat, sei eigenes Leiden, ist eine Form von absolut widerwärtigem Puritanismus. Die ungehörigste Heuchelei. Er hätte viel weniger Schaden angerichtet, wenn er mindestens ein Jahr früher zu Silvia gesagt hätte, wie die Dinge liegen. Wenn er ihr erklärt hätte: »Mein Schatz, ich mag dich unheimlich gern, aber es ist doch offensichtlich, dass es mit uns nicht funktioniert. Dass es mit uns nie funktionieren kann.« Aber er tat so, als könnte er nicht ohne sie leben. Und damit nicht zufrieden, hat er sich bemüht, dies der einen wie der anderen weiszumachen. Und am Ende glaubte er selbst daran. Und wofür das alles? Um sie in einem Restaurant in Gegenwart von Luciano und Giada zu verlassen, ihren unbedeutendsten Freunden, deren Verbindung auf einmal viel ehrlicher und würdevoller erschien als die lächerliche Inszenierung, zu der Semi Silvia gezwungen hatte und zu der sich Silvia hatte zwingen lassen.

Als Silvia unter Tränen aus dem Restaurant lief, war Semi versucht, ihr zu folgen. Er wusste, wenn er das getan hätte, wenn er sich noch einmal vom emotionalen Schleichweg des Mitleids hätte verführen lassen, würde sich nichts geändert haben. Er ahnte, dass angesichts der Umstände in der Untätigkeit die einzige Hoffnung lag, wenigstens einmal ehrlich zu sein.

Auch deshalb blieb Semi lieber sitzen.

Als Filippo vor dem Haus in der Olgiata sein Auto parkte, war er sich über seine Stimmungslage nicht im Klaren. Üblicherweise versuchte er, sich an die beruhigenden Elemente zu klammern: entgegen dem, was er wenige Stunden zuvor, nicht ohne eine gewisse Würde, zu einer argentinischen Journalistin gesagt hatte, war es ganz und gar nicht schlecht, Filippo Pontecorvo zu sein. Doch vor allem ermunterte ihn die Tatsache, dass er im Laufe weniger Minuten Rachel und Semi wiedersehen würde. Erst jetzt spürte er, wie sehr sie ihm gefehlt hatten. Zudem hatte er den Teig für die österlichen Pizzen mitgebracht: nichts war entspannender, als sich an den Herd zu stellen und etwas zu backen.

Schade um alles andere. Je näher die Verabredung am Donnerstag mit der Delegation des Innenministeriums kam, desto mehr spürte er, dass sein Leben gerade jetzt, da er einen beneidenswerten Standard an emotionalem Wohlbefinden erreicht hatte, Gefahr lief, im Absurden zu scheitern. Es stimmt, er hatte beschlossen, nicht daran zu denken. In den letzten Tagen hatte er sich immer wieder gesagt, dass er zwei Gedanken ihrer schädlichen Wirkung wegen austreiben musste.

Erstens: Nicht daran denken, wozu die Bürokraten des Ministeriums ihn zwingen würden.

Zweitens: Nicht daran denken, dass ihn jemand von einem auf den anderen Moment kaltmachen könnte.

Bis er am Abend zuvor einen Fuß in seine Wohnung gesetzt hatte, war es ihm auch gelungen, auf seine Ruhe zu achten.

Dann folgte der Wahnsinn.

Wie blöd er doch war! Wie konnte der Ehemann von Anna Cavalieri nur ein bisschen eheliche Solidarität erwarten?

Er war mit dem festen Vorsatz nach Hause gekommen, Anna zu überzeugen, keine Zicken zu machen und am Seder von Pessach teilzunehmen. Er traf sie in Unterhemd und Slip an, das schnurlose Telefon am Ohr, wie sie in der Wohnung hin und herlief. Es musste sich um eines der täglichen Gespräche mit ihrem Vater handeln. Es war klar, dass beide über ihn herzogen. Filippo war sich dessen sicher, als seine Frau flüsterte: »Er ist da. Ich ruf dich zurück.«

Seine lange eheliche Praxis hatte ihn gelehrt, dass Ehen Gesetzen gehorchen, die nicht viel anders sind als die von Kneipenschlägereien: wer zuerst zuschlägt, schlägt zweimal. Unter normalen Umständen, wenn er sie zu früh überrascht hätte, wäre er die Sache sarkastisch angegangen. Aber entschlossen wie er war, sich so harmlos wie möglich zu verhalten, sagte er einfach: »Ja, Süße, hier bin ich.«

Anna sah ihn an, als wäre er ein Halunke. Von diesem Blick überrumpelt, versuchte Filippo auszuweichen:

»Ich habe eine Idee. Was sagst du dazu, wenn wir essen gehen? Ich bin etwas müde, aber wir sind schon so lange nicht mehr ausgegangen.«

»Ich habe keine Lust.«

»Okay, dann essen wir zu Hause. Ich koche uns was.«

Anna lief in die Küche, als hätte sie ihre Energie wiedergefunden. Sie begann an Schranktüren und Schubladen zu hantieren. Filippo ging langsam hinterher und brauchte eine Weile, um ihr nachzukommen. Da stand sie und holte Lebensmittel aller Art aus Regalen und dem Kühlschrank. Und ohne jeden Eifer, ja, mit methodischer Gelassenheit stellte sie sie auf den Arbeitstisch, den Filippo so liebte.

Die Szene war nicht gerade beruhigend.

»Darf man erfahren, was dich gepackt hat?«

»Nahrung, Nahrung, Nahrung, das ist das Einzige, woran du denken kannst. Essen hier, essen dort. Du denkst ständig ans Essen.«

»Ich wollte doch nur nett sein. Und es ist doch auch Zeit zum Abendessen.«

»Hier hast du's, so viel Essen, wie du willst. Ich habe in den letzten Tagen ordentlich eingekauft. Jedes Mal, wenn du mir gesagt hast, du würdest kommen, bin ich einkaufen gegangen. Jedes Mal, wenn du mich angelogen hast, du würdest das nächste Flugzeug nehmen, habe ich etwas für dich eingekauft.«

»Immer noch diese Geschichte? Ich hab's dir doch erklärt. Es war nicht meine Schuld. Ich musste wegen einer wichtigen Sache in Mailand bleiben. Und jedenfalls habe ich dir immer rechtzeitig Bescheid gesagt. Und was soll überhaupt diese plötzliche Anhänglichkeit? Wenn ich meinen Arsch nicht vom Sofa bewegt habe, hast du gesagt, du hältst es nicht mehr aus, mich immer vor der Nase zu haben. Jetzt, wo ich oft unterwegs bin, willst du, dass ich zu Hause bin. Denkst du nicht, es ist Zeit, eine klare Position zu meinen häuslichen Besuchen einzunehmen?«

»Wer hat dich denn um etwas gebeten? Du hast gesagt, du wolltest essen? Da, schau.«

»Ich habe nicht gesagt, dass ich essen will. Okay, lassen wir es … Und dann bin ja nicht ich derjenige, der Probleme mit dem Essen hat.«

»Deine Art, dich vollzustopfen, ist sicher nicht gesünder als meine Genügsamkeit.«

»Nenne es nur ›Genügsamkeit‹, wenn du dir das gern so verkaufen willst. Aber warum benimmst du dich denn noch verquerer als sonst?«

»Weil es mir schlechtgeht.«

Einen Moment lang hatte Filippo gehofft, sie würde sich um ihn Sorgen machen: um seine Unversehrtheit.

»Weswegen?«

»Wegen einer ganzen Menge.«

»Sag mir wenigstens eines.« Er wurde immer hoffnungsvoller.

»Doktor Stefani sagt, ich sollte besser wieder mit Carbamazepin und Lithium anfangen.«

Enttäuscht setzte sich Filippo hin.

»Wirklich? Beides zusammen?«

»Er sagt, wenn man beides zusammen nimmt, kann es eine überraschende Wirkung haben.«

»In welcher Hinsicht?«

»Ich kann nicht mehr schlafen, Filippo. Du weißt nicht, was es heißt, tagelang nicht zu schlafen. Jede Nacht eine Stunde, höchstens zwei. Das verkraftet kein Mensch. Ganz zu schweigen von den Gedanken. Mein Verstand ist auf hundertachtzig. Er rast wie verrückt. Und neulich abends im Badezimmer beim Duschen habe ich ganz deutlich gehört, wie jemand mit mir sprach. Ich habe einen Schreck bekommen. Ich habe mich umgedreht, aber es war keiner da. Dann habe ich sie erkannt. Es war dieselbe Stimme, die mir, als ich elf war, geraten hatte, aus dem Fenster zu springen … ich möchte gar nicht daran denken, was sie mir dieses Mal empfehlen könnte.«

»Was sagt Stefani noch?«

»Wenn ich so weitermache, soll ich mich lieber einliefern lassen. Aber ich will nicht eingeliefert werden. Das könnte ich nicht ertragen. Es ist so demütigend. Schlimmer noch: es ist entsetzlich! Dieser Geruch. Das könnte ich nicht aushalten. Ein Geruch nach Kantine und zerkochtem Gemüse. In der Klapsmühle machen sie nichts anderes, als Gemüse zerkochen.«

»Sag nicht Klapsmühle!«

»Seit wann bist du auch noch ein Heuchler geworden?«

»Das ist keine Heuchelei. Es ist eine Frage der richtigen Begrifflichkeit.«

»Und was ist der richtige Begriff für einen grauenvollen Ort, an dem man die Verrückten einsperrt?«

Warum glaubte ein Teil von ihm das alles nicht? Warum konnte er – obwohl die Beklommenheit Anna ins Gesicht geschrieben stand – nicht ganz und gar an ihren guten Willen glauben? War er denn so vergiftet, dass er nicht einmal etwas Zärtlichkeit (und auch nicht das geringste Mitleid) empfinden konnte, der Frau gegenüber, die er liebte? Filippo wusste, er hätte Anteil nehmen müssen an ihrem Schmerz, so wie er auch wusste, dass er etwas hätte tun sollen, um ihn zu lindern. Leider mochte er den erpresserischen Ton überhaupt nicht, der ihm entgegenschlug, und auch nicht den Versuch, ihm damit die Schuld in die Schuhe zu schieben. Der Hass kranker Menschen auf die Gesunden war etwas, das Filippo, der aus einer Ärztefamilie kam und diesen Beruf selbst ausgeübt hatte, gut verstehen konnte. Doch gerade, weil er es so gut verstand, konnte er es bei seiner Frau nicht akzeptieren. Dass der Schmerz ihr jedes Mal schlimme Gedanken bescherte, war völlig normal, dass der Schmerz sie gemein werden ließ, gehorchte uralten menschlichen Gesetzen, aber das bedeutete nicht, dass Filippo verpflichtet wäre, die Last dieser ganzen Kleinlichkeit gelassen auf sich zu nehmen.

Vielleicht hätte der Drang, die Integrität seiner Ernüchterung zu retten, ihm raten müssen, sich elegant zu distanzieren, doch Filippo hatte auch davon genug: was sollte er mit einer solchen intellektuellen Raffinesse anfangen? Im

Grunde seines Herzens hatte ihm das Verhalten seiner Frau im letzten Jahr wirklich missfallen. Dass sie sich über die Erfolge ihres Mannes nie wirklich gefreut hatte, konnte noch angehen, aber dass sie jetzt, von ihrem Groll auf ihn gepackt, keinerlei Interesse für die Todesdrohungen zeigte … also, das war inakzeptabel. Was ihn empörte.

Und doch musste er seinen Instinkt bremsen, unerfreuliche Dinge zu sagen. Er durfte nicht vergessen, dass es schließlich der Zweck dieses Gesprächs war, sie zu überreden, am Seder teilzunehmen. Deshalb musste er sie behutsam aufhalten und vorsichtig wieder in Gang bringen.

»Das ist doch nicht wichtig, Schatz. Ich verspreche dir, dass du nicht noch einmal an einem solchen Ort landen wirst.«

»Wie kannst du mir das denn versprechen? Sag es mir. Wie kannst du das? Indem du wochenlang wegbleibst und einen Narzissmus kultivierst, der schon seit einer ganzen Weile gesättigt sein müsste?«

Wieder beschloss Filippo, seiner Frau nicht auf dieses abschüssige Gelände zu folgen.

»Aber gerade, wenn wir nicht wollen, dass die Situation schlimmer wird, wäre es da nicht angebracht, auf den Arzt zu hören und wenigstens eine Zeitlang diese Medikamente zu nehmen?«

»Siehst du, wie oberflächlich du bist. Das sind keine Medikamente, die man einfach so nehmen und absetzen kann. Wenn du dich einmal dafür entschieden hast, sie zu nehmen, dann kannst du sie eine ganze Weile nicht mehr absetzen.«

»Dann heißt das eben, dass wir sie nicht absetzen werden.«

»Du bist wie Stefani. Du sprichst ständig in der ersten Person Plural. Als wärt ihr bereit, mein Schicksal zu teilen. Doch in Wirklichkeit bin ich es, die diese Pillen nimmt. Ihr macht es euch leicht. Ihr gebt der Verrückten Pillen und glaubt, alles würde sich schon regeln. Aber so einfach ist das nicht.«

»Ich sage nicht, dass es einfach ist. Aber wenn es keine Alternativen gibt …«

»Die Medikamente sind keine Lösung. Sie sind Scheiße. Sie machen mich dick und hindern mich am Arbeiten.«

»Das stimmt nicht. Als ich dich kennenlernte, hast du schon Carbamazepin genommen und warst schlank, schön und unermüdlich.«

Was weißt du denn, wie nervig es ist, ein Drehbuch zwanzigmal lesen zu müssen, weil du dir nicht einmal einen Witz merken kannst? Und wenn man bedenkt, dass ich ein perfektes Gedächtnis habe, wenn ich clean bin!«

»Was sagt denn dein Vater?«

»Was hat denn jetzt mein Vater damit zu tun?«

»Mit ihm hast du doch gerade gesprochen, oder? Was denkt er denn über diese Situation?«

»Was soll er schon denken, der Ärmste? Er macht sich große Sorgen. Er hat mich gefragt, ob es nicht besser wäre, da du ja nie da bist und mich immer allein lässt, wenn ich zu ihm ziehe. So kann er wenigstens auf mich aufpassen.«

Filippo wusste, dass sein Schwiegervater nie in solchen Worten über ihn reden würde. Er würde ihm nie eine Abwesenheit vorwerfen, die beruflich bedingt ist. Filippo war sich sicher, dass es Anna war, die sich bei ihrem Vater über die wiederholte Abwesenheit ihres Ehemanns beklagt hatte. Anderen die eigenen Worte in den Mund zu legen, um ihnen eine uneigennützige Maßgeblichkeit zu verleihen, war einer von Annas bevorzugten dialektischen Tricks.

»Das scheint mir keine schlechte Idee zu sein.«

»Natürlich gefällt dir das. So wird schon wieder jemand da sein, der dich von einer Pflicht befreit.«

»Was willst du damit sagen?«

»Das, was ich gesagt habe.«

»Darauf antworte ich dir erst gar nicht.«

»Zeigst du mir bitte dein Handy?«

»Was?«

»Ich habe dich gebeten, mir dein Handy zu zeigen. Und ich habe sogar bitte gesagt.«

»Ich wüsste nicht, warum.«

»Ich will deine Anrufe, deine Nachrichten kontrollieren. Normalerweise mache ich das heimlich. Du bist so unaufmerksam, dass dir das nicht einmal auffällt. Aber dieses Mal will ich das fair machen. Du verdienst eine Chance. Los, zeig mir dein Handy.«

»Ich denke nicht daran!«

»Los, wenn du nichts zu verbergen hast, dann zeig es mir.«

»Ich habe nichts zu verbergen? Ich sitze doch hier nicht auf der Anklagebank.«

»Ich wusste es.«

»Was wusstest du?«

»Ich hätte drauf gewettet!«

»Darf man erfahren, wovon du sprichst?«

»Wie enttäuschend! Wie erbärmlich!«

»Also? Worauf hättest du gewettet?«

»Du bist wirklich ein Arschloch.«

Mehr oder weniger in diesem Moment, als er so beschimpft wurde, hatte Filippo begriffen, dass seine Frau zum drittenmal hintereinander dem Osteressen bei seiner Mutter fernbleiben würde. Und in diesem Moment hatte er sich auch schon damit abgefunden.

Wenn er jetzt darüber nachdachte, war er sogar froh. Er fühlte sich immer gehemmt, wenn seine Mutter und seine Frau im selben Raum waren. Annas Unberechenbarkeit zusammen mit Rachels Empfindlichkeit waren wie Nitroglyzerin. Besser beide auf Sicherheitsabstand halten.

In der Olgiata war es im Vergleich zur Stadt immer zwei, drei Grad kälter. An Frühlingsabenden wie diesem schien er sich in einem so weiten und labyrinthischen Treibhaus zu befinden, dessen Grenzen man unmöglich ausmachen konnte.

Filippo sah nur Semis Auto. Merkwürdig, dass noch niemand gekommen war. Der Seder an Pessach war für Rachel die Gelegenheit, Verwandte um sich zu scharen, die sie sonst nie sah: für einen Abend verwandelte sich das Heim der Pontecorvos in ein jüdisch-römisches Altenheim, was Filippo extrem lustig fand und wofür sich dieser Snob von Semi zu Tode schämte. Die Haltung seines Bruders hielt er wirklich für dumm. Wie kann man Tante Vera denn nicht gern haben? Die raue, klagende Stimme dieser über achtzigjährigen Matrone; ihre Beschwerden, die dermaßen alt und abgelagert waren, dass einem der Verdacht kam, sie gingen auf die Zeit von Moses zurück; ganz zu schweigen von der liebevollen Art, wie sie dir die Hand auf den Kopf legte, um dich zu segnen. Das alles kompensierte ihren Mangel an gutem Benehmen, das seinen Bruder so sehr demütigte.

Also, wo war Tante Vera? Wo waren sie alle?

Filippo klingelte. Niemand machte ihm die Tür auf. Er klingelte weitere zwei, drei Male, und immer länger. Immer noch nichts. Da stürzte die ganze Paranoia, die er in den letzten Tagen in Schach zu halten versucht hatte, mit der Wucht eines Seebebens auf ihn ein. Er rief Rachel an, dann seinen Bruder. Rachels Handy war ausgeschaltet, das von Semi klingelte eine Weile ins Leere und dann meldete sich eine irritierende Mailbox.

Dass der Abend ins Wasser fiel, war an sich schon alarmierend genug, aber dass ihn niemand verständigt hatte, war gelinde gesagt bedrohlich. Filippo spürte, wie ihm Atem und Beine gleichzeitig versagten. Nervös lief er ums Haus herum.

Hinten stand die Balkontür, die ins Wohnzimmer führte, offen, das Licht brannte. Filippo trat vorsichtig ein, als wäre es nicht das Haus seiner Mutter, sondern das eines Unbekannten.

»Ist da jemand? Ist da jemand?«, rief er mehrmals, als könnte er nichts anderes sagen. Die Stimme kam ihm so schwach aus dem Mund, dass auch, wenn jemand in der Nähe gewesen wäre, er ihn kaum hätte hören können. Ganz offensichtlich war das Wohnzimmer gerade erst dem Stress des Osterputzes unterzogen worden. Es war nicht nur auf Hochglanz gebracht worden, sondern es waren auch alle Vorhänge und Teppiche entfernt worden, die im kommenden Herbst wieder auftauchen würden. Daher rührte vielleicht das Gefühl von Nacktheit, das Filippo plötzlich überkam.

Der Tisch im Esszimmer war gedeckt, wie es sich gehörte: Tischdecke aus perlfarbenem Leinenbatist, Porzellanservice, Unterteller aus Tafelsilber, doppelte Gläser, Kerzenleuchter. Auf dem Rollwagen eine alte Ausgabe der Haggada, über der noch die Schmach schwebte, die Filippo empfand, als er zum ersten Mal vor der versammelten Verwandtschaft ein Stück daraus auf Hebräisch vorlesen sollte. Seine Leseschwäche machte den ganzen Vorgang zu einer Qual für seinen Mund, seine Würde und die Ohren der Anwesenden. So sehr, dass er beim vierten Fehler hintereinander von einem Wutanfall gepackt wurde und sich in seinem Zimmer verschanzte. Seitdem weigerte er sich, vorzulesen. Er überließ die Aufgabe lieber seinem Bruder, der, da er in allem tüchtig war, auch das gut konnte.

Immer atemloser durchsuchte Filippo das Haus, ohne jemanden zu finden. Inzwischen ließ er das Handy seines Bruders weiterklingeln. Verzweifelt kehrte er in die Küche zurück. Er schaltete das Licht ein. Und da bemerkte er eine weitere Ungereimtheit: es roch nicht, als hätte jemand gekocht. Filippo stellte gerade den Behälter mit dem Pizzateig auf den Tisch, als er von einem Licht angezogen wurde: es kam unter der geschlossenen Tür am Ende der Kellertreppe hervor. Als er sie öffnete, hörte er die wütende Stimme seiner Mutter an dem Ort, der einmal der Freizeitraum seines Vaters gewesen war, und unversehens zuerst zu seinem Gefängnis und schließlich zu seiner Hinrichtungsstätte geworden war. Seit mehr oder weniger zwanzig Jahren war es nun Rachels Arztpraxis. Der Grund für eine so frevelhafte Logistik war zumindest ihren Söhnen unbegreiflich. Vielleicht war die unvernünftige, von Rachel gewollte Umwidmung dieses Raums ein Anzeichen sowohl ihres Drangs, mit der Geschichte ihres Mannes abzuschließen, als auch ihrer Unfähigkeit dazu.

Ohne es sich einzugestehen, empfanden Filippo und Semi immer Unbehagen, wenn sie ihre Mutter dort unten besuchen gingen. Natürlich war Filippo überhaupt nicht überrascht, dass Rachels erregte Stimme gerade dorther kam, von der Bühne ihrer mehr als zwanzigjährigen Heuchelei.

Es war Zeit, ins Theater zu gehen.

Die Vorstellung, die man durch den engen Spalt der halboffenen Tür zum Souterrain genießen konnte, war weniger einladend, als Filippo gehofft hatte. Von Filippos Platz in der ersten Reihe waren Rachels Hände das Einzige, was er sehen konnte. Sie gestikulierten im Rhythmus mit dem beängstigenden Tonfall ihrer Stimme. Sie sprach sehr aufgeregt über etwas, das abgesagt worden war. Und Filippo fragte sich im ersten Moment, ob sie damit nicht zufällig den Seder an diesem Abend meinte. Doch warum so viel Verzweiflung wegen eines verpassten Seder? Und was hatte sein Bruder damit zu tun? Wo war Silvia? Warum war sie nicht dort, wo Filippo sie erwartet hatte: in der Küche, fröhlich mit den Ostergerichten beschäftigt?

Nun sprach Rachel von Geld. Von so viel Geld, das zum Fenster hinausgeworfen wurde. War ein Seder denn wirklich so teuer? Es wurde schnell klar, dass das Geld nur als Vorwand diente. So dass sie an einem bestimmten Moment selbst alles aufklärte:

»Wir werfen so viel hinaus, dass uns das auch nicht mehr ruiniert. Es ist alles andere, alles andere, was ich nicht begreifen kann.«

»Was begreifst du denn nicht, Mama?«, fragte Semi in aller Seelenruhe. Filippo konnte ihn nicht sehen. Aber das war kein Problem; seine Stimme gab ihm alle Informationen, die er brauchte. In dieser Stimme lag Sarkasmus und Verbitterung. Filippo wusste genau, dass er sich nicht täuschte.

»Ich kann nicht begreifen, warum du in diesem Moment einen Rückzieher gemacht hast.«

»Wann hätte ich ihn denn sonst machen sollen?«

»Früher. Viel früher. Schon vor langer Zeit.«

»Und angenommen, es ist mir erst mit Verspätung klargeworden. Angenommen, es ist mir erst gestern klargeworden? Was hätte ich tun sollen, den Irrtum fortsetzen, nur weil es zu spät war? Für immer im Irrtum leben?«

»Woher willst du denn wissen, dass es ein Irrtum ist? Wenn es so lange kein Irrtum gewesen ist, warum bist du dann jetzt so sicher, dass es einer ist? Man muss an den Dingen arbeiten, man kann nicht aus einer Laune heraus alles hinwerfen.«

»Eine Laune? Wie willst du denn eine Laune definieren? Was weißt du überhaupt, was passiert ist? Was weißt du über mich? Was zum Teufel erlaubst du dir, mich zu beurteilen?«

Jetzt war Semi wirklich wütend. Und Filippo traute seinen Ohren nicht. Er erkannte seinen Bruder kaum wieder. Nein, er war nicht der Typ, der die Nerven verlor. Vor allem Rachel gegenüber war er immer nachgiebig. Zu hören, wie Semi seine Mutter anbrüllte, seine schamlose Ausdrucksweise in ihrer Gegenwart, machte einen mächtigen Eindruck auf ihn. Da steckte eine unerhörte Aggressivität in Semi. Die typische Aggressivität, die explodiert, nachdem sie so lange zurückgehalten wurde.

»Dass es eine Laune ist, habe ich daran gemerkt, was Silvia mir gesagt hat. Ich habe sie heute Morgen angerufen. Als sie ranging, hat sie geweint.«

»Warum hast du sie denn angerufen, Mama? Darf man erfahren, warum du sie angerufen hast?«

»Weil wir das so vereinbart hatten. Dass ich sie heute Morgen anrufen würde, um sie daran zu erinnern, dass sie beim Metzger vorbeigehen soll, um das Lamm abzuholen.«

»Aber natürlich. Praktische Gründe. Organisation. Logistik. Deine Schlagworte. Für dich gibt es nichts anderes.«

»Entschuldige mal. Wie konnte ich mir denn vorstellen,

dass ich gerade heute Morgen nicht hätte anrufen dürfen, wo wir es doch so verabredet hatten? Ich habe sie angerufen. Ich habe sofort gemerkt, dass sie erschüttert war. Sie gab sich Mühe, nicht zu weinen. Sie tat alles, um mir nicht zu sagen, dass …«

»Und du hast die Wahrheit aus ihr herausgeholt? Weil dir nie was entgehen darf. Stimmt's? Du musst immer die Kontrolle ausüben …«

»Was hättest du denn an meiner Stelle getan? Du hättest ihre Stimme hören sollen …«

»Genau das ist der Punkt, Mama. Ich *will* nicht an deiner Stelle sein und du *sollst* nicht an meiner sein. Dieses ganze Durcheinander, Mama. Das ist es, was mich wütend macht.«

»Dreh jetzt den Spieß nicht um. Davon reden wir nicht.«

»Doch. Genau davon rede ich. Deine Fähigkeit, uns zu manipulieren. Dass du uns immer am Gängelband hältst. Die Erpressungen, deine unausgesprochenen Erpressungen …«

»Weißt du, was mein Problem ist? Das ich nicht verstehe, was du sagst. Ich verstehe es nicht. Ich bin nämlich zu dumm. Zu dumm für dich. Zu dumm für deinen Bruder. Oder zu unwissend.«

»Du sollst auch mit dieser Geschichte aufhören, dass du nichts verstehst! Du sollst aufhören, die eingebildete Dumme zu spielen. Ich kann verstehen, dass dies eine Technik ist, die sich die ganzen Jahre über ausgezahlt hat, aber jetzt reicht es!«

»Wenn ich alles falsch mache, was reden wir da überhaupt noch?«

»Ich weiß es nicht. Ich weiß nur, dass ich dich heute morgen anrufe und du nur so herumdruckst. Ich frage dich, um wie viel Uhr ich kommen soll, und du sagst mir, du weißt nicht, ob der Seder noch stattfindet. Ich frage dich, warum, und du hüllst dich in dein übliches Schweigen.«

»Siehst du: wenn ich rede, ist es nicht in Ordnung, wenn ich nicht rede, ist es nicht in Ordnung … Ich sage es noch einmal. Als du mich angerufen hast, hatte ich gerade mit

Silvia gesprochen. Mit großer Mühe war es mir gelungen, dass sie mir erzählte, was gestern Abend passiert war. Ich war völlig durcheinander.«

»Also, was ist denn gestern Abend passiert?«

»Ich weiß es nicht. Ich war nicht dabei. Silvia hat mir gesagt, dass alles vorbei ist. Dass die Hochzeit geplatzt ist. Dass du sie vor diesem Freund von dir verlassen hast … und was für einem Freund auch …«

»Und selbst wenn es so gewesen wäre, was hast du mit dieser Geschichte zu tun? Und warum hast du den Seder abgesagt? Und was erlaubst du dir, meine Freunde zu beurteilen?«

»Ich? Nichts. Ich habe damit nichts zu tun. Und es stimmt nicht, dass ich den Seder abgesagt habe. Das war nur ein kurzer Moment, als du gerade angerufen hattest, das ist dann aber wieder vergangen. Dann ist mir eingefallen, dass wir etwas im kleineren Rahmen machen könnten, nur meine Kinder und ich. Das beweist die Tatsache, dass ich nur Tante Vera und die anderen angerufen habe, um ihnen zu sagen, dass sie nicht kommen können, weil ich mich nicht gut fühle. Deinen Bruder habe ich nicht angerufen. Überhaupt. Wie merkwürdig, er hätte schon seit einer Weile hier sein sollen. Wie immer ist er …«

»Antworte mir auf meine Frage, Mama! Aus welchem Grund mischst du dich in eine Sache ein, die dich nichts angeht?«

»Ich mische mich nicht ein. Ich versichere dir, ich will mich nicht einmischen. Und im Grunde ist das doch kein Einmischen. In Anbetracht dessen, dass wir seit Monaten die Hochzeit vorbereiten, dass sie hier stattfinden sollte, dass ich in letzter Zeit jeden zweiten Tag mit Silvia losgegangen bin, um Brautkleid, Blumen, Konfetti auszuwählen und so weiter und so fort, glaubte ich, das Recht zu haben, dich zu fragen, ob diese Hochzeit nun stattfindet oder nicht. Sonst nichts.«

»Also bilde ich mir das alles nur ein … Das war es nicht, was du tun wolltest, Mama.«

»Doch, das war es. Du warst derjenige, der mich angegriffen hat.«

»So ist es aber nicht.«

»Also sag du mir, was ich tun wollte.«

»Aber sicher sage ich dir das. Schon seit langem hätte ich es dir sagen sollen. Und vielleicht kommen alle unsere Probleme daher, dass ich es bisher nie geschafft habe, es dir zu sagen. Du hast getan, was du am besten kannst: in aller Stille tadeln. Das ist deine Spezialität. Von der Höhe deiner moralischen Vorrangstellung aus schaust du auf uns alle herab und machst nichts anderes, als still zu urteilen und zu tadeln. Du machst es nicht aus Boshaftigkeit, vielleicht machst du es nicht einmal absichtlich, aber ganz sicher machst du es mit äußerster Raffinesse. Aber du machst es. Du beurteilst uns. Und wir sind dir nie gut genug.«

»Aber was sagst du da? Ich beurteile doch niemanden.«

»Aber doch. Es hat dir gereicht, Silvia drei Sekunden am Telefon zu hören, um mich zu beurteilen: als Schwächling, als verantwortungslose Person, als einen, der sein Wort nicht hält, der typische Pontecorvo-Mann, der seinen Nächsten leiden lässt durch seine Feigheit und seine Trägheit, seine Frivolität und seinen Hedonismus ... Und als ich dich angerufen habe, hast du mich tatsächlich so behandelt. Wie einen, mit dem zu sprechen sich gar nicht mehr lohnt. Du hättest mich trösten sollen und stattdessen hast du mich beurteilt.«

»Was sagst du denn da, mein Schatz? Was ist das denn für ein Blödsinn? Warum sagst du so was? Ich habe dir erklärt, wie die Dinge gelaufen sind. Du hast mich angerufen, und ich war nervös, das ist alles. Ich beurteile niemanden. Ich fühle mich euch so unterlegen, wie könnte ich euch da beurteilen? Das habe ich nie gemacht!«

»Das hast du immer gemacht, Mama! Es ist erschreckend, dass du die Einzige bist, die das nicht weiß.«

»Nenne mir bitte ein Beispiel. Ein einziges.«

»PAPA! Das ist mein Beispiel.«

Dass sein Bruder gegenüber seiner Mutter gerade das Wort »Papa« aussprach, war eine so unerhörte Geschichte, dass Filippo sich auf die Treppe setzen musste. Das darauffolgende Schweigen war das Erstaunlichste, was geschehen konnte. Genau, Filippo hätte eher erwartet, dass sich die Erde auftat und sie alle verschlucken würde. Oder dass blitzartig Feuerzungen vom Himmel herabkämen und Semi am Kragen packen und zermalmen würden. Soweit er wusste, war es nach so vielen Jahren das erste Mal, dass Leo in diesem Haus öffentlich erwähnt wurde. Der Redestreik, den das Gespenst dieses sanften Mannes einst auszuhalten hatte, erschien jetzt, da er vom eifrigsten Streikbrecher verletzt worden war, noch länger.

»Ich weiß nicht, wovon du redest«, sagte Rachel in einem so eiskaltem Ton, dass es Filippo schauderte. Dann fügte sie hinzu: »Ich wüsste nicht, warum ich mit dir über gewisse Dinge sprechen soll.«

»Weil es richtig ist, gerade mit mir darüber zu sprechen! Weil niemand mehr als ich von dieser Sache betroffen ist. Weil dieses ganze Nicht-darüber-reden nur Unheil angerichtet hat.«

»Ich mache mir Sorgen wegen deinem Bruder. Ich geh mal nachsehen, ob er schon da ist.«

»Nein, bleib hier. Wir sind am Reden. Dieses Mal wirst du mich nicht daran hindern, über die einzige Sache zu sprechen, die mich interessiert. Schluss mit dem Schweigen, Schluss damit. Hast du verstanden, Mama? Schluss mit deinem Schweigen, Schluss mit deinem Terrorregime … Schluss!«

In diesem Moment sah Filippo seinen Bruder. Semi hatte sich nämlich auf seine Mutter gestürzt und sie so weit zurückgedrängt, dass Filippo sie beide sehen konnte. Semi trug nur ein Hemd und Jeans, er hatte ein hochrotes Gesicht. Er packte Rachels Hände in der festen Absicht, sie dort festzuhalten, sie nicht entkommen zu lassen. Wenn es nicht Samuel Pontecorvo war, der dies alles tat, hätte Filippo geradezu fürchten können, dass dieser Rabauke seiner Mutter weh tat.

»Wir haben ihn umgebracht, Mama«, begann der Rabauke mit unsicherer Stimme, als würde er sich schämen, allzu nachdrückliche Sätze auszusprechen. »Es ist unglaublich, aber wir haben ihn umgebracht. Und das weißt du auch, du hast es immer gewusst.«

»Sag so was nicht«, murmelte Rachel und versuchte, sich dem Griff ihres Sohnes zu entwinden, aber nicht sehr überzeugend.

»Wir haben ihn umgelegt. Wir haben ihn hier unten allein gelassen. All diese Monate. Und er hatte nichts damit zu tun. Ich weiß es, dass er nichts damit zu tun hatte, ich habe Beweise, dass er nichts damit zu tun hatte.«

»Ich bitte dich, lass mich in Ruhe.«

Jetzt war Rachels Stimme nicht mehr eiskalt. Sie war sehr bekümmert.

»Nein, Mama, wir müssen darüber reden. Das Nicht-darüber-reden ist nicht immer richtig. Manchmal ist es nötig, darüber zu reden. Es hat keinen Sinn mehr, still zu sein. Es hat wirklich keinen Sinn.«

»Ich will nach oben gehen und sehen, ob dein Bruder schon da ist. Er wird sich Sorgen machen, wenn er uns nicht findet.«

»Weißt du, welches das letzte Bild ist, das ich von meinem Vater habe? Weißt du das?«

»Nein, ich weiß es nicht, und es interessiert mich auch nicht.«

»Er war in eurem Schlafzimmer. Du musst dir meine Überraschung vorstellen. Er lebte ja schon eine ganze Weile hier unten. Der Ärmste war hinaufgegangen wie ein Dieb, wer weiß aus welchem Grund. Das hab ich mich tausend Mal gefragt. Vielleicht fehlte ihm die obere Etage. Vielleicht wollte er wissen, ob die obere Etage noch existierte. Vielleicht kommt dir, wenn du diese ganze Zeit hier unten lebst, der Verdacht, dass die obere Etage nicht mehr existiert. Und vielleicht glaubte er an jenem Tag, dass niemand da sei. Aber ich war da. Ich war am Lernen und hörte ein Geräusch in eurem Schlafzimmer. Ich bekam einen Schreck. Ich wusste, dass du nicht da warst. Und Filippo auch nicht. Es war Telmas freier Tag. Ich war allein zu Hause. Ich ging nachsehen. Und da war er, Mama. Fast hätte mich der Schlag getroffen. Er hatte einen langen Bart. Ich hatte ihn noch nie mit langem Bart gesehen. Und weißt du, was er gemacht hat? Das Ungeheuerlichste, was sich ein Kind vorstellen kann. Er saß da und masturbierte. Nie hätte ich erwartet, mit einem so schrecklichen und pathetischen Anblick konfrontiert zu werden. Dein abgemagerter, altgewordener Vater holt sich im Schlafzimmer deiner Mutter einen runter. Begreifst du, was ich sage?«

»Warum erzählst du das alles? Warum hasst du mich so?«

Rachels Stimme war wie die eines Vogels. Unhörbar.

»Jetzt reicht's aber!«, dachte Filippo, als er die Tür aufriss, davon überzeugt, dass es an ihm war, ein drastisches Abbremsmanöver einzuleiten, falls sein Bruder mit seinen Worten die Schallmauer durchbrochen hatte.

Als Semi spürte, dass ihn jemand an den Schultern packte und von seiner Mutter wegzog, deren Handgelenke er hartnäckig umklammerte, war er auf alles gefasst, nur nicht darauf, dass der Akteur einer so entschlossenen Handlung sein Bruder wäre. Obwohl Semi, nach einem Moment der Überraschung, in dieser Umklammerung etwas Vertrautes (um genau zu sein, eine weit zurückliegende Vertrautheit) erkannte.

Es muss erklärt werden, dass Semi vor Filippo, körperlich gesehen, immer Angst hatte. Vielleicht, weil seine Bauchmuskeln die brennende Erinnerung an die Schlägereien der Kindheit gespeichert hatten, aus denen sie beide stets mit Schmerzen hervorgingen. Es wäre schwierig gewesen, festzustellen, ob Filippos Übermacht als Boxer an den zwei Jahren lag, die er älter war, am Körperbau oder vielleicht einfach nur an der Motivation. Tatsache ist, dass der größere Bruder offenbar seine Macht auf die explosive Reaktion seiner Muskeln und seinen unumstößlichen, brutalen Sarkasmus begründet hatte. Obwohl Semi mit seinem beneidenswerten Eklektizismus sich an anderen Fronten durchsetzte, wodurch er sich viel mehr profilierte als sein Bruder, war klar, wer von ihnen der Ritter und wer der Knappe war.

Außerdem muss noch gesagt werden, dass heutzutage die körperliche Gewalt entschieden abgewertet wird. Ohne zu berücksichtigen, wie unbestreitbar ihr Einfluss auf die Menschen ist, vor allem, wenn sie noch in der Bronzezeit ihrer frühen Kindheit herumtappen. Doch im Kopf der Pontecorvo-Brüder nahm die Gewalt weiterhin den gleichen Ehrenplatz ein wie bei einem Höhlenmenschen mit Fell und Keule.

Deshalb unterwarf sich Semi nach einem Moment der Fassungslosigkeit ganz und gar Filippos Willen.

»Jetzt reicht's! Ich habe gesagt, es reicht! Bleib schön hier!«, brüllte Filippo ihn an und schubste ihn zum schwarzen Ledersofa, auf dem normalerweise Rachels Patienten saßen und auf die Untersuchung warteten.

Semis Hand lag auf dem Portemonnaie in der Gesäßtasche der Jeans. Die kostbarste Reliquie war dort verwahrt: die laminierte Version des Briefes, der Leo entlastete. Gott allein weiß, wie sehr Semi in Versuchung geriet, seiner Mutter das unumstößliche Beweisstück ins Gesicht zu schleudern, das ein Anklagegebäude zusammenbrechen ließ, das kurz vor seinem fünfundzwanzigsten Geburtstag stand. Doch als ihm bewusst wurde, dass seine Hand die ganze Zeit dort gewesen war, spürte Semi auch, dass er keinen Wunsch mehr hatte, seiner Mutter und seinem Bruder sein Geheimnis zu zeigen.

Man sagt, die beste Methode, die Kröte loszuwerden, die man geschluckt hat, ist, sie auszuspucken. Man sagt, es gibt nichts Entmystifizierenderes, als es offen und ehrlich auszusprechen. Rede, und eine Sekunde später geht es dir besser. Öffne dich und du fühlst dich großartig …

Wer weiß, im Normalfall stimmt es vielleicht. Semi begriff sofort, dass das Spielchen bei ihm nicht funktionierte: die Kröte, die weiterhin von einem zum anderen Ende des Raums herumsprang, reizte ihn wie nie zuvor. Ja, die Last dessen, was seiner Familie an jenem verhängnisvollen Abend des 13. Juli 1986 zugestoßen war, hatte ihn noch nie so stark bedrückt. Jetzt, da er sich selbst und seine Mutter beschuldigt hatte, Leos Tod verschuldet zu haben, und dabei kein abstoßendes Detail aussparte, jetzt, da er sich bewusst war, dies in Gegenwart der lauschenden Ohren seines großen Bruders getan zu haben, empfand Semi ein brennendes Bedürfnis, im Erdboden zu verschwinden. Ein Funke an restlicher Klarheit suggerierte ihm, es sei gut so, dass alles in dem Raum endete, in dem es begonnen hatte. Dass dort und nirgendwo anders der letzte Akt vollzogen wurde. Nur war er leider nicht in der richtigen Stimmung, um die Vorstellung genießen zu können.

Es war Filippo, der dafür sorgte, sie wieder zu beleben, indem er die beiden Streithähne anbrüllte:

»Seid ihr denn verrückt? Seid ihr völlig übergeschnappt?«

Dass Filippo es wagte, ihm eine Lektion zu erteilen, dass Filippo den Weisen spielte, hielt Semi für eine unerträgliche Unverschämtheit.

»Ja, toll, erleuchte uns ein wenig mit deiner Weisheit!«

»Es scheint mir wirklich nicht angebracht, sarkastisch zu werden.«

»Oh, entschuldige, stimmt ja, ich habe es vergessen: du hast das exklusive Recht auf den ganzen Sarkasmus der Familie.«

»Hör mal, du Blödmann, spiel dich nicht so auf. Ich habe mit dieser Geschichte überhaupt nichts zu tun. Ich weiß nur, dass ich hierherkomme, alles dunkel vorfinde, kein Auto sehe, klingele, ohne dass jemand aufmacht, in die Küche gehe, wo offenbar seit einer Ewigkeit nichts gekocht worden ist, und schließlich finde ich euch hier, wie ihr euch zerfleischt wegen …«

»Wegen was? Los, sag's schon. Dir fehlt der Mut, es zu sagen.«

»Mir fehlt überhaupt kein Mut. Offensichtlich habe ich vor Mamas Empfindlichkeit nur mehr Respekt als du.«

»Oh, sicher, das ist ja ein Problem von Mama. Es geht mich nichts an. Ich bin nur ein Passant, ein Zuschauer. Also deswegen wird hier drinnen nie geredet, ist nie geredet worden. Jetzt verstehe ich alles. Das ist der Grund: weil es eine Geschichte ist, die Mama betrifft. Und dann hör mal, wer spricht denn hier von Respekt. Es stimmt also wirklich, dass du dich verändert hast. Es stimmt also, was erzählt wird: dass du ein großer Mann bist, ein mutiger Philanthrop. Ich habe mich also immer geirrt: du bist nicht nur ein Parasit, der seit seiner Geburt seinen eigenen Kram macht. Der nie verfügbar ist. Der nie etwas für die anderen tut. Ich habe dich in der Bocconi auf der Bühne gesehen. Eine richtige Show. Diese ganzen Fakten über die Kinder von Dresden. Es war wirklich ergreifend. Auch wenn mir der Gedanke kam: warum sorgt sich dieser Scharlatan so um die Kinder von Dresden, wenn ihn doch alles andere nie einen Dreck interessiert hat? Wie kann der egozentrischste und narzisstischste Mensch auf der Welt für den barmherzigsten gehalten werden? Es stimmt wirklich etwas nicht auf dieser Welt. Die Dinge laufen wirklich anders, als sie laufen sollten …«

»Aha, also deswegen bist du nicht dageblieben? Sieh mal an, ich dachte, du wärst überhaupt nicht gekommen. Dabei bist du gekommen und wieder gegangen. Ich verstehe, deine moralische Strenge hat dich daran gehindert, mit diesem heuchlerischen Prediger zu Abend zu essen, dein Bedürfnis nach Authentizität hat protestiert. Es ist schön zu wissen, dass dein Bruder so denkt wie deine schlimmsten Gegner.«

»Die Gegner? Die Gegner? Ist dir klar, dass du nichts anderes kannst, als von deinen Gegnern zu sprechen? Weißt du denn nicht, dass es ein Privileg ist, Gegner zu haben? Weißt du, dass du der Einzige bist, den ich kenne, der sich rühmen kann, einen Haufen Gegner zu haben? Und deswegen soll ich Mitleid mit dir haben oder respektieren, was du machst? Sag mal: ist der Grund, warum du von den Kindern aus Dresden schwafelst – wovon du, ich kenne dich gut, keinen blassen Schimmer hast –, dass du dich in den Augen deiner Gegner erlösen willst?«

»Zufällig wollen mich die Erbittertsten meiner Feinde kaltmachen. Aber das scheint alle zu interessieren, nur nicht meine Frau und meinen Bruder.«

»Vielleicht, weil deine Frau und dein Bruder dich kennen.«

»Oder vielleicht, weil ihre Gefühle mir gegenüber nicht eindeutig sind?«

»Nicht eindeutig? Und warum sind sie nicht eindeutig, hören wir mal …«

»Das weiß ich nicht, sag du es mir. Was stimmt denn nicht, Samuel? Was treibt dich bloß um?«

»Was willst du damit andeuten? Dass ich neidisch bin? Ist das deine Diagnose? Der eifersüchtige Bruder? Kains Rache? Also, dann lass dir gesagt sein, dass ich Kain so ähnlich bin wie du Abel. Ich weiß jetzt nicht, vielleicht hast du recht. Vielleicht stimmt's ja, ein bisschen Neid ist da, das ist nur menschlich. Ich habe mich anfangs sehr gefreut. Mein Gott, was war ich stolz. Doch dann habe ich gesehen, wie du dich verändert hast. Ich habe nie an diesen ganzen Schwachsinn geglaubt, dass der Erfolg einen verändert. Aber dann habe ich dich gesehen, habe gesehen, wie die Egozentrik zu Paranoia wurde, die Ironie dem Dünkel gewichen ist … Ich habe etwas gesehen, was ich nie zu sehen glaubte: mein Bruder, wie er sich ernst nimmt. Mein Bruder, der den Teufelskerl gibt und sich wichtig nimmt. In diesem Moment kam mit der Enttäuschung auch ein wenig Neid auf. Schon merkwürdig: deinen Bruder, den du nicht wiedererkennst, zu beneiden. Aber ich habe alles getan, um dieses Gefühl zu verscheuchen.

Ich habe mir immer wieder gesagt: ›Das ist Filippo, verdammt nochmal. Der einzige Mensch auf der Welt, mit dem du alles teilst. Die Eltern, die Erinnerungen, die märchenhafte Kindheit, die Scheißjugend … Er ist es. Er ist die wichtigste Person in deinem Leben. Er hat für dich getan, was dein Vater nicht tun konnte. Er hat allen eine gescheuert, die dich verarscht haben, er hat dich immer beschützt …‹. Je öfter ich mir das sagte, desto mehr ist deine Persönlichkeit aus der Spur gelaufen. Ist dir eigentlich klar, dass ich alles über dein Leben weiß, was es zu wissen gibt, du aber nichts über meines? Dass ich alles weiß, was du riskierst, weil ich es in der Zeitung lese, aber du weißt nicht, was ich riskiere, weil den Zeitungen mein Arsch völlig egal ist?«

»Hättest du dir die Mühe gemacht, an jenem Abend in der Bocconi auf mich zu warten …«

»Es war zu spät, Filippo, es war schon viel zu spät. Sowohl für mich als für dich. Ich war schon seit einer ganzen Weile hinter dir her. Aber jedes Mal, wenn ich versucht habe, mit dir zu reden, konntest du nichts anderes tun, als von dir zu sprechen. ›Ich habe hier einen Preis gewonnen, ich habe dort einen Preis gewonnen‹, ›Offenbar will die Pixar meinen nächsten Film produzieren‹, ›In Japan erzielt *Herodes* Rekordeinnahmen‹. Prahlereien, nur ein Haufen abgeschmackter Prahlereien. Und in der Zwischenzeit ging mein Leben den Bach hinunter.«

Bei jeder anderen Gelegenheit hätte Rachel sich nicht zurückhalten können und eingegriffen. Doch alles, was sie gerade erlebte, war so entsetzlich, dass ihr Körper von zwei widerstreitenden Impulsen gepackt zu sein schien: einen Schritt vor und einen Schritt zurück. Nur ein einziges Mal in ihrem Leben hatte sie dieselbe Unentschlossenheit gezeigt: als das Fernsehen sie darüber informierte, dass ihr Ehemann nicht mehr ihr Ehemann war. Ebenso war sie jetzt nicht mehr sicher, ob das hier ihre Jungs waren.

»Du müsstest mir dankbar sein, Samuel«, sagte Filippo

gerade. »Das meine ich ernst. Ich habe dir einen ausgezeichneten Vorwand geliefert, das Opfer zu spielen. Ich habe dir die Rolle geschenkt, die am besten zu dir passt: die des armen Opfers. Schlachtvieh. Deshalb hast du die Dinge immer anständig gemacht, nicht wahr? Warst du deshalb immer so mustergültig, warst du deshalb so gut in der Schule? Hast du deshalb fast die richtige Frau geheiratet und hast dann so lange gebraucht, um sie zu verlassen? Um der Rolle als armes Opfer gerecht zu werden. Weil das Opfer immer unschuldig ist. Weil das Opfer makellos sein muss ... Aber jetzt bist du plötzlich unzufrieden. Jetzt, da dein liederlicher Bruder alles bekommt, wovon du immer geträumt hast, fällt dir ein, wie ungerecht das Leben ist. Jetzt, da das Martyrium in Gang ist, beklagst du dich, weil niemand bereit ist, deine Märtyrerrolle anzuerkennen. Ja, sie sind sogar alle gerührt vom Martyrium des Henker-Bruders. Sag schon, dass es das ist, was du nicht verdauen kannst. Sag es, sag es, los, gib es schon zu und dann können wir hier aufhören!«

»Du hast sie gefickt, Filippo!«

»Wen?«

»Sie. Du hast sie gefickt. Ich kann es kaum glauben.«

»Ich weiß nicht, von welcher ›sie‹ du sprichst?«

»Sie, ausgerechnet sie. Die Einzige, verdammt! Das ist absurd, du hast es sogar gewagt, sie zu benoten. Du hast sie gefickt und hast sie benotet. Und damit nicht zufrieden, hast du auch noch die Notwendigkeit verspürt, mir sowohl das eine als auch das andere mitzuteilen. Das ist würdelos ...«

»Willst du mir vielleicht erklären ...«

»Was gibt es da zu erklären? Die ganze Welt hat meinen Vater zu Unrecht angeklagt, ein junges Mädchen gefickt zu haben, das ich nicht liebte. Und die Ironie ist, dass das die gleiche Welt ist, die jetzt ständig meinem Bruder Ehren erweist, der das einzige Mädchen gefickt hat, das ich jemals geliebt habe.«

»Ich weiß immer noch nicht, wovon du redest ...«

»Lass gut sein. Vielleicht ist dies das Schlimmste von allem. Das Schlimmste ist, dass ihr nicht wisst, wovon ich rede. Weder du noch diese andere Heuchlerin da.«

Und dabei zeigte Semi auf Rachel, die immer noch dort in der Ecke stand und wie eine Pennälerin auf den Fußboden starrte.

»Das ist der wahre Beschiss«, fuhr er voller Eifer fort. »Dass ihr nicht wisst, wovon ich spreche. Zuerst habt ihr Papa um die Ecke gebracht, jetzt erledigt ihr mich.«

In diesem Moment spürte Semi, dass seine Kräfte nachließen. Er hatte keine Lust mehr, zu kämpfen. Er war völlig erschöpft. Wie lange hatte er nicht mehr geschlafen? Seit wann hatte er nicht mehr richtig gegessen? Wie lange war er nicht mehr mit ein wenig Freude im Badezimmer gewesen? Verraten von der Physiologie wie von allem anderen.

Wieder einmal bereute er es, sein Herz ausgeschüttet zu haben. Er wusste nur nicht, ob diese ausgestellte Nacktheit eher unanständig oder peinlich war. Ganz sicher war sie aber nutzlos. Es musste ihm zu denken geben, dass alle Worte, die er an diesem Abend aussprach, nicht eloquenter klangen als das Schweigen, in dem er immer gelebt hatte. Leider schaffte er es nicht, daraus zu lernen.

Zum Glück war sein Bruder da. Der Star, den die Massen verehren. Er steckte noch voller Energie. Er machte den Eindruck, als habe er mehr gehört, als er hatte hören wollen, und als habe er viel weniger gesagt, als er hätte sagen wollen.

»Und was willst du über Papa sagen? Nur Mut, lass uns darüber sprechen«, sagte er in herausforderndem Ton.

»Hör mal, ich hab kein Interesse … Ich bin müde.«

»Los, komm, reden wir über diesen Feigling, reden wir über diesen Schlappschwanz. Er hatte mit dieser Geschichte nichts zu tun? Dann hätte er es uns doch sagen können. Er hätte uns beschützen können vor dem, was passierte. Glaubst du nicht, dass das die Pflicht eines Erwachsenen ist? Aber nein, der große Doktor macht sich nicht die Hände schmutzig.

Die Koryphäe ist ein kultivierter und empfindsamer Mensch. Er will nicht mehr, als sich im Souterrain einschließen und sich umbringen lassen. Du sagst, er hat nichts getan? Er hat kein Verbrechen begangen? Vielleicht hast du recht. Vielleicht hatte er bis dahin nichts Böses getan. Wer weiß, ob er das Verbrechen nicht danach begangen hat. Das Verbrechen, sich nicht zu wehren, das Verbrechen, uns nicht zu beschützen, das Verbrechen, nur an sich selbst zu denken und nicht an seine Familie …«

In diesem Moment begriff Semi, was ihm an seinem Bruder nicht passte. Was ihm nie gepasst hatte, seitdem sie klein waren: dieser Cocktail aus Irrglauben und Unverschämtheit.

Man bräuchte ein Gesetz, das die Menschen daran hindert, die Mystifikation allzu weit zu treiben. Schließlich haben die Tatsachen eine Relevanz, eine spezifische Bedeutung. Man kann sie nicht beliebig, aus einem eitlen Bedürfnis heraus, verdrehen. Den Worten ihr Gewicht abzusprechen, ist ein gefährliches Spiel. Und noch schlimmer ist es, sich in ihren Klang und ihre Fähigkeit zu verlieben, die Wahrheit zu leugnen, weil man sich selbst nicht verraten will.

Das Opfer mit dem Täter zu verwechseln, ist eine rhetorische Übung, die so unanständig, so unerträglich ist, dass Semi nicht glauben konnte, dass sein Bruder ihr so zynisch frönen würde. War es möglich, dass Filippo so weit ging? Natürlich war es möglich. Jawohl, er ging sogar noch viel, aber noch sehr viel weiter.

»Jetzt verstehe ich«, sprach Filippo unbeirrt weiter. »Ich verstehe, warum du alles tust, um ihm ähnlich zu sein. Warum du immer alles daran gesetzt hast, so wie Papa zu werden. Schau dich doch an: der gleiche Ehrgeiz, die gleichen guten Manieren, die gleichen schicken Klamotten, sogar die gleiche blöde Frisur. Ich habe nie so einen lächerlichen Versuch gesehen, dem Menschen zu ähneln, der dir das Leben ruiniert hat. Wer weiß, ob dieses Syndrom einen Namen hat, Semi. Jedenfalls erklärt es alles. Offenbar hält die Ähnlichkeit das

Projekt am Laufen. Es ist unbedingt notwendig, ihm gleich zu sein, um in seine Fußstapfen zu treten. Die Absicht ist klar. Pervers, aber klar. Wärst du nicht ein anständiger Mensch wie er, dein Martyrium wäre seinem nicht würdig.

Während er sich auf Filippo warf, um ihm um jeden Preis das Maul zu stopfen, fragte sich Semi, ob diese unbesonnene Tat vom Wunsch bestimmt war, nicht zu Ende hören zu müssen, was das Richtigste war oder das Falscheste, was man ihm jemals gesagt hatte.

»Um Gottes willen, Schluss jetzt! Ich bitte euch, Schluss.«

Rachels Stimme ähnelte überhaupt nicht mehr der Stimme einer Mutter. Samuel hatte sie noch nie so leise und flehend gehört. Die ganze Zeit hatte sie dagestanden mit gesenktem Kopf und ihren Kindern zugehört, wie sie sich zerfleischten.

»Alles, was ich getan habe, habe ich getan, um das hier nicht zu erleben. Um euch nicht so zu erleben. Ich habe eine Entscheidung getroffen, die euch unbegreiflich und grausam erscheinen mag, weil ich geglaubt habe, es sei der einzige Weg, euch zu beschützen. Und das Absurdeste ist, ich war mir sicher, dass nur Leo mich hätte verstehen können. Dass nur er auf meiner Seite gewesen wäre.«

So unglaublich Rachels Worte in Semis Ohren auch klangen, sie waren jedenfalls weniger verblüffend, als sie den Namen seines Vaters aussprechen zu hören. Das war ein ebenso umwerfendes Wunder, wie Leos Auferstehung zu erleben.

»Euer Vater …«, sprach Rachel weiter und brach nochmals ab, als ging es über ihre Kraft, weiterzusprechen. Dann, vielleicht um zu zeigen, wie unmöglich es war, den Kampf gegen das eigene, ewige Schweigen zu gewinnen, sackte Rachel nach vorn und stieß einen leichten, unterdrückten Schluchzer aus.

Obwohl Semi der Einzige im Raum war, der nicht Medizin studiert hatte, begriff er, dass das schmerzverzerrte Gesicht seiner Mutter und ihre rechte Hand, die gegen den linken Arm drückte, eine unumstößlich klare Bedeutung hatten.

Er lief sofort zu ihr hin. Er berührte so sanft wie möglich mit seinen Fingern ihr Handgelenk, als hätte er Angst, sie anzufassen.

»Mama, Mama, was ist los, geht es dir nicht gut?«

Dann warf er einen Blick auf seinen Bruder, den Arzt, und suchte in dessen Augen einen Funken Trost. Dort sah er dieselbe Panik, und vor allem dieselbe verzweifelte Bitte: nein, Rachel durfte hier nicht sterben. Nicht in diesem Moment. Nicht auf diese Weise. Nicht während sie beide sich stritten. Nicht an dem Ort, an dem Leo gestorben war. Ein Elternteil, ja, aber nicht beide. Das war zu viel. Sogar für die Pontecorvos.

# UNZERTRENNLICH

Einmal wenigstens wurde Filippos und Samuels Bitte barmherzigerweise erhört: bevor Rachel starb, vergingen noch weitere fünf Jahre. Und als es so weit war, tat sie es auf ihre eigene kongeniale Weise: an einem Freitag in irgendeinem Dezember.

Semi – der in den letzten fünf Jahren mit ihr im Haus in der Olgiata gewohnt hatte – fiel die undankbare Aufgabe zu, sie eines Morgens zu finden. Sie lag in ihrem Bett, furchtbar wehrlos.

In den folgenden Stunden konnte Semi feststellen, wie sehr Rachel, sogar von dem Ort aus, an den sie gerade erst gegangen war, weiterhin ihren wohltuenden Einfluss ausübte und ihm die Arbeit vereinfachte. In der obersten Schublade ihrer Schlafzimmerkommode fand Semi einen senffarbenen Umschlag vor, auf dem rätselhaft geschrieben stand:

FÜR HINTERHER

Semi öffnete ihn, vom Gedanken erschreckt, dort wer weiß welche erschütternde Enthüllung zu finden. Doch das Einzige, was er dort fand, war ein perfektes Beerdigungsprogramm: es stand alles drin, die Anweisungen waren so gewissenhaft, dass er nur ein paar Telefonate führen musste, um eine sehr komplexe Prozedur in Gang zu setzen. Vielleicht hätte sich Semi fragen können, ob dieser äußerste Dienst, den ihm seine Mutter erwies, die Art war, wie Rachel Pontecorvo zum letzten Mal die Vorherrschaft der bürokratischen Instanz über jeden emotionalen Impuls beschwor; oder ob sie damit eher ein unerbittliches Misstrauen gegen den Pragmatismus der Männer im allgemeinen und den ihrer Familie im besonderen äußern wollte. Natürlich hätte sich Semi diese Frage und noch tausend weitere stellen können. Doch dieses Mal beschloss er klugerweise, sich von bestimmten unbequemen Fragen fernzuhalten. Er erledigte einfach die ganze Angelegenheit und schloss daraus, nicht ohne Erleichterung, dass Rachel Spizzichino nur das Produkt ihrer Erziehung war. Seit dem Tod ihrer Mutter und ihrer ältesten Schwester hatte sie sich in Vollzeit um ihren Vater kümmern müssen. Und obwohl sie seitdem einen Haufen guter Dinge getan hatte (Uni-Abschluss, Hochzeit, Kinder, Beruf) konnte sie sich nicht vom Gedanken befreien, dass die Aufgabe, die ihr der Allmächtige und die Geschichte zugeschoben hatten, sich in der dauerhaften Betreuung der Männer ihres Lebens erschöpfte.

Als Samuel auf den Friedhof ging, um die Beisetzungsformalitäten zu erledigen, wurde er von einem altersschwachen Herrn – einem gewissen Tobia Di Nepi – in einem eiskalten und unordentlichen Büro empfangen. Dieser Alte war so sehr mit dem Tod vertraut, dass man den Eindruck hatte, sein entsetzlich abgemagerter Körper sei schon bereit, um begraben zu werden.

»Was für eine Frau, ihre Mutter!«

Semi dachte zunächst, dies sei der Standardkommentar, den Tobia Di Nepi für alle verstörten Söhne parat hatte, die sich an ihn wandten, um die unangenehmen Begräbnisangelegenheiten zu erledigen. Und dass dieser Typ streng genommen nur erahnen konnte, dass Rachel die übliche jüdische Mama war, die einen betagten Knirps zum Waisen gemacht hatte. Deshalb schenkte Semi diesen Worten keine große Beachtung. Vielleicht gehörten sie zur Führung, die Tobia unternahm, während er ihn durch das blühende Labyrinth des Friedhofs zum Grab der Pontecorvos begleitete. Ein Grab, das Semi seit Jahrzehnten nicht mehr gesehen hatte. Er war ziemlich überrascht, dass seine Mutter beschlossen hatte, die Ewigkeit mit jenen Pontecorvos zu verbringen, zu denen sie in einem bestimmten Moment ihres Lebens jede Verbindung abgebrochen hatte. Aber auch dieses Mal wollte Semi lieber keine zu schwierigen Fragen stellen.

Die Hecken, die den Platz vor dem Grab umsäumten, waren so rot und so gepflegt, dass sie an die Haare der frisch vom Friseur gekommenen Witwen erinnerten, die ihre verstorbenen Männer besuchten.

Da war das Grab. Fast alle lagen sie da drinnen. Da war Leo und da waren diejenigen, die ihm vorausgegangen waren. Noch ein paar Stunden und auch Rachel würde ihren Platz dort einnehmen. Soweit ihm Tobia Di Nepi gesagt hatte, war nach Rachel nur noch ein Platz frei. Was bedeutete, dass einer der beiden Pontecorvo-Brüder die Ewigkeit in würdevoller Einsamkeit irgendwo anders verbringen müsste.

Die Kapelle ließ zwei Rückschlüsse über die Identität dessen zu, der sie damals erbauen ließ: zuerst, dass es sich um einen Größenwahnsinnigen handelte, und dann, dass er ein Faible für den Klassizismus hatte.

»Sehen Sie, wie ordentlich das alles ist? Ihre Mutter legte großen Wert darauf.«

Soweit Semi wusste, hatte sich seine Mutter nie um dieses Grab gekümmert. Aller Wahrscheinlichkeit nach hing die ausgezeichnete Verfassung, in der es sich objektiv befand, mit dem Einsatz eines anderen Pontecorvo zusammen, vielleicht dem Sohn von Leos Cousin, der am selben Ort begraben war.

Und doch antwortete Semi nicht. Auf alles hatte er Lust, nur nicht darauf, mit dieser Spezies von Totengräber, weit über achtzig, zu polemisieren.

»Entschuldigen Sie, Dottore, wenn ich das sage, aber ich kann nicht glauben … dass gerade ihre Mutter … Denken Sie nur, gestern sagte ich zu meiner Schwester, gleich nachdem ich die Nachricht erhielt: ich kann mich in den letzten dreißig Jahren an keinen einzigen Dienstag erinnern, an dem uns Signora Pontecorvo nicht ihren Besuch abgestattet hat.«

»Hören Sie, das ist vielleicht ein Missverständnis«, sagte Semi pikiert. »Ich fürchte, Sie verwechseln meine Mutter mit jemand anderem. Ich wüsste nicht, dass sie jemals diesen oder einen anderen Friedhof besucht hat.«

»Ein Missverständnis? Verwechseln? Aber, was sagen Sie da, Dottore? Signora Pontecorvo … Ich schwöre, dass …«

Mehr brauchte Semi nicht zu hören, um zu begreifen, dass die einzige Person, die es zum x-ten Mal unterlassen hatte, ihm die Wahrheit zu sagen, die gerade Verstorbene war.

Und so entdeckte Semi, dass seine Mutter ein Stammgast des Friedhofs gewesen ist. Und er begriff, dass daran nichts Merkwürdiges war. Es war typisch für sie. Semi fühlte sich gedemütigt, dass dieser Tobia Di Nepi mehr über seine Mutter wusste als er. Oder dass er jedenfalls das Wichtigste wusste, was es zu wissen gab: in den letzten dreißig Jahren hatte Rachel ihre wöchentliche Verabredung mit Leo nie versäumt. Das war das Geheimnis seiner Mutter. Eine weitere Verrücktheit.

In der Nacht vor der Beerdigung tat Semi kein Auge zu. Und zwar nicht, weil er vom Gedanken bedrückt und besessen war, dass im Nachbarzimmer seine Cousinen an Rachels Leichnam wachten.

Die Menschen sterben viel langsamer als ihre Körper. Dein Verstand hat ein wenig Mühe, den Gedanken zu akzeptieren, dass jemand, den du immer für selbstverständlich hieltest, auf einmal nicht mehr da ist. Deshalb kommt die Begegnung mit dem Tod deiner Mutter immer dann, wenn du es am wenigsten erwartest, lange Zeit, nachdem ihr Körper tatsächlich ausgelöscht ist.

Nun konnte Semi, noch unfähig zu glauben, dass Rachel nicht mehr da war, in dieser Nacht nicht so vollkommen verzweifelt sein, wie er es der Liebe und des Anstands wegen hätte sein müssen.

Warum er sich im Bett herumwälzte, war, weil er nicht wusste, ob Filippo am nächsten Tag an der Beerdigung teilnehmen würde. In den Anweisungen, die seine Mutter ihm hinterlassen hatte, stand ein ganzes Kapitel über das notwendige Verfahren, um Filippo ausfindig zu machen. Man musste eine bestimmte Telefonnummer anrufen: sie gehörte einem Typen vom Innenministerium, der in all diesen Jahren als Mittelsmann zwischen Filippo und seiner Familie gedient hatte. Man musste ihm nur eine Nachricht auf dem Anrufbeantworter hinterlassen und warten, bis man zurückgerufen wurde. Semi hatte sich an die Vorgaben gehalten. Obwohl es an sich schon furchtbar war, einem Anrufbeantworter mitzuteilen, dass Rachel gerade gestorben war. Zu warten, übrigens vergeblich, dass man zurückgerufen wurde, war noch furchtbarer.

Samuel hatte Filippo seit dem Pessach-Abend vor fünf Jahren, an dem die beiden Brüder, wäre es Rachel nicht übel geworden, sich ordentlich verprügelt hätten, nicht mehr gesehen.

Zwei Tage nach dem sensationellen Showdown hatte Filippo endlich die 007 vom Innenministerium getroffen. Sie spielten ihm zunächst die Telefonate im Original vor und gaben ihm dann die Übersetzung zu lesen. Gespräche, die sie bei einer Gruppe von Fundamentalisten abgehört hatten, die voller Eifer über die beste Strategie diskutierten, ihn umzulegen.

Dann sagten sie ihm, dass es nur zwei komplizierte Möglichkeiten gab. Sich mit einem Leben unter Personenschutz abzufinden (mit allen praktisch-logistischen Komplikationen, die das mit sich brachte) oder in ein Zeugenschutzprogramm einzusteigen.

Mit viel Mühe hatte Filippo Anna – die um nichts auf der Welt jegliche Verbindung zu ihrem Vater abbrechen wollte – überzeugen können, dass der beste Weg, sich ein erträgliches Leben aufzubauen, die zweite, drastischere Option war.

So schloss sich Filippo Pontecorvo von einem auf den anderen Tag aus dem gesellschaftlichen Zusammenhang aus. Aber zuvor kündigte er in einem Interview mit *Le Monde* an, dass seine Karriere damit zu Ende sei, dass er keinen weiteren Film drehen werde, dass sein kurzer Auftritt als Künstler eben ein kurzer Auftritt war.

Dann verschwand er.

Niemand hatte mehr etwas von ihm gesehen oder gehört. Eines Tages gab er ein Lebenszeichen von sich mit einer witzigen, spielerischen Karikatur im *New Yorker* (das Thema war die Liebe eines Sohnes). Danach verschwand er wieder in der Versenkung. Vom Standpunkt der Vermarktung aus tat er wieder einmal den richtigen Zug. Er machte sich gerade dann aus dem Staub, als die Menschen langsam von ihm genug hatten. So hatte er sich zur Legende gemacht, indem er seine unheilbar eitle Natur vergewaltigte. Jawohl: sich für die Abwesenheit zu entscheiden, war sein letzter genialer Coup gewesen.

Rachel war die Einzige, die das Privileg genoss, ab und zu mit ihrem Erstgeborenen zu telefonieren. Das Verfahren war kompliziert, machte aber einige Freude.

Semi, der nach seinem finanziellen Zusammenbruch ins Haus seiner Kindheit zurückgekehrt war, fragte lieber nicht nach seinem Bruder. Er ließ Rachel die spärlichen Informationen liefern, die sie über Filippos neues Leben hatte. Für Semi war es eine Frage der Ehre, Rachel keine Fragen über Filippo zu stellen. Eine angemessene Revanche für all die

Jahre, in denen sie ihm stillschweigend verboten hatte, über Leo zu sprechen.

Rachel wünschte nichts anderes, als dass ihre Kinder sich wieder versöhnten. Einmal hatte sie Semi in einen Hinterhalt gelockt, indem sie es so einrichtete, dass er einen Anruf von Filippo entgegennahm. Als Samuel die Stimme seines Bruders hörte, hätte er fast einen Schlag bekommen. Doch er konnte sich beherrschen, sagte förmlich: »Bleib kurz dran« und rief seine Mutter. Seitdem machte Rachel keine solchen Scherze mehr.

Am Morgen der Beerdigung trug Semi ein altes Hemd. Nach jüdischem Brauch musste er am Ende des Begräbnisses den linken Ärmel zerreißen und damit die Trauerwoche eröffnen. Nicht dass er an althergebrachten Stammesriten interessiert gewesen wäre, doch in diesem Punkt waren Rachels posthume Anweisungen ziemlich streng.

Als er ins Auto stieg, um schon etwas früher zum Friedhof zu fahren, zeigte sich das Tageslicht erst zaghaft am Horizont. In der Nacht musste es ziemlich viel geregnet haben: die Straße vor dem Haus glich einem Flussbett, dessen Wasser sich gerade erst zurückgezogen hatten. Dafür kündigte der blauviolette Glanz des Himmels einen dieser Dezembertage an, die klar, blau und kalt wie die Augen einer russischen Heldin sind. Während der Fahrt richtete Semi seine Aufmerksamkeit auf das beachtliche Sortiment an Weihnachtsbäumen, das eine große Baumschule an der Abzweigung zur Via Trionfale bereitgestellt hatte. Einige Kilometer weiter bemerkte er eine junge Mutter, die an der Bushaltestelle ihre beiden verschlafenen Kinder an der Hand hielt.

Wenige Stunden später war der Platz vor dem Grab der Pontecorvos völlig überfüllt. Die Riten wurden ruhig und gemessen vollzogen.

Semi war sehr aufgeregt, als er Silvia sah. Im Laufe der

letzten Jahre hatten sie nichts mehr voneinander gehört. Semi wusste, dass sie und Rachel sich weiterhin ab und zu trafen und oft miteinander telefonierten. Es war normal, dass sie nun hier war. Sie war viel schöner, als Semi sie in Erinnerung hatte. Sie war etwas über vierzig und jeder Quadratzentimeter ihres Körpers sagte, dass für sie nun das Jahrzehnt des Aufstiegs begann. Der schöne, graumelierte, athletische Mann an ihrer Seite sah aus wie ein zerknirschter Lebensgefährte, der seine liebevollen Gefühle mobilisieren musste, um an einer für ihn unangenehmen Veranstaltung teilzunehmen. Zu Beginn des Kaddisch brach Silvia in Tränen aus. Überhaupt nicht merkwürdig: Rachel und das Judentum waren für sie immer dasselbe gewesen. Ihr Lebensgefährte nahm sie in den Arm. Eine Geste, die bei Semi keinerlei Eifersucht, nur eine sehr große Erleichterung hervorrief.

Mehr oder weniger in diesem Moment kamen zwei Autos – genauer gesagt, zwei graue Lancia Thesis mit ausgeschaltetem Licht – langsam den Seitenweg des Friedhofs entlanggefahren und bogen auf den Vorplatz ein. Sie zerteilten die Menge wie seinerzeit Moses die biblischen Wasser des Roten Meers.

Nun bestand tatsächlich kein Zweifel mehr daran, dass Filippo Pontecorvo aus seinem mehrjährigen Untergrund aufgetaucht war, um seiner Mutter die letzte Ehre zu erweisen. Das war der Coup, den seit Beginn des Ritus scheinbar alle erwartet hatten. Es war gut möglich, dass sich auch einige Reporter incognito in der Menge aufhielten. Entschieden weniger wahrscheinlich war es, dass dort ein heimtückischer Killer lauerte.

Aus der hinteren Tür des ersten Wagens stiegen zwei kleine Kinder aus. Schüchtern und mürrisch. Alle waren über diesen unvorhergesehenen Auftritt verwundert, doch niemand so sehr wie Semi. Auch weil seine Verwunderung scheinbar übernatürliche Gründe hatte. Eine Sekunde lang hatte er nämlich – in einer höhnischen Verdrehung der Gesetze der

Zeit – den Eindruck gehabt, aus dem grauen Thesis seien Filippo und Rachel ausgestiegen, beide wieder fünf Jahre alt. Als er das Mädchen betrachtete, schoss Semi ein altes, vergilbtes Kinderfoto seiner Mutter durch den Kopf. Eine verblüffende Ähnlichkeit. Und da er die Kindheit mit seinem Bruder verbracht hatte, erkannte er in dem kleinen Jungen, der seine Schwester an der Hand hielt, einen Filippo von vor vierzig Jahren. Was für eine Absurdität! Semi fürchtete fast, ohnmächtig zu werden. Doch als er hinter den Kindern Filippo und Anna aus dem Auto steigen sah, begriff er, dass diese spektakuläre Ähnlichkeit nur der gewöhnliche Tribut der Chromosomen an sich selbst war. Die große Illusion des genetischen Fortbestands.

Der zweite Schock für Semi waren die ergrauten Koteletten seines großen Bruders. Er sah aus wie ein pensionierter Boxchampion. Zur Feier des Tages trug Filippo ein altes Samtjackett und eine Wollkrawatte. Für ihn das Maximum an zulässiger Eleganz. Er wirkte mitgenommen. Als Semis Blick endlich den von Filippo traf, sah er in diesem ganzen Blau einen Funken hilfloser Verwirrung. Anna aber war dieselbe geblieben. Unfähig zu altern. Doch anders als früher führte sie keine Rolle für das Publikum auf. Sie begnügte sich damit, den Nacken des Jungen zu streicheln, um ihn aufzufordern, etwas schneller zu gehen. Filippo holte eine Kippa aus seiner Tasche und setzte sie diesem kleinen blonden Kopf auf. Dann ging er zu seinem Bruder, stellte sich neben ihn, wagte es aber nicht, ihn anzusehen.

Nun begriff Semi alles. Er begriff, dass Filippos Anwesenheit unabdingbar war, damit die Tatsache, dass Rachel nicht mehr existierte, ihm endlich bewusst wurde.

Dies ist die letzte Illustration, die ich beifüge.

Ich vertraue darauf, dass du, erfahrener Leser, schon begriffen hast, dass die Zeichnungen im Buch, das du gerade zu Ende liest, obwohl sie im Stil an die von Filippo Pon-

tecorvo erinnern, in Wirklichkeit von der unsicheren Hand eines Imitatoren ausgeführt wurden. Übrigens von derselben Hand, die sich die Mühe gemacht hat, diese Geschichte zu schreiben. Und dem es nun etwas peinlich ist, seine Identität zu offenbaren.

Aber was kann ich dafür? Es ist Zeit, die Maske abzunehmen, die Parodie dieses allwissenden Erzählers in Pension zu schicken. Es ist Zeit, euch das zu sagen, was einige von euch vielleicht schon geahnt haben.

Ich bin der unwichtige Bruder, der mehrmals verratene Bruder, der in jeder Hinsicht nachgeborene Sohn. Ich bin der Vielseitigste der Pontecorvos. Voller Talent und also ohne jedes Talent. Ich bin der Ohnmächtige, der Gescheiterte, der Schwindler. Und ich versichere euch, so viele Seiten lang über mich, Samuel Pontecorvo, in der dritten Person zu sprechen, war mir weniger peinlich, als nun meine Identität offenbaren zu müssen. Hatte ich vielleicht Alternativen?

Es tröstet mich, zu wissen, dass ich keinerlei Hemmungen hatte, über all das zu schreiben, was ich von mir wusste; das Blöde ist, das ich alles, was ich von den anderen nicht wusste, erfinden musste. Und vielleicht habe ich so viel gewagt, weil die meisten Verwandten, die zu verleumden ich mich bemüht habe, nicht mehr da sind. Und Gott sei Dank hat Filippo – also der einzige Mensch, der meine Unterstellungen anfechten könnte – keinerlei Interesse, die Vergangenheit wieder aufzurühren. Ich bin sicher, dass Filippo die Erinnerungen als das betrachtet, was sie sind: minderwertiger, überbewerteter Kram. Etwas für Nachtragende. Nur Beleidigte vergessen nie. Was mich zu der Überzeugung verleitet, dass dieser ganze Unterschied zwischen Vergessen und Vergeben gar nicht existiert.

Und genau deshalb war er es, der nach Rachels Beerdigung das Eis brach:

»Na, kleine Schwuchtel?«

»Da sind wir wieder.«

Eine jüdische Vorschrift verlangt, dass man sich nach einer Beerdigung die Hände wäscht und etwas essen geht. Filippo schlug mir die Bar vor dem Cimitero del Verano für einen Cappuccino und ein Cornetto vor.

Es war merkwürdig, Filippo und Anna in der Rolle der vernünftigen Eltern zu sehen, die beim Überqueren der Straße die widerspenstigen Händchen ihrer Kinder packen. Es war merkwürdig, dass Anna so schweigsam und Filippo so redselig war. Er erzählte mir, dass er seit einer ganzen Weile in Südamerika lebte.

»Wie ein alter Nazi«, bemerkte ich.

»So in etwa«, stimmte er zu.

»Und du, was treibst du?«, fragte er mich.

»Lassen wir das.«

Seit ein paar Minuten saßen wir an einem Tisch. Ich hatte Mühe, mein Cornetto hinunterzubekommen, während Filippo schon beim zweiten Cannolo mit Creme war (»Mensch, haben die mir gefehlt!«). Anna kam zu mir, Hand in Hand mit dem Mädchen.

Sie sagte: »Sie will wissen, wer du bist. Los, Giorgia, frag ihn.«

Nach einigem Zögern fand die Kleine den Mut, mich zu fragen: »Wer bist du denn?«

»Ich bin Samuel, Onkel Samuel.«

Vielleicht gefiel ihr die Antwort nicht, da sie sofort, nachdem sie diese gehört hatte, zu ihrem Bruder verschwand, der nahe der Eingangstür geblieben war. Einen Augenblick später begannen sie ihren Vater zu rufen: »Papa ... Papa ... Papa ...« Die Art, wie Filippo nicht antwortete, erinnerte mich daran, wie er mir einst nicht geantwortet hatte.

»Los, antworte doch«, forderte ich ihn auf.

»Was gibt's?«

Sobald sie die väterliche Aufmerksamkeit hatten, setzten

die beiden Kinder sich in Szene, mit einer synchronen Geste, die ich sofort erkannte. Dann riefen sie unisono:

»Da habt ihr sie, die Unzertrennlichen!«

ENDE

## *Anmerkung zum Text*

Ich fürchte, ich muss einige Freiheiten begründen, die erste ist eine der Chronologie. Im dritten Teil gehen zwei Personen ins Kino, um einen Film zu sehen. Wir sind in den ersten Monaten von 1985. In Wirklichkeit ist der betreffende Film in Italien erst im darauffolgenden Jahr herausgekommen.

Wir kommen zu einer heikleren Frage, der Rede, die Filippo Pontecorvo, ebenfalls im dritten Teil, vor dem ergriffenen Publikum der Bocconi gehalten hat. Es handelt sich um ein fast wörtliches Zitat aus einem glänzenden Vortrag W.G. Sebalds, abgedruckt im Band *Luftkrieg und Literatur* (Hanser 1999).

*a.p.*

## *Danksagung*

Mein herzlichster Dank nochmals an Marilena Rossi:

Für ihre beeindruckende Beharrlichkeit, für ihre Bauernschläue und ihre Begeisterung (hoffentlich lässt sie mir wenigstens diese Alliteration stehen).

Ich danke Werther Dell'Edera, dass er meinem Buch sein Talent zur Verfügung gestellt hat.

Ich danke Francesco für seine Jahre bei der Citibank.

Ich danke Ninni und Paolo dafür, dass sie ihre Erfahrungen an den Vorposten der humanitären Hilfe mit mir geteilt haben.

Ich danke Simone für die Logistik.

Ich danke Chiara, dass sie mir den Titel vorgeschlagen hat.

Und schließlich danke ich Saverio, der die Abfassung dieses Romans (und des vorherigen) mit Begeisterung und Großzügigkeit verfolgt hat.

## *Inhalt*


*Erster Teil* Es ist passiert!
9

*Zweiter Teil* Der Himmelspendler
95

*Dritter Teil* 1986–2011: Das Feuer der Erinnerung
163

*Vierter Teil* Letzter Akt
287

Unzertrennlich
391

*Anmerkung zum Text*
407

*Danksagung*
409

Alessandro Piperno

**Die Verfolgung**

Im Feuer der Erinnerungen

Roman

Aus dem Italienischen von Ulrich Hartmann

Mit Illustrationen von Werther Dell' Edera

448 Seiten. Gebunden

Ein makelloser Sommerabend, eine Villa, versteckt im Grünen, vor den Toren Roms, eine glückliche Familie beim Abendessen. Leo Pontecorvo, ein 48jähriger Kinderonkologe von internationalem Ruf, seine Frau Rachel und die beiden Söhne Filippo und Samuel, die sich in der exaltierten Phase ihrer Pubertät befinden. Da bricht durch eine beiläufige Fernsehmeldung die Katastrophe über sie herein: Leo wird beschuldigt, mit der kleinen Camilla, der Freundin seines Sohnes Samuel, anzügliche Briefe gewechselt zu haben. Eine absurde Anklage. Doch Leo Pontecorvo wehrt sich keineswegs. Anstatt seine Unschuld zu beteuern, tappt dieser kluge und weltgewandte Mann in die bereitgestellte Falle.
Alessandro Piperno hat einen unheimlichen Familienroman geschrieben, der von Scham und Angst, von Denunziation und Feigheit erzählt. Wenn die Gerechtigkeit blind ist, die Ungerechtigkeit ist es nicht minder.

»Ein psychologisch hervorragend beobachtetes und trotz des surrealen „Untergangs" in sich geschlossenes und folgerichtiges Geschehen, das nicht zuletzt auch sprachlich einen Genuss darstellt.«

*Lovely Books*



fi 1-061905 / 2

Alessandro Piperno

**Mit bösen Absichten**

Roman

Aus dem Italienischen von Marianne Schneider

Band 17121

Mit dem Bankrott von Bepy Sonnino, dessen Lächeln so sehr an Clark Gable erinnert, geht das goldene Zeitalter der Sonninos in Rom zu Ende. Bepy war der Goldgräber der italienischen Nachkriegszeit. Jüdischer Lebemann, Liebhaber der Frauen – in seiner unverschämten Vitalität hat er nichts ausgelassen, was das Leben ihm versprach. Von dem Tag, an dem er seinen nachtblauen Jaguar gegen einen Kleinwagen eintauscht, droht die Vertreibung aus dem Paradies. Aufstieg und Untergang einer jüdisch-katholischen Familie – von dern 50er Jahren bis in die 90er Jahre des gerade zu Ende gegangenen Jahrhunderts. Eine Familienrevue mit unvergesslichen Figuren. Mit bösem Spott erzählt.

»Piperno hat sich mit seinem Erstling als schillernder Teufelskerl der italienischen Literaturszene etabliert.«
*Süddeutsche Zeitung*

»... so rasant und beißend komisch heruntererzählt, dass man das Buch kaum noch aus der Hand legen kann.«
*Elle*

»Der Roman ist eine Wucht, ein narratives Glanzstück.«
*Welt am Sonntag*

Fischer Taschenbuch Verlag

fi 17121 / 1